Dos mitades en la oscuridad

(El destino de la Dandraara: Libro I)

B. Amann

Portada: Mikel Mujika Amann

1ª edición, Julio de 2015.

ISBN: 978-84-608-1318-7

Para mi familia. Os quiero muchísimo.

ÍNDICE

PRÓLOGO

LOS PIRINEOS. AÑO DEL SEÑOR 1536.

Nunca aceptaría las burlas de su padre por negarse a repetir esas malditas palabras. Por muchos golpes que recibiera.

Lena no era escoria o un despojo. Ella era su refugio.

Ryan entrecerró los ojos recorriendo cada recoveco del asentamiento desde el alto en el que se refugiaba para lamer sus heridas. A veces necesitaba la soledad tanto como el respirar. Otras, le necesitaba a ella pese a lo que murmuraban a sus espaldas, pese al desprecio que le mostraban por ser hija de quien era.

En dos días comenzaría la incursión contra los oscuros. Los ancianos que integraban la Cleda, el órgano de gobierno de los diferentes clanes de vampiros, habían fijado la fecha y todos, adultos y jóvenes participarían en la batalla. Muchos morirían. Los más débiles, aquellos a los que la fortuna no acompañaba o sencillamente los hermanos vampiros a los que les tocara en suerte luchar cuerpo a cuerpo frente a un marcado, serían los primeros en caer.

Pocos sobrevivían a un enfrentamiento con un general oscuro.

Él pertenecía a una primera casa por lo que lucharía en primera línea. Lena… Lena era una mestiza por lo que la lucha le estaba vedada y él lo agradecía.

Lo agradecía en el alma.

Tenía gracia, los humanos juraban entre susurros que los vampiros carecían de alma. Entonces, ¿por qué dolía imaginar la posibilidad de no volver a verla? El miedo a no sentarse en la roca que daba al valle junto a ella, sus costados rozándose. Sentir el calor de ese cuerpo más menudo tan cerca. Tan familiar. No volver a compartir las horas recorriendo los valles colindantes, cruzando los riachuelos bajo la suave luz de la luna, lejos de los reproches y del temor a ser descubiertos. Simplemente hablando sin miedo a lo que pudiera escapar de sus bocas o a un gesto de cariño. A ser castigados. Escuchar su risa y sonreír al hacerlo porque era sencillamente hermosa. Ella y su risa.

Tan hermosas.

—Prométeme que volverás de la guerra. Prométeme que te cuidarás, que tendrás ojos en la nuca y que…

Su voz era hermosa e inmensamente cálida. Lo único cálido en su vida.

Se volvió intentando liberar la tensión que cubría sus hombros. Eran jóvenes en términos de edad para la raza. Poco más que adolescentes. Sus cuerpos se estaban desarrollando y el suyo ya mostraba las señales de un guerrero. Destacaba por su altura y fortaleza al igual que su padre, el patriarca de la casa Borges. Lena era lo contrario. Sus pequeños pies parecían pisarse el uno al otro, era atolondrada y apenas le llegaba al hombro pero tenía un corazón que apenas le cabía en el pecho. Era generosa.

—Sabes que lo haré, muchacha. ¿Quién te controlaría en caso contrario? Destrozarías el asentamiento en una semana si no estuviera yo para desenredar tus entuertos.

¡Por la Santa Diosa! Amaba su sonrisa. Esa misma que permitía apreciar la pequeña muesca en una de sus paletas consecuencia de una tonta caída de cabeza hacía años.

Algo aleteó en medio de su pecho. Una maldita premonición pero nada dijo. Le quedaban unas pocas horas para compartir con la única persona en la faz de la tierra con la que nada tenía que esconder, con la que reía, hablaba y discutía. Con la que conseguía huir de la maldita prisión en la que vivía.

En pocas horas estaría vestido para la guerra. Su primera contienda.

Las viejas crónicas relataban cinco guerras desde tiempos inmemoriales contra sus enemigos, los oscuros. Los vampiros resultaron vencedores en tres. En las restantes ambos bandos se replegaron. Demasiadas bajas y demasiada muerte incluso para una guerra encarnizada. Nadie lo decía pero en la mente de todo vampiro se palpaba el miedo a coincidir en plena contienda con unos de los marcados, los generales de las huestes oscuras. Encarnizados luchando, eran despiadados matando al enemigo. Eran pocos los elegidos por la oscuridad para ser marcados pero, una vez seleccionados, parecían imparables.

Unos de los pocos en salir vivo de un enfrentamiento con unos de ellos fue su padre. Eso fue suficiente para convertirlo en patriarca y a la casa Borges en la primera familia del clan del Sur.

Maldita la hora, ya que su padre era tan despiadado como aquel al que se enfrentó.

Sintió la calidez en cuanto el menudo cuerpo se sentó a su lado y algo de tranquilidad se adentró en su cuerpo. Notó el leve gesto dubitativo antes de que Lena hablara.

—Podría acompañarte, como escudero. Nadie se daría cuenta y podría cubrirte las espaldas. Quizá así…

—¡No! —clavó la mirada en el femenino rostro. Dioses, era terca. Como una vieja mula—. Ya lo hemos hablado, Lena y quedamos en que…

—No. Tú lo decidiste. Solo tú.

Aspiró con algo de ansiedad antes de repetir lo que había ensayado una y otra vez, en su mente.

—No podría centrarme en la lucha sabiendo que te pueden herir. No podría, Lena. ¿Acaso no lo entiendes?

Los ojos femeninos brillaban. Castaños, redondos y llenos de malditas lágrimas.

—Y yo no podría vivir si no vuelves ¿Acaso no lo entiendes, Ryan?

Lo entendía demasiado bien.

En un mundo despiadado dos personas que nunca debieron tratar, de haber respetado las costumbres de la raza, se habían convertido en los mejores amigos, lentamente y sin apenas darse cuenta. El cruce de una mirada, el intercambio de unas pocas palabras junto al pozo, el ayudar suavemente a una mujer caída a levantarse tras recibir un malicioso empujón de otros se había convertido en el escape de dos almas que no esperaban más futuro que dolor.

Gracias a ella el infierno dolía menos.

Con toda la suavidad de la que fue capaz rodeó con su brazo los frágiles hombros de la muchacha que se había convertido en su compañera de juegos, de confidencias, de miedos y de risas. Apretó hasta sentir la cálida mejilla contra su pecho y besó el enredado cabello aspirando ese olor que ya asociaba al hogar, susurrando un tranquila, todo irá bien.

Ignoró el nudo que ocupaba sus entrañas porque de nada servía hacer lo contrario. Dudaba que uno de ellos fuera capaz de sobrevivir sin el otro, sobre todo ella.

La familia a la que servía el padre de Lena, Los Cannavara, se caracterizaba por su crueldad. Ella se negaba a hablarle del tiempo que permanecía entre los muros de su hogar pese a su insistencia pero nada impedía que de tanto en tanto apreciara en la suave piel la marca de los golpes. Solo por eso, por protegerla, volvería de la guerra y se juró a si mismo que algún día, cuando la juventud hubiera dado paso a la madurez, se enfrentaría a su padre por protegerla. Por salvarla. Por ayudar a la única persona que le conocía, que le entendía y que… le quería.

Algún día.

******

Capítulo 1

FEBRERO DE 2015. PARIS.

I

Iba a reventar del enfado. El gruñido apenas perceptible se alejó junto con la gélida corriente que atravesaba el callejón. Le había aconsejado, con total descaro, que se quedara quietecita en el coche mientras él campaba a sus anchas patrullando, localizando e interrogando al gusto a los oscuros que últimamente tendían a reunirse en las inmediaciones del polígono industrial ubicado en las afueras de Paris, en la orilla sur del enfangado río Sena.

Era una de esas noches en las que terminaría con el ansia de atizarle en esa cara de niño bonito al varón que se creía con derecho a darle órdenes. Le aborrecía en ocasiones y sentía la ira acumularse en su interior, lentamente, al intuir que lo hacía para fastidiarle.

Supo que la noche se había torcido en cuanto el capitán Robbins les llamó a su despacho para ordenarles que esa noche salieran a la calle juntos, a patrullar.

Juntos, como si eso fuera posible pese a llevar emparejados como agentes de la Dandraara seis meses sin haberse asesinado mutuamente. A base de puro aguante por su parte. Lo imposible era terminar el día sin reñir por una u otra nimiedad.

Ella y Ryan Borges.

Un escalofrío le recorrió el cuerpo al recordar el verdadero apellido de Ryan. Sacudió la cabeza. Ahora era conocido como Ryan Robb y el pasado debía quedar tal y como estaba. Enterrado para siempre.

Eran polos opuestos en todos los sentidos.

Oteó por el espejo retrovisor. Le había relegado a la condición de vigilante nocturno de un negro y estrecho callejón en el que no pasaba absolutamente nada salvo el revoloteo de moscas alrededor de los tres contenedores semi abiertos de basura acumulada.

El golpetazo en el cristal le sobresaltó dando un respingo impropio en ella. Era sagaz y espabilada, salvo cuando el vampiro que le observaba con una sonrisa resabiada en esos carnosos labios, le rondaba. Entonces su cerebro parecía reblandecerse de manera totalmente inexplicable.

Se volvió como una fiera hacia el sonido, hacia esos odiados ojos grises que le ponían furiosa, por pillarle desprevenida y lo que era peor, por dejarse coger distraída. Se pasó la mano por el redondo rostro y alcanzó la manilla de la puerta del copiloto, abriéndola de un brusco empellón. Quizá si alcanzara al gruñón y lo hiciera caer de culo al suelo...

Una pequeña mueca de diversión se coló en su rostro al imaginar la suculenta e impagable escena. El gigantón despatarrado en la acera, los muslos desplegados, las armas desperdigadas por el suelo y ella observándole desde lo alto, altiva y elegante, tratando de aguantar la carcajada. Sus palmas hormiguearon de antelación sintiendo los labios curvarse de manera incontrolada.

—¿Te divierte algo, Lena?

Hasta su voz le encrespaba el vello. Oscura y profunda, como él.

—Nada que te interese, Ryan.

Por un instante le dio la impresión de que él iba a decir algo, quizá a refutar pero solo dio un paso en su dirección colocándose a menos de un maldito metro. Utilizaba su considerable mayor altura para intimidar. Siempre lo había hecho aunque en ella no surtiera el más mínimo efecto. No por medir unos cuantos centímetros menos, bueno, decenas de centímetros, iba a resultar más blanda. Pero su pecho no entendía de lógica y tenerle así de cerca, le inquietaba. Le hacía recordar el pasado. El mismo que trataba de olvidar con todas sus fuerzas.

Estaba invadiendo su espacio personal y odiaba que lo hicieran pero sobre todo, le fastidiaba sobremanera que lo hiciera él.

—Aléjate, Ryan.

—¿Porque lo dices tú, querida?

La manera en que pronunciaba la palabra cada vez que la dirigía a ella, rezumaba provocación e ironía. Daba a entender que le consideraba todo menos eso. Cualquier cosa menos su compañera.

Que así fuera. Llevaban tantos siglos enemistados y aborreciéndose, que dudaba que pudieran actuar de manera diferente.

Tras la enorme forma que cortaba la poca luz que emanaba de un letrero rojo de neón anclado a diez metros junto a la calleja que tras una hora oteando conocía como si la hubieran parido en el lugar, Carlson, el tercer agente del clan del Sur al que pertenecían y que de vez en cuando patrullaba en su compañía, les contemplaba inquieto, intuyendo que la noche podía terminar con una potente discusión.

Había perdido la cuenta de las ocasiones en que una palabra, un gesto o una simple mueca había terminado por encender el endemoniado mal genio de Ryan y a veces, no lo entendía. No comprendía el esfuerzo del varón por sacarle de quicio, su afán por molestarle. Que se desfogara con sus numerosas acompañantes en su apartamento o lo que fuera que hiciera con ellas. Le importaba un bledo. Diablos, que se desahogara con ellas y a ella le dejara vivir tranquila.

Pero eso era demasiado pedir. Tenían demasiada mala sangre entre ambos. Una maldita historia que les mantenía en el vértice de algo en lo que se había negado a ahondar, por miedo a lo que podría descubrir o admitir.

Ryan no se movía un ápice y comenzaba a atosigarle su cercanía, su calor, por lo que con la palma abierta le dio un empujón en medio del amplio pecho que de nada sirvió. Se estiró en toda su estatura quedando sus ojos a la altura de la masculina barbilla.

—No me obligues a apartarte, Robb.

—Puedes intentarlo, niña.

Quería pelea. Lena lo percibía. No, lo olía en la tensa figura que le miraba con el pétreo rostro algo ladeado hacía abajo. Sus ojos se clavaron en esos labios y un sudor frío le recorrió el cuerpo, invadiéndolo. Los blancos y afilados colmillos sobresalían de la parte superior. El corazón le dio un maldito vuelco, otro y otro hasta apretar su espalda contra la puerta del copiloto. Sintió en el trasero la presión de la manilla y en la parte superior de la espalda la del borde del techo del vehículo.

No tenía razón de ser. Los caninos solo se mostraban en situaciones tensas.

Dirigió la mirada a esos ojos bordeados de negras y curvadas pestañas, entrecerrados, dejando poco a la vista salvo lo que su intuición captara. No leyó nada en ellos más que rabia e inmensa ansia por algo indefinible por lo que optó por desafiar como siempre hacía con él. Decidió seguir su naturaleza y la costumbre que le guiaba en su extraña relación con ese hombre.

—¿No te satisfacen tus mujeres, querido, o quizá simplemente te aburren?

Los rasgados ojos que tenía a un palmo de su cara se abrieron. Le había sorprendido. Ryan Robb jamás perdía la compostura sino que lograba que los demás la perdieran. No mostraba jamás signos externos de sentimiento alguno. Era una maldita piedra con un corazón aún más duro pero en esta ocasión…

—¿O acaso mi olor te pone?

Pasó en un segundo. No más. La enorme mano rodeó su cuello y el duro cuerpo se apretó contra el suyo presionando pecho contra pecho, unos de sus musculosos muslos separando los suyos, acorralándola ligeramente. Le había desquiciado.

—Si fuera el caso, no estarías en pie, Lena sino tendida, con las piernas bien abiertas para mí.

Dios… Maldito fuera. Siempre conseguía hundir sus defensas. Lena extendió el brazo para alejarlo pero su mano izquierda cercó la suya, más menuda, cerrando su vía de escape. Con la otra apartó la que trataba de alejarlo, aferrando su muñeca y manteniéndola contra la carrocería del coche. Clavada entre el frío metal y el caliente cuerpo.

—¡Ryan!

Ignoraron el aviso que llegó de la figura plantada a poco más de dos metros de ellos. Esos claros ojos no apartaban la mirada de los suyos mientras que la suya la desvió de nuevo hacia esos impresionantes colmillos. No parecía poder desviar la mirada de ellos, imantada en las puntas expuestas libremente como si él no se avergonzara de la reacción de su cuerpo.

—¡Suéltala, Ryan!

Rabioso, este se volvió hacia Carlson sin llegar a soltarle, introduciendo como consecuencia del ligero giro el duro muslo entre los suyos. Intentó alejarlos pero la mano en su antebrazo presionó ligeramente mientras gruñía un *No… te… muevas, niña* antes de girarse de nuevo hacia el rubio agente, que parado a unos metros, tenía todo el aspecto de no tener ganas de mediar en una discusión entre compañeros, aunque lo fueran temporalmente.

El olfato se le estaba saturando con Ryan, tan próximo. A sus oídos llegó de nuevo la ronca voz de Carlson.

—Ryan, maldita sea, ¡los estás mostrando!

—¿Qué demonios hablas?

Como no dejara de apretarle entre las piernas le iba a dejar morada.

Trató de elevarse sobre las puntas de los pies para aliviar algo la presión, solo un poco pero únicamente consiguió que las duras caderas se aproximaran unos pocos centímetros más.

—Los colmillos, Ryan —si la situación no hubiera sido tan surrealista se hubiera reído del tembloroso dedo que acababa de ver, de reojillo, alzar a Carlson, dirigido como un minúsculo cohete hacia el desconcertado rostro del agente que apenas la dejaba respirar—. Diablos, no muevas ni un músculo o al paso que vas, la vas a catar en este sitio y la armamos, amigo, la armamos y bien gorda.

La inmensa mano masculina llegó al punto de doler y los rasgos marcados de Ryan, tensos, se dirigieron a ella de nuevo, rabiosos. El brillo de los ojos cegadores recorrieron su cara con lentitud, casi con desconsuelo, como si no entendiera lo que le estaba ocurriendo a su cuerpo, a él, a su mente. Se dio cuenta de inmediato del exacto momento en que el enfado descomunal desbordaba la clara mirada como si el hecho de que Carlson hubiera sido testigo de su descontrol fuera culpa de ella ¡A ella no se le había ido la cabeza estando apretada contra Ryan! ¡Ni desplegado los caninos en toda su gloria! Lo único que había hecho era fastidiarle un poco, un poquito nada más.

Instintivamente se encorvó hacia la enorme forma que continuaba sin recular pese a todo, como consecuencia del nuevo choque de las firmes caderas contra su pelvis.

—Para ya, Ryan.

El sonido de su voz brotó rasposo por la tensión, por la suave presión en su garganta. El golpeteo en su pecho se dobló con la cercanía de esa hermosa cara. Por puro reflejo ladeó su rostro evitando por esta vez la confrontación pero sintió el cálido aliento junto a su oído, rozándolo, suavemente. Inquietante.

—¿Qué te da miedo, Lena? La cercanía, el roce o simplemente que no sabrías qué hacer si por casualidad me acercara algo más, un milímetro, lo suficiente para rozar tu mejilla con mis labios. Dime, querida, ¿por qué te late a mil el corazón? ¿Por mí?

Ya era suficiente.

Con esfuerzo giró bruscamente todo su cuerpo para forzar algo de espacio entre ambos. Necesitaba aire en todos los sentidos y hoy no estaba dispuesta a caer en las redes tejidas por él. No lo estaba. Se negaba a caer en una nueva pelea, de esas que siempre terminaban con un dolor de cabeza de campeonato, desazón, mal humor y un atracón de helado que inevitablemente terminaba asentado en sus ya de por sí generosas caderas o pechos. Empujó una vez más con todas sus fuerzas y logró un mínimo respiro.

Escuchaba en la lejanía, como si no se encontrara a un metro de distancia, las protestas y avisos de fondo del ya casi ronco Carlson. El rugir en sus propios oídos impedía percibir más allá.

Nefasta idea. Ya no veía a Ryan ni, de refilón, al tercer agente tras él sino que a dos centímetros de sus ojos estaba el negro metal del techo del coche. Aprovechando su inercia el muy animal la había vuelto y ahora le tenía a su espalda. Sentía el enorme pecho contra su espalda, cubriéndole entera, los masculinos brazos rodeándole, las amplias manos apoyadas sobre el techo del vehículo a ambos lados y notó el suave movimiento del inmenso cuerpo, casi tocándole. El cálido aliento le rozó la mejilla derecha.

—¿Quizá es que te gusta que te controlen?

Le odiaba a muerte. Empujó con todas sus fuerzas contra el cuerpo que le atenazaba, con el trasero. Escuchó el bronco gemido brotar a su espalda pero le dio igual. Esto tenía que acabar de una endiablada vez porque el muy bruto se estaba excediendo. Siempre había estado en el límite del desafío, del reto, incluso de la insinuación pero esta noche lo había superado con creces y antes muerta que volver a ridiculizarse ante ese animal.

Nunca.

Una vez fue más que suficiente para toda la vida.

II

Como dos críos obligados a escuchar la regañina de su estricto padre se encontraban en ese mismo momento sentados ante la inmensa y sobrecargada mesa del despacho del capitán Robbins, en sendas sillas a centímetros el uno del otro y para empeorar la situación, Ryan se había repantingado en el asiento como si estuviera la mar de relajado.

Como el salvaje ubicado a su lado, aún cargado con todo su arsenal de armas y con el ceño fruncido, se riera de ella o hiciera tan solo un ligero amago de burla, ni siquiera la presencia del jefe iba a evitar que explotara y le… le… lo que fuera. Y todo porque en cuanto habían cruzado la puerta de la casona Carlson había barbotado la suculenta y morbosa noticia de que ellos habían discutido de nuevo y que a Ryan se le habían afilado. De golpe. Que comenzaban las apuestas, de nuevo. Tal cual. El irreverente agente había lanzado a los cuatro vientos que a Ryan se le habían desplegado y mucho. Que en esta ocasión él apostaba por ella.

La conversación subsiguiente se había convertido en la peor pesadilla imaginable en la mente de cualquier agente de la Dandraara, humano o vampiro, que tuviera cierto grado de dignidad. Escuchar sus horrorizados tímpanos la lógica y sopesada pregunta de MacAllan, otro de los agentes del clan, a la extraña manifestación de Carlson le generó verdaderas ansias de desaparecer como por arte de magia. Incluso los colores se le habían subido, de repente.

¿Qué diablos se le ha afilado a Ryan?

La respuesta de Carlson nunca llegó a materializarse. El rugido de Ryan recalcando que habían discutido y nada más, había acallado de golpe la boca a todos los presentes que habían comenzado arremolinarse al olor de una jugosa historia y había ayudado a provocar la espeluznante situación en la que se encontraban en ese mismo momento.

Otra tediosa e inmerecida regañina, al menos en la parte que le tocaba. El bestia se merecía como poco cien latigazos bien orientados y certeros. Más turnos dobles y dar su brazo a torcer, de nuevo, porque el niño bonito y preferido del jefe era incapaz para auto controlarse y mantenerse en su lugar. O sea, lejos de ella. Dios santo, el enfado hacía que la cabeza se le fuera completamente. Y, ¿por qué diablos tenía que oler tan bien el muy memo?

Tratando de aguantar la malévola mueca le reconfortó ver que la afilada mirada de su jefe comenzaba a inquietar al flemático y endiosado agente Ryan Robb. La risilla casi se le escapó al ver que su compañero se enderezaba lentamente en su silla.

—¿Te parece gracioso, Bates?

Había olvidado el afinado oído del jefe.

—No, señor.

—¿A qué viene la mueca?

El misterio de cómo el capitán Robbins era capaz de captarlo todo pese al aspecto de sabio despistado que mostraba seguía siendo insondable y en ocasiones incluso molesto. Como ahora.

—Perdón, señor, es un rictus causado por el extremo stress de vigilar un callejón vacío y descolorido.

Los claros ojos de Ryan se volvieron hacia ella enfurecidos pero envueltos por una leve pizca de humor.

—Claro. Estar sentada en un coche bien cómoda y con el trasero bien calentito es…

El aire a su alrededor se espesó al cruzar sus miradas.

—¡Ya es suficiente!

La ronca y tensa voz del capitán no daba opción a rebatir. Estaba furioso. Simple y llanamente enfadado.

—Prepararos para dentro de media hora. Ambos.

Maldición. La frase sonaba a condena a muerte, pasillo derechito al cadalso incluido o peor, a cadena perpetua. Debía pararlo como fuera.

—Señor, no ocurrirá de nuevo por lo…

Su superior no le permitió continuar.

—En media hora os quiero a los dos preparados para una reunión.

No. La única otra ocasión en que fue requerida para asistir de improviso y con tanta urgencia a una reunión perdió parte de su libertad, parte de su ser y en el fondo le aterraba que se repitiera una segunda vez. Temía que en esta ocasión le exigieran lo que no podía dar ni ceder.

Tan solo el recuerdo de lo ocurrido seis meses atrás, la sensación al recibir la orden de unirse al clan del Sur de la Dandraara en calidad de agente, como consecuencia de la necesidad de reforzar al grupo, le provocaba un nudo de ansiedad en el estómago. La Directora y el capitán Robbins tuvieron que sentir su rechazo entonces porque ella no pudo ocultarlo y aun así ni siquiera un segundo malgastaron en sopesar lo que ella podría perder por el camino.

Habían transcurrido meses desde que se vio obligada a infiltrarse en un mundo para el que no estaba preparada. El hecho de nacer con habilidades especiales no significaba poseer el alma de una agente de la Dandraara o ser un activo carente de emociones. Mirando hacia atrás todavía le causaba estupor recordar la orden recibida de unirse a la elitista organización de agentes vampiros y escasos humanos encargados de velar por la seguridad de la raza. Solo los mejores integraban sus filas y ella… Ella, en contadas ocasiones, era algo torpe.

Doscientos años de frágil convivencia entre humanos y vampiros para enfrentarse a la Tarnaca, la organización a la pertenecían los oscuros, había asentado un oculto aspecto de la civilización que pocos, muy pocos humanos conocían.

Escuadrones mixtos de agentes pertenecientes a ambas razas, humana y vampira, asentados en cada continente en forma piramidal conformaban la única línea frente al avance de los oscuros. Ella pertenecía a la Dandraara, la raza vampira que englobaba a todos los clanes de guerreros, a la población civil y la Cleda los regía con mano de hierro. Como agente encubierto en activo, formaba parte del Clan del Sur del viejo continente, cuya central estaba ubicada en Paris. Los agentes desconocían el número exacto de clanes de guerreros existentes en cada continente ya que era información reservada a los capitanes. Haciendo cálculos en una de sus aburridas incursiones estimó que tan solo en Europa residirían, como mínimo, catorce clanes. Su mente tendía a recabar o reunir datos que otros desechaban sin una mirada atrás.

El enemigo por naturaleza de la raza vampira tampoco carecía de organización y poder. La Tarnaca estaba regida por la oscuridad. La maldad en estado puro al que adoraban tanto sus discípulos a lo que la raza vampírica desde los tiempos antiguos denominó oscuros, como adeptos humanos, fieles y simpatizantes, que les servían de apoyo, les facilitaban infraestructura y ante todo, les servían de alimento. Tanto su origen como la magia innata que unos pocos designados por el destino en el mismo momento de su nacimiento empleaban, eran oscuros. La vieja leyenda hablaba de la unión entre vampiros renegados y elfos nacidos y criados en la completa oscuridad. Tan oscuros y malignos como todo aquello que les rodeaba.

En la época en que la moneda no circulaba en la tierra, los estados no existían y los señoríos se compraban y vendían junto con la fidelidad de sus súbditos, la oscuridad ofrecía fortaleza, riqueza y poder a cambio de una sola cosa. Alimento para la oscuridad. Alimento para sus discípulos.

En el mismo instante en que la muerte llamaba a las puertas de los humanos, su último aliento era absorbido por la oscuridad, incrementando su poder. El otro lado perdía un alma y la oscuridad ganaba en esa eterna lucha que había comenzado con la codicia del propio ser humano.

Desconocían el número concreto de huestes y facciones integradas en la oscuridad pero en los últimos años las fuerzas se habían equiparado. Controlando a los nacidos y adiestrados como Marcados era posible calcular su número aproximado y siempre se le antojaban demasiados. Demasiados oscuros. Demasiados Marcados. Demasiados enemigos…

Demasiada oscuridad.

Los temidos Marcados, los comandantes de los ejércitos oscuros, eran identificables pero extremadamente peligrosos. Compartían parte de aquellas cualidades que unificaban a los oscuros, además de un rasgo único. Los negros tatuajes, en ocasiones raramente coloridos, que con el paso de los siglos se desarrollaban en sus rostros al compás de las victorias logradas frente a los clanes de vampiros. Las normas que los oscuros acogían no valían entre sus enemigos. Se alimentaban de los humanos. Vivían gracias al consumo de sus órganos aún calientes. Ya no se limitaban a ingerir sus almas sino que habían adquirido una enfermiza apetencia por su sangre. Nada les bastaba. Despreciaban a los humanos. Los utilizaban y se servían de ellos. Infiltrados entre la población humana, ignorante salvo unos pocos elegidos, escalaban posiciones acomodadas valiéndose de las cualidades que los diferenciaban de estos. Longevidad, sagacidad, fuerza y ante todo, ausencia absoluta de remordimientos.

Esa guerra oculta al ojo humano le había arrastrado a una vida que jamás buscó o deseó. Habían transcurrido seis meses desde que le llamaron a las filas del clan y la sensación era la de haber permanecido enjaulada una eternidad, sin posibilidad de escape.

Las palabras de la Directora y cabeza visible de la Cleda aún retumbaban en su mente.

Lo que estás destinada a ser, con quien estás destinada a serlo, si no lo eres ahora voluntariamente para tu alegría, lo serás más adelante para tu desgracia.

Sin más, observó la espalda cubierta de la Directora alejándose, dejándole con la boca abierta y llena de impotencia, tras informarle que desde ese momento era un activo del clan del sur. Con el capitán Robbins a su lado, tan descontento y desconcertado como ella.

Valiéndose de una maldita frase, de unas palabras que para ella carecían de sentido, le obligaron a convertirse en lo que era. Una agente de la Dandraara. Le habían impuesto una vida que no deseaba, forzándola a convivir, trabajar y aguantar a un vampiro al que odiaba con todas sus fuerzas. Quizá la expresión odiar fuera excesiva. Chocar de continuo era bastante más acertado. Mientras discutían sin cesar.

Forzada a romper los lazos con los únicos amigos que había tenido durante toda su existencia. Al intentar protestar, la contestación había sido *demasiadas vidas en riesgo, agente Bates.*

¿Y la suya? Nadie había pensado en ella. Ni sus compañeros, ni sus superiores y mucho menos él. Él solo miraba por el clan al que pertenecía. Al tratar de explicar, Ryan se había burlado de su debilidad y se había ofrecido para ser quien vigilara que ella cumplía con su deber como agente de la Dandraara. Que no se torciera nada, había dicho. Casi como una premonición.

—No.

El silencio que invadió el despacho tras su negativa se convirtió en sepulcral. La helada voz del capitán retumbó en la habitación.

—Repite eso.

Tragó la poca saliva que sentía en la boca y dirigió la mirada hacia las gruesas gafas que tenía frente a sí, imposibles de traspasar para observar la expresión del arrugado rostro que ocultaban parcialmente.

—Sin libertad, sin capacidad de decidir… —el impulso le pudo. De reojo observó el simétrico rostro de Ryan, su perfil orientado al frente, con los labios apretados. No deseaba que él escuchara su petición ni su maldito ruego— Por favor, no me lo pida, capitán. Hice lo que se me exigió en una ocasión, dejé parte de mi vida atrás. Una vida que amaba, que gozaba para…

No pudo continuar hablando

Para nada, salvo sufrir en silencio. Dios mío, ¿cómo explicar a quienes vivían por y para la lucha, que no han conocido otra cosa, que hay algo más allá, que los humanos tienen tanto por enseñar? ¿Cómo hacer que entiendan, si no están dispuestos a abrir su mente a otra cosa que no sea el deber hacia la raza y la débil tregua con los humanos?

—Un agente vampiro no puede elegir. Tu trabajo es proteger a aquellos que no pueden hacerlo, Lena, no a ti misma.

La opresión que sintió en el pecho casi la ahogó al escuchar las palabras emanar de Ryan. La rabia hacia el hombre que despreciaba sin ningún miramiento lo que ella sentía casi le asfixió. Se giró levemente en su quebradiza silla, orientándose hacia su compañero.

—Sí puedo.

—No.

—¡Debiera poder!

La silla que soportaba el inmenso peso ubicado a su lado crujió por la rigidez que inundó el cuerpo masculino. Le importaba poco lo que él pensara y en esos momentos su mente, su ira se centró en la figura que empecinado, se empeñaba en acorralarle.

—Tú jamás mandarás sobre mi persona, Ryan —ella misma sentía la amargura de su furia en la lengua, en el paladar pero de su garganta brotaban las palabras como un incontenible torrente. Imparables. Hirientes. Hasta el punto que le costaba reconocerse a sí misma—. Por mucho que lo desees.

III

Por mucho que lo desees.

Fue escuchar las malditas palabras que habían dado tanto en el clavo en boca de Lena que se sintió arder en su interior como si de nuevo le estuvieran rechazando. Perdió el raciocinio. No se dio cuenta del brutal movimiento que su cuerpo dibujó. Ni siquiera el capitán reaccionó con la suficiente agilidad o velocidad para detenerle. Tenía a su compañera apretada contra su cuerpo, en pie ambos y como en cada ocasión en que ella estaba cerca, se sintió vivo. Y eso le enfureció. Percibió el tenue efluvio de sorpresa, enfado e indefensión del menudo y redondeado cuerpo cuya espalda había quedado apoyada contra la firme pared y lo sintió de nuevo. Esa maldita sensación de odiada pertenencia que ni queriendo podría explicar y que aborrecía. Parte de la razón de la enemistad que les distanciaba, una mínima parte pero que en su lado de la ecuación se incrementaba cada día, lentamente, con el contacto, con el olor y con el maldito e inevitable roce de la única mujer que conseguía sacarle de sus casillas.

Sintió el perceptible peso de una mano sobre el hombro.

—Ryan, déjale ir.

Sus oídos escucharon las palabras del capitán Robbins pero su mente se negaba a admitirlas. Su cuerpo sencillamente las rechazaba. Notó el momento exacto en el que Lena sintió la presión de su endurecido miembro contra su pelvis y se regodeó. Dios, se regodeó para sus adentros cuando ella no pudo alejarse de él, pese a sus esfuerzos, al impedirlo la pared. De un momento a otro comenzaría a parlotear nerviosa, acompañando el movimientos con esas manos y… Su pecho palpitó descontrolado. Tan solo de pensarlo sus manos apretaron con inmensa fuerza porque debían anclarse a algo. Fijar sus desbocados sentidos en otra cosa que no fuera esa entreabierta boca. Imaginar ese sabor… Su garganta se convulsionó mientras respiraba con algo de dificultad. Intuía que estaba perdiendo el dominio sobre sí mismo pese a escuchar la orden del jefe de que soltara a Lena.

—No puedo, capitán.

—No te lo pido, agente. Te lo ordeno.

La queda voz que emanaba a su espalda se vio acompasada por un nuevo apretón de la fuerte mano en su hombro. Frente a él, a unos centímetros, Lena abrió los ojos tras una incontrolable ondulación de las caderas masculinas y del casi imperceptible y suave golpe chocando contra las suyas. De inmediato entreabrió algo más los labios femeninos para hablar pero él se adelantó, con firmeza.

—No es… buena… idea que hables ahora, niña.

Por una vez en su vida, Lena calló momentáneamente. Quizá de la impresión al sentir la tirantez en el inmenso cuerpo que le comprimía. Aprovechó el momento, ese único e increíble momento de indecisión en la mujer que durante los últimos meses le había obligado a vivir un verdadero infierno de sensaciones, reacciones y todo aquello que más detestaba. Debilidad. Acercó el rostro un par de centímetros hasta que sus labios rozaron el suave y sonrosado rostro.

Los iris castaños quedaron un instante clavados en él para desviarse un segundo hacia la inquieta mirada del capitán, llenos de ira al sentirse traicionada por el hombre que les dirigía, por no detener a Ryan. Conocer de primera mano la razón de su enemistad, salvo la parte que ella aún ocultaba a todos, no excusaba que no mediara entre ellos. Ryan sintió una mezcla de rabia y desesperación al seguir esa mirada castaña con sus propios ojos.

No era eso. Lena no lo entendía. Nadie decía no a la Dandraara y salía intacto. Lena casi lo hizo en una ocasión arriesgándose por los humanos y fue él quien pagó por su error. No lo permitiría de nuevo. Antes reclamaría lo que por derecho le pertenecía ante la Directora y que quedó en suspenso al incorporarse Lena al clan por decisión de la Cleda, el órgano que regía el mundo de los vampiros.

¡Maldita sea! Se puso tenso como una piedra. De golpe. Calor abrasador recorriéndole el cuerpo. La muy bruja había tratado de morderle la mano. La retiró dando paso al inicio de los juramentos y maldiciones de la mujer que había comenzado a revolverse sin obtener resultado alguno, ignorando el hecho de que su fuerza jamás podría superar a la masculina.

—¡Como no me sueltes ya, idiota, te muerdo y al cuerno con todo! —los bruscos movimientos poco estaban logrando, salvo enervarle aún más— Y un cuerno, capitán. No pienso ir contigo a esa reunión, ¿¡me oyes!? —Lena aspiró aire cogiendo fuerza, tratando de zafarse de la sujeción— Ni a la reunión ni al salón de al lado, si me apuras. Antes muerta que…

Harto. Así estaba y los últimos meses de mal humor, puñetera ira concentrada, paciencia esquilmada y deseo frenado a pura base de tesón, duchas frías y sesiones en el apartamento, estallaron.

—Muerta no, pero sí en volandas así que no me desafíes, niña.

Ocurrió al mismo tiempo. Los ojos castaños de Lena se abrieron como pelotas al sentirse alzada en al aire y él se sorprendió levemente con su propia visceral reacción. Sin miramientos, se sentó en la butaca de cuero que era el único lujo que se permitía el capitán en su espartano despacho y la colocó sobre su regazo. Bien apretujada y acorralada. Más tiesa que un palo, dirigió la mirada al frente, negándose a enfrentar su mirada a la suya. Diablos, era terca como una vieja mula. El previsible cabezazo de Lena iba bien orientado a partirle la nariz por lo que no le dejó opción. Presionó ese punto en el cuello. Lo suficiente para que el femenino cuerpo quedara desmayado en dos segundos. La acomodó con cuidado en sus brazos antes de dirigirse hacia su viejo amigo y superior.

—Ya no debemos esperar media hora, ¿no, jefe? —una torva sonrisa se dibujó en sus labios y con los brazos afianzó la figura de menor envergadura— ¿La cargas tú, capitán o la llevo yo?

El capitán Robbins no supo contestar a la provocativa pregunta. Pocas veces se quedaba sin habla y sin duda, esta era una de ellas.

Pese a su asombro, resultaba inconfundible el hecho de que el hombre que parecía abrazar a la muchacha que él quería casi como una hija, estaba lleno de vida. Algo que no había presenciado desde hacía demasiado tiempo como para no darle la bienvenida. Robbins suspiró desesperado sin poder apartar la mirada de los dos agentes que le hacían la vida imposible con sus peleas.

Dos tontos que no se daban cuenta que estaban hechos el uno para el otro.

Desde el mismo instante en que se conocieron, de críos.

******

Capítulo 2

I

A través de sus cerrados párpados se filtraba la luz.

Por el retumbar de sus sienes había agarrado una de las mayores cogorzas de su vida y se sentía como si los efectos de la borrachera no hubieran desaparecido aún. En la escala del uno al diez, se podría numerar con un once bien pasadito. Hacía años que no sufría una monumental resaca. Revolvió en su borrosa memoria. Desde antes de la ceremonia de ingreso en el clan del Sur. Desde sus parrandas con Fanny, su compañera, tras resolver algún complicado caso entre las dos en la policía, en los buenos tiempos, cuando todavía vivía apartada del mundo vampiro al que pertenecía por la rama materna.

No le apetecía abrir los ojos. Frunció el ceño. Ahora que lo pensaba, con la resaca no sientes la lengua como de papilla, ni inflamada, ni escuchas el fluir del agua.

Su intención de negarse a abrir los ojos se reafirmó al reconocer los ruidos que la rodeaban y el olor… Ese olor a hombre en plenitud de vida, cabreado y vestido con tejanos.

Ryan. Recordó la suave presión en el lateral del cuello. Memo traicionero ¡Le había noqueado!

—Puede abrir los ojos, agente Bates. A nadie engaña ya que le tiembla descontroladamente un párpado. Con insistencia.

Odiaba a la Directora con mortal pasión. Ella le había arrebatado todo. Absolutamente todo. Por un jocoso instante se planteó ignorarles a todos, repantigarse en la mullida superficie sobre la que estaba tendida y echarse una siestecilla. Total, su fiasco de vida no podía ir a peor.

El humor inundaba la suave y aflautada voz que parecía retumbar a su alrededor. Quizá si la ignorara todo esto se convertiría una fugaz pesadilla.

—En algún momento tenemos que hablar.

Dios. Seguía igual de críptica que siempre.

Una suave risa brotó sobre ella al compás de una frase que sonó a algo semejante a sigue tan testaruda como siempre, al tiempo que recibía un empujoncillo en el costado que provocó lo que menos deseaba. Abrir los doloridos ojos a la luz y centrarlos en las tres figuras que le rodeaban, en pie, ubicadas a su alrededor. La estilizada y elegante figura de la Directora que hubiera deseado no volver a ver en su vida, a su izquierda. El capitán Robbins, plantado junto a sus pies. A su derecha, la zona desde la que había provenido el leve empujón, Ryan. Por supuesto. Si el endemoniado despertar a la horrible realidad había de llegar de algún lado, el origen solo podía ser ese.

El agente renegado.

Darth… Ryan.

Una sonrisilla brotó de sus labios al imaginarlo con un rosado sable laser y una larga capa de negro satén. Para su inmensa impresión, esta fue coreada por la de la elegante figura femenina que parecía observarla como si ella fuera la cosa más entretenida e interesante del universo.

—Tu capacidad para amoldarte a las situaciones siempre me agradó, agente Bates, pese a cómo terminó todo. Ahora carecemos de tiempo para los habituales saludos. Nos jugamos demasiado.

Lentamente, sabiendo que ello molestaba al animal de bellota cuya paciencia brillaba por su ausencia, se incorporó quedando sentada en medio del curioso círculo.

—La última vez que estuve aquí, perdí…

No le dio tiempo a terminar la frase antes de que Ryan se agachara y arrodillara a su lado sujetando su mandíbula firmemente con su mano, con el rostro a escasos centímetros y hablara entre siseos.

—¿Acaso en nada aprecias tu seguridad, Lena?

Sonaba a pregunta trampa. Si contestaba que sí, daría a entender que la vida actual que llevaba le satisfacía y nada más lejano a la verdad. Si la respuesta era negativa, implicaría que la vida que deseaba se había perdido en su pasado y le importaba un bledo lo que pasara en el presente, lo cual no se alejaba demasiado de la cruda realidad. Un callejón sin salida.

Una repentina sensación agobiante de tristeza y cansancio le envolvió. Odiaba ser empática. Apestaba.

—Gracias por acudir a nuestra llamada, agente Bates.

Viva la ironía. ¡Si le habían desmayado hasta las cejas y arrastrado hasta el lugar!

Demonios, ni con la piedra Rossetta descifraría los erráticos mensajes de esa mujer. Eran polos opuestos. Ni entendía ni deseaba entender lo que no era claro pero, ¿cómo pedir sinceridad a la reina de la incomprensión y de la opacidad?

Imposible.

Sacudió la cara para deshacerse de la sujeción de Ryan y le lanzó una mirada de advertencia. No iba a dejar pasar lo que había hecho. No esta vez. Denunciaría el trato recibido en cuanto tuviera oportunidad. Reclamaría un Tarcus. El resarcimiento al que todo agente de la Dandraara tenía derecho para vengar su ofendido honor y que le dieran de una vez por todas un buen escarmiento al bestia que permanecía inamovible abrasándole con la clara mirada.

Una vez en la vida podía permitirse que le secuestraran, aislaran y ordenaran pero una segunda vez en pocos meses por el bien del país, era demasiado pedir. Incluso para ella que gozaba de una sana paciencia.

La relajante voz de la mujer que regía con mano de hierro la unidad mixta de élite de la que formaba parte, brotó en consonancia con lo que les rodeaba.

—No podemos esperar más, Lena. La situación es… compleja.

Obedeció porque en el fondo, muy en el fondo, no deseaba morir aunque tampoco cedería la poca dignidad que le quedaba bajo la piel. Ni por ella, ni por otros. Por nadie.

Oteó sus alrededores y gimió atrayendo la mirada de Ryan. Aún recordaba el lugar de la única y angustiosa reunión mantenida con la Directora al poco de incorporarse al clan. Una hermosa casa de rústico aspecto a una media hora de distancia del centro de la ciudad, rodeada por cuidados jardines. Un refugio. Oculto y protegido. Y extremadamente secreto.

La estilizada figura se encaminó a la puerta del salón que ocupaban y que daba al exterior, a un hermoso y sencillo jardín que rodeaba la extensa propiedad.

Hacía frío bajo el suave brillo de la luna.

La siguió porque carecía por el momento de otra opción. Tras ella dos pares de pisadas sonaban a destiempo con cada paso. El capitán Robbins, tras ella. Cerrando la extraña fila el bruto, como si no se fiara de que en cualquier momento fuera a intentar una sorpresiva escapada. Ya debiera saber que ella jamás huía y nunca se escondía, salvo en casos de extrema necesidad o tembleque.

En el jardín ocuparon las sillas que rodeaban una mesa de sencilla madera iluminada por unas velas de llamativas formas florales. La Directora tomó asiento, indicando con un suave gesto que los tres siguieran su ejemplo y así lo hicieron. Frente a ella. La infinita mirada que sentía recorriéndole el cuerpo le enervaba, como si leyera su mente, como si sintiera lo que pasaba en sus entrañas.

Con parsimonia la vampira más anciana y compleja que había conocido en su vida echó a hablar.

—Interceptamos un mensaje hace poco más de una semana. La Tarnaca se mueve. Nos han llegado noticias de que Colton Riannon ha sido interceptado por el clan del Norte, en la frontera con Alemania, pero ha conseguido eludir los agentes de campo.

Tragó con dificultad ya que el oído le jugaba malas pasadas.

¡La Virgen!

Iba a interrumpir pero una manaza cayó a saco en su rodilla y esta vez no pertenecía a Ryan, sino a su superior. Esta vez, avisaba. Con el gesto, su capitán indicaba que no cortara la fluida parrafada. Que lo que estaban a punto de escuchar era demasiado importante para distraer la atención hacia otro punto.

—Ha llegado a nuestros oídos que ha dado orden de que te localicen, Lena. Has sido marcada como el mayor peligro para La Tarnaca y por ello serás protegida y vigilada. Una sombra seguirá tus pasos.

La expresión llena de sabiduría clavó la impresionante mirada en la suya como si esperara de ella una reacción acorde con la información facilitada.

Muy bien. Se la daría. Desesperada porque no había forma humana de entenderse con esa mujer se giró hacia el capitán Robbins, toda enrojecida.

—Jefe, necesito traductor… —al escuchar sus palabras, de forma involuntaria el capitán lanzó un estruendoso gemido de desesperación. Agobiada, inclinó otro poco la cabeza hacia el capitán y balbuceó en susurros— …porque habla en chino, ¿verdad? o en algún tipo de código secreto, porque yo soy muy poca cosa como para que la Tarnaca me busque. Apenas controlo mi empatía, salvo para hacer llorar a los chuchos y por alguna extraña razón, a las cajeras de los supermercados. Sollozan descontroladas, me regalan vales a montones y…

Farfullaba sin parar. Delante de la Directora. Humillante a más no poder.

La regia figura de esta se irguió logrando que tanto Ryan como el capitán, quienes permanecían sentados como criaturas inmaduras a la espera de la regañina de la madre, se tensaran repentinamente. Se aproximó a ellos pero para su inmenso pasmo, a ella le ignoró colocándose frente al capitán Robbins. Mortalmente quieta, observó como la Directora extendía la delicada mano y rozaba la sien masculina, manteniéndola presionada, ante la mirada atónita de Ryan y la suya.

No calculó el tiempo transcurrido. Segundos u horas. Solo sintió un tremendo agotamiento físico azotar su cuerpo, como si lo que estaba ocurriendo entre el capitán y la Directora, drenara sus fuerzas.

La delicada mano femenina rompió el contacto y se alejó susurrando unas palabras. Exactamente como la última ocasión en que habían sido llamados a una especie de audiencia y eso únicamente podía significar una cosa.

Malas noticias para ella.

Muy malas noticias para ella por la expresión grabada en el rostro del capitán, quien con torvo gesto se había vuelto en su dirección. Dios mío, o decía algo o le daba un arrebato de la impaciencia por saber. Porque si algo había quedado claro era que lo indicado o aconsejado o lo que hubiera ordenado esa poderosa vampira le afectaba directamente a ella.

—Volvamos a París.

¿Así, sin más?

¿Sin una mísera explicación?

Ni por asomo.

Se cruzó de brazos con la mirada aún clavada en la entrada a la casa, en la que todavía podía percibirse el inmenso poder que acababa de cruzarla desapareciendo de su campo de visión. Se negó en redondo a prestar atención a las dos figuras que se habían erguido a ambos lados y empecinada, apretó las palmas contra sus propios costados, casi protegiéndose. En la nuca sintió el calor de una mano y un ronco sonido cercano a su oído.

—Por tu propio pie o en brazos. Tú eliges, querida, en esta ocasión.

Ryan se estaba aprovechando. El muy sinvergüenza estaba aprovechando que se encontraban en su propio terreno para incitarle. Respiró con verdadera necesidad. Profundamente. Pensó en la vuelta a casa. Entonces tendría su revancha. Y esta vez le daría la lección de su vida al prepotente listillo.

De reojillo observó la desfondada figura del capitán y se acobardó ligeramente. Lo que le habían transmitido era algo gordo, muy gordo para que el capitán hubiera empalidecido dos o tres tonos y que su cano cabello resaltara a la legua contra la verde tez. La pregunta surgió de su garganta, incontrolable.

—¿Es muy malo?

El jefe alzó su mano derecha, se quitó las gruesas gafas de montura de Carey y se frotó el puente de la nariz.

Ya había contestado al quitarse los anteojos dejando a la vista esos cansados iris. La aprensión lo invadió todo pero finalmente decidió actuar como la mujer aguerrida que era. Se enfrentaría a lo que fuera y si el deber le llamaba llegaría hasta él con la cara bien alta, orgullosa de su proceder y de lo logrado, para enfrentarse a…

Enfrentarse a…

Madre mía. No podía ni pronunciar su nombre. Era una total y plumosa gallinácea.

—Es peor.

Genial.

La historia de su vida.

II

—Va a pelear con uñas y dientes y lo sabes.

—No tenemos elección.

—No digo que la tengamos, jefe. Digo…

Tensó la mandíbula. Todos sus planes de alejarse, de romper esa cercanía que le desequilibraba, de esquivar a Lena, se habían ido al demonio junto con las órdenes que acababa de adelantarle el capitán. Una simple orden que intuía, no… que sabía que iba a volver su ya de por sí complejo mundo del revés.

—Y, ¿si se niega?

—Carece de esa opción.

—Hablamos de Lena, capitán.

—No, Ryan. Ahora hablamos de un agente quien, ante todo, deberá honrar su juramento y por ello no tiene otra salida. No en este caso.

—Entre juramentos y pataletas que me tendré que comer yo.

La pícara sonrisa que curvó los labios del hombre entrado en años atizó su instinto de preservación. Se le ocurrió, de repente.

—Contéstame a algo. Cada vez lo desbarajuste todo o la lie parda porque lo hará, ¿podré darle la tunda que se merece?

Una nube de desazón surcó la cansada mirada del capitán.

—Si no causas en Lena un ataque de nervios de la impresión tendrás vía libre, pero...

—¿Pero qué?

—Nada.

—¡Qué!

—Yo me haría tratar la fijación que tienes con esa mujer, muchacho.

La risa impertinente del capitán al observar su alucinado rostro le aplacó ligeramente. Pese a ello no se abstuvo de murmujear un yo no tengo fijaciones y menos con esa mujer.

El de sabios es admitir las debilidades que le llegó en contestación de su superior no sirvió para aplacar lo más mínimo su mal humor. Justo lo que menos deseaba escuchar.

Un firme toque en la puerta del despacho anunció la llegada de la mujer más terca e incontinente verbal del universo conocido y por conocer.

Al volver de la odiosa reunión la primera decisión del número dos había dejado boquiabierta a Lena. Que empacara sus pertenencias. La tristeza que había velado la castaña mirada femenina había dolido a los que la habían contemplado ya que únicamente significaba una cosa, que Lena creía firmemente que la iban a expulsar del clan o que le iban a trasladar. Como si estuviera apestada.

Si supiera la verdadera razón no sería melancolía lo que sintiera sino apisonadora furia. La misma que le llenaría en unos minutos cuando el capitán le trasladara lo decidido por la Directora. Y él iba a estar en primera fila observando la inevitable explosión.

Por un lado sentía recelo, por otro lado, ardiente anticipación. La sangre le bullía en las venas, el pecho expandido, los músculos tensos de antelación.

Le habían regalado lo que en un lugar recóndito de su mente llevaba buscando durante demasiado tiempo aunque la mujer que en ese mismo instante cruzaba el umbral de la habitación le mirara ofendida, manando de su cuerpo oleadas abrumadoras de rechazo.

Había llegado la hora.

III

La extraña mueca parecía deformar el rostro de Lena y la palidez cenicienta que comenzaba a cubrirlo denotaba un ligero shock. La ronca voz que surgió de la convulsa garganta no parecía pertenecer a la mujer que, si pudiera, desaparecería entre los cojines que le rodeaban en el sillón en el que el capitán le había indicado que tomara asiento.

—Para ser una broma la considero excesiva, incluso para ese.

"Ese."

Ahora lo había reducido a un "ese". Lena se iba a llevar la sorpresa de su vida.

—Ese es ahora tu sombra, agente Bates.

La ronca voz del capitán Robbins mascaba seriedad, contención y dejaba nulo espacio para el debate.

—Sin intención de faltar, jefe pero antes muerta que obedecerle. Nadie puede pedirme eso ya que no le debo nada, salvo...

Empecinada, Lena se negaba a mirarle de frente y comenzaba a hincharle las narices con su ciega negativa a escuchar o acatar las normas. Y por el ceño fruncido del capitán tampoco estaba demasiado lejos de estallar del enfado. Por la manera en que este cerró los puños supo que iba a ir a por todas. Despiadado.

—No me dejas otra opción, agente.

La rigidez en el encogido cuerpo de Lena indicaba a las claras que intuía que las siguientes palabras le iban a sentar a cuerno quemado. Simplemente desconocía hasta qué punto.

—La Tarnaca irá a por ti, Lena y lo sabes. Enviarán a un Marcado, posiblemente a Colton Riannon, así que no cabe en tu vocabulario la palabra no. No, ahora.

—Pero eso no significa que…

—No sigas. Ryan es el mejor y el único que se ha ofrecido.

La boca abierta de Lena expresó lo que las palabras no hicieron. Estaba alucinada.

Los Marcados. La élite en la oscuridad. Sus miembros eran ricos e influyentes en la superficie pese a permanecer ocultos al ojo humano. Un maldito salto en la evolución que justificaba que a lo largo de los siglos se hubieran adueñado de parcelas de poder y comprado a altos cargos en la administración que servían únicamente a sus intereses. Poder en la sombra. Su única debilidad exigía soportar a aquellos que les servían de sustento. Las películas, las leyendas urbanas y los rumores erraban tanto.

Durante siglos un pulso imperceptible a la apreciación humana entre la Tarnaca y la Dandraara había regido el destino de señoríos, reinos y estados. Los humanos eran un sacrificable peón en un complejo tablero de ajedrez y ahora ella parecía encontrarse en medio de la contienda por razones que se escapaban a su comprensión.

Su familia materna había pertenecido con orgullo a la Dandraara. Una de las primeras casas. Los Cannavara. Regia, conservadora, honraba las viejas costumbres con enfermiza intensidad. Ella nunca lo entendió. Claro que como le recalcaron hasta la saciedad durante decenas de años, su sangre paterna y humana… la ensuciaba.

Esas palabras, acompañadas de golpes y empujones seguían retumbando en su mente.

Tu sangre es impura. Siempre lo será, escoria.

Sacudió con fuerza la cabeza tratando de alejar viejos fantasmas que dañaban demasiado pese al tiempo transcurrido y clavó la mirada en el vampiro que no apartaba la suya, manteniéndola con intensidad sobre su rostro.

Para ella el hecho de que le obligaran a trasladarse a vivir con Ryan al cuartel general del clan en el que se había negado a asentarse, prefiriendo un pequeño apartamento adosado en la capital y que obedeciera sus órdenes en todos los aspectos bien podría equipararse a una condena a muerte.

Le llevaba de vuelta a un pasado odiado.

Y temido.

*****

Capítulo 3

I

Puede que como comentaban sus compañeros su mente fuera una masa de torcidos sentimientos, neuronas inquietas y contradictorias frustraciones pero iba a disfrutar de la situación. Iba a desquiciar con su presencia a la endemoniada mujer que le erizaba la piel con una sola mirada.

Tendrían que entrenar juntos, convivir en un espacio demasiado pequeño para dos territoriales mentes, patrullarían juntos en compañía de Carlson y si le daba la gana o le enfurecía lo suficiente la independiente naturaleza de la hembra cuyo rostro había adquirido un tinte arrebolado de la rabia que comenzaba a enfurecerla, nadie impediría que le obligara a compartir cama y baño. Al fin y al cabo, una sombra debía actuar acorde con tal definición y nunca separarse de su protegido o en este caso, esquiva protegida.

El pesimismo comenzaba a cubrir la voz de Lena.

—¿Por qué? Es un castigo por lo que ocurrió hace siglos, ¿verdad? Puedo protegerme sola, jefe. Siempre lo hice.

Robbins contestó tajante.

—La Directora no necesita dar razones pero ha sido clara. Te buscan, Lena y no pararán hasta dar contigo. Debemos impedirlo a toda costa.

Las pequeñas manos mesaron el castaño cabello recogido en una cola de caballo, persistiendo en su negativa a admitir su presencia. Alzó la mirada, rayando la desesperación.

—Prefiero a Carlson.

—Carlson se distrae con una mosca revoloteando en cuanto le ronda una mujer.

—Entonces a Jonas.

—No. A él lo despistarías con tus tretas y darías de lado a la primera de cambio.

—También a ese, si quisiera.

Pequeña pretenciosa. Había llegado el momento de meter baza.

—Eso quizá en tu mundo imaginario, querida.

Los redondos ojos color avellana se clavaron, desafiantes, en los suyos por primera vez desde que había accedido al despacho.

—Nadie te ha dado vela en este entierro, Ryan.

—No hace falta, niña. Las sombras no necesitan el permiso de su carga —pausadamente se distanció de la fría pared contra la que había estado apoyado para acercarse al tieso cuerpo que, si cabe, se puso aún más rígido—. Ya aprenderás la rutina. Yo ordeno, tú obedeces. Yo digo que saltes, tú contestas, hasta dónde.

—Será en tus fantasías.

Maldita y testaruda mujer. Le estaba cerrando todas las puertas con su negativa a someterse,

Cruzó miradas con el capitán pidiendo permiso y esperó hasta apreciar la leve inclinación de la canosa cabeza. Con las siguientes palabras la iba a aplastar y dejar sin opción alguna pero si tenía que ser cruel para salvarle la vida, por Dios que no dudaría, aunque Lena terminara aborreciéndole.

—Es sencillo de entender, Lena, incluso para ti. Si te niegas, Colton Riannon logrará dar con nosotros y todo por la sencilla razón de negarte a tragar tu orgullo y obedecer. Ese hombre es uno de los miembros más sanguinarios de la Tarnaca y sus víctimas quedarán en tu conciencia. Todo eso sencillamente porque a la niña le da miedo compartir algo más que dos patrullas a la semana conmigo.

El reflejo en la mirada de Lena nada adelantaba por lo que se preparó para su ataque. Lo que no esperaba fue la relajación repentina de su cuerpo y mucho menos la condenada pregunta que brotó de los apretados labios.

—¿Qué te he hecho para que me odies tanto, Ryan? Ha pasado demasiado tiempo para que me sigas guardando rencor. Lo que ocurrió con…

—No… lo… menciones. Aquello murió hace años.

La curiosa mirada del capitán Robbins volaba de uno a otro. Todos habían escuchado los frecuentes rumores acerca de ambos pero desconocían lo que habían compartido en el pasado. Un maldito pasado que no habían conseguido olvidar pese al transcurso de tantos años.

Desde el lugar en el que se hallaba escuchó el perceptible suspiro de Lena, lanzado antes de volverse hacia el capitán.

—Está bien. No puedo negarme y creedme que desearía poder hacerlo con toda mi alma. Lo único que pido es algo de información. Por favor.

El capitán se acomodó la montura de las gafas en el rostro y tomó asiento tras la moderna y recargada mesa de despacho.

—Desconozco la razón por la que se te considera un alto riesgo para la Tarnaca o por qué te buscan. La Directora no fue demasiado explícita. Tampoco es que eso sea excesivamente raro —el capitán se humedeció los labios como si se preparara para una contienda—. Al tocarme, me facilitó algo de información que desconocía.

Eso sí que era nuevo.

—¿De qué?

—Tres malditas imágenes.

Ni un ruido se escuchaba en la apelmazada atmósfera a la espera de que continuara. Su corazón parecía a punto de estallar. La ronca voz del capitán continuó en tono neutro.

—Hace un año Riannon envió una avanzadilla a la ciudad y creemos que lo hizo para localizarte.

¿Qué?

—¿Cuándo?

—Cuando Ryan fue asignado al primer equipo. Tuvimos que localizarle y trasladarle. Entonces desconocíamos que aquella oleada de ataque de oscuros fue por ti pero no podíamos dejar a ningún vampiro con habilidades desprotegido. Por eso le trasladamos de ubicación.

Increíble.

—¿Para vigilarme?

—Para protegerte.

—¡Sé hacerlo yo sola!

La iracunda voz de su compañero no tardó en interrumpir, tersa y venenosa. Si se mordiera la lengua, seguro que se envenenaba.

—Pues no lo parece. En diez meses te he sacado de cuatro atolladeros, niña.

—Será en tu mente.

La tensa y enorme figura se acercó hasta quedar a su lado.

—En el río el cinco de Enero, la discoteca de la calle Brase el veinte de Abril, los calabozos el catorce de Junio y en el barrio chino hace veinte días. ¿Quieres que concrete más, quizá las horas, minutos y segundos?

De pie con los brazos cruzados ante ella, le estaba poniendo de los nervios con esa aplastante seguridad.

—¡Lo de los calabozos fue un lapsus!

—¿Y los otros tres?

—¿Menudencias?

El rugido de Ryan les sobresaltó a todos. Definitivamente, le desagradaba que le llevaran la contraria. Pobrecillo. Tendría que acostumbrarse si quería seguir siendo su compañero.

El gesto de desesperación de Ryan en dirección al capitán daba a entender que ella era un peligro en potencia y le sacaba de sus casillas, lo cual resultaba más que evidente por sus reacciones de crío inmaduro.

Que se fastidiara. Insinuaba que era caótica.

¡Ella!

Inconcebible.

Necesitaba más información por lo que ignoró la oleada de aviso que emanaba del cuerpo de Ryan.

—¿A qué imágenes se refería antes, capitán?

—En la primera aparecíais ambos. En las restantes, solo tú.

—¿Quiénes son ambos? —preguntó insegura.

El resoplido del capitán rompió un poco la seriedad de la reunión.

—¡Tú y Ryan! ¡Quién diablos va a ser!

El bufido del capitán rompió un poco la seriedad de la reunión.

—Vale —contestó Lena—. No hace falta gruñir. Esto no es fácil, ¿sabes? —aspiró profundamente y volvió a la carga—. Y, ¿qué diablos mostraban?

Oh.

El capitán se acababa de poner colorado, como un maduro tomate a punto de explotar. Diantre, algo le decía que en cinco segundos a ella también le iban a subir los colores.

Robbins carraspeó.

—Estabais juntos.

Bufó de nuevo, repetidamente.

—Menuda novedad, jefe. Últimamente las rondas siempre nos tocan juntos.

Los azules ojos de su superior se cerraron de golpe y lanzó un juramento.

—Por los santos, Lena. ¡Juntos!

Ryan tragó saliva de forma incontrolable al escuchar la exasperación en el tono empleado por Robbins.

Por todos los diablos. A él le estaba entrando sudores al captar lo que trataba con toda la torpeza del universo dar a entender el capitán mientras que Lena lo miraba como si le hubieran brotado en plena cabeza dos orejas de burro. Los castaños ojos femeninos se giraron hacia él mientras vocalizaba un ¿de qué habla?

Maldita sea.

Hasta aquí habíamos llegado. Nada mejor que una clara explicación y por la abochornada cara del capitán, le iba a tocar a él explayarse.

—Juntos… en la cama.

Nunca antes, en cuatrocientos y pico años, había visto agrandarse tanto los redondos ojos de Lena. Ni los ojos, ni la boca. Hasta que la cerró de golpe y frunció el ceño.

—Muy gracioso ¿Dónde está la cámara oculta? —Lena se cruzó de brazos, ligeramente agarrotada, hundiéndose en el sofá—. Mirad cómo me río.

La risotada que forzó estaba llena de amargura.

Mascullando entre dientes el capitán Robbins se levantó con rapidez y encaminó hacia la hermosa biblioteca que cubría un lateral del despacho.

—El cuarto está en penumbras pero por alguna extraña razón veo perfectamente y os distingo a la perfección. Ambos estáis desnudos —el capitán tragó saliva, varias veces—. Tú estás tendida boca bajo en el lecho, Lena, con los muslos… desplegados y Ryan está tendido entre ellos. Encima. Los gemidos, el calor…Bien, el resto os lo podéis imaginar, sin necesidad de ampliar detalles.

Tragó saliva con dificultad. Se estaba poniendo como una piedra solo de imaginarlo. Familiarizándose lentamente en ese calor, sintiendo esas curvas, la opresión… Ese precioso cuerpo a su merced.

Ryan se estiró de forma incontrolable del cuello de la negra camiseta y tratando de pasar desapercibido se colocó el miembro hacia un lado del prieto pantalón. Trató de respirar con mayor lentitud pero su endemoniada imaginación iba a cien por hora, despertando a su cuerpo. Se estaba excitando sin necesidad de estimulación física.

Maldita sea, su cuerpo se le había amotinado al completo.

—Eso es… imposible.

La helada voz de Lena obró el milagro. Lo distrajo de las calientes imágenes formadas en su pervertida mente y con ello llegó la furia. Tal enfado al sentirse rechazado que le resultó imposible contener la ira que rebosaba su voz.

—¿Qué pasa, mujer? ¿Te avergüenza saber que en algún momento de tu futuro te voy a saborear? ¿O quizá, lo que te moleste sea saber que no nos quedaremos en tan solo unos calientes y húmedos besos?

Se le echó encima como una pequeña fiera, rebotando ambos contra la pared y cayendo al suelo. Del impulso rompió una mesita esparciendo lo que la cubría por el suelo pero logrando parar el golpe que ella hubiera recibido de no caer sobre él.

En la nebulosa que les rodeaba escuchaban los gritos del capitán exigiendo que pararan pero ni siquiera él lograba llegar a ellos. Lena era una gata peleando. No tardó en tenerla completamente envuelta entre sus brazos con sus muslos impidiéndole todo movimiento. Por un breve segundo quedó quieta hasta que con una repentina llave de judo se soltó y rodó hacia su izquierda, llevándoselo con él hasta quedar sobre su cuerpo, entre sus muslos abiertos, los dos resollando ahogados por la rabia, la ira… y la incontrolable excitación.

No supo qué le invadió pero se encontró chocando sus labios, brutalmente, contra los de ella.

Dios, le hormigueaba todo el cuerpo mientras saboreaba esa boca. Su lengua rozó el carnoso labio inferior, abriéndolo y se sintió desesperado, desquiciado. Se sintió… en casa. Su sabor le llenaba y le llamaba. Apretó las caderas con brusquedad contra las de ella, causando dolor en su propio miembro pero le era imposible controlarse. Necesitaba sentir su carne desnuda contra él.

Con la mano izquierda le aferró del cabello sujetando la cabeza femenina para seguir saboreando esa dulce boca con la lengua. Su corazón saltó al sentir su propia lengua chocar contra la de Lena, empujándose, lamiéndose. Su otra mano inició un camino descendente, por el suave y cálido cuello descubierto en la refriega, los botones de la camisa saltados de sus ojales. Le acarició la llena curva del pecho porque necesitaba marcarla de alguna manera, de un modo irracional. Necesitaba aferrarle mientras sentía las manos de ella en sus caderas. Hasta él llegó el leve aroma de su perfume, tan fresco.

De golpe, dejó de sentirle pegado a ella.

¡Qué diablos! ¡Le habían separado de Lena! Unas manos le habían alejado de ella. Se soltó de la no deseada sujeción, viéndolo todo rojo para toparse con los impresionados ojos claros de Jonas. Inmensos y ligeramente atónitos.

Dios.

Pero, ¿qué diablos había hecho?

Aspiró casi asfixiándose al darse cuenta que había perdido el control de la situación. Completamente.

Se giró hacia el lugar en el que hasta hacía unos segundos había estado tendida Lena. Seguía ahí pero ya incorporada, sentada, con una de sus manos recorriendo su propio e inflamado labio inferior. La expresión era de perplejidad como si no alcanzara a comprender lo ocurrido entre ellos.

Le entraron ganas de darle la bienvenida al club de los alucinados por lo que acababa de ocurrir. Por los rostros de todos los presentes eran cuatro los miembros honorarios ya iniciados.

El capitán, Jonas y ellos.

Justo en ese momento Lena se alzó y mirándole fijamente habló en un suave susurro.

—No sé si es buena idea que vivamos… juntos.

Viva lo obvio.

II

El silencio que siguió al escándalo parecía imposible de romper. Aposentada en el suelo Lena se relamía una y otra vez el labio inferior, con cara de mortal desconsuelo.

—¡Quieres parar de una vez!

La enrabietada frase brotó del hombre que se había colocado en el extremo de la habitación más alejado de Lena y cuyos grises ojos seguían con obsesiva fijeza el movimiento de la rosada lengua.

Los oscuros y todavía asombrados ojos femeninos se elevaron, mientras fruncía el ceño.

—¡Yo! Serás… bestia ¡Yo no te he mordido!

El irónico bufido de Ryan surgió automático acompañado de una tremenda sorna.

—Porque no has tenido tiempo de hacerlo, al separarnos Jonas, querida.

—Tú estás beodo —susurró Lena—. ¡Y no me llames eso!

—Claro, querida y dime, ¿acaso también tu lengua se ha perdido por mi boca, sin darse cuenta?

—¡Empujaba la tuya!

El gesto burlón y el lo que tú digas, niña, de Ryan, no hizo nada para apaciguar los exaltados ánimos, logrando únicamente que Lena se irguiera, iracunda. Jonas se movió dos pasos hacia su izquierda tras recibir un sorpresivo empellón del capitán Robbins en el costado, quedando colocado entre ambos, cortando la línea visual que los unía.

El sonido estridente del teléfono centró la atención de todos. La conversación del capitán con quien fuera que había llamado duró exactamente un minuto y un segundo. Lo que tardó en volverse hacia ellos y con cara de pocos amigos hablar en dirección a Lena.

—Nos esperan.

La súbita aparición de un hombrecillo con flemáticos modales les sobresaltó a todos, salvo al capitán. Una leve inclinación acompasó las palabras del recién llegado.

—¿Capitán Robbins?

Este calló un par de segundos antes de responder.

—Harris, da orden de que lleven las pertenencias de Lena al primer piso y… —dudó levemente antes de dirigirse al recién llegado— ¿En qué habitación las han de dejar?

—En la mía.

Pese a lo impasible del regio rostro del capitán una minúscula contracción muscular en su pómulo mostró su inquietud.

—¿Compartiréis dormitorio?

—¡De eso nada!

El berrido surgió de Lena, cuyas mejillas parecían a punto de estallar de exposición al calor interno de su propio cuerpo. El capitán y Ryan la ignoraron mientras una jocosa risilla se le escapaba a Carlson, quien había aparecido tras el hombrecillo, recibiendo una mirada asesina de Lena.

Su vida se le había trastocado completamente. De la tranquilidad al caos. De estar rodeada de su familia, o más bien, de los que consideraba como tal a estar rodeada de la, más que inquietante, señora Directora, gente desconocida y cuatro agentes de la Dandraara, Ryan incluido.

Los activos.

Un nombre ligeramente ridículo pero, al parecer, así eran conocidos los agentes secretos del clan de guerreros de élite más peligroso o capaz o fantasmagórico del viejo continente. El clan del Sur.

Un grupo heterogéneo de vampiros que impactaban a primera vista. No solo distaban sus facciones sino su forma de ser. De actuar. Con su llegada la posición de Carlson en el grupo en calidad de compañero de patrulla de Ryan había sido desplazada. Otro activo se hubiera sentido ofendido. Carlson, tras una irreverente inclinación en su dirección, había palmeado la mejilla de Ryan con guasa y dado su bendición de una manera que podría definirse como poco ortodoxa, pero acorde con su carácter. En su primer encuentro a Lena le había resultado imposible apartar la mirada de su cabello. Castaño claro, casi rubio y espeso. Brillante. Con las puntas perfectas. Hubiera vendido su alma al diablo por nacer con semejante rasgo. Y el resto del conjunto iba en armonía con esos mechones. Le había costado un mes descubrir la habilidad por la que Carlson había sido llamado al Clan del Sur, siglos atrás. En su primera reunión ante el capitán su sorpresa fue inmensa al comenzar este las indicaciones sin la presencia del agente. Estaba a punto de interrumpir mientras mantenía fija la mirada en la puerta de entrada pero un jocoso susurró rozó su oído.

Llegué hace rato, amor, pero entré por la pared.

Lo sólido me adora.

Sin duda, un hombre especial.

Dios mío, se le acababa de ocurrir ¿Le borrarían la mente cuando todo acabara? Tendría que preguntar sin que ellos lo captaran para ir planeando una escapada sorpresiva.

Lena sentía la mirada de Jonas fija en su rostro por lo que le sonrió beatíficamente, enseñándole los dientes. En el reino animal, eso era una señal de sumisión, ¿no? ¿O, quizá fuera de provocación? Ya se estaba ofuscando… Le estaba inquietando esa mirada azul. Casi como si leyera en su interior, rebuscando en sus recuerdos. Apartó la suya con una sensación de ligera desnudez para retornarla al de unos pocos segundos y fijarla en el aristocrático aspecto de Jonas, en el cabello negro veteado de suaves canas en las sienes y en el rostro simétrico. Tan elegante.

Ryan se dirigió al capitán sopesando las palabras, mascándolas, como si las enviara directamente al cerebro de Lena, intuyendo que esta las recibiría como lo que eran. Una provocación en toda regla, sabiendo que nada podía hacer salvo callar y tragárselas una tras otra. Tensa, como un cable en máxima tensión que ve acercarse una tormenta en la lejanía. Así se mostraba Lena.

—Puede que compartamos cuarto.

El gruñido de protesta emanó del centro del pecho de Lena pero el capitán no le dio opción a hablar.

—La decisión es tuya, Ryan, ya que su seguridad desde ahora queda en tus manos —brevemente retó con la velada mirada a Lena—. Desde este instante eres el Begirale y nadie osará contrariar tu decisión.

Lena apretó los labios, con firmeza, aguantando la rabia que era tan evidente que le llenaba pero sabiendo que no podía ganar. Que era imposible salir del paso sin una ridícula pataleta.

Era la ley.

Sagrada entre la raza vampírica.

El capitán había invocado al Begirale, al protector. Al elegido.

Una de las viejas e irrompibles tradiciones de la raza que permanecía inalterable con el paso del tiempo. Únicamente la Cleda podía conjurar el viejo voto y solo el órgano de gobierno decidía cuándo acababa la sagrada obediencia del protegido al protector. La finalidad jamás variaba, el bienestar de la raza. El bien colectivo primaba sobre el del individuo. Este se había de tragar su orgullo, su rabia, su soledad y seguir las indicaciones del Begirale. Si se negaba, perdía su honra. Lo perdía… todo. Si provocaba con su desobediencia lo que la vieja tradición trataba de evitar, un daño irreparable a la raza, era castigado por el propio protector e incluso en los supuestos más graves, lo eran ambos, decidiendo la Cleda la pena a imponer.

Contadas con los dedos de una mano figuraban inscritas en los sagrados manuscritos de la raza las ocasiones en que había sido la cabeza de la Dandraara la que había instado la imposición del Begirale y oponerse, protestar o siquiera planteárselo era una afrenta a las creencias de su mundo, a las reglas de su rígido e inflexible mundo.

Ryan centró su atención en la hembra que jamás terminaría por comprender. Un complejo misterio.

La única que quería… No, que deseaba huir de su sociedad para convivir entre los humanos. La única que compartió vivencias, sangre, dolor y amor entre los débiles humanos. Lejos de los suyos.

Lejos de él.

Ryan ignoró el dolor en su pecho porque era lo que hacía. Era la manera en que había procedido en el pasado, lo que se había acostumbrado a hacer en todas aquellas ocasiones en que la había rastreado y localizado entre ellos, entre los débiles humanos, riendo, trabajando, disfrutando y burlando la persecución de la considerada traidora a la raza durante demasiado tiempo. Observándole de lejos. Investigando a quienes le rodeaban. Matando a quienes planeaban hacerle daño, empleando las habilidades de otros compañeros para borrar de las mentes de los humanos sus intenciones. Sin que ella lo supiera. No debía pensar en eso.

No ahora. Se giró hacia su superior.

—Necesito conocer el contenido de las otras dos imágenes, capitán.

Robbins cerró los puños al escuchar la petición y aspiró bruscamente generando desazón en los presentes ya que el capitán nunca se mostraba agitado. No eran buenas noticias las que acechaban, por lo que se preparó.

—En la primera aparece Lena rodeada de oscuros.

Maldita sea.

—¿Y?

—Arrodillada, en medio de un círculo de oscuros. Parcialmente desnuda y… malherida.

Su maldito pecho pareció pararse de golpe, mientras escuchaba las bruscas aspiraciones de Carlson y de Lena.

No lo permitiría.

—¿Dónde?

—Está borroso pero parece un maldito mirador. Un amplio espacio, cerca de una lago y llueve. Mucho. La lluvia borra poco a poco el rastro de sangre que le cubre hasta resbalar lentamente por el sucio suelo. Parece una película a cámara lenta. Le veo desde un lado y tiene el pelo más largo de los habitual o quizá sea porque está mojado —paró unos instantes antes de continuar—. Muestra cortes superficiales por el cuerpo como si acabara de pelear con todas sus fuerzas y levanta la vista.

Ryan había dejado de respirar, la imagen cobrando vida en su mente mientras el capitán seguía describiendo, con angustiosa lentitud. Su mirada se volvió incontrolable hacia Lena. Estaba pálida y rígida, sin emitir un solo ruido.

Las palabras siguieron fluyendo.

—Levanta el rostro en el mismo momento en que el círculo de enemigos se abre dejando paso a alguien o a… algo.

—¿Qué?

—La visión para ahí pero Lena…

—Sigue.

La ronca voz de Lena pidió al capitán lo que todos necesitaban.

—Maldita sea. Continúa.

También Carlson suplicó que continuara, en un suave susurro. El capitán no perdió más tiempo.

—El rostro de Lena es el de aquel que espera la muerte y la ve llegar.

Dios. Quizá las imágenes fueran el aviso de lo que estaba por llegar y debían evitar a toda costa. Por primera vez en su solitaria vida Ryan sintió una pizca de agradecimiento por el aviso hasta que se dio cuenta de que Robbins no les había relatado aún el contexto de la imagen que restaba. Si seguía el ritmo iniciado, la tercera iba a ser la peor.

—En la tercera imagen Lena se encuentra de pie en medio de un espacio cerrado, con paredes de madera y una mísera bombilla colgando de una viga de madera que facilita un poco de luz. Si los laterales y el techo no fueran de madera parecería una condenada celda.

Empezaba fatal.

Instintivamente Ryan dio un paso en dirección a su protegida, sorprendiéndose al apreciar que Lena, de igual manera, había copiado su movimiento.

Robbins apretó los puños, con tremenda fuerza, provocando que resaltara al ojo ajeno la palidez de los nudillos.

La reacción de su cuerpo fue tensar los músculos. La de Lena, dar otro paso hacia él.

—Noto en la piel lo que siente. No lo que piensa pero sí sus sensaciones. Enfado, miedo, soledad y un mínimo de esperanza. Pero entonces su cuerpo reacciona a algo que se acerca a ella y lo presiente. Se le eriza el vello del cuerpo al tiempo que se siente completamente desprotegida y… abandonada. Casi paladeo su miedo. Es…

No pudo retener el juramento que alteró el narrar del capitán, causando que tres pares de miradas se clavaran en él, casi reclamando una explicación.

—Si es una maldita premonición, significa que…

No podía pronunciar las jodidas palabras. No podía.

—¿Qué?

Calló de nuevo.

—Habla, Ryan.

El profundo sonido llegó de unos tres metros, del lugar que ocupaba Lena, tan cerca. Sin darse cuenta se había ido aproximando el uno al otro.

—Que fallé.

Lena abrió los ojos, enormes en su sorprendido rostro.

—Eso no lo sabes, Ryan —Lena se dirigió a los tres—. No sabemos nada. Desconocemos si las imágenes son el futuro, si son un aviso, si puede evitarse o es imposible lograrlo. Ya estás dando por supuesto demasiado y ni siquiera sabemos cómo termina la tercera imagen.

—Mal.

Lena frunció el ceño.

¡Dios!

Nadie ganaba al capitán en pesimismo.

—Puede, pero eso no quiere decir que no debamos intentar pelear contra ello.

El capitán se enderezó.

—Antes de seguir, escuchad el resto.

Todos, absolutamente todos callaron.

—De alguna extraña manera intuyes lo que se acerca, Lena y estás muy asustada. Sientes frío y portas un colgante alrededor del cuello.

—Yo no llevo colgantes.

—Sí lo llevas y es… importante. Para ti es muy importante. Lo que se acerca te aterra y con lentitud aferras ese colgante, con ansia, como si fuera lo único que te impide derrumbarte.

Lena tragó saliva.

—¿Cómo es el colgante?

—No lo sé. No consigo verlo con claridad.

Robbins frotó su mano contra su propio pecho, como si fuera él quien estaba en ese agujero, agarrando con desesperación el maldito colgante.

—Es un medallón, suave, quizá gastado por el tacto y parece labrado.

Lena se volvió hacia Ryan, quedando sus ojos fijos en la mano que este había dirigido a su propio pecho, presionando contra algo que ocultaba la maldita ropa. Tragó saliva que no tenía, convulsionando la garganta.

—Lo siguiente…

La piel del capitán había adquirido un tono grisáceo. Sacudió la cabeza y con ella su escaso cabello, en un gesto cercano a la agonía.

—…es maldad. Respiro pura maldad.

Ryan dejó de respirar.

No era posible.

—Sus manos… Maldición, Lena. No puedes moverte ya que él lo impide. Te quiere paralizada pero tú luchas por no soltar el colgante. Tu mente es puro dolor, pena, odio, amargura y te cuesta pelear. Cada vez más.

Robbins tragó con dificultad en un silencio absoluto, roto únicamente por sus palabras.

—Se acerca otro paso y alza las manos hacia tu rostro. Tu corazón palpita a mil y sabes lo que quiere.

Lena presionó su hombro contra el de Ryan, sin darse cuenta de que estaban en pie, juntos, sin saber muy bien cómo habían llegado a quedar así y sin importarle, en realidad.

—Te quiere a ti, Lena. Obsesivamente. Para él… Para ellos…

—¿Quién?

Los angustiados ojos de Robbins se unieron a los castaños.

—Ojalá lo supiera.

—¡Quién! —gritó Lena, a punto de reventar hasta que inspiró profundamente—. Necesito que lo digas. Lo necesito.

—No lo sé, muchacha.

El capitán apretó los ojos, tratando de cerrarlos, de bloquear esas malditas imágenes. Carlson apoyó el inmenso cuerpo contra la pared, dejando que la gravedad siguiera su curso hasta quedar sentado en el suelo. Lena había perdido todo el riego de la sangre en el rostro, en el que solamente destacaban los inmensos ojos.

Hasta ese momento la figura masculina que permanecía apostada al fondo de la habitación apenas había emitido un sonido. El último de los activos del clan del Sur al que a Lena le costaba, pese al tiempo transcurrido, mirar de frente.

MacAllan.

Algo diferenciaba a ese hombre del resto y ella era incapaz de definir lo que era. Sencillamente lo sentía en sus huesos. Aislado con sutileza de sus compañeros parecía mimetizarse con el entorno pero sin lograrlo completamente debido a su llamativo cabello negro y a los dibujos que recorrían el lado izquierdo de su rostro. Era sencillamente impactante.

Ryan se volvió, con el rostro serio, hacia Harris quién estático había sido testigo del drama desarrollado delante de sus propias narices pero ante la mirada de esos grisáceos ojos, dio involuntariamente un paso atrás, chocando contra el marco de la puerta de entrada al despacho.

La manera en que habló Ryan, la fría entonación, provocó que un escalofrío recorriera las venas de todos los presentes.

—Quiero las maletas de Lena en mi alcoba en media hora.

Se distanció unos centímetros de ella, se giró hacia el capitán e inclinó respetuosamente la hermosa cabeza.

—Ante mi capitán, ante mi protegida y ante dos testigos, hijos de la Dandraara juro, como Begirale, que protegeré a mi carga con mi cuerpo, con mi alma, con mi daga y con mi corazón. Seré su sombra hasta que el otro lado me llame o vea cumplido mi destino.

Se irguió como el guerrero que era ante su superior hasta que este habló.

—Que así sea, Ryan.

A su lado Lena era incapaz de forzar un mínimo sonido de su garganta, la alucinada vista incrustada en el brutal agente que no había dejado de interferir en su vida desde que se conocieron de críos.

Su destino estaba sellado y entrelazado con el hombre que no había dudado un segundo en prestar el maldito juramento que podía terminar con él y que volvería su vida del revés ya que las reglas de la sociedad vampírica pasaban a un segundo plano. No regían para ellos.

Ahora Ryan sujetaba las riendas.

Respiró hondo para evitar ahogarse. Eran adultos y podrían sobrevivir a lo incómodo de la situación. Puede que con secuelas irreversibles para su enclenque autoestima pero cualquier cosa era mejor a que ellos la localizaran. Se había traído en la minúscula maleta su pijama anti todo. Anti bonito, anti erótico y anti hombres. Con esa cosa suave y desgastada puesta, espantaba a todo bicho viviente en un radio de diez metros a la redonda. Su arma de destrucción masiva.

Le temblaban las manos. Estaba asustada y no quería que se dieran cuenta. Que él se diera cuenta. También temía por Fanny, su compañera. La humana que con su humor, risas y verborrea, había conseguido sacarla del pozo en el que estaba hundida cuando se conocieron. Fanny estaría a salvo lejos de ella y solo por eso, valía la pena aguantar cualquier cosa. Tendría que ponerla al tanto de lo ocurrido, arriesgándose a que Ryan descubriera que mantenía contacto con los humanos. Sus amigos valían la pena porque lo eran todo para ella, al carecer de familia propia. Fanny y José, su hermano mayor, su hogareña y cálida mujer Melissa y sus tres pequeñuelos, a los que adoraba como si de verdad fuera su tía por sangre y no por elección.

La Directora había sido clara. Pero costaba tanto obedecer.

Mentir acerca de su próxima ausencia y no contactar con sus conocidos.

Por un segundo casi se le escapó una risilla. Los muy ilusos ignoraban la fuerza de la naturaleza que era Fanny Marianno y su insistencia y obsesión en proteger a sus pajarillos. Una amorosa sonrisa se le escapó sin poder contenerla pese al nudo de nervios que sentía asentado en el estómago.

A unos pasos de distancia Ryan centró su atención en la mujer que jamás terminaría por comprender. En esos momentos mostraba una sonrisa hermosa en el rostro que provocaba que los hoyuelos se le marcaran en las mejillas. Un misterio. Una mujer que se daba sin esperar a cambio, salvo con él. A él le ocultaba lo que sentía, lo que pensaba, sus miedos, su dulzura. La echaba en falta y le costaba enmendar el desastre que sin pensar, había provocado. Le había empujado, alejándola pero algo tenía claro. Se negaba a perderla.

No dudó al exponer su petición.

—Necesito conocer todo lo que tenemos sobre Riannon.

El capitán cerró los puños. No eran buenas noticias las que acechaban.

—Lo tienes todo en la habitación pero…

Maldita sea.

—¿Pero?

—No te gustará. La única razón por la que se deja ver es ella. Un marcado, un asesino oscuro no saldría de su escondite si no estuviera seguro de lograr lo que viene a buscar.

Con repentina brusquedad el capitán se dirigió hacia Lena.

—Prométeme que harás lo que Ryan te pida, Lena. Por mi salud mental y tú seguridad. Prométemelo.

Ryan sintió una mezcla de agradecimiento y comprensión hacia el hombre que había acogido a esa mujer como un padre y que sufriría lo indecible si la dañaran.

No lo permitirían de nuevo.

Instintivamente dio un paso en dirección a su protegida, sorprendiéndose al apreciar que Lena había copiado su movimiento, de nuevo. Se centraron en las palabras de Robbins.

—Hace diez meses capturamos a una célula de oscuros. Antes de conseguir que hablaran se suicidaron. Esa es la clase de temor que provoca un animal como Riannon. No llegaron a destruir toda la información recopilada y entre ella descubrimos multitud de fotografías en las que aparecía Lena. Sus itinerarios, instantáneas de sus conocidos y compañeros, lugares que frecuentaba. Todo. Supusimos que parte ya se habría enviado a su destino por lo que asignamos a Ryan para protegerte, hasta ahora.

El profundo sonido llegó de unos tres metros, del lugar que ocupaba Lena, tan cerca. Sin darse cuenta se habían ido aproximando el uno al otro.

—Pero no sé qué quiere de mí, capitán.

—A ti. Te quiere a ti, Lena. No saldría al descubierto en caso contrario.

Lena abrió los ojos, enormes en su sorprendido rostro y al contestar al hombre que le miraba con los ojos llenos de preocupación, parecía casi suplicar.

—Pero nada tengo que les pueda interesar. No destaco.

Lena se volvió hacia Ryan al pronunciar la última frase y tragó saliva que no tenía, convulsionando la garganta. Este no dudo al hablar.

—No me arriesgaré ni te perderé de vista hasta que sepa qué quieren así que hazte a la idea, por mucho que la odies.

Lena aspiró con fuerza. Un completo y desastroso caos. En eso se había convertido su existencia.

El maldito mensaje que le había enviado Fanny al móvil hacia dos horas para quedar la noche del viernes en el pub de O´Malley casi le hizo gemir de desesperación. Despistar a Ryan iba a resultar casi imposible y dejar a Fanny en la estacada ni se lo planteaba. Le debía demasiado. Entre otras muchas cosas, su cordura al acogerla en su familia al huir de la raza.

Dos mundos irreconciliables iban a chocar tarde o temprano y ella iba a estar justo en medio de la explosión.

Vaya jaleo había organizado el maldito Colton Riannon y ni siquiera le conocía. Por un breve segundo deseó ser una despistada mujer cuya mayor preocupación era sobrevivir día tras día en un mundo rodeado de facilidades o mejor, una mosquilla entretenida en revolotear bajo los rayos del sol, lejos, muy lejos de todo este embrollo que le había caído de sopetón.

Sintió los ojos de Ryan vueltos hacia ella y como la completa lela que era le sonrió al igual que una cría al que le han pillado con las manos en el cuenco de la masa de pastel.

Esos ojos grises se entrecerraron, desconfiados y se acercó un paso, cerrándole el camino hacia la salida del despacho.

Estaba completa e irremediablemente atrapada en todos los aspectos.

*****

Capítulo 4

I

Su nuevo hogar. Involuntario e impuesto.

Estaba tiesa como un palo en medio de la sala de estar del hogar de Ryan, de su reino particular si se le podía definir así y sin duda tenía buen gusto. Muebles cómodos pero de líneas modernas, en tonos marrones y cremas, sobre todo el ancho y mullido tresillo colocado frente a una televisión que provocó que se le abriera la boca de par en par. Incluso se le pasó un poquito la aprensión que la invadía. Todos los hombres eran en el fondo iguales. Esa pantalla plana era el sueño húmedo de todo macho con un par de ojos. Píxeles y más píxeles, colores hermosos y alta definición o al menos eso creía ya que la tecnología y ella tenían lo que se llamaba una relación de amor odio.

El familiar olor sobrevino por detrás y la tensión se acumuló de golpe.

Su vigilante. O sombra. O lo que fuera. Seguro que tenía un nombre técnico propio de espías aparte del tradicional de Begirale. Tendría que indagar. Le venía a la mente la palabra pegote con insistencia. Pegote Ryan.

—Llevas diez minutos mirando alelada la televisión ¿Te enamoraste, de repente, de un objeto inanimado, querida?

Iba a ser un verdadero desastre. Se volvió porque no tenía otra opción. Asentaban las bases de una sana y sensata relación o terminarían destrozándose el uno al otro.

—Bueno, es de enamorar. Si supiera encenderla, claro.

Los claros iris brillaron mostrando su acuerdo. En pie, Ryan cruzó los musculosos antebrazos, las muñecas cubiertas de labradas tiras de cuero.

—Mañana despertaremos pronto, al atardecer. El capitán nos ha excluido de los turnos durante un par de días para hacernos a la nueva situación. Entrenaremos de manera intensiva en tu desastrosa manera de luchar…

—¡Oye! —casi se atraganta con el adjetivo. Hasta ahora se las había arreglado a las mil maravillas con su técnica de lucha, si no contaba un par de tropiezos insignificantes, de nada.

Ryan le ignoró para variar, provocando en ella una oleada de mal humor que no pasaría desapercibida al fino sexto sentido de un espía, ¿no? Ocasionalmente lamentaba ser algo torpe y esta era una de esas veces.

—…para evitar sorpresas indeseadas. Judo, Muay Thai y Taekuondo, en principio. Más adelante, ampliaremos el bagaje de artes marciales.

—Sé morder. Te sorprendería mi fuerza dental.

Los plateados ojos se entrecerraron como si creyera estar siendo objeto de una pesada broma. Le dio igual. Si perdía el sentido del humor, lo perdería todo.

—Claro que tampoco me importaría convertirme en una ninja y pasearme por los tejados o volar. Y lanzar las estrellitas esas, tan afiladas como si fueran boomerangs. Paf y muerto.

Apretó los labios para impedir que se le curvaran al observar los labios apretados de Ryan.

—Vestida toda de negro. Como el zorro, pero sin capa.

En un segundo Ryan estaba a un palmo de su nariz, enorme y agresivo.

—¿Lo crees divertido, Lena?

Reculó un paso porque el hombre estaba demasiado cerca. Todo gruñidos y mala leche.

—No sabría definirlo, la verdad. Más que divertido quizá tristemente cómico.

El gruñido brotó de la garganta masculina que tenía a diez centímetros de sus ojos, como el de un enfurruñado felino. La piel se le erizó.

Se echó otro paso hacia atrás hasta topar contra la pared. Atrapada una vez más. Artes marciales, un cuerno. Lo que necesitaba eran lecciones urgentes en perspectiva espacial tridimensional. Y en callar la boca. Alzó las manos en señal de paz.

Ryan se acercó otro paso.

—Espera, tienes cero sentido del humor. Ce… ro.

La enorme figura se inclinó levemente.

—Eso no es cierto, niña. Simplemente no es el momento de tomar la situación a broma ¿Acaso no oíste lo que dijo el capitán?

—¿Todo?

La mueca de desesperación en el apuesto rostro casi la distrajo.

—¿Crees que se lo inventó? Dime, Lena, ¿bromearás igual con Riannon cuando te tenga acorralada porque no prestaste la suficiente atención?

Maldito canalla. Empleaba la mano del ganador, sin faroles y sin probabilidad de perder.

—Y, ¿qué quieres que haga, Ryan? ¿Esconderme del mundo?

—No.

—No puedo dejar que la situación me hunda. Si lo que dice va a ocurrir…

—¡No ocurrirá!

—¡No lo sabes!

—Lo sé, Lena.

—¿Cómo?

—Sencillamente, lo sé.

La voz de Ryan sonaba tan tensa que no parecía la suya.

—¡Cómo!

—Porque no lo permitiré. No una segunda vez.

Dios… Eso no lo esperaba. La inmensa figura se giró, dándole la espalda. Tan tenso que parecía a punto de estallar.

—¿Ryan?

Por un segundo no contestó hasta que, ante sus propios ojos, los músculos de esa espalda bien definidos a través de la negra y ajustada camiseta, se relajaron.

—Compartiremos habitación.

Tenía que estar bromeando.

—No.

Se volvió de nuevo hacía él, el rostro imperturbable.

—Chocamos demasiado, Ryan. Después de lo que ocurrió nos aborrecemos y ¿quieres hacer manitas en la cama? ¡No fastidies!

—Si es necesario…

Cabronazo insufrible.

—Te propongo un trato.

Una inquietante sonrisa inundó la boca masculina, formando unas pequeñas arrugas al borde de los ojos.

—Te escucho con sumo interés, mi carga.

Rechinó los dientes, sin poder evitarlo. Odiaba que le llamaran carga. Le recordaba el maldito pasado, como la apestada hija de quien osó ir contra lo sagrado. Daba igual ya. Si tan solo consiguiera no sentir eso.

—No me llames eso.

—¿Por qué? Es lo que eres.

—Puede, pero no lo hagas. Por favor.

Algo debió leer Ryan en sus ojos que asintió, respetando su deseo.

—Dame algo de espacio, Ryan y obedeceré sin protestar demasiado.

—Define demasiado.

—Dios, no cedes un ápice.

—No tengo por qué y espero que lo entiendas, Lena. Las normas en este mundo son por algo. Si las rompes, no te gustarán las consecuencias

Lena tragó saliva.

—Eso suena a Cromagnon total.

—Exacto. Por el bien de la raza.

—Y, ¿yo? ¿Qué pasa conmigo, con mis deseos? Con mi vida.

—Es lo que hay y lo sabes.

Comenzaba a hiperventilar por lo que se encaminó al sillón que hacía unos minutos había admirado, donde se dejó caer de golpe, asfixiada.

—No podré. Ryan. Si no tengo algo de libertad, moriré.

Sentía los ojos de su compañero clavados en ella, asombrados como si jamás hubiera esperado semejante sinceridad por su parte.

—No me hagas suplicar.

II

La escena era dantesca y se quedaba corta. Muy, muy corta.

Fanny aspiró con algo de ansiedad. Estaba a un paso de que se le revolviera el estómago y eso era algo que jamás les ocurría a los miembros de la familia Marianno. Gozaban de un estómago de hierro. Todos menos ella, al parecer.

El aviso a la centralita de la policía había resultado ser anónimo y la grabación de la llamada no había ofrecido pista útil alguna. Las víctimas eran cuatro mujeres de edades rondando la treintena, con características físicas similares. Profesiones dispares. Modus operandi que variaba en cada caso. Los lugares en los que se habían cometido los crímenes nada tenían que ver los unos con los otros.

El estómago le estaba matando por lo que palmeó el pequeño frasco de pastillas que siempre llevaba encima.

Desde que Lena había solicitado una excedencia de la noche a la mañana y dejado el cuerpo de policía, los casos resueltos habían disminuido. Esa mujer sentimental y atolondrada, melancólico trozo de pan no aparecería hasta el viernes por la noche, tal y como habían quedado en reunirse pero le chiflaría tenerla a su lado al igual que en los viejos tiempos en la central de policía. Incluso su hermano José, su cuñada y sus sobrinos le echaban en falta. Inmensamente.

Si supieran lo que era Lena, lo que sabía y lo que había vivido, le daba un desmayo comunal a la familia Marianno al completo. A ellos y a todos sus conocidos. Soltó una traviesa risilla. Y ya no digamos al ultra conservador cuerpo de policía de la ciudad de París.

Ella y Lena habían formado durante años una de las parejas más estables de la comisaría. Se complementaban como hermanas que se llevaban a las mil maravillas pero algo en Lena, cierta vulnerabilidad, le hizo asumir el papel de hermana mayor y a su propio hermano José, el de gallina clueca protegiendo a su polluelo carente de plumas. Lena vivía más con ellos que en su propio hogar, si a aquel pequeño agujero en el que residía se le podía definir como tal.

Ojeó de nuevo la escena del crimen mientras los de criminalística limpiaban y recababan evidencias.

Sumaban cuatro asesinatos y no conseguían parar a ese animal.

El individuo disfrutaba jugando con sus víctimas. Les desnudaba, peinaba e incluso en uno de los casos le cortó el cabello. Finalmente les vestía con elegancia. Preparaba una opípara cena y obligaba a sus víctimas a comer y beber. Sus llenos estómagos lo atestiguaban. Para comenzar a continuación con el maldito y largo sufrimiento. Las desnudaba nuevamente y…

Un escalofrío le recorrió la columna vertebral.

Lo peor era intuir que aún vivían al abrirlas en canal para extraerles los órganos. El dolor debía ser... atroz. Deseaba pensar que no duraba lo suficiente como para que se dieran cuenta de lo que les ocurría. Nadie merecía semejante final, ni el camino que llevaba a este.

Su mente era demasiado vívida.

No podía esperar al viernes. No en este caso. Aferró su viejo móvil y marcó el número de Lena. Necesitaban atrapar al asesino que estaba depredando por sus calles. Por su ciudad.

III

Él jamás se ablandaba. Jamás pero esos ojos color avellana...

Sabía a qué se refería Lena y en cierto modo comprendía su necesidad de libertad, de escapar incluso, pero el riesgo era demasiado elevado como para contemplar siquiera la posibilidad de acceder a lo que ella pedía. Bajo su custodia impediría por cualquier medio que Riannon se la llevara, arrebatándosela de entre los dedos. Apretó los puños.

—Te concederé eso, Lena. Únicamente eso, en la intimidad. El piso dispone de dos habitaciones contiguas. Ocuparás el otro cuarto pero con una condición inamovible.

Ella nada dijo pero el interrogante llenaba la oscura mirada. Antes de seguir, lanzó la advertencia.

—Si puntualmente considero que debemos compartir lecho agacharás la cabeza y solo preguntarás en qué lado te toca dormir, ¿lo has entendido?

La pelea brilló en la mirada que se alzaba desde el sillón. Tenía genio, un genio explosivo, pero sabía lo que se jugaba. Todo. Y que tenía las de perder en esta situación.

—Si quebrantas mi confianza, de cualquier modo, el trato quedará roto y actuaré como el jodido frío agente que soy. No reprimiré un castigo merecido, Lena, por lo que ándate con cuidado.

Las cejas femeninas se arquearon.

—¿Podrías especificar un poquito más? Me refiero a lo del castigo, ya sabes. Con tus extrañas costumbres neandertales mi cerebro elucubra sin tino.

Esa mujer era una provocadora nata y siempre lo sería aunque nunca admitiría que ese aspecto desafiaba una parte oculta en él que escondía a todo el mundo, incluso al resto de sus compañeros.

—No creo que quieras saberlo, niña.

—Quiero. Ya sabes el dicho, mujer precavida vale por dos.

Inevitablemente él sonrió. Nunca dejaba de sorprenderle pese a todo. Su mente le atraía como un maldito imán.

—Llegado el momento… que llegará, hablaremos.

—Eso no me tranquiliza. Para nada.

—Como debe ser, mi carg… mi protegida.

Una sobria inclinación de cabeza por parte de Lena agradeció su predisposición por cumplir lo solicitado sobre el endemoniado nombre. Puede, tan solo puede que lograran sobrevivir al caos.

—Ya han colocado tus pertenencias en mis armarios y en mi vacío vestidor. Si no me equivoco, creo que lo han llenado con tus ropas. Tendremos que dar la orden de que lo pasen al contiguo.

—No hace falta. Yo misma lo haré.

—Para eso está el servicio, Lena

Supo en cuanto las palabras surgieron de sus labios, por la turbia mirada que oscureció el suave rostro, que había perdido toda la ventaja obtenida previamente.

—No solo están… para eso. Son mucho más y merecen nuestro respeto.

Maldita sea.

El padre de Lena. El humano que se dejó la vida trabajando hasta el agotamiento en la primera casa de la Dandraara para terminar su vida, destrozado y estigmatizado como un vulgar traidor. Un humano al que su hija mestiza adoraba y al que arrebataron de sus brazos sin un resquicio de compasión.

—Nadie dice lo contrario, Lena.

Un suave suspiró emanó de esta.

—Claro. Si no hay inconveniente, señor agente, preferiría hacerlo yo. A diferencia de otros me valgo por mí misma. Siempre lo hice.

La tregua se había roto. Apenas había durado diez minutos.

—No hagas que me arrepienta de haberte dado algo de espacio, mujer.

—Los dioses no lo quieran.

La ironía rezumaba en las palabras de Lena. Dios, hacía tiempo que no disfrutaba tanto de un encontronazo y se trataba de una jodida y sencilla conversación. La tensión, la pelea bajo el correcto comportamiento, bajo la calma superficie le estaba poniendo a cien. Necesitaba alejarse. Ya. Respiró profundamente antes de hablar.

—Nos esperan en el comedor. Tienes veinte minutos. Si para entonces no estás allí tendremos esa conversación que tanto interés te genera.

—¿Cuál?

Endemoniada mujer. Era una pequeña bruja testaruda que no cedía y tensaba la cuerda al máximo.

Tenía la respuesta en la punta de la lengua. La respuesta perfecta pero un zumbido alcanzó su oído. Una vibración que surgía de las redondas caderas de Lena. La vibración de un móvil. El cuerpo de Lena quedó quieto. Sin reaccionar.

—¿No respondes?

—¿Eh?

Alzó las cejas ante su inactividad.

—Te llaman.

Un balbuceo inesperado le asombró mientras presenciaba cómo Lena contestaba a la llamada. Solamente cruzó un par de tensas frases. Un suave se ha equivocado de número, un sí y un de acuerdo.

El cuerpo se le erizó como en cada ocasión en que algo no terminaba de cuadrar y desde luego, el modo en que ella había contestado a esa llamada, le había chirriado hasta las entrañas.

Empezaban mal la relación de impuesta confianza mutua que les unía.

Ella ocultaba algo y tenía que ver con esa inoportuna llamada telefónica. Si algo odiaba era eso. Que Lena le ocultara información.

—¿Quién era?

—Nadie. Se equivocaron.

Y un cuerno.

Presentía que la famosa conversación se acercaba a marchas forzadas.

IV

La sensación era, por decirlo suavemente, extraña. Como si perteneciera al lugar y eso le asustaba ya que jamás le había ocurrido antes. La impresión de pertenecer a un lugar en concreto.

La habitación permanecía en silencio. Un silencio que apaciguaba sus nervios y ello se debía a una sencilla razón. Ryan no estaba en las cercanías. Tras ubicar su ropa y enseres en los armarios y cómoda, le había indicado, bueno, le había ordenado que esperara su vuelta. Dentro del apartamento. Sola. Que podía descansar un rato tras acomodarse y que no hablara por teléfono.

¡Ja!, como si ella fuera del tipo inactivo.

El hombre estaba tonto. Parecía que no le conociera desde hacía siglos, por lo menos.

El bote le sacó disparada del sillón en el que se había repantingado, tras descalzarse y cambiarse de ropa. Del condenado susto casi aplastó el móvil. Miró la pantalla y suspiró.

Fanny.

Recorrió la estancia con cierta desazón.

Con la suerte que tenía seguro que la furia envuelta en un paquete gigante y enfurruñado aparecía en plena conversación con su ex compañera de andanzas. Podía imaginar en su mente la espeluznante escena.

¿Quién es?

Nadie.

Nadie no tendría voz y al otro lado de ese teléfono está alguien que más que hablar, parece chillar.

Vale, me rindo. Es Fanny Marianno, mi mejor amiga y ex compañera humana con la que sigo tratando y...

Rugido espeluznante por desobedecer e ir en contra de las sacrosantas e incontables reglas del endogámico mundo de los espías. Abrió el teléfono tras agudizar el oído en busca de un mínimo ruido o pasos que anunciara el indeseado retorno de la bestia. Nada. Persistente silencio y calma. Al oído aulló la clara e histérica voz de Fanny.

—Tenemos problemas y de los gordos ¡Nos llueven a cántaros!

¿Y cuando no?

—Maldita sea, Fanny ¡No me llames al móvil! Quedamos en encontrarnos en el club el viernes. Espérame allí. El bruto sospecha algo.

—Pues tendrás que despistarle.

Soltó la carcajada porque la mera idea era risible hasta que se dio cuenta que su mejor amiga no le acompañaba.

—Lo dices en serio.

—La cosa se ha puesto fea, Lena. Tenemos otro cadáver, amiga mía.

—Diablos. ¿Como los otros?

—Calcado salvo por un leve detalle morboso.

—¿Quiero saberlo?

Su pulso se aceleró porque si Fanny le llamaba a deshoras el asunto era más serio de lo habitual.

—Le torturaron sádicamente antes de matarla, Lena. Quién sea, está perdiendo el control sobre sus impulsos.

Toda la maldita sangre del cuerpo le cayó a los pies. De golpe. Aspiró profundamente para hablar, para decir algo pero su amiga se le adelantó.

—Debes venir, Lena. Mientras la escena esté aún caliente.

—¿No la han limpiado los forenses?

—Se han llevado el cuerpo pero he logrado retrasar algo a los de criminalística.

—¿Cuánto tiempo?

—Una hora a lo sumo.

—¡No es nada!

—Venga, Lena. El tema es lo suficientemente duro y escabroso como para que te escapes un ratito de la vigilancia de los otros.

Los otros.

Así definía Fanny a los secretísimos además de sigilosos espías y en parte lo comprendía.

—Las situación han variado un poco, Fanny.

—¿Cuánto?

—Quizá me tenga que acompañar uno de ellos.

—¿Quiénes ellos?

—¿Tú quién crees, Fanny? ¡Uno de los otros!

—¡No me jodas!

—No seas malhablada.

—¡¿Yo?!

—Sí, tú —trató de sosegarse porque en caso contrario le iba a dar algo—. Si no he aparecido en media hora…

—Maldita sea, Lena. Ni se te ocurra decirme eso y después colgarme, que te conozco y además…

Hizo exactamente lo vaticinado por su mejor amiga. Cortar la conversación. Diablos, le conocía como si la hubiera parido. Demasiado tiempo trabajando codo con codo y leyéndose mutuamente la mente.

La bronca y profunda voz llegó de la puerta. Sin previo aviso. No había oído acercarse al gruñón sigiloso.

—¿Con quién hablabas? o ¿acaso este también se ha confundido al marcar?

Hoy no era su día. Al garete su vida, su libertad y ahora también su intimidad.

Se giró hacia el hombre que tenía todos los ases en la manga y por la expresión de su rostro sufría de un enfado descomunal. Decidió empezar suave y medianamente sumisa la conversación. Quizá funcionara y calmara a la fiera.

—Tenemos que hablar, Ryan.

—Puedes jurarlo, querida mía.

La sumisión no funcionaba. Necesitaba pensar, que los engranajes de su cerebro rodaran. ¡Quizá si Ryan dejara de recorrerle con esa desconfiada mirada!

La mente en blanco. Así la tenía.

Muy bien, la cuestión básica era cómo comenzar sin ser despellejada. Decidido. A lo bestia y de carrerilla. Pero antes aspiró con fruición.

—Mantengo el contacto con mi mejor amiga. Una buena amiga policía, quiero decir, porque son los únicos amigos que he tenido, claro. Agentes. Pero no secretos, quiero decir —esto iba fatal. Ryan se había enderezado ganando su altura un par de centímetros y entrecerraba los brillantes ojos—. Buenos amigos policías. De acuerdo, en concreto mi compañera.

—Querrás decir tu ex compañera.

No le agradaba nada, pero nada la melosa entonación de la ronca voz.

Maldición. Anunciaba peligro y hoy no estaba para demasiados trotes así que optó por barbotar toda la información de golpe y que fuera lo que la virgen decidiera.

—Eso mismo. Fanny Marianno. Bajita, directa y de corto cabello negro. Es una buena mujer y aunque la orden fue romper el contacto y todas esas cosas propias de la protección de testigos y demás cabos sueltos no pude hacérselo a ella. No a Fanny.

—¿Por qué?

Oh, oh.

Monosilábico.

—Es mi mejor amiga y no…

No le vio acercarse pero lo tuvo a su lado en un segundo. Enfurecido. Acorralándole contra la dura pared, sus manos posicionadas a ambos lados de su cuerpo y cerrándole toda vía de escape.

—¿Por qué?

—¡Porque no lo merece!

Los grisáceos ojos se cerraron un segundo para abrirse de nuevo, igual de enfadados.

—No lo decides tú, Lena.

—En este caso lo hago.

Apoyó las palmas de sus abiertas manos contra la negra camiseta sintiendo la dureza de sus pectorales.

—Es mi familia.

El brutal puñetazo masculino hundió el yeso de la pared junto a su hombro.

—¡Tu familia es agua pasada!

Aferró en un puño la negra y suave tela de algodón porque necesitaba que supiera que lo que iba a decir era importante para ella.

—No. Nunca lo será, Ryan —tragó el nudo en su atorada garganta—. Dime algo, ¿considerarías tu familia a quien nada quiso saber de ti y te echó a los perros o a quien te acogió, dio cariño y un hogar? Contéstame a eso.

V

¡Dioses! Era una manipuladora nata.

Sus indagaciones a la hora de identificar el origen de la llamada que había recibido Lena habían resultado nulas. El rey de la tecnología y un maldito móvil con tarjeta prepago le había parado los pies.

Inflamado por el enfado había llegado justo a tiempo de presenciar otra violación del juramento de la brujilla. El capitán había sido claro y no dejado un mínimo resquicio de duda.

No más tratos con conocidos.

Y ahora Lena le venía con que esa otra insensata mujer con la que mantenía el contacto, ¡era su familia!

Jamás debió permitir que se alejara de él. Debió seguirla, debió retenerla pero en plena contienda su mundo no era lugar para ella. Era lo suficientemente terca como para insistir en unirse a ellos y terminar herida o peor, sacrificada y eso, eso era impensable.

—Me mentiste, Lena.

A su espalda sonó el bufido esperado.

—¡Yo no miento!

Se volvió rápido hacia la figura que permanecía en el lugar junto al agujero en la pared. Fino polvo de yeso le cubría un hombro.

—¿Simplemente retengo algo de insulsa información para la posteridad?

Estupefacto. Así se quedó. Alelado y con la boca abierta hasta que observó la risa que los labios femeninos trataban de impedir que asomara. Se cruzó de brazos y esperó. Lena se contuvo callada un segundo. No más.

—Muy bien. Tenemos un problemilla entre manos y creo que ha aterrizado en nuestro patio trasero.

Eso llamó su atención.

—Cuenta.

—¿Te mantendrás apartado de Fanny?

—Depende.

—¡De qué!

—De lo que calles de ahora en adelante.

No bromeaba y ella lo sabía. Su avellana mirada se lo indicó antes de asentir con algo de renuencia.

—Está bien. No he dejado de tratar con ella y no lo haré, Ryan. Le debo demasiado y le quiero mucho. A ella y a su hermano, su mujer y si es necesario los protegeré. Son buenas personas. Mejor de lo que imaginas.

—¿Sabes lo que dices, Lena? Si el capitán o cualquiera de los demás se enteran…

—Solo tú lo sabes.

Ryan se giró mesándose el negro y brillante cabello.

—Malita sea, me pides lo imposible.

—Nada es imposible. Nada.

Recorrió a Lena con la mirada pensando que siempre sería un misterio para él. Esa parte que ocultaba a los que la rodeaban la hacía diferente. Tan diferente.

—No te entiendo.

—Lo sé pero es tan sencillo, Ryan. Si quieres a alguien le proteges y le cuidas. No le apartas desechándolo porque, con ello, únicamente le dañas. No puedo hacerles eso.

—¿Saben de nuestra existencia?

—¿Un poco?

—Define un poco.

—Nos espera a ambos esta noche en la escena del último crimen.

Los claros ojos se redondearon como ciruelas maduras antes de comenzar a soltar exabruptos y juramentos.

—En una hora.

—¡Has perdido la cabeza, Lena!

—Era eso o intentar despistarte.

El inmenso corpachón vestido enteramente de negro cayó sentado en el mullido sillón en el que ella había pasado media tarde apoltronada. Lena se aproximó un paso. Pequeñito. A la defensiva. ¿Les podía dar un aneurisma de los nervios a los espías? ¿En casos extremos de shock? Carraspeó inquieta.

—¿Estás bien, Ryan?

Si las miradas quemaran en esos momentos estaría convertida en líquida lava bajos las botas de motero del gruñón.

—No es tan grave como parece. Ya verás cómo te encanta Fanny mientras está en su salsa. Le chiflan los puñales y su labia es legendaria en el cuerpo de policía.

Por Dios, parecía una madre tratando de convencer a su testarudo hijo que tocaba comer el repugnante potaje de verduras y dejarse el babero en su sitio.

El hombre se incorporó de repente quedando a diez centímetros de distancia. La sonrisa maquiavélica que brotó en esos llenos labios le puso literalmente la piel de gallina.

—Me encantará visitar a tu amiga y enseñarle mis puñales.

Su corazón comenzó a bombear como si sufriera de una galopante arritmia y gimió mientras observaba al bruto dirigirse en dirección a su cuarto a grandes zancadas al tiempo que le decía que se abrigará que la noche iba a ser movida e interesante.

¿Quién diablos le había mandado abrir la boca? Ni queriendo podía imaginar en un mismo espacio a Fanny y a Ryan. Dios santo, iban a saltar chispas.

*****

Capítulo 5

I

—En realidad Fanny es una mujer algo impresionable, tiene una casi úlcera y se está haciendo mayor por lo que…

La llameante mirada gris cortó de raíz la súplica camuflada en sus palabras. Llevaba intentando suavizar el encontronazo entre esos dos desde que hacían dejado la casa que cobijaba al grupo pero Ryan no estaba de humor para bromas. Le molestaba haber cedido en contra de lo que su inquisitiva mente indicaba y se lo iba a hacer pagar. Pese a todo Lena agradecía que no hubiera dado parte de su indiscreción como contemplaban las normas y por ello aceptaría las consecuencias a su negativa a romper los lazos que le unían a Fanny.

—Impresionable, ¿decías?

Lena alzó la mirada, atravesando la luna delantera del vehículo y gimió. Fanny se asemejaba a cualquier cosa menos eso. Estaba en plena etapa de ebullición, moviéndose como un búfalo de agua entre los compañeros, logrando que todos se apartaran veloces a su paso. Sacudía los brazos mientras daba explicaciones y discutía efusivamente con uno de los de criminalística. Con Turner. Diantre, les había tocado en suerte como jefe del turno de noche a Turner, el niño bonito de la unidad de criminalística. Un figurín insoportable, pagado de sí mismo y que a ella le cogió ojeriza tras resolver un caso en el que su endiosado equipo en nada había ayudado, entre otras cosas. Por asociación y a la vista del modo en que vociferaban ambos Fanny no había limado asperezas con el hombre pese a que habían transcurrido más de seis meses desde su último encontronazo.

—¿Quién es el imbécil estirado con el que habla Marianno?

Al demonio. La situación se complicaba por momentos.

—Nadie.

—Si así fuera no te habrías tensado al verle.

Lo odiaba. De verdad que odiaba las facultades de observación de los espías.

En la semi penumbra del interior del vehículo el rostro de Ryan se giró en su dirección y un suave gruñido se filtró entre sus labios. Era evidente que quería datos. Tras un suspiró optó por facilitarlos.

—Está bien. Intercambiamos un par de palabras malsonantes en mis buenos tiempos y desde entonces no me soporta —desvió la mirada hacia la discusión que ahora mantenía con su mejor amiga—. Y al parecer Fanny ha seguido mi tortuoso camino.

Por la forma en que Ryan ladeó levemente la cabeza supo que estaba agudizando el oído y soltó una minúscula risilla entre dientes.

—¿Qué?

—Tu amiga tiene una interesante imaginación y una… sucia boca.

Lena sonrió. Quizá sí pudiera limar algunas asperezas antes de lo imaginado.

—Esa es mi Fanny.

Una milésima de segundo fue lo que tardó Lena en darse cuenta de que había metido la pata de nuevo al pronunciar la última frase, hasta el fondo. Los claros ojos se clavaron en ella.

—Ya hablaremos de tu futura relación con esa mujer al volver a casa esta noche, Lena.

¡Ja! Pobre iluso. Al menos no le había llamado su carga. Un minúsculo paso en la buena dirección.

Para cuando se dio cuenta la imponente figura de Ryan había descendido del coche y se dirigía imparable hacia las dos figuras que permanecían enfrascadas en plena discusión.

Ojeó los alrededores. Fanny había cumplido. La escena del crimen estaba limpia en parte debido a su ubicación. La zona era solitaria, la parte inferior de un bajo puente por el que durante el día circulaban miles de personas pero por el que, al caer el sol, no se acercaba ni un alma. No era una zona que un buen ciudadano recorriera a pie voluntariamente. Por el extremo del puente en el que se había localizado el cuerpo, se podía descender sin excesiva dificultad hasta el borde fangoso del río Sena. No había senderos que marcaran el tránsito de personas y la maleza lo cubría todo. Olía mejor de lo esperado y la zona estaba acordonada. No era excesivamente grande y tras observar de reojo los alrededores lo único que quedaba pendiente era la retirada de la cinta delimitadora. Los pocos coches patrulla que permanecían en el lugar estaban alejados y comenzaban a retirar las señales y las luces. Era el indicio de que los forenses habían terminado su labor y que no tardarían en trasladar el cuerpo al anatómico forense. Seguramente eso fuera el tema de discusión entre su mejor amiga y Turner.

II

Sus nudillos le hormigueaban de las ganas de estampar el puño en medio del rostro de Lucas Turner. Le superaba la prepotencia del idiota parado como un muñeco hinchable ante ella. Tan fino, tan esmerado en todo, tan… don perfecto. Tan opuesto a ella. Se negaba rotundamente a que un par de colaboradores examinaran la escena del crimen como si el lugar y el cadáver hallado fueran de su exclusiva propiedad. Cuando descubriera la identidad de los susodichos colaboradores igual le daba un telele al listillo. Lo cierto era que solo de prever esa mera posibilidad, ya estaba deseando que llegara Lena y su ilustre acompañante.

Y ahora, ¿qué le pasaba al estirado petimetre? Miraba a su espalda como si Drácula se hubiera presentado ante él para informarle de que se le había antojado un tentempié y nada más sabroso en esos momentos que un suculento y edulcorado Lucas Turner.

—Hola.

Diablos. Su corazón pegó un bote en el pecho, literalmente. La grave y profunda voz le puso el vello en punta. No necesitó volverse para saber quién acababa de llegar. Que a su espalda, a un metro de distancia, estaba el gigantesco compañero de Lena, todo mala uva e impactante. El metete que le hacía la vida imposible en su nuevo trabajo de espías y por el que ella lanzaba alguna que otra plegaria todas las noches para que le mejorara el carácter en beneficio de su Lena, claro.

Al fin lo iba a conocer de primera mano y no a través de los intrigantes comentarios de su mejor amiga. Seguro que no era para tanto aunque la mirada y la boca abierta con la lengua fuera colgando de Turner comenzaba a hacerle dudar de su intuición. Se giró en redondo y… tragó saliva.

Mastodóntico. Eso fue lo primero que le vino a la mente. Un cuerpo de impacto, calculando a ojo de buen cubero de unos dos metros de altura, músculos de atleta e incluso así se quedaba corta. Aterrador, con unos rasgados ojos y esa mueca que fruncía sus gruesos labios, tan poco habituales en un hombre. Tenía todo el aspecto de un asesino a sueldo y de los buenos. Y era increíblemente guapo el puñetero.

De reojillo observó a Turner quien seguía con la boca abierta y casi descoyuntada. Pues ella no se iba a dejar achantar y menos ante un hombre que estaba haciendo la vida difícil a su mejor amiga.

Detrás del mastodonte asomaba intermitentemente la cabeza de Lena, haciendo extraños gestos, totalmente incomprensibles y descoordinados.

Bien pensado también le pediría a su cuñada que, a ser posible, rezara tres aves marías por el alma perdida del gigantón que la miraba como si de un soplido fuera a hacerla rodar hasta desaparecer del mapa.

Se enfurruñó. No tenía tiempo para una pelea territorial.

—Soy la gallina jefe del corral y te informo que no… tengo… tiempo… que perder —se giró hacia el pelele parado a su lado—. Turner, cierra la boca de una jodida vez que estás haciendo el ridículo y te van a entrar moscas cojoneras.

Dejando atrás al de criminalística enfiló hacia el gigante que se interponía en su camino y le dio un leve empujón en el costado que, para su inmensa sorpresa, movió semejante musculatura dejándole vía libre para hablar con Lena. Con la mole a su espalda no pudo evitar vocear en silencio a su mejor amiga un es enorme y parece enfadado con el mundo. No, mejor dicho, enfadado contigo, provocando que esta alzara los ojos al cielo en una muda plegaria. Mal tenía que estar la cosa para que Lena se decidiera por rezar o lo que fuera que estaba haciendo.

Agarró del brazo a su mejor amiga y la ubicó pareja a ella, dando ambas espaldas al vampiro. Le pareció escuchar un gutural sonido a su espalda, como un preventivo aviso lanzado por un San Bernardo que prefirió obviar. Fue al grano.

—La última víctima lleva al menos seis horas muerto y le han…

—Ocho horas.

Ahí estaba de nuevo esa cavernosa voz. Frente a Lena vocalizó un ¿Le ignoro? pero no le dio tiempo a hablar al escuchar junto a su oído un susurro bajo pero claro. No le había escuchado acercarse.

—Como me ignores, agente, no te va a gustar lo que…

El berrido de Lena no se hizo esperar.

—¡Ryan!

—Carga, tú… lo que sea, cree que puede ignorarme. Te doy diez segundos para hacerle entender su craso error.

¿Carga?

¿Lo que sea?

¡Te doy diez segundos!

Juraría que había entendido eso. Ni que Lena tuviera que obedecerle como un perrillo faldero ¡Petulante cascarrabias! Se le acababa de agotar la paciencia. Del todo. Y para colmo el imbécil de Turner no quitaba la vista de la sabrosa escena que se desarrollaba ante sus ojos. Se volvió con tal rapidez que casi, casi se desequilibra.

—Mira, grandullón. Puedes tener músculos y todo eso, pero me importa… un huevo. Si estás aquí es porque Lena ha estado de acuerdo y la necesito con desesperación para pillar al cabrón mal nacido que ha matado en mi ciudad. No permitiré que ocurra de nuevo y, a propósito, soy su mejor amiga, no un lo que sea, que es más de lo que puede decirse de ti.

Aspiró una bocanada de aire porque casi se asfixia de la parrafada. El bestia que tenía frente a ella fue a hablar pero no se cortó un pelo al cortarle de cuajo. Alzó su dedo índice mandándole callar y… ¡funcionó! Antes de que el hombre se lo retorciera optó por hablar a toda velocidad.

—Cuatro. Ya van cuatro mujeres jóvenes y nada que las relacione salvo una maldita cosa y la necesito a ella.

La expresión en el apuesto rostro del vampiro denotaba extrema inteligencia y puede que incluso un atisbo de diversión.

—¿Por qué?

—De cebo.

El gemido lanzado por Lena a su espalda traslució agobio. La expresión del llamado Ryan se tornó, nunca mejor dicho, viciosa. En sentido mortal.

—Puedes olvidarlo, señora.

¿Le acababa de llamar señora? ¡Señora! ¡A ella! Sonaba a insulto. Con cada palabra lo estropeaba más.

—Eso lo tendrá que decidir ella. No tú.

—En eso te equivocas, Fanny Marianno.

El carraspeo de Lena en nada sirvió para que recularan o para que el idiota de Lucas Turner dejara de absorber cada palabra que llegaba a sus oídos al tiempo que preguntaba bajito por qué demonios el hombre enorme llamaba señora en forma despectiva a la detective Marianno. Tampoco sirvió para que ella callara.

—¿Acaso te crees su dueño, buen hombre?

El inmenso cuerpo se aproximó un paso obligando a Fanny a dar un paso atrás, chocando con Lena y pegándole un buen pisotón.

—Nunca mejor dicho, señora.

Ahora era ella la de la boca abierta de par en par mientras todos ellos alcanzaban a escuchar con asombro a Turner barbotar con voz gangosa, de dopado hasta las cejas un Dios, son sadomasoquistas.

Todos se giraron hacia este último.

Babeaba y no apartaba la vidriosa mirada de Lena.

III

—¿Qué diablos mira ese imbécil?

Eso mismo le encantaría preguntar a ella porque la mirada lasciva de Turner le estaba poniendo de los nervios. Como si en lugar de verle a ella, a Lena Bates, estuviera ojeando un pavo relleno con todas las delicias imaginables colocado, atado y amordazado, ante un hombre hambriento en plena comida del día de navidad.

La situación se le estaba escapando de las manos. Su actual compañero había dejado de atender a Fanny para centrarse en el atontado que seguía mirándole con ojos de ternero enamorado. Ryan se volvió hacia ella como si tuviera la culpa de hacer encendido la libido del de criminalística.

—O deja de mirarte así o tendremos un problema, Lena.

—¿¡Qué quieres que haga!?

—Decirle que lo que está pensando no ocurrirá ni en un millón de años.

Por una milésima de segundo dudó en preguntar a qué se refería. Sobre todo al apreciar la tensión en los cerrados puños de Ryan y la forma en que este había mirado a su alrededor en busca de curiosos que pudieran entrometerse en una trifulca con el idiota ¡que se estaba relamiendo los labios! , sin apartar su vidriosa vista de ella. La curiosidad le pudo.

—¿Quiero imaginar lo que piensa?

La mirada de Ryan fue respuesta suficiente. Sorpresivamente fue Fanny quien intervino.

—Turner, pisa tierra firme. Tu mente te está jugando una mala pasada. Créeme, Lena no es de esas.

El balbuceo de Lucas lo interrumpió.

—Pero, acaba de decir…

Suficiente, pensó Lena.

—¡Soy una mujer tradicional, idiota!

—Pero ese ha dicho que es tu dueño, como si fueras su pareja, como si te tildara de su sumisa.

Inepto insistente.

— ¿¡Te parezco una sumisa!?

Los ojillos verdes de Turner brillaron con posibilidades que emanaban de su retorcida mente y que sin duda Ryan captaría al instante. El ladrido de este los sorprendió a todos provocando que el primero echara a correr a la velocidad que se lo permitían las piernas y que ellos se encogieran del susto.

Lo siguiente que surgió del espeso silencio fue la voz asombrada y extremadamente satisfecha de Fanny, dirigiéndose a Ryan.

—Tío, me encantaría tenerte a mi lado en una redada.

Ryan le sonrió mostrando el blanco de los dientes. Y los caninos.

Lena suspiró desesperada.

IV

La información de la que disponía Fanny había sido asimilada al momento por Ryan y para su completo pasmo este parecía el nuevo compañero y alma gemela de su ex compañera de rondas y fatigas. Se sentía dejada de lado, como una muñeca rota y deshilachada a la que nadie…

—Estás en Babia, Lena.

Es que la situación no era para menos. Las cuatro de la madrugada les habían recibido tomando un café en un tugurio no lejano a la escena del crimen. Ellos y una pareja ocupaban las mesas que se alineaban junto a los ventanales. El inmenso cuerpo de Ryan apenas cabía en el estrecho asiento doble que habían elegido, obligándole a que sus muslos rozaran de continuo poniéndole de los nervios.

—Son muchos litros para desaparecer sin rastro.

Demonios, no había escuchado ni una condenada palabra que habían cruzado Fanny y Ryan ¿De qué hablaban mientras ella estaba en la inopia? ¿De alcohol?

—Hay tres opciones —apuntó Ryan—. Que la desangraran en otro lugar y abandonaran el cuerpo bajo el puente. Que lo hicieran en el lugar pero habrían quedado restos o que…

—¿Qué? —insistió Fanny.

—Que fuera un ritual y necesitaran la sangre para algo.

—¿Un ritual de iniciación? —inquirió Marianno.

—No necesariamente.

Fanny se dirigió directamente a ella por lo que no tuvo más remedio que explicarse ante la atenta mirada de Ryan.

—Hemos interceptado partidas de sangre, destinadas a transfusiones y contaminadas, durante los últimos meses. Todas contenían un agente extraño que están analizando. Sintético. Algo nuevo y desconocemos aún los efectos que causa pero si llega al mercado…

Madre mía, estaba atontada. No tenía razón para apurarse pero si era sincera quien la coartaba era Ryan y esa mirada que sentía caliente, a su derecha, sobre ella. Fija en ella. Fanny chasqueó los labios.

—Maldita sea. A la policía no han llegado rumores acerca de una nueva droga.

Ryan frunció el ceño.

—Está bien. Dinos lo que sepáis de los asesinatos.

—No nos consta ni un solo testigo que viera a alguien arrastrar a otra persona y si murió hace seis horas…

—Ocho horas.

Fanny torció el gesto pero continuó.

—Ocho horas, aproximadamente, la tendrían que haber dejado en el lugar hacia las siete u ocho de la tarde lo cual lo hace prácticamente inviable. Desangrar el cuerpo en el lugar con algún artilugio también se sale de lo normal y creedme, aquello que se sale de lo habitual llama poderosamente la atención. En cambio lo que pueden parecer dos amantes sean del sexo que sean, bajo el puente y acaramelados, no desviaría ni una mínima mirada curiosa. Mi instinto me dice que quien fuera la exprimió a conciencia.

—Por Dios, Fanny, viva la sutileza.

—¿Ahora me vas a resultar una melindrosa, Lena?

Ryan se recostó contra el respaldo del banco corrido que ocupaban ambos frente a Fanny, descansando el brazo en este, casi tocándole con los dedos el cogote. Poniéndole más nerviosa de lo que ya estaba. Y el muy bruto lo estaba disfrutando, intuyendo que ella no protestaría delante de su mejor amiga. Intentó olvidar lo que le rodeaba y lo que desprendía tanto calor a su espalda.

Decidió intervenir comenzando por lo que más le preocupaba. Fijó la mirada en los redondos ojos de Fanny.

—¿Qué más tienes y ante todo a qué te referías antes con lo de cebo?

Los oscuros ojos de Fanny se desviaron momentáneamente hacia Ryan.

—Maldita sea, Lena. Todas las víctimas se asemejan físicamente a ti y mucho.

Sintió las puntas de los dedos de Ryan tocarle la nuca. Se movió ligeramente para indicarle que le incomodaba pero le ignoró manteniendo las zarpas en el lugar.

—¿Las cuatro?

—De semejante estatura, rozando el metro sesenta. Pelo castaño y ojos del mismo tono. Rasgos faciales simétricos, agradables a la vista y con la nariz respingona. Con pecas y ejem… —la azul mirada de Fanny se volvió un segundo hacia Ryan para encogerse brevemente de hombros— …generosas de curvas.

—Venga ya, Fanny. Hay infinidad de mujeres así.

—No lo dudo, chica, pero tenemos un tipo de víctima que casualmente coincide contigo.

La profunda voz de Ryan cortó la ligera discusión.

—¿Qué más tenían en común?

Fanny calló un segundo antes de proseguir.

—Dejando aparte el modus operandi, nada los unía salvo que eran asiduos de "La gruta"

Los dos, Ryan y ella se tensaron al mismo tiempo. El club era un punto de encuentro de los de su raza. Las posibilidades de que el asesino conociera la existencia del grupo se habían multiplicado con una simple frase. La mala suerte acababa de llamar, con fuerza e insistencia, a su puerta y no podrían mantener al clan al margen.

Lena aspiró profundamente. Estaba hasta el cuello de problemas.

V

La discusión había terminado bien entrada la noche. Lena seguía sin decidir quién de las dos personas que la acompañaban, el espía o la detective, era más testarudo y orgulloso. Fanny se resistía a que el grupo de vampiros metiera las narices en su mundo, más allá de Lena a quien consideraba familia y Ryan había alcanzado el punto de ordeno y mando. Su gente podía estar implicada por lo que el grupo intervendría, con o sin el beneplácito de la humana.

Media hora más tarde habían alcanzado el punto en que la frase eres el ser más terco que he conocido en mi vida surgió de labios de Ryan en un momento de agotamiento mental tras pelear verbalmente con Fanny. Casi sonrió ya que conocía de primera mano la sensación de darse cuenta que se estaba perdiendo la discusión a pasos agigantados.

A ella le había ignorado descaradamente hasta que se negó en redondo a permitir que Ryan camelara descaradamente a Fanny. El más tarde hablaremos, en la cama de Ryan había logrado tres reacciones inmediatas. Arritmia en su descontrolado pecho, una mueca más que inquietante en los labios del hombre que prometía problemas al llegar a casa y las cejas de Fanny rozando el inició de su oscuro cabello, tan arqueadas que su expresión resultaba inmensamente ridícula.

—No lo dice en serio, Fanny. Es una forma cruda y extraña, muy extraña, de hablar.

—Hablo muy en serio.

Ignoró la afirmación de Ryan. Sin girarse, barbotó desesperada.

—¡No lo hace!

—Sí que lo hago, querida.

Las manos de Lena se dirigían a taparse el rostro para gemir de vergüenza cuando decidió que no se iba a ocultar de nadie y mucho menos iba a permitir que el lerdo le avergonzara, aunque notara sus mejillas a punto de explosionar.

Los ojillos de Fanny se abrieron aún más.

—¿Dormís… juntos?

—¡No!

—De hoy en adelante, sin duda.

Lena se volvió hacia Ryan.

—No podemos.

—Sí podemos.

—Necesito mucho espacio para dormir. Y ronco. También parloteo en sueños. Y babeo. Mucho.

—No te preocupes, querida. Lo que se dice dormir, es lo último que haremos en el lecho.

Vale. Le iba a dar un ataque cardíaco y por la expresión en el rostro de Fanny, esta no le iba a la zaga. Una vocecilla que jamás había escuchado surgió temblorosa del redondo cuerpo de su mejor amiga.

¿Estáis…juntos? Dios santo, se iba a desmayar. En pleno café, a una hora del amanecer.

—¡No!

—Sí.

Se volvió como una fiera al idiota alelado que la miraba con los ojos entrecerrados y retadores mientras saboreaba una taza de café como si de un aristocrático lord inglés se tratara.

—De eso nada.

— Lo han ordenado por lo que pasará. Hazte a la idea, Lena.

—¿Ordenado? —inquirió Fanny, con la boca abierta de par en par.

—Bueno, aconsejado.

—¡De eso nada!

Ryan siguió hablando como ¡si no la escuchara!

—Quizá sea mejor decir que lo han pronosticado.

—¡Ja! También pronostican el tiempo y siempre, siempre fallan.

Ryan le observaba con cierto aire de superioridad.

—Es la Directora.

—¿¡Y qué!?

—Que… ella… manda y no yerra.

Apretó los dientes.

—Olvidas algo, Ryan —los claros ojos se volvieron hacia ella, impertérritos—. No me gustas.

El gañido que soltó Fanny fue coreado por su balbuceo. Los diez centímetros que separaban su cuerpo del de Ryan se habían evaporado y lo tenía pegado a su costado, empujándole contra el frío ventanal. El hermoso rostro hundido en su cuello y le estaba olfateando. Allí mismo. Delante de Fanny. Olisqueándole, como a una apetitosa presa.

Fue a protestar pero la queja se le quedó congelada en la garganta al sentir una tremenda presión en la entrepierna. Cerró los muslos de golpe pero esa inmensa mano se mantuvo en el lugar, forzando el espacio que necesitaba. Por Dios, apretando contra su entrepierna. Y hacia abajo, hacia el borde del maldito asiento donde sus glúteos impedían que esa mano siguiera adelante. Sintió la presión del pulgar y tragó saliva. Una y otra vez. La tela hacía de tope.

Notó una fina película de sudor cubrirle el pecho, la espalda, el rostro y presionó de nuevo los muslos. Dio gracias porque los extraviados ojos de Fanny seguían clavados en su cuello, en el lugar que Ryan había comenzado a lamer, sin atender a lo que podía estar ocurriendo bajo la endemoniada mesa.

Sus piernas comenzaron a temblar. Trató de deslizarse hasta pegar la espalda al respaldo y escapar de esa manaza, de esa…pero le seguía. Seguía el movimiento de su cuerpo.

—Para.

No reconoció su propia voz. Toda la sangre se le había agolpado en el cuello y ahí abajo, donde Ryan había comenzado a acariciar el interior del muslo.

No aguantó más.

Deslizó su propia mano hasta rodear la muñeca masculina y tiró de ella sin lograr que se moviera ni una milésima de espacio.

Se mordió el labio inferior causándose sangre. Ryan le dio un lametón y notó el roce de las puntas de los dientes, cerca de la yugular. La lengua rozándole la piel.

Se estaba descontrolando.

Respiró un poco, aliviada. Ryan le había soltado el muslo. El aire se le atragantó en la garganta al de un segundo. Los largos y fuertes dedos de Ryan se habían posado en el botón que cerraba el pantalón y en el cierre de la cremallera y tiraban…oprimiendo su…

Tragó saliva con dificultad.

Lo veía todo difuminado, le costaba respirar y estaba tan enfadada con Ryan. Tan enfadada. Por creerse con derecho a manosearle delante de todo el mundo y por mundo se refería a Fanny, quien mantenía esa mirada completamente desorbitada y alucinada en ellos.

El aliento le rozó el lóbulo de la oreja.

—Tu cuerpo me dice otra cosa, querida. Me dice que no tardaremos en compartir bastante más que un lecho.

De golpe Ryan se separó y como si nada hubiera ocurrido, como si no hubiera propasado una línea que ella creía infranqueable cogió por el delicado mango la taza de café y le dio un último sorbo, saboreando su ligera acidez.

Rojo, no. Lo vio todo negro. Como si estuviera en su particular infierno negro.

Se sentía…humillada.

Ryan había actuado como el frío hijo de mala madre que era. Sin importarle sus sentimientos o colocar en un apuro a los que los rodeaban. Había demostrado quien mandaba y que pasaría por encima de quien fuera necesario para meter en su cabeza que las tornas se habían vuelto en su contra. Las ganas de maldecir y armar un escándalo casi pudieron con ella. Ganas de mandar al grupo a paseo y cobijarse una vez más en su familia.

El choque de la taza con el cascado platillo le devolvió a la realidad y a la preocupada mirada de Fanny, a la que con un tranquilizador y forzado gesto, le hizo saber que nada malo ocurría.

Nada malo…

La mentira más gorda del universo. Todo estaba torcido. Hasta hacía unos días soportaba su vida, de vez en cuando escapaba de su dorada jaula de espías y se escabullía al hogar de sus amigos. Se llenaba de humanidad y cariño para retornar unas horas más tarde a lo que no le era familiar.

¿Ryan quería pelea?

La tendría.

VI

—¿Qué deseas que haga, Ryan? Tú mandas, ¿no es así?

El viaje de vuelta en el todo terreno había sido un constante e ininterrumpido silencio. Ryan conducía con habilidad y desviaba la mirada de tanto en tanto hacia ella. La tensión en el interior era opresivo, caliente y desquiciante.

La verja de entrada a la propiedad que ocultaba el cuartel general del grupo quedó atrás, parando el vehículo en su lugar habitual, tras recorrer en completo silencio el sendero que llevaba al aparcamiento.

—¿Me desnudo, me tumbo con los muslos abiertos y nos dejamos de historias? ¿No es eso lo que quieres?

El motor acababa de apagarse con la vuelta de muñeca de Ryan pero al escuchar la primera pregunta, la mano masculina se había quedado pegada al contacto. Con la segunda pregunta se había tensado el inmenso cuerpo que seguía sentado al volante y el rostro se había vuelto con brusquedad para mirar de frente a Lena.

Ryan se podía quedar con una tortícolis perpetua para lo que le importaba. No tenía la más mínima intención de aplacar su enfado.

—No…me…provoques, Lena.

—Entonces no me acorrales.

—¡No lo hago, maldita sea!

Lena se sorprendió ya que no esperaba esa reacción en el hombre que seguía tenso, casi a punto de romperse a su lado. Los brazos que aferraban de nuevo el volante se relajaron un poco, lo suficiente para que los nudillos dejaran de marcarse a contraluz.

El inmenso corpachón se ladeó ligeramente en su dirección.

—El simple hecho de haber acudido contigo a ver a Marianno es algo que otro agente jamás hubiera considerado. Así que no me enfades, Lena. Si la Directora o el capitán se enteraran o el resto de los chicos…

—Que lo hagan.

La mueca en el hermoso rostro de Ryan mostraba la incomprensión que le invadía. El fulgor en los ojos expresaba sorpresa, seguido de genuino mal humor.

—No.

Lena abrió la boca para responder pero rectificó, girándose a su derecha y aferrando el tirador de la puerta del copiloto. Se abrió unos centímetros antes de que el torso de Ryan, la aplastara contra el respaldo del asiento y el largo brazo del hombre cerrara de golpe la puerta ante sus narices.

El antebrazo permanecía presionado contra su pecho.

—Mírame.

Las luces de la casa que formaban el complejo permanecían encendidas pero no tardarían las metálicas persianas en cerrarse, aislando a sus habitantes de aquello contra lo que luchaban a diario, dando paso a la vigilancia del perímetro con tecnología punta.

—¡Mírame, Lena!

Esta se volvió quedando su rostro a escasos centímetros del serio perfil del hombre que la desconcertaba completamente. Todavía podía sentir esas manos sobre su cuerpo.

Las palabras surgieron solas.

—No estuvo bien lo que hiciste antes.

El brazo se deslizó por su pecho al compás del cuerpo al enderezarse pero la palma de la mano quedó sobre su estómago, dando calor.

Ryan quedó paralizado. A la espera de que ella continuara.

—No lo estuvo. Me sentí…avergonzada —tragó la poca saliva que le quedaba en la boca antes de proseguir—. No soporto que me obliguen.

Se detuvo un instante. ¿Cómo explicar a un hombre los desprecios, insultos e insinuaciones que había recibido toda su vida por el hecho de ser hija de quien era?

Lo intentó con la mirada clavada en la oscuridad al otro lado del cristal delantero del vehículo, sintiendo el calor de la palma de esa mano.

—Parte de la razón por la que odio las tradiciones, sus reglas, su inamovible manera de pensar es porque el lugar donde naces, quienes son tus progenitores te marcan para siempre. Da igual que sean buena gente o que lo seas tú, Ryan. No importa que sufran o que mueran con el corazón roto porque apartaron de su lado a la mujer que amaba al ser desterrado —dolía tanto rememorar que por un momento no supo si hablaba o solamente recordaba—. Lo único que la gente como tú ve es que mi padre era un humano, que con su amor ensució a una de las hijas de la Dandraara y que yo soy la peor aberración para la raza. Nunca dejaran de verme como la sucia hija del traidor.

Se sentía incapaz de parar como si todo lo guardado en su pecho durante tanto tiempo hubiera esperado ese condenado instante para salir bajo presión.

Lo intentaba.

Procuraba parar las palabras que surgían con vida propia de su atorada laringe pero la actitud de Ryan cuando la había manoseado bajo la mesa le recordó a ellos, a los varones de la familia a la que había pertenecido su desgraciada madre.

—Eso no es cierto.

Ryan lo dijo como si lo creyera pero él no lo entendía. No lo haría jamás porque su padre había sido un guerrero. Un luchador, al igual que su hijo. El honor y el orgullo corrían por sus venas y todos se lo recordaban, respetuosos.

En cuanto ella hablaba o aparecía en algún lugar comenzaban los cuchicheos, las miradas de desprecio recorriéndola, las veladas insinuaciones de que se dedicara a lo que en verdad le correspondía. Servir a la Dandraara, al igual que su padre y su abuelo, antes que él.

Lo llevaban en las venas.

Y con lo que Ryan había hecho antes, lo único que había logrado era confirmar lo que todos pensaban. Que ella no pertenecía al grupo. Que era un desecho y como tal debía someterse. Que su sangre no era lo suficientemente buena, aunque diera su vida protegiendo a los civiles ya fueran vampiros o sus aliados humanos.

Por eso se refugiaba en el hogar de Fanny Porque allí, era ella. Porque allí no le trataban como a una apestada.

Porque allí le querían.

******

Capítulo 6

I

—No te considero inferior, Lena.

No había sido su intención. Pero el dolor de Lena era tan profundo y llenaba el hueco del vehículo con tal intensidad que su mente no pudo evitar abrir una rendija por la que comenzaron a colarse. Incontrolables y dolorosos.

Maldita sea.

Intuir lo que la mujer sentada a su lado sentía, el torrente desaforado de sentimientos. Siempre procuraba cerrarse a los demás, no involucrarse, ya que abrirse solo causaba dolor pero con ella, con la mujer que intentaba aislar sus pensamientos a fuerza de puro tesón, le costaba tanto alejarse.

Los recuerdos le llegaron a oleadas. Lo que compartieron siendo ambos niños pese a pertenecer a dos mundos completamente opuestos en todo.

La aristocracia por su lado.

La servidumbre por el de ella.

El padre de Lena destrozado, desterrado. Su madre humillada ante la familia por el hecho de haber amado a quien no se le permitía querer o desear. La persecución, el rechazo, la mordacidad y el…abuso. Los fogonazos de recuerdos de lo sufrido a manos de quien debió protegerla llenaron su mente.

La primera tanda de recuerdos fue la peor. Después percibió el calor, el miedo a lo desconocido, a lo que Lena jamás había experimentado antes, a la amistad y a la humanidad que Lena atesoraba como si fuera un regalo de los dioses. Se notaba tanto el cambio. En su rostro y en su sonrisa. En la calidez que inundaba esa mirada dañada.

Fanny y su familia. Esas imágenes eran increíblemente nítidas como si su Lena las repasara en su mente una, y otra, y otra vez. Las noches compartidas con ellos y los niños. La primera sonrisa de Lena al reaccionar a una preciosa risa infantil y su asombro al sentirla en su propio rostro. La impresión al descubrir lo que era un verdadero hogar. Cómo debía sentir en la piel y en el alma un hogar familiar. El amor que sentía hacia una humana que lo daba y compartía todo, incluso a su propia familia.

Sabía que lo que presenciaba en el precioso rostro de la mujer sentada cerca de él era demasiado íntimo como para que se hablara de ello en voz alta pero parecía absorberlo con ansia, casi como si su endurecido corazón lo necesitara…

—Eres un…canalla, Ryan. Siempre lo fuiste.

¡Dioses!

Como un tornado.

Así salió Lena del coche tras apartar de un furioso empujón el antebrazo que él todavía apoyaba contra ese suave pecho.

Ryan cerró los ojos, con fuerza, quedando paralizado unos instantes dentro del vehículo tras escuchar el rabioso portazo de la puerta del copiloto cerrarse.

Entendía y se merecía la furia de Lena pero no era el momento de que el resto de los chicos se dieran cuenta de que algo ocurría. Ni el momento ni el maldito lugar.

Se enterarían porque el problema que se les venía encima era lo suficientemente serio como para hacerles partícipes pero antes debía alcanzar una tregua, aunque fuera frágil, con la mujer cuyo aroma seguía llenándolo todo, tras dejar el coche como una exhalación.

Sería…tozuda.

La entrada a la casa, en el exterior, se bifurcaba en un punto en concreto. Hacia el ala que ocupaban ellos, a la izquierda y hacia la casa principal, a la derecha. Lena había seguido este último camino e intuía la razón.

Marchó en la misma dirección, cruzándose con Carlson y dejándole con la palabra en la boca, hasta topar con la barrera formada por la puerta cerrada a cal y canto del cuarto de Lena, contiguo al suyo. Suspiró entre exasperado y agotado. No tenía remedio. Ni una pizca de malicia circulaba por las venas femeninas creyendo que algo tan simple como una cerraja detendría su paso.

Asió el pomo de la trabada puerta. Sin un segundo pensamiento de duda forzó la endeble cerradura y la entreabrió. La habitación estaba a oscuras y solamente una rendija de luz que se filtraba del fondo, de la entreabierta entrada al baño, rompía la completa oscuridad. Las persianas del cuarto ya estaban abatidas y las paredes insonorizadas impedirían que lo que iba a ocurrir en ese cuarto fuera escuchado por los restantes habitantes del complejo.

La impresión fue la de un puño golpeándole el pecho. En el mismo centro.

Ella estaba sentada en el borde de la suntuosa bañera con las palmas de sus manos apoyadas en las rodillas y la cabeza inclinada. Se le veía derrotada.

Una mujer… humillada.

Avanzó dos, tres, cuatro pasos hasta colocarse frente a la encorvada figura. Lena estaba tan ensimismada que ni siquiera se había dado cuenta de que le tenía a su lado. Prácticamente encima.

—Me importa poco tu pasado, Lena o lo que otros piensen, o lo que creen que es tu destino —en cuanto de sus labios brotó la primera palabra la estrecha espalda de Lena se tensó, provocando que él se irguiera anticipándose a una posible pelea—. Para mí eres una mujer que se ha ganado con sangre y sudor el puesto que ocupa y merece. No sé la razón por la que la Directora nos ha colocado en esta situación ni si sus órdenes son nuestro futuro o una mera posibilidad. Lo que sí sé, es que he jurado proteger tu vida y tú has hecho lo propio —las manos de Ryan frotaron suavemente su rostro pero esos ojos castaños seguían clavados con empecinamiento en un punto a la derecha de él—. Honra, por tanto, tu juramento.

Tras sus palabras esa mirada se clavó en la suya y sintió fuego líquido recorrer sus venas. La ronca voz de Lena le llegó como en la lejanía.

—Sigues siendo… un cabronazo.

—Puede.

—No vuelvas a dar por sentado lo que no debieras.

Ryan avanzó un último paso hasta que la cabeza de Lena casi rozó su cuerpo. Se dio perfecta cuenta cuando ella tragó convulsivamente saliva. Apretó los puños. Su cercanía le ponía tan nerviosa como le ocurría a él.

La tensión que les envolvía estallaría en algún momento. Tarde o temprano pero no hoy.

Hoy debían arreglar el abismo que parecía ensancharse por momentos entre ellos.

—No siempre puedo controlarlo, Lena. No pidas lo imposible —esa castaña mirada comenzaba a encenderse repleta de mal genio. Las facciones femeninas se contrajeron al tiempo que se enderezaba quedando a unos pocos centímetros de distancia. Podía olerle y en su carne notó ese odiado hormigueo anunciando aquello que no podía admitir.

Pese a ello Ryan se negaba a dar un paso atrás generando una tensa situación. Tan próximos.

Sintió las yemas de cinco dedos contra su vientre y un ligero empujón.

Joder.

No aprendía.

Lena no aprendía de sus errores.

Las puntas de sus dientes presionaron contra su labio inferior. No sabía qué demonios le estaba pasando pero la tensión en sus ingles y la presión en sus sienes comenzaban a asemejarse a la ansiedad que lo obligaba a salir a patrullar desquiciado. El deseo que le invadía ahora llegaba sin control e intensificado hasta un límite desconocido para él. Algo en esa mujer le encendía de manera obsesiva y no solo a su endiablado cuerpo.

Lena no sabía qué hacer.

Había retirado el empuje de sus dedos, alejándose un pequeño paso hasta que sus pantorrillas habían dado contra el borde exterior de la bañera. La expresión que inundaba la clara mirada masculina era una que podía reconocer demasiado bien de su época de policía. El ansia por una dosis y la capacidad de dañar, violar, destrozar e incluso matar por conseguirla.

Trató de bordear a Ryan, de huir, alejarse para evitar el encontronazo pero algo instintivo y primitivo obligó a este a extender el brazo bloqueando su avance.

—Debiste contármelo.

La forma en que Lena apretó los labios denotó que entendía a lo que se refería, a su pasado, pero la frialdad en su mirada indicó que se iba a negar a admitirlo.

—No sé de qué hablas.

—Claro.

Los músculos se le tensaron.

—Déjame pasar, Ryan.

Este no cedió un ápice ni movió un músculo. Como un jodido muro de contención demasiado grande para sobrepasar. Lena frunció el ceño.

—Te dije que me dejaras…

No supo el porqué. Sencillamente la necesidad le pudo por encima de sus precauciones; de sus costumbres; de su hábito de desligarse de todo lo que oliera a compromiso. Sus labios cubrieron los de Lena. Fuerte. Violentos. Y… encajaron. Del todo. Su cuerpo explotó. Su olfato quedó invadido por la mezcla de olor que percibía, a frescura, a testaruda hembra y por el sabor de esa boca que le enajenaba, dulce y áspera, golosa y dura. Tan embriagadora. El frente de su pantalón no podría contener demasiado su miembro. Jamás se le había endurecido tanto. Ni durante la situación más erótica, ni durante el mejor sexo de su vida y se trataba de un único y casto beso. Su piel se erizó y una extraña calma les envolvió a los dos .Provenía del algún lugar pero le daba igual. Fue un beso cauto, carne contra carne pero tan… intenso que le costaba respirar con normalidad. Su cuerpo lo acompasó hasta que sus manos se colocaron en la cintura de la mujer que no parecía poder reaccionar.

Separó los labios mientras la mano derecha, por inercia propia, ascendía por el costado de Lena, sobre la suave ropa, sintiendo cada arruga, la tensión que acompañaba a tendones, los suaves músculos y la carne bajo el deambular de su mano pero ella… nada decía. No tomaba la iniciativa, no participaba activamente pero tampoco se apartaba. Temblaba ligeramente.

La mano quedó bajo la fuerte mandíbula, el pulgar cerca de la comisura de su boca. Necesitaba lamerle.

Y lo hizo.

Saboreó ese labio inferior y apretó su cuerpo al de Lena, mucho más menudo.

Su perdición.

II

No podía ser… No podía ser…

La manaza en su cintura le estaba quemando y esos labios llenos, carnosos, el roce tan suave, le estaban causando el mayor sofoco de su vida.

Jamás imaginó que Ryan pudiera ser… suave. Ni calculó que su cuerpo respondiera como lo estaba haciendo. Tenso como la cuerda de un violín. Completamente excitada. El inmenso cuerpo masculino se le pegó como una suave manta y…

Dios, le estaba lamiendo.

Los golpetazos de su corazón iban a más y se sentía a punto de hiperventilar en cualquier momento. Y si le apuraban, de desmayarse de la impresión. El espacio en el baño era minúsculo y lo llenaba el cuerpo de Ryan, tan caliente. La luz la cegaba. Cerró los ojos y todo se convirtió en puras sensaciones. La calidez de una mano a un lado del rostro…

No supo quién comenzó pero la cálida lengua le invadió la boca, saboreando, succionando, recorriendo su paladar, los dientes... ¡Dios santo!...mordisqueándole. Sentía toda la sangre en su vientre y la dureza, la gruesa dureza del pene de Ryan contra su pelvis, era inconfundible. Lo notaba contra ella, duro, presionando su cadera. Lena tragó saliva atrayendo sin preverlo, hacia su cuello, la encendida mirada y una de esas manos, cuyo pulgar comenzó un inquietante e insinuante baile al ritmo de esa maldita y endiablada lengua.

Las manos comenzaron a sudarle.

Ryan sabía... ¡Dios!

Le sabía a gloria. A familiaridad y eso era sencillamente imposible. Su sabor reconocía su cuerpo, su piel llenaba su olfato. Su cada vez más sensible cuerpo y su traidor corazón.

La otra mano de Ryan había iniciado un lento viaje desde su cadera hacia su baja espalda donde había quedado inmóvil. Tentadora, cerca, tan cerca de sus redondos glúteos. Notó la flexión de esos fuertes dedos como si se resistieran a moverse.

No supo la razón, ni su mente lo pensó pero abrió las piernas lo suficiente para que Ryan no perdiera un segundo introduciendo un grueso y duro muslo entre ellas, tocando por el ruido con la punta de su bota la bañera que tenía Lena tras ella. Los círculos en su espalda iniciaron su baile poco a poco, hacía arriba, sobre la descolocada ropa hasta llegar a su media espalda pero no tardaron en bajar, deshaciendo el andado camino hasta que Ryan comenzó a sacarle la camiseta de dentro del pantalón, con suaves e insistentes tirones. Era rápido y ella... no podía pensar.

Las sensaciones le nublaban el cerebro.

Esos ardientes dedos se introdujeron bajo la ropa, a su espalda, presionando bajo el ajustado cinturón, forzando espacio, hasta que los nudillos no le dejaron avanzar más abajo. Pese a ello la mano empujaba, agarrándole la carne.

Le iba a dar algo.

Sentía calor en todas partes. Esos dientes la estaban mareando, chocando contra los suyos.

La suavidad quedó atrás y se convirtió en desesperación, en ansia y en ardor. En... pasión. Los jodidos dedos se estaban introduciendo entre sus nalgas, separándolas.

Las apretó.

Y con ello llegó el apabullante pánico.

Estaba…besando…a…Ryan. No a cualquier hombre, sino a…él. Contra toda lógica ya que se enfurecían desde niños. No se soportaban. Y el hombre le estaba tocando y acariciando sin pudor alguno. Con lentitud, presionando cada vez más y más abajo…

Tragó saliva inexistente.

Desprendió las manos de donde estaban colocadas y las introdujo a pura fuerza entre sus cuerpos, tratando de separarlos pero la segunda mano de Ryan que se había colado, sin que se diera cuenta, hasta agarrar su nalga izquierda, lo impidió. Estrujó su trasero, casi con desesperación logrando que esos dos o tres endiablados dedos se introdujeran otro poco más abajo, bajo sus braguitas anti lujuria, llegando al borde de la entrada a su cuerpo. Presionó contra sus caderas para intentar ralentizar su avance. Un poco. Sus dedos se le clavaban allí. Ni una brizna de aire podría colarse entre sus cuerpos.

A la desesperada separó los labios pero los de Ryan le siguieron, apretándoselos. Intentó cerrar las piernas pero era imposible con el grueso muslo moviéndose cada vez más insistente entre ellas. La punta de esa lengua volvía a la carga, delineando los unidos bordes, tanteando, intentando colarse…

No le podía hacer eso.

Dios, uno de ellos debía aclarar las ideas porque lo que parecían a punto de hacer era una de las ideas más demenciales que se les podía haber ocurrido. Notó la punta del dedo de Ryan empujar contra su sexo y el terror estalló, incontrolable. Rompió el contacto de esos hinchados labios.

—Espera.

De nuevo la presión. Madre mía, la iba a matar con esa lengua. El sabor seguía siendo extrañamente familiar como si su descontrolado cuerpo lo conociera de toda la vida o de una vida anterior y eso, le asustaba hasta la muerte. El dedo seguía empujando, adentrándose en su interior, con lentitud como si saboreara el momento.

—Dios… espera, Ryan. Para.

Como si las palabras se las llevara el viento.

Con la otra condenada mano que se había colado hasta su trasero , el muy bestia la alzó hasta aplastarla contra su cuerpo, contra su torso y ese duro muslo que restregaba contra ella, que causaba un delicioso dolor en su bajo vientre, que la estaba volviendo loco… que casi dolía más de lo que podía soportar.

No pudo con la tentación.

Empujó su pelvis y la chocó contra Ryan, arrancándole al oscuro hombre un gemido ahogado, casi de sufrimiento que reverberó en el interior de su propia boca. Sintió un ligero dolor entre los muslos.

—Joder, ábrela, Lena.

Maldita sea.

¿Cómo diablos habían terminado Ryan recostado en el lavabo y ella completamente abierta de piernas, rodeando esas ondulantes caderas, sujeta a pulso por él y las manos de este…? Tanto calor entre los muslos.

Algo grande parecía abrirse camino, poco a poco en ella. Casi dolía. No podía pensar.

—Abre la boca para mí, Lena.

El arañazo lo volvió a la realidad.

Sus colmillos y esa lengua...

La madre de…

Le tenía completamente rodeada y el culpable la miraba con empañados ojos claros, respirando con rapidez, tratando de introducir esa cálida lengua de vuelta a su boca, como si necesitara devorarla una vez más.

Entonces se dio cuenta. Lo notó tan dentro, oprimiéndole desde el interior. El muy bruto le había metido el dedo hasta casi el nudillo. Su respiración se le paralizó, sus músculos internos se tensaron tratando de expulsar aquello que la invadía con segura lentitud y… mordió lo que tenía más a mano. Esa lengua.

Fuerte.

—¡Qué diablos…!

No cayó de culo porqué a pesar de la tensión que invadió el musculoso cuerpo apretado contra el suyo al jurar, Ryan no apartó las manos de su trasero, sosteniéndola. El pico de dolor al sacarlos Ryan de su interior provocó que su cuerpo se pusiera completamente rígido. Iba a dejar marcas el muy animal.

—¡Qué haces!

Lena abrió la boca para responder al berrido de Ryan pero solo surgió un simplón gorgojo del enfado y de la vergüenza al verse en esa posición, a dos palmos del enfurecido hombre, roja hasta las raíces del cabello, como si se tratara de una virginal damisela y con el duro cuerpo de Ryan presionando como una apisonadora entre sus muslos. Y el repentino vacío en su interior…

¿Cómo que qué hacía?

¡Meter algo de sesera en una situación que se les había ido de las manos!

—¡Me has besado!

Ryan la empujó con todas sus fuerzas, sorpresivamente, con la palma de su desnuda mano antes de contestar a la velada acusación pero sin llegar a soltarla del todo. Lena se equilibró a duras penas, quedando ambos ubicados en los enfrentados lados del opresivo baño.

—Nos… hemos… besado, querrás decir —puntualizó con descaro Ryan.

—¡Empezaste tú!

—¡Y tu abriste la boca sin pensarlos dos veces!

—¡Porque empujabas con tu lengua!

La malicia brilló en los transparentes ojos.

—Podría haber empujado con otra cosa, pero no sé si hubiera cabido, querida.

Eso sí que exaltó a Lena.

—Eres un completo cerdo.

La hermosa cabeza de Ryan se ladeó.

—No pensabas eso hace cinco minutos, con mi lengua en el fondo de tu garganta o mis dedos bien dentro de….

La desquiciaba. El listillo engreído siempre queriendo decir la última palabra la sacaba de sus casillas.

—¡Cállate! Hace cinco minutos…

No supo qué decir, porque no había respuesta racional. Sus instintos le habían ganado la partida. Solo quedaba una explicación a lo que había ocurrido.

—La Directora nos ha hecho algo, al menos a mí. Nos han tenido que dar algo en la comida o en la bebida. Eso mismo ¡Nos han dopado hasta las cejas!

Los ojos de Ryan se agrandaron, para achicarse después poniéndole los pelos como escarpias a Lena.

—Si prefieres pensar eso…

—Ni muerta me acostaría contigo, Ryan, así que sí, eso es lo que jodidamente pienso por lo que...

Calló al creer leer dolor en esos asombrosos iris. Pero eso, no era posible. Ryan era insensible. A nadie quería. A nadie apreciaba más que a su propia piel, ¿no? Todos lo sabían y ella no podía pensar en Ryan de otra forma o todos sus esquemas se irían al infierno, al igual que había ocurrido con su voluntad hacía unos segundos.

Se tensó al enderezarse el hombre, separándose del lavabo, al ver a Ryan acercarse a ella e inclinarse con movimientos felinos, provocadores y… evocadores de lo que acababa de ocurrir entre ellos. Lo hacía adrede el muy animal.

El crispado rostro se aproximó al suyo y por un breve instante creyó que le besaría de nuevo, brutal pero lo que sintió fue el roce de su cálido aliento en el cuello, junto a su lóbulo.

—No te engañes, niña. No nos hubiéramos acostado. Sencillamente te hubiera follado, duro, como a cualquier otra. No vales para más.

Un prieto nudo anidó en medio de su esternón.

Ahogándole.

Las palabras le dolieron como nunca habría esperado que algo dicho por ese hombre dañara tanto. No contestó y tampoco tuvo ocasión ya que la inmensa espalda vestida de negro ya se alejaba de ella con paso seguro. Tampoco dijo nada tras llegar a sus oídos la siguiente frase aunque le anudó el vientre, haciéndole hervir la sangre.

Prepárate a obedecer.

La siguiente le preocupó.

Mi paciencia se agotó.

El contenido de la última, apenas comprensible y el tono en que él la dijo le angustiaron y enfurecieron a partes iguales.

Te quiero en el lecho en cinco minutos y si escucho una sola protesta lo cobraré en tu persona.

La había fastidiado hasta el irremediable fondo. Jamás en toda su vida había visto a Ryan tan rabioso. Miró el reloj. Le quedaban cuatro minutos antes de que el muy bestia volviera en su busca y sin dudarlo, Ryan lo haría.

93

Daría lo que fuera por desparecer una temporada y…

Aguantó la respiración.

Quizá…

******

Capítulo 7

I

—No quise decir lo que dije.

Las palabras le salieron atropelladamente como una mocosa que se sincera con su primer novio de la adolescencia.

Dios y, ¿por qué tenía que relacionarlo todo con novios, enamoramientos, caricias, mimos y todas esas cosas que tanto agradaban a las mujeres y que en el fondo, muy adentro desearía para sí misma? Lo que tenían el hermano de Fanny y su Teresa o tantas parejas a su alrededor.

¿Por qué le invadía la impresión que algo esencial había pasado de largo, que no podía dar marcha atrás y recuperarlo? ¿Por qué cada vez que esa sensación le inundaba, la imagen de unos hermosos ojos transparentes llenos de tristeza, reflejaban dolor, un dolor que ella creía haber causado?

Ni un mínimo ruido se filtraba por la puerta que daba al reino personal de Ryan. A sus sacrosantos aposentos. Tampoco luz artificial y como el hombre parecía una tumba al dormir le resultaba difícil, sino imposible, averiguar si estaba despierto, adormilado o en plena fase rem del sueño. El muy descarado dormía desnudo y lo sabía de primera mano al pillarle descansando en una ocasión, boca abajo, al ir a avisar de una intrusión en el amplio perímetro del complejo. No vislumbró demasiado en plena oscuridad salvo el contorno de esa dura espalda y de ese redondo trasero.

La boca se le secó repentinamente y se lamió los labios.

Tendida boca arriba, en el lecho, e incapaz de conciliar el sueño sabiendo que a unos pasos de distancia en la habitación adyacente estaba Ryan, de lo único de lo que estaba segura era que no podía continuar con ese peso en el pecho por lo que se lanzó nuevamente a la carga.

—He dicho que no…

—¡Te quieres callar de una vez y dejarme dormir en paz, mujer!

Lena apretó los dientes. El rugido había llegado alto, claro y en un más que evidente tono de aviso.

Y un cuerno, sincerarse. Y al carajo con la sensibilidad de Ryan. El muy bestia carecía de ella.

Lena apretó los puños, con fuerza, aferrando las suaves sábanas. A pesar de todo y de la velada advertencia en el tono de la bronca voz, en ella se afianzaba por momentos la necesidad de explicar su reacción del otro día, aquello que no tenía ni idea de cómo afrontar o plasmar en palabras. Era lo suficientemente insistente, incontinente verbal e insensata como para ignorar el aviso lanzado por Ryan y perseverar, ante todo.

—En cuanto escuches lo que tengo que decir podrás dormir todo lo que te dé la gana pero ahora que me vas a escuchar y callar mientras tanto, porque…

El torrente de palabras se le atascó en el cuello, de golpe, como si se le hubiera solidificado al escuchar el revuelo de ropa mezclado con un juramento tan subido de tono que le hizo empalidecer.

Uy, Uy, el ogro se acercaba.

—¡No hace falta que vengas para escuchar lo que tengo que…!

Tarde.

La enorme sombra se perfiló en el umbral de la puerta. Se incorporó en la cama apoyando la espalda contra el duro y fresco cabezal de madera. Su corazón golpeaba contra lo que le rodeaba descontrolado y apretó los párpados, cerrándose a lo que ocurría a su alrededor. En su mente surgió esa maldita imagen de nuevo, la de ellos en el minúsculo baño, acalorados.

—¡Habla, entonces!

Su corazón se paró.

Le acababa de asaltar un ataque de esos de ansiedad como los que le daban a Fanny con lo de la presión arterial alta en los policías. No había otra explicación para que se quedara petrificada, ¿no? Nadie le había dicho que a una espía no le pudiera dar uno de esos. Una bolsa, necesitaba una bolsa para meter la nariz en ella y respirar hondo.

A Fanny le daba resultado, casi de inmediato.

—¡Lena!

Casi gimió. Iba a tener que abrir los ojos y…explicarse.

Era idiota.

Siempre hablaba de más con el gigantesco hombre que por la cercanía del grito, estaba como mucho a un metro de distancia o incluso menos. Esperaba que no estuviera como su madre lo trajo al mundo, en pleno esplendor.

La ronca voz sonó cerca, muy cerca de su oído izquierdo.

—No pienso irme hasta que me digas *eso que consideras tan importante*, querida, salvo que hayas cambiado sobre la idea de…yacer juntos.

Dios santo.

Lo odiaba.

Valentía. Orgullo. Dignidad… y demás.

—Te doy dos segundos antes de que me una a ti en tu estrecho lecho y no prometo que no ocurra…

También cólera.

Descomunal enfado porque Ryan no había dejado de insinuar, provocar, rozar e incitar discusiones y peleas con ella desde el incidente en el baño de su viejo cuarto, hacía una semana. Los entrenamientos se habían convertido en un constante suplicio de roces del que escapar y el muy empecatado lo hacía a propósito. Desquiciándole los nervios y poniéndole a cien. Y lo peor es que ella no sabía cómo reaccionar ante eso.

Se encontraba al límite de lo soportable.

Abrió los ojos topando con la inmensa extensión del torso masculino. Su respiración paró. Los integrantes del grupo estaban en forma pero Ryan…

Ryan era belleza en estado puro.

¿Pero qué diantre pensaba?

Un espía no es bello. Un espía es un frío e insensible tipo. Y hosco. Eso. Y más cosas que se le ocurrirían, si conseguía apartar los ojos de él.

Le fue imposible no recorrer con la mirada los duros planos, el vientre firme, las fuertes caderas y el asombroso torso. Tenía gracia pero ahora que lo pensaba Ryan siempre se cubría el pecho incluso en los entrenamientos. Vestía de negro. Al igual que el fino pantalón del pijama que cubría la parte inferior de su cuerpo en esos momentos, la cinturilla dejando a la vista el inicio de esas musculosas caderas.

No podía quedarse sentada sobre su trasero y hundida en la cama, sintiendo fuego recorrer su cuerpo siguiendo el reguero de la gris mirada. ¿Se acababa de relamer Ryan esos turgentes labios?

Tenía que alejarse.

Con un torpe movimiento se levantó de la cama y se ubicó al otro lado del lecho a una distancia segura de dos metros, con el colchón de barrera y entonces pudo respirar hasta que notó la abrasadora mirada de Ryan en su cuerpo. A punto estuvo de cruzar los muslos de una manera que hubiera resultado ridículamente pudorosa en una mujer adulta de demasiados años como para contar y con suficiente experiencia a sus espaldas como para que nada, absolutamente nada, la avergonzara. Salvo llevar puesto un pijama con dibujitos de la Betty Boop en corsé, aunque fuera de una costosa marca, tan ajustado y desgastado que se le marcaban todos sus excesos curvilíneos. Por delante y por detrás. Quizá si arrancara el edredón de la cama y se envolviera con él, no parecería una completa loca de atar…

—¿Te comió la lengua el gato, querida mía?

Lo estaba disfrutando. El muy memo se reía de su incomodidad y apuro.

—Solo quiero hablar, Ryan. Como seres racionales.

—¿Quién dijo que fuéramos a hacer *algo más*?

Esperó la negativa, el rechazo pero para su sorpresa este no llegó. La enorme figura permanecía quieta y tensa al otro lado del lecho, de brazos cruzados, con la mirada fija en su rostro.

—Lo que dije la otra noche, lo dije arrebatada.

—¿Cuándo?

No iba a recular, aunque Ryan se lo pusiera difícil.

—En el baño.

—¿Tras el fugaz sexo?

Casi se tragó la lengua al contestar. De su boca surgió un desafinado maullido.

—Nosotros…no…tuvimos…sexo.

El labio superior de Ryan se elevó en uno de sus lados y supo que estaba atrapada.

—Porque no quise.

—¡Porque no quise yo!

—¿Por eso me llamaste? ¿Porque ahora sí quieres?

—¡No!

—Va ya, vaya, Lena, quién lo hubiera imaginado, mi pequeña monja, toda una veleta.

—¡No es eso! Y de monja, nada. Soy…experimentada en esas cosas de la vida y demás.

—Demuéstramelo.

—¡Ni hablar!

—Gallina.

—¡No lo soy!

—Demuéstralo.

—No.

—Entonces, lo eres. Una absoluta gallina acobardada.

Lo odiaba.

¿Cómo era posible que incluso la imitación de gallina cobardica del muy idiota fuera perfecta? El zapatazo en el suelo apenas se escuchó.

—¡Eres un pollo prepotente!

La risilla provocadora de Ryan le puso el vello en punta.

—Querrás decir… pollo potente.

Se sentía a punto de chillar como una Banshee desmelenada.

Toda digna, se colocó en jarras con una sabrosa contestación en la punta de la lengua pero el aire en el cuarto cambio súbita y repentinamente. El aspecto de Ryan varió en ese mismo segundo. De provocador a retador. De jocoso a mortalmente serio, generando en ella la misma reacción.

—¿Qué querías decirme?

Había llegado el momento de la verdad y sintió inmensa aprensión. Miedo a no elegir las palabras adecuadas y que esa clara mirada se llenara de nuevo de dolor, de un dolor que no casaba con ese hombre.

—Me asusté.

Por el fugaz movimiento del cuerpo de Ryan, la flexión espasmódica de los dedos de sus manos, supo que no esperaba esa admisión.

—Nos conocemos desde hace demasiado tiempo como para que…—Lena hizo un vago gesto señalándose primero ella, después a Ryan—…el rencor y la amargura, el maldito pasado nos deje comenzar de nuevo. No es posible y lo sabes.

—Eso lo dices tú.

—No. En nuestro mundo nada cambia. Yo lo he vivido y sufrido en mis carnes. Todavía me lo recuerdan. Tu padre…

Eso tocó una fibra escondida en Ryan.

—Te prohíbo que menciones a mi padre, mujer.

Lena notó la vergüenza comenzar a filtrarse como si las lecciones recibidas a base de palos o de insultos estuvieran tan grabadas en su cuerpo, en su subconsciente, en su mente que una simple orden del heredero del linaje al que su familia paterna estaba destinada a servir y a enfrentarse, fuera suficiente para coartarle. Suficiente para generarle la misma humillación que sintió cuando ese mismo al que ahora Ryan le prohibía nombrar les echó a los perros, sin que el niño ahora convertido en hombre que estaba parado en pie a pocos metros de distancia, formulara una mínima protesta , sellando con ello su destino. Ese mismo destino que la había dejado marcada.

Sintió tanta ira dentro que no pudo guardar el sarcasmo en su interior.

—Claro, Perdóname, por mi insolencia.

Apenas le dio tiempo de percibir el movimiento de Ryan antes de tenerlo a su lado, la cabeza inclinada suavemente hacia ella.

—No hables así, Lena. No eres tú.

Tragó saliva, sintiéndose sobre arenas movedizas. Ryan no actuaba como era de esperar ni la miraba con desdén.

La observaba…dolido.

—¿Cómo?

—Humillándote ante mí.

—¿No es lo que quieres?

—No. No lo es.

Sin haber terminado la frase la corpulenta figura de Ryan le dio la espalda para encaminarse hacia su habitación, con paso extrañamente cansino.

Lena parpadeó pero las profundas e irregulares líneas que surcaban esa espalda, apreciables a simple vista, se hacían más menudas según el tenso cuerpo del hombre más enigmático y retador que conocía, se alejaba en dirección a su habitación.

No podía ser.

Para que quedaran grabadas en la piel, se las tuvieron que hacer de niño, justo cuando…

—¡Espera!

La inmensa figura no paró cortando la poca luz que entraba de su cuarto, de la luz encendida en su mesilla al salir disparado de la cama. La bien formada silueta parecía esperar.

—Ryan…

—No preguntes, porque puede que la contestación no sea aquello que esperas escuchar.

Eso no la paró.

—¿Por qué tienes cicatrices de latigazos cruzándote la espalda?

—Te lo repito. No hagas preguntas que no estás preparada para oír.

No. Estaba tan cansada de recibir órdenes.

—Eso lo decidiré yo.

—No, niña. En este caso, yo decido.

Eso sí que no lo esperaba.

—¿Te escondes, Ryan?

Eso le enfadó. Inmensamente. Con un brusco giro se volvió en su dirección, acortando la distancia en pocas zancadas hasta casi chocar contra ella. Madre de Dios, el hombre impresionaba.

—¿Eso crees, querida?

Lena se frotó el rostro antes de alzar y clavar la mirada en esos ojos que no apartaban la suya, indagando como si la respuesta fuera importante para él.

El instinto de Lena le hizo comprender que así era pero estaba cansada de dar rodeos, de andar de puntillas alrededor del hombre que escondía un mundo en su interior, que sentía más de lo que dejaba entrever y cuyo destino parecía estar misteriosa e irremediablemente unido al suyo. El hombre que le ponía de los nervios, le enfurecía y le desquiciaba. Al que tenía presente en todo momento. Que le intrigaba y al mismo tiempo no podía dejar de identificar con dolor, traición, tristeza y…pérdida. Finalmente, respondió a Ryan.

—No lo sé. Dímelo tú.

Ryan dio otro paso en su dirección acercándose demasiado como para sentirse cómoda por lo que reculó un paso en la dirección contraria. El efecto en Ryan fue instantáneo. Una mueca le cubrió el rostro, sin disimulo. Un gesto de contrariedad y ¿de amarga decepción?

—No necesitas alejarte, Lena. No tomo aquello que no me es ofrecido.

Los labios masculinos desaparecieron en una prieta línea y los hermosos rasgos de Ryan se deformaron, rabiosos.

—No soy mi padre.

Eso la dejó sin habla.

II

Llegaba la parte tediosa. Aquella en la que suplicaban entre bocado y bocado.

Esta se parecía tanto a la que buscaban, a la que su señora quería, que un estremecimiento de anticipación le invadió. Si no fuera por su imposibilidad para excitarse, estaría como una verdadera piedra.

Ella había sabido elegir sus víctimas adecuadamente ya que el resto de los humanos no le llegaban a la suela del zapato.

Siendo más joven había disfrutado con ansia del sufrimiento ajeno pero en nada se comparaba con lo que ellos le habían dado, con lo que la familia y su señora le habían regalado. Tanto poder y tiempo para manejarlo a su gusto y antojo.

Vidas para romper.

Vidas para destrozar.

Cuerpos para torturar.

Él se agarró el oscuro y lacio cabello en una cola de caballo. No deseaba que se le ensuciara como en la última ocasión. La sangre y otros fluidos resecos eran desagradables de limpiar.

—Puedo pagarte lo que desees. Mi familia posee riquezas. Una inmensa fortuna.

Ignorante. La carnaza seguía intentando comprarle.

Lo que buscaba su señora no se lo podían entregar sino que debía venir a él. Les pertenecía por nacimiento y sangre a la Oscuridad, a la Tarnaca, era de ellos y se impacientaban. Se percibía en la furia de las últimas incursiones, en que no les importara llamar la atención de los despojos humanos con tal de cazarla.

Pero antes debían separarla de los otros. Debían aislarla sin forma alguna de contactar.

El cebo estaba colocado.

Faltaba que la presa picara el anzuelo que ya había olfateado.

Un poco de paciencia.

Se dirigió a la joven que se retorcía en el sitio que ocupaba. La había alimentado y rebosaba salud. Una mimada hija de la alta sociedad. Había seguido el ritual, paso por paso como su señora había ordenado. La venganza era un plato que se servía frío y sabía…tan dulce.

—¿Has terminado de masticar?

Los forcejeos se incrementaron llegando a la desesperación. Esa angustia de quien sabe que llega su muerte y que está llamando a tu puerta. Pero aún no habían terminado. No del todo.

—Falta el postre.

El terror llenó el suave rostro.

La orden había sido clara.

Acabar con todos los miembros de la familia Cannavara pero un par se le había escurrido de entre los dedos. Dos hombres habían huido como cobardes de nacimiento que eran, dejando atrás a una hembra de la familia. El heredero de la casa y un segundón.

Casi lanzó una carcajada

Como pusilánimes que eran se esconderían hasta que ellos les localizaran, abriendo la veda a lo que llevaban esperando mucho tiempo y a la pieza principal de la cacería.

Todo parecía estar saliendo a pedir de boca.

Inmejorable.

Saboreando lo que se avecinaba se acercó a su presa.

******

Capítulo 8

I

Ciento cincuenta y seis horas y veinticuatro minutos. Computar los segundos le parecía excesivo aunque la tentación persistía en ocasiones. Ese era el tiempo exacto transcurrido desde que el tema prohibido e intocable del besuqueo y otras cosas…innombrables, habían ocurrido entre ellos. A lo que había de añadirse la conversación que la había dejado con el estómago revuelto y la profunda necesidad de saber lo que Ryan quiso insinuar. Y nadie a quien preguntar…

Una escena tensa como la vida misma y su resultado inmediato había sido sentir una palpable incomodidad con la cercanía de Ryan y el incremento en el mal humor del hombre, de natural ya de por sí intenso.

Para empeorar la situación los demás agentes les miraban de reojillo constantemente o directa y descaradamente, como en el caso del cotilla de Carlson.

Como le preguntaran de nuevo por qué había enfurecido a Ryan, iba a reventar. Incluso Fanny había tratado de contactar con ella y mandado un mensaje preguntando si había sobrevivido enterita y no excesivamente sobada por el cromañón de los ojos grises.

¡Sobada!

Menudo chiste…

Si le dijera que la había sobado por dentro y por fuera, igual Fanny retaba a Ryan a un duelo a muerte.

—¿A qué se debe esa sonrisilla?

La profunda voz de Mac le hizo darse cuenta de que en determinado momento había dejado de prestar atención a lo que pasaba en la reunión y había comenzado a elucubrar en su mundo particular de fantasía.

Era extraño escuchar la ronca voz de MacAllan sin previo aviso. El agente más solitario y peligroso del grupo, junto con Ryan, pero que por alguna extraña razón su presencia siempre conseguía tranquilizarla. Quizá fuera esa hermosa voz ya que desde luego, no era por su impactante aspecto físico.

A su derecha casi pudo palpar la tensión que cubrió el enorme cuerpo del hombre que apenas había pronunciado palabra desde que habían tomado asiento, convocados por Robbins.

La maldita e inoportuna pregunta de Mac dirigió el grueso de la atención en su dirección. Demasiados pares de ojos de diversas formas y tonalidades centrados en ella y, al cuerno…pero le daba la impresión de que podían leerle la mente o barruntar lo que discurría por ella y si así fuera, estaba apañada teniendo en cuenta lo que planeaba.

—No lo hacen, niña. Eso solo…lo hago yo.

No…lo…podía…creer. El muy canalla la conocía demasiado para su propio bien

—¡Juraste que no lo harías más!

—¿Cuándo?

¿Pero de qué hablaba Ryan?

—¡Cómo que cuándo!

—¿Tenemos problemas para entender lo que hablo, Lena? Me refiero a que cuándo lo juré. Que yo recuerde te he jurado…absolutamente nada.

Dios, lo odiaba a muerte. Se lo estaba poniendo realmente difícil delante de los demás y lo sabía de sobra.

Muy bien, si quería que fuera más específica, de acuerdo.

—En el baño.

Las cejas enarcadas de varios de los presentes mostraron una exacerbada y morbosa curiosidad. ¡Lo que faltaba! Debería haber callado y no suscitar la curiosidad de los mayores cotorros y metetes del universo, sin contar a Fanny y a su…

—¿*También* os bañáis *juntos*?

Escuchar la sorna que impregnaba la voz de Carlson y encoger los dedos de los pies dentro de sus zapatillas fue una acción conjunta para evitar lanzar una patada por debajo de la mesa al bocazas. Era eso o salir escopetada de la habitación.

—No cabrían los dos.

—Quizá sí, dependiendo de lo que estén haciendo. La bañera es grande.

—Ya, pero Ryan es gigante.

Lena gimió desesperada.

Estaba en una realidad alternativa a la que había ido a parar sin darse cuenta. Era la única posibilidad para entender el caos en el que estaba inmersa y la irritante conversación que le rodeaba. La conversación entre Carlson y Jonas y las sonrisas de los demás unido al leve sonrojo en su rostro, que gracias a los cielos nadie había...

—¿Por qué te has puesto colorada, Lena? ¿Algo que confesar?

¡Lo que faltaba!

De las pocas veces que Mac abría la boca y ¡era para ponerle en un aprieto!

Las negras cejas del capitán se curvaron.

—¿Algo de lo que queráis informar? ¿Cualquiera de los dos?

Si le ofrecieran un deseo, un solo deseo, no dudaría. Desaparecer y reaparecer en la otra punta del globo. Lejos de las miradas expectantes, morbosas y apabullantes de los chicos.

Claro que siempre podía barbotar todo lo que callaba.

Capitán, no te hice caso.

Mantengo contacto con mis amigos, más concretamente con la policía. Y no pienso parar... Sencillamente lo necesito para escapar de este mundo claustrofóbico al que me obligasteis a unirme.

Y ahora que lo dices, mi muy respetado y temido jefe, Ryan me ha besado, mordido, lamido, sobado y metido la lengua hasta el fondo y...otras cosas...que...

El gemido ahogado a su derecha le recordó, para su eterno horror, que se ponía colorada con extrema facilidad y que a veces tendía a trasladar en voz alta aquello que pensaba.

Un horror.

Carraspeó ahogada. ¿Estaría tan roja como se sentía?

El... estás como una grulla, Lena... entre jocoso y exasperado que brotó de Ryan casi le hizo esconderse debajo de la mesa y echarse a llorar encogida en un ovillo.

Su vida era un puro descontrol y la culpa lo tenía el enorme hombre sentado a su derecha, quien tenía toda la pinta de estar intentando resistir una carcajada.

Antes de pensarlo dos veces, sus labios se movieron descontrolados.

—Deja de mirarme.

El ¿Yoooo? susurrado que provenía, una vez más, del asiento a su derecha le hizo explotar tras días de controlada contención, impropia en ella.

—¡Como te sonrías de nuevo, te parto el cráneo!

—Entonces, deja… de… sonrojarte.

La flema con que lo dijo el muy memo, como si fuera un ser superior que nunca erraba, la sacó totalmente de quicio.

—¡No lo hago!

—Sí, lo haces. De continuo.

Dios le iba a dar un sofoco o peor, una crisis de ansiedad de esas.

El vozarrón del jefe llegó a los cuatro rincones del salón.

—Tenéis exactamente cinco minutos para hablar.

Lo que faltaba, un ultimátum del número dos. A ver qué se inventaba ahora para aplacar su curiosidad. Alcanzó su vaso de zumo de tomate para darse coraje.

No tuvo ocasión antes de que la bomba brotara de los labios del hombre que parecía tan tranquilo, ubicado a su vera.

—No hace falta tanto tiempo, jefe. Lena me besó y me mordió. Con ansia.

Se atragantó con la suave bebida.

—Se está adaptando rápido a la nueva situación de pareja. Creo que me está cogiendo cariño.

¿Qué acababa de decir la bestia vestida de negro?

Por la sonrisa en el rostro del jefe sin duda, no podía ser lo que creía haber escuchado, pero las miradas desorbitadas de los restantes agentes bien podrían indicar que el insensato había pronunciado exactamente las palabras que había creído entender.

Se resistía a reconocerlo. Los espías no se besan y mucho menos ¡lo reconocen en público!

Además, ¡no empezó ella! Y, ¿por qué demonios seguía sonriendo como un beodo el jefe?

—Eso facilita lo que hemos de tratar hoy en esta reunión por orden de la Directora.

Todos los miembros se enderezaron como en cada ocasión en que la Directora era mencionada. Sintió la mirada de reojo de Ryan en su persona antes de hablar.

—Tú dirás, jefe.

Todos los instintos de Lena le pedían, no…le ordenaban que se preparara para un terremoto de gran magnitud.

El capitán no titubeó y en cierto modo, parecía aliviado.

—La Directora ha formulado una petición a los agentes Bates y Robb. Una petición que no hubiera efectuado de no considerarlo necesario para la supervivencia del grupo.

Ay, qué mal sonaba.

Lena aguantó estoicamente la respiración y los demás no quedaron a la zaga.

—Ha sido clara en ese punto —por favor, qué espantoso sonaba eso—. Será la segunda ocasión desde que se creó el grupo en que la Directora lo exija pero es el único modo de asegurar la protección de la agente Bates. Su seguridad es demasiado importante.

La rigidez del cuerpo a su derecha se incrementó repentinamente hasta el punto de resquebrajarse y por la suave exclamación que escuchó, barruntó que Ryan había captado el significado de lo que con extrema torpeza trataba de trasladar el jefe. El… maldita sea, no puede ser de Carlson, la asustó. El ¡la Virgen! de Jonas, le provocó un gélido escalofrío.

Los demás estaban tan perdidos como ella.

Únicamente los agentes más veteranos estarían al tanto de lo que el jefe iba ordenar.

Lena ni siquiera lo podía imaginar y un nudo se formó en el estómago de Ryan al anticipar la reacción de Lena, a lo que se le exigiría en la reunión. Una fina pátina de sudor le cubrió la frente al pensar en las implicaciones de lo que iban a escuchar de boca del número dos.

—La ceremonia de unión será cuanto antes. Os uniréis conforme al antiguo rito.

Lentamente Lena dejó sobre la pulida superficie de la mesa el vaso medio lleno al que seguía aferrada, temblorosa, como si fuera su salvación.

Lanzó una histérica risa que recibió en respuesta una ceñuda mueca del ogro y de resto de los presentes.

Tenía taponados los tímpanos. Del todo y oía cosas estrambóticas. Seguro que el jefe había dicho os desligaréis cuanto antes. Del juramento de espías. O quizá liberaréis, os apresuraréis u os aseguraréis. Eso. La última era la más lógica.

Entonces, ¿por qué diantre le estaban dando todos los hombres la enhorabuena a Ryan, tras levantarse raudos de sus asientos, como si hubiera anunciado su próxima boda?

Salvo que su oído funcionara a la perfección.

Por todos los santos druidas!

Ryan y ella… ¡se iban a fusionar!

II

Un ritual.

Una maldita ceremonia de casamiento secreta que solo unos pocos conocían. Y el muy tozudo de su futuro marido se negada a dar explicaciones, informar o tantear siquiera de pasada el tema como si no fuera con él. Tras la reunión se había volatilizado.

¡Cómo si no fuera uno de los interesados o contrayentes o condenados al cadalso!

Llevaba tres horas obsesionada con el dichoso tema y nadie se apiadaba de su más que evidente ignorancia en esas lides. Carlson le había comentado con una sonrisa de oreja a oreja que desconocía que existiera esa ceremonia, pero apostaría que se trataba de una *erótica, íntima y vergonzante ceremonia* en la que los dos estarían desnudos y vete tú a saber lo que se les exigiría hacer, quizá con audiencia. Puede que incluso invitaran a la Directora al espectáculo para darle empaque. Las últimas palabras las había farfullado entre risillas descontroladas.

Sería memo, el rubio.

Por la extraña y piadosa mirada de Jonas supo que estaba más que al tanto de lo que conllevaba la endiablada ceremonia y el *para que adelantar el bochorno antes de tiempo*, que el agente había lanzado al aire la había sumido en un estado letárgico del que la sacó la piadosa palmada en la espalda de Mac y sus misteriosas palabras subsiguientes.

Creo que en la historia de la agencia solo dos activos contrajeron matrimonio o se unieron. Un caso de extrema urgencia. O se unían o se asesinaban.

Dios, solo necesitaba un poquito de información. ¡No tanta!

Del murmullo que siguió a la parrafada, su abotargada mente solamente llegó a comprender dos inquietantes palabras.

Sexo…y caliente.

O …rezo y penitente.

No estaba segura. Sencillamente entre tanto sofoco que incapacitó sus cuerdas vocales le fue imposible pedir una aclaración, entre las risillas ignominiosas del insustancial de Carlson.

Desde ese mismo momento su mente había cogido la quinta marcha y las escenas que se dibujaban en su mente se iban caldeando con el transcurso de cada minuto.

¡No podían exigirle que se desnudara delante de terceros!

¡Tenía su dignidad!

¡Y las caderas enooormes!

Lo cual generaba el problema añadido de tener que huir del ogro, para que este no la liara. En realidad era difícil precisar quién escapaba de quién.

Se sentía como el diminuto y perseguido ratón en el eterno juego del atontado roedor y el ladino gato.

El jefe los había incorporado de nuevo a los turnos y patrullas por lo que no se iba a librar de ver a la bestia de cerca. Y en cuanto lo viera, le preguntaría. Sin tapujos.

Directamente.

Sin un atisbo de vergüenza. Sobre lo de la unión esa impuesta a la fuerza. Sobre su opinión. Qué le parecía y todas esas cosas de las que jamás imaginó tener que hablar con alguien y mucho menos, con el mandón.

Como la orgullosa y aguerrida agente que era no se dejaría avasallar, ni siquiera ante un posible y más que seguro próximo enlace o lo que diantre fuera lo que se avecinaba.

Pero primero tendría que localizar al otro futuro contrayente.

—¿Querías preguntarme algo? Mac me dijo que necesitabas con urgencia hablar conmigo antes de dar inicio a la patrulla.

Diablos. Ryan. Tan sigiloso…

Había llegado el momento. Solo necesitaba que su boca coordinara con su mente. A un mismo y sosegado ritmo. Se sintió preparada, relajada. Abrió la boca y…

—¿Quieres casarte conmigo?

Se escuchó a sí misma como en una borrosa nube. La cara de Ryan era una mueca de asombro y la carcajada del culpable les llegó a ambos del fondo del pasillo. No pasaba de esa noche sin que estrangulara a Carlson, aunque la Directora le impusiera un tortuoso aunque inmerecido castigo. Le depilaría las cejas sin que se diera cuenta. Al fin y a la postre se podía considerar como defensa propia mental. Dios y lo iba a disfrutar como una cría con su primera muñeca.

El instinto le instigó a rectificar su farfullado desliz pero algo la retuvo. Algo la dejó estupefacta.

El silencio de Ryan.

La intensa mirada de Ryan.

III

Fue como si adrenalina pura le recorriera el cuerpo y nada pudiera pararla. La suave pregunta sonó estrangulada, forzada y los ojos avellana de Lena que lo miraban, muerta de vergüenza, le parecieron sencillamente hermosos. No eran de un color llamativo como los suyos o los de los restantes compañeros pero para él eran únicos.

Le dolía.

El corazón le dolía porque por un breve segundo deseo tener lo que no era suyo, lo que sabía que era una esquiva ilusión. Un deseo que jamás se cumpliría.

Que la pregunta fuera una realidad.

Que esa preciosa mujer, parada, rígida y avergonzada ante él, hubiera hecho la pregunta con todo la intención, que se hubiera enorgullecido y no avergonzado al formularla.

Que él pudiera contestar un simple…sí.

Sí.

Una sencilla palabra.

Se mordió la lengua hasta hacerse sangrar.

Entonces se dio cuenta del pozo en el que estaba enterrado, en el fondo, sin vía de escape. Luchar, compartir, hablar y convivir con quien había atrapado su esquivo y helado corazón. Destapar las razones de su obsesión con su inocente compañera, porque lo era… En comparación con él, con su constante incapacidad para controlarse, su persecución a lo largo de los meses hasta encontrarla y asegurarse de que estaba segura y en buenas manos, observarla a lo lejos, oculto en las sombras y sonreír como un tonto enamorado. Incluso rememorar su infancia con ella, una y otra vez.

Los únicos momentos felices de su desgraciada y solitaria vida.

Notaba esa inquisitiva mirada oscura sobre él y el silencio creado en la amplia entrada del salón en la que se iba congregando el grupo, para partir en plena noche. Un vacío ni siquiera roto por Carlson y provocado por su propio e impenetrable silencio. En cierto modo entendía el pasmo que se estaba adueñando de Carlson o de Jonas quien se balanceaba alternativamente sobre sus pies, la indagadora expresión del segundo ante la tensa situación al descender los escalones para dar las pautas a seguir esa noche.

Lo que se negaba a aceptar era la expresión de nerviosismo e incomodidad de Lena que esperaba tensa su respuesta. Sopesó sincerarse, contestar lo que su cuerpo le pedía pero intuía que descolocaría a la mujer que solo con el mero hecho de besarse y restregarse contra él, se había aterrorizado.

La respuesta de sus ojos castaños al susurrar él un...sí y el hondo dolor que sabía que sentiría en sus entrañas al ver, en esos iris oscuros, el inevitable rechazo a su indeseada respuesta.

Lena era una mujer que no se había adentrado completamente en el mundo en el que él se sentía cómodo. En ese sentido Lena estaba descolocada. No se complicaba la existencia. Negaba lo que para él había resultado evidente desde el primer momento. Que sus cuerpos respondían el uno al otro en un íntimo, conocido, familiar y extraño baile. Tan antiguo como el mundo. Tan profundo que daba miedo darle nombre.

Tenía que decir algo.

El silencio se alargaba demasiado a su alrededor. Dejaba entrever aquello que por nada del mundo deseaba que Lena imaginara.

Que le quería.

¡Dios!.

Estaba sencillamente jodido y dolía...dolía como el infierno saberse no correspondido.

IV

Algo extraño estaba ocurriendo delante de sus propias narices y que no alcanzaba a captar.

Lo había asustado.

Había logrado lo inconcebible. Lo inimaginable.

Ella solita y sin ayuda. Había provocado con su idiota pregunta, que para colmo había brotado desastrosamente mal, que el hombre más despiadado, inteligente y frío de todos ellos se quedara mudo, mirándola con una perdida y embobada mirada.

¿No creería que lo había preguntado en serio, no?

Por dios.

Intentó aligerar el tenso ambiente con una sonrisilla a destiempo que atrajo todas las inquietas miradas.

—Eso salió mal. Quiero decir, la pregunta salió mal formulada. Sonó rara.

La bronca voz del metete no se hizo esperar.

—De eso nada, Lena. Le pediste a Ryan que se casara contigo, hermana. Una proposición en toda regla. Yo lo oí con estos hermosos oídos que los dioses me dieron al nacer. Le pusiste en un aprieto y si no, mira lo verde que se ha puesto —Carlson calló un segundo hasta quedar ubicado junto a Ryan y colocarle una manaza en la espalda—. No irás a vomitar, ¿no?

Maldita sea. Simplemente quería preguntar en qué diablos consistía el estresante ritual, no causarle un desmayo a su compañero. Además, ni que fuera una inmundicia con la que nadie quisiera casarse.

Comenzó a sentir ese fuego líquido que antecedía al enfado ascender lentamente desde su estómago.

La cara de Ryan era todo un poema…

El enfado siempre había sido su peor aliado y en esta ocasión como en las anteriores, no se hizo de rogar.

—A ver listillo y, ¿por qué no querría casarse conmigo? Soy limpia, trabajadora y le cubro las espaldas —uy. Mal uso de palabras. Cubrir sonaba a sexo pegajoso, caliente y descontrolado. Al menos para ella—. Me refería a que puede confiar en mí como compañera.

—Eso lo tendría que decir él, ¿no crees?

Siempre el diplomático, nunca el metepatas como ella. Así era Jonas.

Ni que tuviera opción el hombre.

¡Si les iban a obligar a casarse!

Le costaba incluso emplear la temible palabra.

—Lo que quise preguntar fue en qué diablos consiste el maldito…

La intempestiva entrada de Harris, con la estirada chaqueta a cuadros desgreñada le cortó la frase de raíz.

Algo había ocurrido.

V

Alivio y descanso.

La salida que buscaba desesperado y que apareció en forma de presuroso reclamo del administrador casi hizo que se le doblaran las rodillas. Por favor…

Ese maldito sí se le había quedado trabado en la punta de la lengua. A nada de soltarlo y con ello hubiera provocado una verdadera estampida. Lo que iba a ocurrir entre ellos era inevitable. Su enlace se acercaba y conocer al dedillo lo que conllevaba, le erizaba la piel de la punta de la cabeza a los pies. No quería hablar de ello y menos con Lena.

No podría ocultar lo que sentía y justamente eso era lo que más temía.

La reacción a la cercanía de esa divertida y hermosa mujer. Lo que tendrían que hacer, por lo que tendrían que pasar y las consecuencias futuras de ello. Tan ansiadas y al mismo tiempo, temidas.

Desvió la mirada en dirección al segundo y entendió que esa noche algo que afectaba a su mundo había acontecido. La seria expresión de Harris lo adelantaba.

—Han atacado la casa Cannavara.

Por los dioses.

Su cuerpo obró por sí solo. Sus pies y malditas piernas se movieron sin orden previa de su cerebro. Era su condición de agente entrenado para proteger o quizá por los aterradores sentimientos que lo inundaban, contra los que no podía continuar luchando.

La familia materna de Lena.

Una de las fundadoras. Una de las pertenecientes a la Dandraara. La misma que la había rechazado, desterrado como a su padre y declarado proscrita.

Su compañera nada dijo pero tampoco hizo falta. El incremento en la palidez de su rostro que reconocería entre miles, el casi imperceptible temblor que la noticia había provocado inapreciable para otros pero tan patente para él. Esa mezcla de rechazo, inquietud, curiosidad, lástima pero ante todo vergüenza.

Le reventaba y enfurecía que Lena se sintiera avergonzada de haber nacido donde y cuando lo hizo, de una amor prohibido y desgraciado. Se acercó otro paso en su dirección atrayendo esa mirada castaña. Lena no quería saber pero su corazón no le permitiría desoír al dolor ajeno. Ese enorme corazón...

—El cabeza de familia no ha sobrevivido, ni su mujer. Los herederos tampoco pero no hay rastro del primogénito o del hijo del segundo en la línea de mando. Se recibió una llamada anónima imposible de rastrear. Ryan, tendrás que ponerte a ello.

—¿Ahora?

—Cuanto antes.

Ryan se cuadró.

—Preferiría acudir a la casa.

Las miradas cruzadas entre el capitán y Ryan no pasaron desapercibidas para ninguno de los hermanos salvo para la más interesada. Lena parecía desconcertada y no era de extrañar.

Puede que no odiara a la familia de su madre porque no estaba en sus genes guardar rencor u odiar pero lo que fuera que estaba sintiendo era intenso.

—Está bien. Carl, tú y Ryan a la casa. Jonas, ponte en contacto con el grupo del Este. Una primera casa no es atacada así como así sin que circulen rumores previos, sin que se muevan armas de mano en mano o dinero. Mac, junto con un par de soldados patrullad los alrededores a la caza de algún rezagado. Los habrá. Los Oscuros gustan de observar el daño que causan. Si localizáis al enemigo, capturadlo y traedlo. Algo gordo se está moviendo y con rapidez. Con demasiada velocidad y nos está alcanzando —paró un segundo descansando la mirada en Lena—. Muchacha, es tú familia...

—No. Esa no es mi familia —pese a la apretada línea de sus labios, Lena entendió a lo que refería el segundo—. Podré hacerlo.

Con un leve asentimiento de la cabeza, el grupo de agentes se colocó las armas tras comprobarlas.

—Movilizaré a los demás y elevaremos la alerta en los grupos asentados en la ciudad —la mirada oculta por las gruesas gafas se deslizaron por cada uno de los miembros del grupo—. Sed prudentes y volved de una pieza.

No tardaron en adentrarse en la noche.

******

Capítulo 9

I

Habían procedido con verdadero sadismo. Con brutalidad. Se habían deshecho de los jóvenes primero, delante de los adultos. Casi podía escuchar los gritos recorriendo la mansión, sus pasillos, sus esquinas, las súplicas por la vida de los sagrados herederos, que de nada habían servido. Absolutamente de nada.

Quienes habían atacado conocían con minucioso detalle las debilidades y la fortaleza del hogar, de sus miembros. Se habían ensañado con el cabeza de la casa y su esposa.

Con sus tíos.

El hermano de su madre y su esposa. Algo dentro de ella al reconocer en los destrozados cadáveres, los rasgos que veía en el espejo por las mañanas, se endureció. No sintió dolor porque nunca los amó, no se lo permitieron, jamás se dignaron a hablarle con cariño, a permitirle cruzarse con ellos o estar en su presencia. Nunca directamente pero siempre sintió que la veían como la apestada que creían que era.

No se permitieron la libertad de conocer a la joven que simplemente deseaba pertenecer a un lugar…a un hogar…

Lejana. Así se sentía.

La mansión rezumaba riqueza, distinción y altivez propia de una de las familias pertenecientes a la aristocracia. Del lugar no se habían llevado joyas, valiosos cuadros, marfiles tallados con exquisitez que adornaban las estancias ni las coloridas alfombras de seda. Tan solo la vida de sus residentes. De todas las condiciones. Dueños y sirvientes, humanos o vampiros.

Sin atisbo de piedad.

Odiaba lo que había ocurrido en esa mansión. Los señores se habían ocultado lanzando a las garras de lo que estaba por llegar a los trabajadores y estos…estos no habían dudado en proteger a sus señores con su vida, perdiéndola por el camino.

Tras el ataque la calma invadía las estancias, una tras otra. Ryan y ella se habían distribuido el piso inferior y el perímetro de la mansión. Carlson, los pisos superiores pero no parecía quedar nada que salvar.

Creyó oler algo que no encajaba con la escena de la que únicamente le separaba una entornada puerta de roble. Con las puntas de los dedos empujó la madera abriéndola del todo y se adentró en lo que claramente rememoraba como el despacho de su tío.

Los retratos de sus ancestros parecieron devolverle las ofendidas miradas por su presencia desde las paredes donde colgaban, en orden de sucesión.

De nuevo ese olor.

El golpe lo recibió de su derecha, dejándole atontada e impidiéndole pelear.

Un inmenso peso la mantuvo contra el suelo, boca abajo. Y una voz que todavía surcaba sus pesadillas, suave, de tenor, altiva, susurró en su oído.

—Siempre supe que lo intentarías, maldita traidora. Nunca lo soportaste, ¿verdad?

Sintió la húmeda saliva al deslizarse la lengua por el borde de su oreja.

Volvió al pasado.

Recién llegada a ese lugar frío y desapacible. En soledad, tanto miedo.

La fiera voz del anciano que ahora, años más tarde, yacía cadáver a unos pasos, en la habitación contigua.

Ni tan siquiera eres digna de pertenecer a la casa Cannavara, como tu apestosa madre. Dime, ¿para qué nos sirves, escoria, salvo de carne cruda para alimentar a los perros?

Su condena llegó a continuación. Las palabras que cambiarían el rumbo de su vida. Para peor. Para mucho peor.

La quiero yo, padre.

La misma voz pero mucho más juvenil. Exacta en tono, en entonación, en desprecio y frialdad. En lascivia y odio contenido. Nicolás Cannavara. El heredero de la casa. Su primo. Un segundo golpe con algo romo le dejó atontada pero sin alcanzar a perder el sentido.

—Llegó a mis oídos que estabas cerca pero les dije que no, que tu sangre estaba sucia y nada que hicieras cambiaría eso. Así que, dime, escoria, ¿por quién te has tenido que rebajar, a quién se la chup…?

—Termina esa frase y lo siguiente que verás será el puto infierno o puede que ni eso.

Ryan.

Lena sintió sobre su espalda la retirada de parte del peso que la aplastaba contra el suelo, pero los gruesos muslos de su primo no se apartaron de sendos lados de sus caderas, como si alguien le hubiera obligado a incorporarse y quedar arrodillado, contra su voluntad. Con algo de espacio se giró en el suelo. Ryan lo tenía a punta de cuchillo, inmóvil. Una de sus dagas resbalaba con firme pulso por la garganta que no hacía ni un movimiento so pena de que Ryan se la rajara y por la expresión en esos claros ojos…

Tragó saliva.

Los ojos de un verdadero asesino. Ryan estaba rabioso, ubicado a la espalda de su primo, con una de sus manos agarrándole la barbilla, alzándola para dejar al descubierto la masculina garganta.

Su primo intuía el riesgo. Tan cercano que casi se podía paladear.

Con suavidad habló en dirección a su compañero.

—Suéltale, Ryan. No vale la pena.

—Puede que no o puede que simplemente me divierta rajarle la garganta y ver su inútil vida esparcirse por el suelo. Así dejaría de molestar y de decir estupideces —la mano de Ryan se tensó clavando ligeramente la punta del cuchillo a un lado del cuello, demasiado cerca de la yugular—. Debe aprender algo este imbécil. Al menos, antes de que lo llevemos al centro —Los labios de Ryan se acercaron al oído de Nicolás—. Si ofendes a uno de los nuestros, si lo insultas, si lo desprecias, lo haces con todos. Con todos y cada uno de nosotros, pero, sobre todo, si lo haces con ella, me provocas a mí. ¿Entendido?

Su primo se mantuvo quieto hasta que el cuchillo rozó la vena, presionando, avisando, sin un mínimo temblor que denotara que Ryan no hablaba en serio.

—¡Sí!

—Sí, ¿qué?

—¡Lo he entendido!

Ryan se levantó arrastrando consigo el enorme cuerpo de su primo. Había olvidado lo grande que era, casi tanto como Ryan y lo mucho que se parecía a ella, salvo en el color de los iris, de un negro insondable y gélido.

No lo olvides, escoria.

La última frase de Ryan le puso de los nervios. Había escuchado el intercambio de palabras entre ella y Nicolás y querría una explicación que ella no sabía si podría dar.

No lo sabía.

II

Estaban de problemas hasta el cuello. No, hasta la nariz y comenzaba a taponar sus fosas nasales.

De las diez llamadas que había realizado a Lena durante el día, ninguna había recibido respuesta. O estaba patrullando o el ojitos le había confiscado el móvil.

Maldita sea.

Tenía a un muerto resucitado entre manos, al jefe forense con un ataque de nervios y desmayado del susto al despertársele el fiambre en la mesa de autopsias reclamando sangre para beber, al idiota de Lucas Turner metiendo de nuevo las narices donde nadie le llamaba y a Lena y al de los ojos grises desaparecidos en combate.

Resultado, situación caótica. Surrealista.

El animal que mantenían encerrado en una de las salas del instituto forense había destrozado todo. La fuerza que desplegaba era desconcertante e inhumana. Como si hubiera ingerido una tonelada de esteroides.

La única ventaja por el momento era que los hechos habían ocurrido en el turno de noche. Habían descubierto otro ataque de ese animal y esta vez, las tripas se le revolvieron completamente. La víctima…Bueno, el resucitado se parecía tanto a Lena, en versión masculina, que por un segundo al entrar en ese maldito sótano un escalofrío de terror le recorrió el cuerpo.

Pensó una locura antes de darse cuenta que el cuerpo tendido sobre la camilla era del género equivocado. Por primera vez, se trataba de un varón en lugar de una mujer.

La ubicación del asesinato inexistente, por definirlo de alguna manera, tampoco se asemejaba a las anteriores. No era una zona despoblada, ni silenciosa, ni protegida. Había seleccionado como lugar para cometer una verdadera carnicería, el sótano de un habitado edificio de apartamentos de clase media, en plena zona residencial de la ciudad.

El caso era que…no tenían caso con la víctima vivita y coleando ante sus ojos.

Por enésima ocasión asomó el morro por la pequeña ventanilla enrejada que permitía otear el interior de la sala de autopsias. El muerto viviente finalmente se había agotado tras ingerir un par de bolsas de plasma sanguíneo que se guardaban en una pequeña neverita dentro de una especie de frigorífico. Un escalofrío de pura repugnancia le recorrió el cuerpo.

Si echara una siestecilla sería genial.

Le daría tiempo de hablar con Lena y arreglar todo el maldito embrollo.

—Esto es muy raro, ¿verdad, teniente?

¡Jesús!

Y para empeorar la situación la patrulla que había dado con la escena, Molens y Perkins, era la más desastrosa del gremio. Los habían juntado para que nadie salvo ellos, salieran heridos de sus propios desastres.

Y, ¿a quién le tocaba lidiar con ellos?

A ella. El gafe le acompañaba desde cría.

—Creo que ese señor tiene la enfermedad esa. Ya sabe, jefa. Vampirancia.

Fanny gimió.

Atontados de baba.

—Vam…pi…ris…mo, Molens. Se denomina vampirismo.

—Nunca mejor dicho, jefa. Creo que el de dentro se ha puesto incluso lentillas de color.

Larguirucho, espigado y despistado, su nota media teórica en la academia había resultado ser un aprobado raspado. Las físicas las había superado a la cuarta intentona. A su compañero lo apodaban el rey de las rosquillas. En cuanto este presenció la desesperación con que el resucitado había devorado la sangre almacenada, por alguna extraña e inquietante razón, su enorme estómago comenzó a crujir por lo que decidió mandarlo en busca de provisiones para lo que quedaba de noche, mientras ella permanecía vigilando.

El forense continuaba grogui y a Molens lo tenía controlado. Solo faltaba…

El estridente sonido de La Macarena llenó el fantasmagórico y desolado pasillo. Extrajo con precipitación el móvil del bolsillo y la exhalación de aire al ver la identidad de la llamada entrante, se escuchó a varios metros de distancia.

¡Ya le había costado contestar a sus miles de llamadas, diablos!

Levantó la tapa del teléfono y no dio tiempo a Lena de pronunciar una sola palabra.

—Tenemos a un…dientes atrapado en la clínica forense, Lena. Hubo un nuevo ataque y lo creímos muerto pero cuando el forense lo iba a abrir en canal, despertó, abrió los ojos y le dijo que si le tocaba con el escalpelo, se comía su mano a mordiscos. El forense sigue desmayado desde entonces y creo…Bueno, no, estoy segura que es un…ya sabes…— bajó el tono de voz para que Molens no alcanzara a percibir lo siguiente—…un dientes. Se ha bebido la sangre que había almacenada y no sé yo si le ha dado un corte de digestión fulminante porque de estar furioso y destrozándolo todo, se ha quedado tieso y adormilado. Por ahora no le han examinado, ni visto los ya sabes qué, que tiene en la boca —Fanny aspiró un poco de aire para coger de nuevo carrerilla— ¡Esto es un desastre, Lena! Tenemos alrededor de dos horas antes de que el personal comience a llegar a oleadas y por mucho que le doy vueltas, ¡no se me ocurre nada lo suficientemente admisible como para que no me manden de cabeza al manicomio! ¡Lena, diablos, habla de una vez que me estoy poniendo histérica!

—Lena está ocupada en estos momentos, pero no te preocupes, Marianno. Quizá te sirva otro dientes para atender tus múltiples exigencias, por el momento. Dada la urgencia que muestran tus…chillidos.

Vaya.

El de los ojos grises.

La noche no mejoraba sino que empeoraba a pasos agigantados.

III

Dientes.

Había que joderse.

La ex compañera redonda y parlanchina que por alguna razón ajena a su entendimiento gozaba del favor o del cariño de Lena, había tenido la desfachatez de apodarles dientes. Por un instante el mal humor casi le ganó la partida pero el ahogado balbuceo posterior de la policía al darse cuenta de con quién hablaba bien había valido el rechinar de sus dientes al escuchar el apodo.

Su vena maquiavélica estaba deseando toparse con Fanny Marianno y presenciar su reacción en persona y no a través de la línea telefónica. Quizá le diera uno de esos teleles sorpresivos que de pasada había mencionado Lena.

—Tu expresión me preocupa.

La percepción de Lena nunca fallaba, por lo menos en relación a su persona.

—¿Qué ha ocurrido?, aparte de todo lo demás, quiero decir.

—Contesté a tu móvil.

—Que contestaste a… Repite eso.

—A tu móvil, mientras estabas ocupada con el encanto de tu primo carnal. Esquivando sus ladinas e insultantes miradas.

La forma en que Lena apretó los dientes le hizo esperar una réplica. Sarcástica o furibunda. En cualquier momento.

—¿Conoces la existencia de la Constitución y sus muchos derechos, Ryan? Al menos, te sonará.

—De pasada pero ya sabes, según dices, tengo una mente preconstitucional.

—No, Ryan, lo que eres es un completo Neanthertal. Dame el móvil.

Se aproximó a Lena un par de pasos hasta colocarse cerca. A unos pocos centímetros y le susurró, con la voz rasgada.

—Cógelo, si tanto lo quieres de vuelta. En el bolsillo delantero derecho.

La estaba retando y deseaba que cogiera el guante. Tocarse, discutir, pelear. Le daba igual con tal de que ella reaccionara a él, a su cercanía. Estaban tan próximos que presenció la lucha en esos ojos que le tenían desquiciado.

No lo hizo.

Lena tensó el cuerpo aunque se mantuvo en el sitio. La puerta abierta del despacho del jefe no daba opción a demasiado sin que fueran sorprendidos sin querer.

Habían transcurrido unos quince minutos desde la llamada de la amiga de Lena y había mandado aviso urgente al capitán, ordenando este que le esperaran ambos en su despacho. No tenían tiempo que perder pero Robbins les reclamó unos minutos para organizar la custodia del chico mimado de la familia Cannavara. La espera no era su fuerte y mucho menos de Lena quien, para su inmensa sorpresa, se había bebido un buen sorbo de añejo whisky.

Se le iba a emborrachar su mujer.

—¿Quién llamó?

La suave voz de Lena lo distrajo de sus pensamientos.

—¿Qué?

—La llamada. De quién era.

—De la descarada humana. Dime algo, Lena, ¿sabías cómo define a los miembros del grupo?

Los ojos avellana se agrandaron ligeramente. Lo sabía de sobra. Lena tragó saliva y respondió.

—No lo hace en forma despectiva. El apodo tiene su razón de ser y Fanny es…

—Tu mejor amiguita. Lo sé, Lena. No hace falta restregármelo por el rostro.

Había dejado atisbar lo que no debía, al apreciar el ladear sorprendido en la cabeza femenina. Joder, la frase rezumaba celos incontrolados de todo aquel que tuviera una estrecha relación con su pareja.

—¿Tienes cel…?

—¡No!

—Eso sonó a…

—Como no calles, te callo yo, niña y no creo que estés preparada para la forma de lograrlo que tengo en mente.

El largo suspiro de Lena y el reto que comenzaba a brillar en su mirada se vieron rotos de cuajo por la entrada en tropel del resto de compañeros en el despacho, quienes se ubicaron en sus habituales asientos y por las claras y directas palabras del segundo al mando requiriendo información.

—No te va a gustar, Jefe

—Últimamente nada me gusta, por lo que no lo alargues. Habla.

La clara mirada de Ryan se desvió momentáneamente en dirección a Lena ya que se adentraban por un camino por el que no cabía retorno y en esta ocasión desconocía cómo reaccionarían los demás ¿Sentirían su silencio como una traición? No le agradaba sentirse desubicado ni incapaz de controlar cuanto ocurría a su alrededor y eso justamente definía el estado en que se hallaba. A un paso de Lena con la mirada de esta fija de manera obsesiva en el piso como si por ensalmo se fuera a abrir, tragarla y conseguir escapar de la impaciencia que comenzaban a exudar los presentes.

—Acabamos de saber que la policía tiene custodiado a uno de los nuestros en el instituto anatómico forense de la ciudad.

El silencio fue sepulcral hasta que se vio interrumpido por la ronca voz del capitán Robbins y el movimiento pausado de su cuerpo al acercarse a él.

—Sé que no puede ser pero por si acaso. Repite lo dicho.

Joder con la endiablada mujer y el condenado lío en que le había metido. De esta noche no escapaba sin un buen rapapolvo.

—Que yo sepa, al menos, el vampiro está desorientado aunque quizá un tanto empachado.

El rugido del segundo provocó un bote en todos ellos

—¡En hora y media amanecerá y el personal ocupará sus puestos de trabajo!

El suave y susurrado entonces será mejor que movamos el culo cuanto antes, ¿no?, de Lena, nada hizo para apaciguar la ira del capitán quien se volvió como una furia en su dirección.

La reacción de Ryan fue instintiva. No lo pensó ni se lo planteó. Sencillamente sus pies se movieron hasta quedar ubicado entre el capitán y Lena.

—Ryan, apártate.

—No.

—Esto lleva gestándose tiempo y lo sabes.

—No.

Robbins acortó el espacio en su dirección hasta que sus cuerpos quedaron a centímetros de distancia. Este habló, quedo, con cierta tristeza en el sonido que comenzó a emanar de su pecho, de su garganta.

—No se adapta, Ryan, ni quiere hacerlo. No es su mundo.

—Lo hará.

A su espalda escuchaba la respiración cada vez más rápida de Lena. Aquellos de lo que hablaban, lo que todos los agentes estaban presenciando era un maldito secreto a voces. Algo que sabían que iba a estallar con consecuencias desastrosas para todos. Lena no podía quedar libre como deseaba y desprotegida entre la población y él…

Él sencillamente no podía permitir que alejaran, persiguieran o causaran dolor a la mujer que…

Por primera vez en su vida se sintió tirado con ferocidad de varios extremos. El cariño hacia sus compañeros. Tenía gracia, en parte. Lo creían insensible, brutal, frío sin conocer sus secretos o sus miedos o que los amaba profundamente. Sin saber que en silencio los protegía y vigilaba. Con su tecnología y con su temida mente. Pero no era solo lo que sentía hacia ellos.

Era el respeto a su integridad, velar por su protección, asegurar el bienestar de su gente. Su pervivencia. La de todos ellos.

Por otro lado…Lena.

Si le obligaban a elegir, no tendría elección.

Con la mirada trató de hacérselo entender al capitán. Que la elección estaba hecha desde siempre, desde que dos críos se hicieron inseparables en medio de un infierno en vida.

Sin Lena no había vida para él, aunque la muy alelada todavía no se hubiera dado cuenta. El segundo al mando y la Directora debían entenderlo.

—y, ¿si fuera tu compañera, jefe?

Las aspiraciones bruscas de aíre le llegaron de su frente y de su espalda.

Dos cosas ocurrieron al tiempo. Notó la aproximación del cuerpo que reconocería en cualquier lugar a su espalda como si la frase hubiera impulsado a Lena a acercarse como un imán y la lentitud con que Robbins alzó la mano hacia su rostro y se desprendió de las gafas, centrando esa extraña y sagaz mirada en la suya, antes de hablar con una voz casi desconocida.

—¿Acaso ella lo es para ti, Ryan?

Le resultó imposible controlar lo que más temía en ese momento. Los poros de su piel desprendieron tensión. Sentía el calor de ella a su espalda, su inseguridad, su inquietud y el inmenso temor a que le ocurriera algo…a él. Dios, ella no temía por sí misma, sino por él.

Algo le ocurrió en el pecho en ese mismo momento. Tenía que luchar, como un maldito loco porque ella sentía algo por él. Si temía por él con tal intensidad que el miedo le llegaba a increíbles oleadas a su espalda era por algo y ese algo solo era causado porque sentía con tanta fuerza como para que le fuera imposible ocultarlo.

El capitán hizo algo que no esperaba. Con las gafas en su mano izquierda y la mirada aún fija en la suya, alzó su mano derecha apoyándola en su mejilla izquierda, el pulgar sobre su sien.

—¿Estás seguro, Ryan? No será fácil.

Tragó antes de contestar, sintiendo la calidez de esa palma en el rostro.

—¿Acaso algo lo ha sido en mi vida, jefe?

Una triste sonrisa curvó los labios de este al tiempo que bajaba la fuerte mano.

—Tendrás que hacerle ver lo que arriesgamos. Lo mucho que arriesgas por ella.

—Lo haré.

Desconcierto.

Eso era lo que brotaba en esos momentos a su espalda y en parte lo comprendía. Lena no conocía sus costumbres, no había vivido en su mundo el tiempo suficiente como para entender los riesgos. Era la hija de un hombre que en un mundo ajeno al suyo, infringió uno de los principios más sagrados para la raza a la que servía. Por ello tras años de vivir fuera de la Dandraara, entre personas corrientes, Lena se guiaba por lo aprendido entre ellos, sus costumbres, sus maneras de pensar, sus sentimientos, sus miedos.

Tan diferente a todo aquello que guiaba a la raza más dura e insensible de su mundo.

No había comprendido el alcance de lo acaecido entre el Robbins, él y el silencio de los restantes agentes. Le habían dado su bendición y su apoyo. Si se veían obligados a huir no los perseguirían. Si el enemigo iba a por Lena, les retendrían todo el tiempo que les fuera posible, por mucho que arriesgaran.

En ese momento se dio cuenta y su corazón se contrajo. Paseó su mirada por los serenos rostros de los chicos. Jonas con el dolor inundando esa mirada al rememorar lo que perdió, aquello que más amaba. Ubicado cerca de Mac. Tan diferentes y tan parecidos en su afán por proteger. Y Carlson, el incondicional Carlson.

Ellos le amaban.

Dios.

Le amaban tanto como él los amaba y supo que darían la vida si llegaba el caso, si tenía que defender a su mujer de las odiadas reglas impuestas por la Dandraara y por su propio mundo que la veía como el cebo con el que atrapar a la organización que a todas las agencias del mundo civilizado vampírico y humano había burlado.

Por primera vez en su vida permitió que otros entendieran el alcance de lo que sentía con un sencillo gracias que todos ellos escucharon y sintieron, muy adentro. Dulce y tan sentido.

La mayoría abrió los ojos, impresionados pero Carlson…sonrió. Siempre lo supo y jamás habló de ello. Su hermano y su amigo.

Gracias. Por todo.

Sus compañeros sencillamente se inclinaron levemente. El significado, tan claro. Entre compañeros no es necesario dar las gracias.

—¿Qué está pasando? Estáis como estatuas petrificadas y tiesas. Dais algo de miedo.

La carcajada de Carl acompañada de las risilla de Mac y los balbuceos del resto fueron la única contestación a la histérica pregunta de Lena.

Las siguientes palabras de Carlson, hicieron fruncir el ceño a Lena.

—Más vale que te prepares para lo que se te viene encima, cielo...—una irónica risa brotó de los labios del rubio poniéndole a Lena el vello en punta—...nunca mejor dicho.

—Y eso, ¿qué diantre significa? Porque no me asustas —Lena tragó y desesperada, le pegó un toque en el hombro a Ryan, que permanecía delante, separándole aún del capitán—. Vale, ¿a qué diablos se refiere?

—Yo que tú, no le preguntaría a él, no vaya a ser que se decida a dar un adelanto práctico que te deje...inservible por un ratito.

La diversión llenaba la voz de Carl.

Apretando los labios para no reír el capitán Robbins intervino.

—En cuanto volváis de la incursión, Ryan. Que no pase de esta noche.

—Así será, capitán,

******

Capítulo 10

I

¿Esta noche?

Algo iba a ocurrir esa noche y ella estaba en medio de todo. Solo quedaba enterarse de una vez de lo que había ocurrido en el despacho. Por un segundo creyó que el jefe iba a golpear a Ryan, al interponerse este entre los dos. Maldita sea, si de algo había estado segura era de que no podía permitirlo. Tan sencillo como eso.

No… podía.

Todavía no comprendía cómo de no querer ver ni en pintura al vampiro más complicado con el que había tenido que tratar, había alcanzado el punto de estar dispuesta a dar la vida por él. Lo haría por todos pero Ryan…

Estaba perdiendo la cabeza.

Desde que había ingresado en el grupo y la tensión había escalado hacía unas semanas, se había trastornado completamente. A ella jamás le habían atraído los hombres peligrosos. Prefería a un pánfilo de carácter agradable con el que apenas discutir. Como cualquiera, podía apreciar la belleza en una persona del género opuesto. Carlson era increíblemente apuesto y la figura y rasgos de Jonas desviaban miradas. Mac era un caso aparte, oscuro, inquietante y peligroso y el aspecto de Ryan atraía a mujeres y hombres como a las moscas para después apartarse al intuir que lo que miraban era demasiado intenso pero hasta ahí llegaba. Nunca fue más allá.

Desde aquella maldita salida con Ryan por los suburbios en la que todo había explotado, tenía un barullo mental de campeonato y las hormonas revueltas cerca de ese hombre endemoniado.

De niños…fueron inseparables. Nadie podía separarlos hasta que ocurrió lo inesperado. Aquello que cambió sus vidas,

Era tan duro rememorar pero más aún tratar de borrarlo de su mente. Había cosas que, sencillamente, no podían olvidarse.

Su padre era un buen hombre. Sereno y diligente en aquello para lo que estaba destinado a hacer. Servir a la casa Borges, cabeza visible de la aristocracia de la Dandraara. Con los números era único. Gestionando patrimonios. En el hogar era un amante y generoso padre que la amaba y protegía. Únicamente un tema estaba completamente censurado.

Hablar de su madre.

Creció desconociendo completamente quién le había dado la vida. De los retazos que había llegado a reunir supo que un día de invierno su padre apareció en la casa a la que servía con una frágil criatura en brazos, a la que identificó como su hija y así fue aceptado. Los Borges no le prestaron la más mínima atención.

Ella, como hija del humano contable al que apenas se prestaba atención, debía hacer lo mismo, sin cuestionarlo, sin dudar, sin queja alguna, sin lloros pese a los empujones despreciativos que recibía en cuanto se descuidaba.

Su único refugio era él. Ryan. No había cruzado aún la adolescencia pero era grande para su edad. Su padre, el temido Luca Borges, se enorgullecía de ello viendo en la robusta figura del crío de ojos claros el guerrero que alcanzaría a convertirse. La estrecha relación que mantenía su hijo primogénito con la hija del inofensivo contable le hacía gracia y lo permitía, como una anécdota más sin importancia

Hasta que llegó ella.

Los susurros llenaron el condado. Los rumores de su belleza, de la influencia que ejercía sobre el cabeza de los Borges. Era la tercera ocasión en que la hermosa mujer les visitaba. Hija de otra familia de clase alta, era la mujer más deseada y más buscada. Tras la segunda visita a las tierras controladas por los Borges desapareció con rapidez, según las malas lenguas, llamada por su padre debido a su incorrecto comportamiento al acudir sin apenas acompañantes al lugar.

El padre de Ryan la pretendía, estaba obsesionado con ella. Otros hablaban de amor. Decían en callados susurros que finalmente este había caído en las redes de una mujer.

Nunca olvidaría la primera vez que la vio.

Les obligaron a colocarse en fila ante ella pero algo indefinible la indujo a alzar la mirada del suelo y presenció lo que jamás esperó ver. Los oscuros ojos de la bellísima mujer clavados a fuego en la inclinada figura de su padre. Lo miraba…con anhelo. Disimulaba con esfuerzo pero esa avellana mirada, por alguna extraña razón, le recordó a sí misma cuando buscaba con desesperación la forma de Ryan en la mansión. Desprendía ansia, profundidad y…tanta tristeza. Entonces esos ojos avellana veteados de puntitos verdosos, iguales… exactamente iguales a los suyos, se desviaron quedando fijos en sus iris.

Fue la segunda mirada llena de amor que recibió en toda su infancia. La de su padre y la de esa desconocida que no parecía poder apartar la tierna y desgraciada mirada de ella, de una niña que sintió la necesidad de pedirla que no lo hiciera, que se iban a dar cuenta, que…los matarían por ir contra lo sagrado.

Y lo supo.

Supo por qué su padre la prohibió hablar o preguntar por ella, por la mujer que le dio la vida. Porque había nacido de lo prohibido. De un profundo y escondido amor que sería castigado si era descubierto.

Recordar el odio, el aborrecimiento que sintió hacia unas leyes que impedían lo que era tan evidente ante sus ojos. Que su padre amaba a la mujer ante la que se veía obligado a inclinarse y era correspondido. Que una madre no pudiera reconocer a una hija, abrazarla, acariciarla, olerla, besarla…era contrario a todo lo su padre le había inculcado.

Algo se rompió en su interior.

Había nacido de un amor imposible que no tardó en ser descubierto.

Todavía dolía un mundo recordar. La fiereza con que su destrozado padre peleó al ver la manera en que las trataron a ella y a su madre. Un hombre apacible que perdió la razón. La dureza con que Luca Borges lo hizo azotar y golpear, obligándolas a ellas a presenciarlo.

Temblaba al recordar.

A su madre la marcaron como a la puta que acusaron de ser. Desnuda, aterida pero tan orgullosa de haber amado a su padre y haberle dado la vida a ella. No mostró ni un resquicio de arrepentimiento. No se rindió. Ni una sola vez, ni durante la tortura del hombre que amaba, ni durante la suya propia. Solamente flaqueó cuando arrastraron a su hija al centro del patio, la desvistieron y comenzaron a lanzarle patadas y a escupirle, cuando las carcajadas llegaron a sus oídos o la estruendosa voz de Luca Borges anunció que su hijita nada estaba sufriendo en comparación con lo que estaba por llegar.

Una patada en pleno rostro la dejó inconsciente, oscureciendo la imagen de su madre arrodillada y herida y…despertó en la casa de la familia de su madre

Dos imágenes quedaron grabadas en su mente.

El surco de lágrimas en la hermosa faz de su madre y la única súplica que escuchó de sus labios rogando por ella, incluso con su vida y la maldita pregunta del padre de Ryan, pletórica de maldad.

¿No ayudas a tu joven amiga, hijo mío?

Después el silencio. Un segundo más tarde la dolorosa patada.

Ryan no contestó a su padre. No la ayudó entonces.

No lo hizo…y el rencor fue ganando con el tiempo la partida a la esperanza hasta carcomer su corazón. Hasta ver las cicatrices que surcaban la espalda de Ryan, la otra noche.

—No lo recuerdes, Lena. Solo hará que sufras.

—¿Me ayudaste, verdad? De niños. Lo hiciste. Por eso tienes las cicatrices.

Los llamativos ojos claros se cerraron para abrirse de inmediato.

—No es el momento, Lena.

—Contigo, nunca lo es.

—Maldita sea, mujer, es algo entre los dos. Entre tú y yo y…no es el momento.

No estaban solos. Por un segundo estuvo tentada de mandarlo todo al garete y presionar.

—Más tarde…

La seriedad en esos ojos masculinos la obligó a serenarse. La promesa que se leía en ellos no se rompería. No pasaría de esa noche sin saber, de una vez por todas, lo que realmente ocurrió en el que un día creyó su hogar y quizá descubrir qué diablos estaba ocurriendo entre ellos.

Las siguientes palabras que se vertieron en ese despacho brotaron del Robbins.

Había llegado el momento de organizarse.

II

No llamar la atención dentro de lo posible y sacarlo de allí, evitando a todo aquel que se les cruzara esa noche vino a ser la única directriz del capitán Robbins, lo cual en sí mismo era dificultoso. Olvidar la imagen de un Ryan vestido de civil era, difícil de por sí por lo que, de camuflaje, resultaba humanamente improbable, sino imposible.

Lena había intentado entablar contacto con Fanny pero no contestaba a las llamadas.

—La has espantado.

La maquiavélica carcajada de Ryan le llenó de agobio.

—¿Qué le hiciste, Ryan?

—¿A quién?

Sería canalla.

—Ya sabes a quién me refiero.

—Ah, te refieres a tu mejor amiga. La parlanchina. La que me llama dientes.

—¡Os lo llama a todos!

—Si la Directora se entera que una humana que para colmo es policía sabe de nuestra existencia quizá cambiara de opinión…

—¡Fanny no es uno de los nuestros!

—Claaaaro. Cuando te interesa ha de ser nuestra amiguita y cuando no te conviene, mejor dejarla de lado. Eso, mi querida niña no lo hace una buena amiga.

—No me vas a liar, Ryan, por mucho que lo intentes.

—¿Es eso un reto, querida?

Madre mía, cuando empleaba esa ronca y grave voz, se tensaba irremediablemente. Toda ella. De la cabeza a las plantas de los pies y se quedaba sin voz. Muda.

—Presiento acercarse a gran velocidad la demostración práctica.

Por todos los demonios.

Lena se revolvió en su asiento de copiloto y lanzó una mirada que a otro hubiera aterrado. A Carlson le provocó una insulsa y femenina risita completamente incongruente con semejante corpachón. Simplemente se acomodó en el asiento trasero, aflojando levemente el cinturón de sujeción.

—Me…estás…poniendo…de…los nervios, Carlson.

—¡Yo!

—Sí, tú.

—Es Ryan quien debiera ponerte así con lo que tiene planeado. No yo. ¿A que sí, Ryan? Saca a la pobre mujer de una vez de su desventura y dile lo que le va a ocurrir esta noche, al volver a la mansión.

—¡Te quieres callar de una vez!

—¿Yoooo?

—No, Carlson, tu primo el de Canterbury. ¿Quién otro estaría disfrutando como nunca de semejante caos?

No le dio tiempo a responder al tú mente a veces asusta, Lena, del rubio agente cuando el todo terreno aparcó en la parte trasera del instituto forense. Antes de salir del vehículo hizo un último intento de contactar con Fanny pero de nuevo el resultado fue infructuoso.

—No me gusta, Ryan. Ya debiera haber contestado. Nunca tarda tanto.

—Puede. Entremos.

Descendió y enfiló derecho hacia el silencioso y acristalado edificio.

—¿A dónde vas?

Ryan se paró de golpe y se giró hacia ellos, paralizados en el lugar.

—A por nuestra descarriada.

—Eso ya lo sé, pero no podemos entrar por la entrada principal.

Carlson y ella cruzaron miradas. La suya medio angustiada. La del rubio agente llena de diversión. Alguien debía meter sentido común en la sesera de ese hombre.

—Las órdenes…

—Deben ser cumplidas y apenas nos resta oscuridad. Tampoco tiempo para ser sutiles con aquellos que se nos crucen y no me agrada que Marianno no conteste a las llamadas, Lena.

Sin otra palabra se encaminó de nuevo hacia las dobles puertas de cristalera que daban a la entrada.

Tras el mostrador una señora de mediana edad leía una desgastada revista, sin dignarse a alzar la mirada a sentir la corriente de frío aire que se coló junto con ellos en el interior del recientemente remodelado edificio.

Auriculares cubrían sus oídos.

Puede que la diosa fortuna les acompañara esa noche.

Cruzaron con paso firme las puertas que daban al interior del complejo.

O puede que no.

Al fondo les esperaban en grupo.

III

—¿Qué hace ahora, jefa?

¡Por Dios! Otra vez la dichosa pregunta de marras.

Ignoró a Molens y miró de nuevo la hora que marcaban las flechas del reloj de pared clavado en el pasillo al que conducía la atrancada puerta de la sala de autopsias. En el que hacían guardia a la espera de que llegaran los otros.

Que no tardaría en acudir al rescate, había anunciado el tal Ryan. Pues había transcurrido prácticamente una hora y ni un retal de ropa de combate había surgido del fondo del pasillo, del que no apartaba la mirada salvo para asegurar que el prisionero no se descontrolaba una vez más. La última se había abalanzado contra la fornida puerta y a través de la rejilla, había que iban a ser su sabrosa merienda. Blanditos y jugosos, tras hacerles picadillo. Sobre todo ella.

Le había susurrado ¡que le sobraban carnes en varios puntos del cuerpo!

Desde ese momento los desmayados habían incrementado en número al fijarse su agresivo prisionero, al hablar, en el compañero de Molens, que acababa de unirse al grupo para apoyarles.

Centró la mirada en la desgarbada figura tirada de lado en el enlosado piso. El rey de las rosquillas completamente ido...y roncando, tras su galopante desmayo al escuchar al rey de los esteroides.

Menudo desastre.

Quedaban unos cuarenta minutos aproximadamente para el amanecer y si algo conocía era que los rayos de sol no eran beneficiosos para nadie y mucho menos para los vampiros. No los mataba pero ralentizaba considerablemente su capacidad de reacción.

—Joder, joder, jefa. Aquí viene de nuevo.

Estaba comenzando a cabrearse. El muy hijo de puta se asemejaba demasiado a Lena para que no se enfureciera.

El golpe retumbó en todo el corredor. Había golpeado con fiereza y con sendos puños en aquello que lo separaba de su presa. Observó cómo su prisionero olisqueaba el aire, casi como si a través de la puerta de metal percibiera su olor. Se le erizó la piel de la nuca.

—Dime algo, agente Marianno. ¿Te recuerdo a alguien?

Qué...demonios. Conocía su apellido y...

Dios.

El vampiro conocía su relación con Lena y eso solo podía significar una maldita cosa.

Una trampa.

Y a ella la habían utilizado por su estrecha relación con Lena para atraerla al lugar. Diablos, la habían investigado o rastreado lo suficiente como para intuir que avisaría a su mejor amiga, de la que conocían su más oculto secreto.

—Es una maldita trampa y hemos caído en su mismo centro.

Los redondos ojos de Molens ocultos tras las gafas de montura de carey se agrandaron hasta recordarle a un verdoso y asustadizo sapo.

Estaban acabados. Se dirigió al tembloroso novato.

—Prepárate. La situación se va a poner fea.

Se escuchó desde uno de los laterales que daban al fondo del corredor el chirrío de una puerta al ser empujada sin miramientos.

Tragó saliva. La alta figura que se perfilaba a contraluz no era la esperada y mucho menos la larga melena negra que parecía rodear su cabeza como una llamativa corona.

Les llegó el olor. Sin previo aviso. Inundando sus pituitarias.

A humo.

Sintió miedo.

Sabía lo que les acechaba.

En su mente resonaron las palabras de Lena. Lejanas pero tan claras como si las estuviera escuchando al mismo ritmo en que ese animal se acercaba lentamente a ellos.

Si alguna vez te topas con uno de ellos, con su largo cabello y tatuado rostro, huye por tu vida porque no tendrán piedad, Fanny. No la tendrán.

Prométeme que huirás.

—Coge a tu compañero y corre, Molens…y no mires atrás. ¿Me oyes? No mires atrás.

Escuchó los esfuerzos del novato tratando de arrastrar el peso muerto de su compañero por el resbaladizo piso mientras ella se colocaba de parapeto en medio del pasillo con las piernas separadas. Trataba de recopilar toda la información que le había facilitado Lena sobre esos asesinos. Esos cabronazos.

Por la virgen María y sus apóstoles.

La iba a palmar esa noche y su familia…

¡Y un cuerno!

No dejaría a sus sobrinos sin tía y sin sus cuentos infantiles de media noche. Sin sus fiestas de pijama tras hornear un par de decenas de galletas de chocolate y planear empacharse con ellas. Era joven y no había encontrado al hombre de su vida. Nadie y mucho menos un sociópata impotente con dientes puntiagudos la separaría de los pequeños amores de su vida.

Quizá en otra ocasión, pero hoy…no.

—Acércate, capullo. Te espero.

IV

Había perdido de vista a Lena.

Intentaban acorralarle y separarle continuamente de ella y lo estaban logrando. Desde el primer e impactante instante en que los oscuros fijaron las miradas en Lena, como si de un imán corporal se tratara, supo que bajo la superficie discurría una oculta y malsana intención. Y la muy insensata en lo único en lo que pensaba era en la terca policía, Marianno, en que nada le hubiera ocurrido tras las puertas que al fondo permanecían inaccesibles.

Actuó sin pensar.

Lena echó a correr hacia sus enemigos como una condenada bala, dejándolos a Carlson y a él atrás, imposibilitados de protegerla, desapareciendo su pequeña espalda entre cabellos largos, entre delgados pero musculados cuerpos y brazos descubiertos blandiendo armas.

No le dispararon. No apuñalaron a su compañera al aproximarse al enemigo como si la esperaran, como si desearan justamente eso. Sencillamente le permitieron acercarse e intentar sobrepasarlos.

Y eso le revolvió el estómago.

No poder impedirlo.

La lucha se volvió encarnizada tras incorporarse Carlson y él a la pelea. Eran muchos y aunque caían sin cesar seguían apareciendo por los laterales. El pasillo, dónde se encontraba el único acceso a la sala de autopsias, que se estaba convirtiendo en una maldita trampa para ratas, estaba parapetado. Totalmente. Acudían más y más, multiplicándose y no parecía importarles perder la vida.

El filo de un cuchillo le rozó el costado derecho, rasgando el gastado y moldeable cuero.

Por sus…

No conseguía captar la pequeña forma que conocía como si fuera la suya.

La brutal patada lanzó contra la pared a uno de sus enemigos mientras escuchaba a su izquierda los gritos de Carlson urgiéndole que la siguiera, que fuera tras Lena, que no la perdiera de vista pero en cuanto lo intentaba surgían como cucarachas, de las rendijas, de las esquinas que daban al corredor, rodeándole, reteniéndole.

La puerta doble del fondo se abrió de golpe para cerrarse de seguido y abrirse una y otra vez con la inercia del golpe recibido por quien la había sobrepasado.

—¡Lena!

Una jodida sonrisa.

Cabrón.

El Oscuro que tenía frente a sí había sonreído como si solo él conociera un secreto a voces. Esa macabra risa pareció extenderse a los otros, provocándole un escalofrío en la boca del estómago.

Maldita sea…Iban a por ella.

Había perdido la cuenta de los oscuros que había destripado. No le importaba, ni que sus entrañas o su sangre cubrieran gran parte de su cuerpo o rostro. Ignoraba el ponzoñoso olor, la viscosidad de las vísceras, la oscura sangre negra resecándose poco a poco. Avanzó dos pasos pero tres le hicieron frente. Las dagas se clavaron en los blandos torsos y retorció la empuñadura, para hundirla de nuevo. Con saña. Los aborrecía. Los ojos vacíos de piedad le miraban uno tras otro, antes de caer, sabiendo que iban a morir. Lo sabían y pese a ello no dudaban. Se estaban…sacrificando.

Estaban logrando aquello para lo que se les había enviado. Jodidos Oscuros sin alma.

El tiempo discurría rápido en medio de la contienda. De refilón le pareció atisbar el desencajado rostro de la recepcionista asomar por la entrada al corredor para desaparecer de inmediato pero no podía perder la concentración. No en ese momento porque se jugaban demasiado. Quedaban cinco oscuros en pie, en medio de la carnicería creada a su alrededor por los destrozados cuerpos de sus compañeros pero estos centraban la obsesiva mirada en ellos. Fija.

Fría y tan vacía.

—No nos dejarán pasar, Ryan. Tratan de frenarnos.

—Lo sé. ¿Podrás con los cinco?

El más cercano a ellos abrió los enfermizos ojos al escuchar la pregunta y boqueó apenas sin sonido un *No, ella la quiere…No pueden pasar.*

El maldito no pudo pronunciar otra palabra al traspasar una de las cuchillas de Ryan su garganta, paralizando el sonido que comenzaba a brotar de ella. No se distrajo. Con un golpe distanció al más cercano a él liberando el espacio necesario por un lado para pasar y enfilar a la carrera hasta el fondo, sin mirar atrás, hasta la condenada puerta que le separaba de su compañera.

Si no la encontraba al otro lado…

Sintió el frío metálico contra las palmas de sus manos y atisbó brevemente a su espalda esperando el ataque desesperado de algún rezagado pero ninguno le siguió. El enemigo estaba demasiado ocupado con Carlson, quien mantenía la calma y en cierto modo Ryan lo agradecía. Arriesgaban demasiado con civiles de por medio.

Cruzó la separación y le recibió con los brazos abiertos la oscuridad. Completa y negra oscuridad.

Agudizó el olfato, el oído, pero lo único perceptible era la respiración acompasada y tranquila de alguien que desprendía intenso calor. Provenía de su izquierda, del suelo y por el olor a fresca colonia junto con una extraña mezcla de spaghetti, melocotón y el cada vez más diluido aroma a inmenso enfado, quien permanecía tendida en el desgastado suelo por el paso de las camillas era la ex compañera de Lena.

Sin sentido.

Ella no estaba en las inmediaciones, en los habitáculos que dividían la sala en reducidos compartimentos ni en los cuartos adyacentes. Lo hubiera sentido de ser así.

Su corazón comenzó a golpear intensamente en el pecho y las palmas de las manos se le humedecieron de la tensión.

Dónde diablos se había metido su mujer.

******

139

Capítulo 11

I

Calculaba que habían transcurrido cincuenta minutos desde su llegada a la vacía cabaña de dos plantas en la que permanecía prisionera.

El ambiente era húmedo y hasta el momento lo único que había conseguido percibir a través de la enmohecida capucha que había cubierto su cabeza, eran los baches del camino que los había conducido a ese lugar, la disposición de los escalones al ascender al segundo piso y el olor a bosque que los rodeaba.

El cuarto era viejo, con el piso y paredes de clara madera, quizá de pino silvestre, con dos ventanas de reducidas dimensiones que daban a los lados contrarios de la casa. Carecía de muebles, salvo la tosca silla de madera en la que estaba sentada, con las piernas bien amarradas a sus astilladas patas y los brazos a la espalda. Una roída alfombra de lana completaba el desolador aspecto.

Desconocía si hacía lo correcto pero había dado su palabra y esta había valido la vida de Fanny. Su vida por la de su mejor amiga. A ella le era suficiente. Lo único de lo que se arrepentía era de no haber dispuesto de tiempo para hablar, para despedirse del hombre que en esos instantes estaría subiéndose por las paredes, perdiendo la razón al no localizarla.

Para…

Apretó los puños que permanecían asegurados con finas cuerdas a su espalda.

Esa cuchilla contra el cuello de su compañera le había helado la sangre en las venas. Nunca habría superado ver a Fanny morir delante de sus ojos y su captor lo sabía.

La angustiosa escena se repitió en su mente.

Su atacante era experimentado, con peso en la Tarnaca. Un oscuro. Asesinos a sueldo de la organización criminal más poderosa del planeta. No había alcanzado el rango de Marcado dada la ausencia de marcas en el rostro pero finos trazos sin color comenzaban a asomarse. La inteligencia que brillaba en sus ojos, su postura, la manera segura en que hablaba dirigiéndose a ella como si tuviera todas las cartas bajo la manga, la amenaza implícita de ese filo metálico en la delicada garganta hablaba de seguridad en sus habilidades. Los angustiados ojos de Fanny. Desorbitados y aterrados, la boca semi abierta pero una parte de la policía, la que jamás se rendía, la que nunca reculaba trataba de pedirle que peleara pese al riesgo que corría. Que valía la pena intentarlo, pese a inmenso peligro.

140

Se equivocaba.

La posible muerte de su mejor amiga no compensaba su seguridad ni su libertad. No. Nunca.

—Eres la que busco. Dime, agente, ¿aprecias a esta mujer?

No contestó a la insidiosa pregunta y ello le supuso un doloroso aunque superficial corte en el cuello a Fanny. Lo supo por la tensión que inundó el cuerpo atrapado entre esas oscuras y fuertes manos.

—Lo hago.

—Vendrás conmigo o ella muere…ahora.

Dios. Tiempo. Necesitaba tiempo. Escuchaba el ruido que llegaba del otro lado de la puerta.

—¿Qué diablos queréis de mí?

—No es mi tarea explicar, sino llevarte con ellos, empleando los medios necesarios.

El acento que marcaba las palabras era suave. Extranjero. Italiano.

—¿Quiénes son ellos?

Los dedos presionaron, empujando el cuchillo contra la frágil carne. Dios, un desliz, un descuido y le rajaría el cuello delante de sus propias narices.

—¡Está bien, está bien! Déjala ir y te acompañaré.

La faz de rasgos afilados y en cierto modo atractivos, se ladeó, sopesando si podía confiar en ella. Las líneas incoloras dibujadas en su rostro acentuaban la dureza de las facciones.

Fue rápido. Y con ello demostró que lo intuido era correcto. El oscuro que la miraba fijamente, con esos negros iris y con el peso muerto de Fanny entre ambos, era extremadamente peligroso. Había dejado sin sentido a su mejor amiga en un par de segundos, con una simple presión de las yemas de sus dedos aplicadas a su cuello. Por Dios…Solo había visto hacer lo mismo a otras dos personas y esos eran Ryan y Mac. El cuerpo inconsciente de Fanny había resbalado al suelo, lentamente, sujeto por su enemigo. Esa suavidad chocó con la brutalidad empleada por este. No casaba con su actuar.

A su mente le vino la imagen de un complicado puzle. Con su amiga tirada a un par de metros se giró a petición del oscuro, dándole la espalda en contra de sus instintos naturales y sintió la fría sujeción en sus manos.

Otro enemigo se había aproximado a su espalda. Ahora eran dos.

El oscuro que había dejado sin sentido a Fanny no hizo más y ello, en cierto modo, le preocupó. Si se limitaba a amarrar las manos de una agente, sin otra medida de seguridad en su propio beneficio, hablaba de confianza en sí mismo. Se juró a sí misma no protestar más cuando Ryan le obligara a entrenar en artes marciales.

Sentía las entrañas anudadas.

El empujón en medio de los omóplatos la sacó de quicio.

—¡No…me…toques!

Un segundo empellón.

—¿O qué, linda? ¿Irás en busca de tu pervertido novio? —una tercera palmada cayó en su nuca— No…espera. No puedes, ya que no sabe dónde estás.

La retorcida risa a su espalda le revolvió el estómago. La voz era diferente, más aguda y dañina.

Reconocería esa risa entre miles.

Esas risas, la de Lance y la de Nicolás, sus primos maternos, siempre entremezcladas con los desprecios y humillaciones que recibía en la casa de su madre, siendo cría. Recordaba la necesidad de huir de ese odiado ruido y ahora lo percibía tan cercano, tras guardarlo almacenado en un lugar de su cerebro que asociaba al dolor y a la servidumbre, a la humillación y burla. Nicolás y Lance, el primogénito de la casa Cannavara y su sombra.

El oscuro lo había liberado de la sala de autopsias y parecían conocerse.

Nada tenía sentido.

Sintió a su espalda, en la nuca, el cálido aliento que todavía desprendía un empalagoso aroma sanguinolento.

—Dime, primita, siento curiosidad. ¿Cómo terminaste siendo la puta de un agente secreto?

II

—¿Dónde coño está Lena, Ryan?

—¡Eso intento averiguar!

Muerta para el mundo exterior y no iba a recuperarse en un buen rato. Las marcas de presión en el cuello eran testigo de ello por lo que no obtendrían información de Fanny. Al menos, no de forma inmediata.

Se dirigió a Carlson.

—Llama a Robbins. Hay que limpiar el lugar antes de que den la alarma. Lleva a Fanny a la mansión y…

—Ryan…

—Maldita sea, Carlson. La necesito controlada y accesible en cuanto despierte. Puede que oyera algo, que dijeran algo que sirva de base sobre la que comenzar a buscar.

—¿Y tú, qué vas a hacer?

—Ir en su busca.

—No es buena idea, amigo. Solo…no.

—Es Lena, Carl. Mi responsabilidad. Mi…

Las palabras parecían quebrársele antes de ser emitidas.

—¿Ella lo sabe?

Joder, ¿por qué diablos le sacaba el tema tabú en esos momentos?

—Eso es lo de menos ahora.

—No lo es. Si sentir lo que sientes te lleva a hacer una locura…

Ryan se enderezó cogiendo en brazos sin esfuerzo el cuerpo de Fanny y se acercó a su rubio compañero.

—Haz lo que te pido, Carl y no me hagas preguntas que no puedo contestar. Por favor, amigo. Sencillamente debo encontrarla antes de que ellos logren aquello que quieren.

—Iré contigo.

El tono en Carlson no daba opción a debatir. Y él no estaba en condiciones de perder más tiempo. Asintió.

Los sucesos se aceleraron.

Tras una corta llamada a la casa no tardó en aparecer una brigada de limpieza. Rápidos y sigilosos, resguardaban sus miradas mientras cumplían con helvética precisión su misión. No dejar rastro de lucha, ni huella de que algo fuera de lo normal hubiera ocurrido en la zona contaminada. Mac llegó con ellos, cargó el cuerpo de la policía de brazos de Carl, tras retirarle con suavidad el cabello del redondo rostro y sin decir una palabra salvo para indicar que esperarían su llamada con noticias en el complejo, mientras organizaban un contraataque, salieron del mismo modo en el que habían llegado.

Invisibles al ojo de los humanos.

La recepcionista tendría verdaderas dificultades en explicarse sin dar la imagen de una completa desequilibrada. Pero no tenía tiempo para inventar historias esa noche. Debía postergarlo.

En el exterior alzó la mirada, inhalando el frío aire con Carlson preparado para cualquier cosa, a su lado. No captaba ni un mínimo rastro de Lena.

—¿Para dónde…?

El agudo sonido del móvil cortó la pregunta por la mitad.

Escuchó la información que provenía del otro lado. Al fin una maldita pista.

—Vamos.

Echó a correr hacia el coche con los pesados pasos de su compañero siguiéndole. Tras el volante no perdió más tiempo y encendió el motor mientras comenzaba a hablar. Las ruedas derraparon sobre el deformado asfalto con la velocidad imprimida al vehículo.

—Tenemos una pista. Una dirección.

—¿Dónde?

—En la zona de Vaucresson, al oeste de la ciudad, en las afueras. En las proximidades de Hauts—de—Seine

—Joder, Ryan. Nos queda poco tiempo de oscuridad antes del amanecer.

Un pesado silencio inundó el interior que olía a usado cuero. A preocupación.

—Vuelve a la casa.

Ryan sintió los azules ojos clavados en él.

—Vete a la mierda, amigo.

—Hablo en serio, Carlson —Apretó con fuerza el volante—. Puede que esto se nos complique.

—¿Lo harías tú en caso contrario?

—No es lo mismo, amigo.

—¿Lo harías?

—Puede…—una irónica sonrisa curvó los carnosos labios de Ryan—…pero yo soy un cabrón egoísta.

—En sueños, listillo. En nuestro mundo morirías por cualquiera de nosotros. Di lo que quieras o cuanto quieras pero no trates de engañarme. Para ti Lena lo es todo, ¿verdad? —No hubo respuesta a la pregunta salvo labios apretados y manos que sujetaron con más firmeza el volante— Con eso me vale.

Dos pares de ojos se cruzaron en el oscuro interior de la cabina.

—Aprieta el acelerador, amigo mío. Tenemos que recuperar lo que es nuestro.

Zigzaguearon entre coches que circulaban con lentitud, sobrepasaron semáforos en ámbar, en rojo y esquivaron una patrulla sin excesiva dificultad hasta dejar atrás los edificios y el duro pavimento de la ciudad.

—Nos queda una hora, Ryan. Más vale hacer pronto lo que sea que se te ocurra porque es nuestra única pista.

—No la dejaré atrás, Carl.

—Eso es lo que me preocupa.

El rubio nada más dijo salvo comenzar a recargar y recolocar las armas que portaba encima.

—Según Robbins, el grupo del Sur ha detectado movimiento en una vieja casa propiedad de la Tarnaca, en lo hondo del valle, entre dos arroyos. Es propiedad privada con una extensión de varias hectáreas. Los civiles no se nos cruzarán.

—Bien. Evitaremos riesgos innecesarios.

El potente motor paró dando paso al silencio, a la naturaleza y al sonido de las botas sobre la húmeda tierra.

El aviso de la llegada de un mensaje alivió un poco la sensación de estar entrando de cabeza en un callejón sin salida.

—¿El mapa?

Asintió en dirección a Carl mientras abría el esperado mensaje. Un mapa de la zona apareció en la luminosa pantalla.

—Mierda.

—¿Qué?

—La zona está acotada por una valla.

—¿Y?, ni que eso fuera obstáculo para nosotros.

—En la propiedad hay tres edificios. Pueden tenerla retenida en cualquiera de ellos.

—Eso, si está aquí, Ryan.

—Lo está.

—No puedes estar seguro del…

—Lo estoy.

Carl suspiró antes de echar a andar colina abajo. Se colocó un pasamontañas para ocultar de miradas enemigas el claro cabello. Ryan lo siguió a cara descubierta, pálido pero con la expresión más tenaz que jamás había presenciado en ese hermoso rostro.

Increíble.

Ese hombre había perdido el corazón en el camino de lo que creía una honda desconfianza y a Lena le había ocurrido igual aunque no llegara a ver el alcance de sus sentimientos. Si uno de los dos perdía la vida, no conseguirían mantener fuera del infierno al otro y él no estaba dispuesto a perder a dos buenos amigos. A los dos testarudos y cabezotas compañeros que sentía más cercanos a él.

No escuchaba un mísero ruido pese a tener pegado a su espalda a Ryan. Si no quería ser oído, nadie lo lograría y estando en peligro la vida de Lena…Se alegró de que el hombre que lo seguía fuera una letal máquina de matar.

La valla cayó sin más dificultad que una molesta mosca al ser apartada de un palmetazo. Desde ese punto al siguiente distaban a lo sumo cincuenta metros para acercarse al lateral del primero de los edificios del que si fuera necesario, no dejarían en pie salvo el polvo en que lo convertirían.

Se ubicaron al borde de la fila de robles que daba a un claro cubierto por raseado césped. La zona estaba cuidada y seguramente el perímetro vigilado. Los separaban unos veinte metros de la pared de la casa que a primera vista parecía inhabitada. Las restantes estructuras no se encontraban lejos. La más próxima a unos diez pasos y la restante a unos cien pasos de la primera.

No estaba equivocado. Hizo un gesto apenas apreciable a Ryan, al que brillaban los ojos en la oscuridad. Solo se le veían esos claros ojos llenos de ansia por recuperar a su mujer. Si a Ryan se le veía a sí, no quería imaginar lo que le bulliría en las entrañas.

A su fino oído llegó el susurro de unos pasos sobre guijarros y estos únicamente cubrían un erosionado sendero que discurría paralelo a los árboles tras los que se parapetaban.

Una patrulla.

Aferró el arma, colocándole un útil silenciador. No necesitaban que se diera la alarma, al menos hasta el momento de localizar a Lena.

Eran cuatro y no tardaron en dar con sus huesos en la tierra. Con la sangre desparramándose bajo sus cuerpos, los remataron en el lugar para lanzarse a la carrera a través del claro.

III

—Vienen a por ti, escoria, como ella aseguró.

De nuevo *ella*.

Todo el rato…ella. Se referían a ella con reverencia, de manera obsesiva.

Ella.

Aborrecía sentirse en la ignorancia y que otros disfrutaran de su situación. Ojalá su única angustia fuera esa ya que con eso podía pelear. En cuanto terminó de cruzar el pasillo en la clínica forense supo que algo no iba bien. Supo, en cuanto vio a Fanny entre las garras de ese intruso, que buscaban algo.

Tenía claro que parte importante de ese algo era ella, pero buscaban más y pensar, imaginar lo que podía ser, le agarrotaba el pecho.

—¿No lo sabías, primita? La orden es llevarte a ti viva ante ella pero al hijo del enemigo, a ese lo haremos sufrir —sus entrañas se helaron al escuchar esas palabras—¿Quieres saberlo, verdad? Quién da las órdenes, quién te quiere para sí, quién lo quiere a él muerto, quién lo quiere ver sufrir lo indecible y que ocurra delante de ti, que muera sabiendo a dónde irás a parar.

La crueldad que rezumaban las palabras, la risa que las envolvía superaba todos los límites.

—¿Quieres saberlo, prima? —ese rostro que se asemejaba al suyo, se acercó con una especie de mueca deformándole las facciones hasta que esos finos labios quedaron a centímetros de su oreja— Suplica, entonces.

El grito de dolor al tiempo que caía al suelo el cuerpo de Lance le sorprendió. El oscuro le había impedido continuar.

Su secuestrador no perdía el tiempo en hacerse entender.

—Hablas de más, hijo de Cannavara. Hazlo de nuevo y no verás otra luna surcar la noche.

Su primo no movió un músculo. Permaneció tendido en el lugar. Simplemente se incorporó hasta quedar sentado con visceral odio llenando esa castaña mirada tan parecida a la suya. Odio hacia el que osaba darle órdenes. Casi podía escuchar el retorcido rodaje de sus pensamientos. Nadie tenía la suficiente valía como para ordenar a un Cannavara delante de la escoria. Ni siquiera un Oscuro.

Por un breve segundo Lena se regocijó al presenciar la humillación de Lance, de que sintiera en sus propias carnes lo mismo que ella sintió en su juventud, indefensa y alejada de los pocos que la amaban.

Apartó la mirada para fijarla en la puerta de entrada a la cabaña. Su mente no podía retener el impulso que invadía su boca. La urgencia por saber.

—¿Quién es ella?

Los negros iris se posaron en los suyos, sin parpadear, sin dudar. Y sin humillar.

El oscuro contestó con voz queda pero imperturbable.

—Tu madre.

IV

—Tendremos que separarnos, Carlson.

La susurrada negativa de su compañero le llegó de manera audible pero la ignoró. Si no localizaban a Lena en la próxima media hora, no tendrían más remedio que replegarse y por nada del mundo estaba dispuesto a quedarse encerrado en una casa franca con la mente centrada en quien no estaba a su lado, sabiendo que en algún lugar ella estaba en manos del maldito enemigo.

Perdería la razón de ser así.

Se giró hacia el rubio sin darle otra opción. La primera cabaña había estado desocupada y por la suciedad y polvo que cubrían las estancias, los robustos muebles y deshilachadas cortinas llevaba largo tiempo en ese estado.

—Nos quedan dos cabañas por inspeccionar. Yo me dedicaré a la más lejana y dejo la otra en tus manos, la que solo dispone de una planta. Apenas te llevará tiempo repasarla a fondo. Si los localizas, grita, Carlson, grita tan fuerte como te sea posible. No importa descubrir nuestra posición. En caso contrario y en cuanto termines, únete a mí. No me mires así, hermano… No tenemos tiempo de revisarlas juntos.

—No me gusta, Ryan. Huele a encerrona.

—Pues encontrarán lo que buscan.

—¡Maldita sea, Ryan! Piensa con ese cerebro de una puta vez. No es propio de ti lanzarte a lo loco sin sopesar las consecuencias. ¿Cuántas veces…?

Calló al darse cuenta de que Ryan no le estaba atendiendo.

Ocasionalmente le enfurecía la brillante mente de su compañero pero en esos instantes era su jodido corazón el que le impedía pensar con raciocinio.

Los grisáceos ojos permanecían fijos en la cabaña del fondo en la que se había encendido una luz. En el piso superior.

Dioses…

Cada vez le desagradaba más la puñetera situación.

No era propio de la Tarnaca limitar hasta tal punto la vigilancia en el asentamiento. No lo era. Si algo definía a esos capullos era la fuerza que residía en su número. Rara vez dejaban sin supervisión uno de sus escondrijos y dos inservibles rondas de centinelas con las que habían

149

topado en un recinto tan extenso debiera haber desatado en Ryan todas las alarmas y ambos lo sabían.

La clara mirada de este permanecía fija, de manera obsesiva, en el reducido ventanuco desde el que se filtraba una tenue luminosidad.

—La retienen ahí y nos esperan. Me esperan a mí.

Lo que faltaba. La desesperación le había hecho perder la cabeza. Tenía a su lado una condenada bomba de relojería.

—Pero, ¿de qué diablos estás hablando, Ryan?

V

Lo vio todo negro.

—Mientes. Mi madre murió hace siglos.

—¿Lo presenciaste acaso? ¿Con tus propios ojos?

Le importaba poco lo que le dijera el oscuro. No era cierto. Desde que despertó en la casa materna le habían repetido hasta la saciedad que la zorra había sido sacrificada por salvar la honra familiar.

No tenían razón para mentir.

La espesa y brillante melena negra del enemigo ubicado frente a ella se movió con el girar de su cabeza, al ladearse en dirección al exterior.

—Está aquí.

Por todos los santos.

Ryan.

El muy bestia no podía dejarlo estar. Y quedaba poco para el amanecer.

Recorrió con agobio la habitación en la que se encontraba retenida.

El oscuro se encaminó lentamente hacia la salida. Debía entretenerle…Debía…

—¡Aguarda un segundo! Solo un segundo —Los oscuros iris se inclinaron hacia un lado acompasando el suave movimiento de ese rostro, los pálidos dedos de su mano casi tocando la herrumbrosa manilla de la puerta pero manteniendo la ancha espalda en su dirección—. Déjalo ir y haré lo que me pidas.

Dio la impresión de que lo pensaba detenidamente, sin que la hiriente risa ni las babosas palabras de Lance burlándose del ridículo y enfermizo amor entre dos personas, lo distrajera. Sintió todo el peso de esos impresionantes y fríos ojos sobre ella.

—Pides lo imposible. Ella lo quiere muerto, tras sufrir una agonía. Me debo a ella.

—Pero ella también me quiere…a mí.

Las arqueadas cejas se enarcaron con el reto que subyacía en su frase. Por un breve segundo pareció dudar hasta que el crujir de un madero llegó a sus oídos.

En el piso inferior.

—Demasiado tarde. El que quiero, ha llegado. A ti, ya te tengo.

Sin otra palabra ni mirada atrás, la ágil figura del oscuro desapareció tras la puerta, cerrándola a su paso.

—De nuevo solitos, querida prima.

VI

La puerta de la entrada había cedido al primer empujón.

Captó ese rastro inconfundible, aspirando profundamente llenando sus pulmones de su único olor y de algo de paz.

Lena había ascendido por esas escaleras y había tropezado en el quinto escalón. Su mente imaginó el gesto de sorpresa y dolor causado por el choque de la rodilla contra el borde del doblado peldaño.

Encapuchada y atada.

Una nueva oleada de ira colmó sus sentidos. Si la habían herido…

Carlson se había dirigido derecho a las habitaciones que daban a la entrada de la casa. En la lejanía, en el fondo de su cerebro escuchaba el rumor de sus pisadas.

—Te esperaba.

La grave voz provino de lo alto de los escalones, provocando en él una reacción innata en su cuerpo al enfrentarse al enemigo. Relajación y viveza en sus músculos. Contradictorio en sí mismo pero mortalmente eficaz.

Un jodido oscuro. Identificable por esa mata de pelo negro, esa tez, esos ojos y esa línea en el rostro, recorriéndolo desde la sien a la mejilla. En el idioma negro. Sin tintar…aún.

—¿Dónde está?

—A buen recaudo.

—¿Quién os manda?

Silencio.

—Devuélvemela y saldremos de aquí sin mirar atrás, en esta ocasión.

—No. Me debo a ella.

Comenzaban a hartarle con esa insistencia sin sentido. Avanzó dos escalones pero el otro no se echó atrás. Mantuvo la posición y su posicionamiento le recordó el suyo propio. Se enfrentaba a un luchador.

Le comenzó a hervir la sangre. La lucha iba a estar, si no pareja, al menos cercana y en esos momentos necesitaba sacar de su cuerpo todo el bullicio de sentimientos contra los que carecía de defensa. Con suave lentitud desenfundó las dagas que contaban años de peleas, de fluidos de sus oponentes, en sus cortantes filos. Los extraños ojos del oscuro refulgieron como si ante él se exhibieran joyas de inestimable valor.

Lo conocía y seguramente lo habría estudiado. A lo largo de los años se había ganado fama de despiadado y con razón pero eso atraía la morbosa curiosidad de amigos y contrarios. Por ello el enemigo al que se enfrentaba conocería su manera de luchar, sus puntos débiles y los fuertes.

Pero desconocía lo que incluso a él le había sorprendido.

Que por ella era capaz de hacer lo que fuera necesario.

Ascendió otro escalón para nivelar posiciones en el exacto momento en el que unas voces alcanzaron a traspasar la cerrada puerta del fondo del pasillo. Una de ellas pertenecía a su mujer.

Y no estaba sola.

—Reza a aquel en quién crees, porque si ella sufre un solo rasguño, te mataré con lentitud.

Las aletas de la nariz del oscuro se dilataron antes de hablar, al captar el crudo desafío. Antes de contestar su mano dibujó un suave gesto hacia el piso superior.

—Disfrutaré abriéndote en canal, agente y más tarde disfrutaré llevándome a tu compañera…al infierno.

Chocaron con brutalidad en el aire y recibieron ambos un doloroso golpe como consecuencia del choque que les cortó la respiración de cuajo. Las armas desprendían chispas del roce de las cuchillas con cada ataque. Giraban casi con elegancia asemejándose a una macabra danza, acercándose, alejándose, buscando un hueco con desesperación en el flanco enemigo.

Notó un pequeño corte, el agudo picar de la piel al rasgarse cerca, muy cerca de su sien. Por poco su oponente no le clavó uno de los cuchillos en el costado, empleando un movimiento que en el siglo actual pocos conocían. El oscuro era un combatiente avezado y letal. Elegante y extremadamente peligroso aunque no tanto como él. También olvidaba algo esencial.

Que él no perdería junto con la lucha aquello que más quería. En medio de las certeras cuchilladas, lo puñetazos, las escapadas por los pelos y los cortes le llegaban los gritos cada vez más altos del cuarto en el que retenían a Lena.

Joder, le dolía todo el cuerpo de la encarnizada lucha.

Lo vio. En un segundo, casi anticipándose al movimiento. Un hueco sin proteger. Su contrario resguardaba el lado derecho del cuerpo pero con la inercia del siguiente golpe dejaba libre el costado izquierdo una milésima de segundo.

Lo suficiente.

Sintió en la mano que empuñaba la daga la rápida intrusión entre la carne, entre las duras costillas y rebotar en una de ellas hasta alcanzar lo que buscaba. El negro corazón.

Y lo halló.

Leyó en la sorprendida mirada del otro el dolor. La incomprensión del vencido, del caído. La rigidez y de seguido, languidez.

El aliento del oscuro tan cerca al hablar.

—No…importa. Se la lle…va…rán y la perde…rás. Y no podrás…evitarlo.

Sujetando el peso del cuerpo cuyas piernas comenzaban a doblarse, acercó sus labios al oído.

—No en esta vida.

Hundió hasta la base de la empuñadura la daga en el costado de su enemigo, enviándolo allá dónde se dirigieran una vez muertos.

Le daba igual.

Lo único que le importaba en esos momentos era lo que ocurría unos metros más allá, dónde los gritos habían dado paso al pesado silencio.

******

Capítulo 12

I

Insufrible impotente y nenaza.

Lance le estaba amordazando para no escuchar lo que nadie se había atrevido a decirle en su inútil vida. Y por todos los diablos que ella no había callado. Estaba tan enfadada y asustada con la situación que por un segundo temió perder la cabeza. Sacudió esta y trató de morder la sucia mordaza pero lo único que logró fue un buen tirón de pelos y un bofetón en el pómulo.

¡Dios!

Desconocía si Fanny había sobrevivido. El sonido de lucha le llegaba de la zona exterior del cuarto y la ronca voz de Ryan pero no conseguía distinguir lo que decía. Debía distraer a Lance con lo que fuera por lo que decidió atacar su inexistente hombría. Lo que toda la familia sabía que no tenía, incluso ella y que habían ocultado a lo largo de los siglos.

Se lanzó escupiendo lo que sentía, con tanta ira que casi la podía paladear.

Comenzó con Eres una nenaza insulsa que siempre se ha escondido bajo las faldas de Nicolás, del que estoy convencida que estás enamorado hasta las trancas para seguir con Te gustaba hacer daño porque era la única manera de que se te empalmara tu enana polla e iba a continuar con su podrida ascendencia pero por lo visto las dos primeras frases habían dado en el clavo, con exquisita precisión.

Oh.

La presión sobre su mandíbula casi se la estaba desencajando pero lo peor era saber que Lance estaba detrás, desconociendo lo que estaba maquinando esa enferma mente con la que había tratado en demasiadas ocasiones como para respirar tranquila.

Sintió la fría hoja contra el cuello a la vez que escuchó el repugnante aliento en el lateral del mismo.

—Te voy a degollar, primita, y usaré tu cuerpo. Debí hacerlo hace años, en el hogar. Después te arrancaré la lengua para que sepan que fui yo quien acabó con la elegida. Me aplaudirán y honrarán, ¿sabes? Porque fui yo el que consiguió terminar con aquello que nos debilita.

¿Debilita?

Memo, ¡ni que ella fuera una viruela andante!

Se había excedido con los insultos. Algo en la inestable mente de su primo se había fundido como si fuera un plomo caducado.

El filo presionó otro poco más, provocando que un hilillo de sangre fluyera cuello abajo. Un dedo pasó por encima de la herida y desapareció de su vista. Escuchó cómo se lo lamía.

—Sabes dulce, preciosa. ¿Eres igual de dulce en la cama?

II

¿Eres igual de dulce en la cama?

Todos sus instintos de hombre encariñado con la mujer a la que en el interior de la habitación se dirigían con desdén e intención de ofender, se enardecieron. Como pólvora reseca al punto de ignición.

Rompió la madera de la endeble puerta de un solo golpe sabiendo por los pasos que ascendían a la carrera la escalera que Carlson se acercaba. Lo sensato era esperarle, pero le fue físicamente imposible contenerse.

Tampoco dio tiempo al ofensor a mover un músculo ni a pronunciar palabra. Lo dejó inconsciente pero…vivo, tras recibir un certero golpe en medio de la frente con la roma empuñadura de una de sus dagas, la misma que seguía ensangrentada con los restos del oscuro. Solo el tacto del negro fluido lo atontaría.

Lo que sus oídos habían alcanzado a escuchar en ese cubículo requería retribución por su parte.

Desaparecido el peligro hacia su compañera, jamás en toda su existencia se sintió tan cansado. Era la adrenalina dejando paso al agotamiento.

Ella estaba a salvo.

Su mujer estaba sana y salva. Ligeramente tocada a la vista del enrojecido pómulo y revuelto cabello pero intacta, en conjunto. Su cuerpo al menos.

La recorrió con la mirada. De la cabeza a los pies, absorbiendo su imagen y guardándola a salvo en su mente.

Tragó saliva con dificultad.

Ahora llegaba poco a poco el descomunal cabreo. Más bien a oleadas.

A su espalda sintió la calmante presencia de Carlson.

—Joder, Lena. Esta nos la pagas y con creces ¿Sabes el jodido susto que nos has dado? ¡Si fuera posible mi cabello se habría encanecido, en abundancia! ¡Te separaste de nosotros sin una mirada atrás! ¿¡Y si no te hubiéramos encontrado o la agencia no hubiera sabido de este lugar!?

Mientras se acercaba a Lena, Carlson seguía reprochándole a voces su conducta y la muy insensata se negaba a mirarle desde la silla en la que permanecía atada y amordazada.

Aunque quizá fuera mejor porque se sentía incapaz de actuar civilizadamente. En su fuero interno dio gracias a los cielos por la presencia de Carlson.

La mordaza cayó al suelo.

—Lo...siento.

La bocanada de furia que lo inundó casi le hizo perder la perspectiva. Y no debía permitirlo. No en el jodido punto al que habían llegado sus sentimientos por la alocada que seguía manteniendo la vista fija en sus botas mientras movía insistentemente su, al parecer, dolorida mandíbula.

Esa maldita noche esa mujer iba a comprender un par de cuestiones esenciales si quería sobrevivir a su inevitable matrimonio.

La primera, justamente eso. Que era algo inevitable.

La segunda...

Que estaban destinados a estar juntos.

III

La madre del cordero.

La figura vestida de negro desprendía tanto calor que le extrañaba no arder con la mera cercanía.

Los gritos de Carlson le hicieron darse cuenta de la soberana estupidez cometida. Había actuado como una novata en su primera contienda y algo le decía que se iba a arrepentir, un poquito. Ryan se la iban a hacer pagar.

La rígida postura de Ryan ubicada junto a la destrozada entrada no dejaba lugar a duda alguna. La trifulca que se avecinaba iba a ser de campeonato.

Alzó la vista apartándola del sucio suelo. Nunca había sido una cobarde y no iba a comenzar a serlo en ese punto de su vida. Se arrepintió de inmediato. Ryan estaba cubierto de espesa sangre negra, el rostro pálido y no pronunciaba palabra. Simplemente mantenía la mirada fija en ella, con los puños cerrados.

Se levantó de la silla con las piernas adormecidas para sentirse envuelta en un abrazo de oso. El no vuelvas a hacerme algo semejante de Carlson la llenó de incertidumbre. Por Dios, había sido una tonta egoísta que solo había mirado por quien creía que era su familia. Por Fanny. Sin darse cuenta que lentamente, durante los últimos seis meses de convivencia había formado otra familia. Más reciente pero no por ello menos querida.

Quiso decir algo pero le salió un torpe lo siento. Su garganta no lograba articular más palabras.

Ryan seguía sin apartar la ardiente mirada de ella. Casi como si estuviera viendo lo que deseaba al tiempo que se maldecía por eso mismo. Fue a abrir la boca una segunda vez pero él se giró en redondo. La grave voz temblaba ligeramente.

—Debemos darnos prisa. Nos queda el tiempo justo de llegar al centro de mando. Carlson, avisa a Robbins que vamos de camino.

Lena no pudo aguantar el implícito rechazo en el sonido de la voz masculina.

—Ryan…

—Que tengan preparada la entrada al túnel.

—Ryan, por favor.

El enorme cuerpo se paró de golpe. No se volvió hacia ella.

—No.

—No quise…

—Dije que no. Reserva las fuerzas para esta noche, las necesitarás.

Lena tragó la poca saliva que tenía en la boca.

Estaba real y definitivamente atrapada.

IV

—¡Qué…diablos…ha…pasado!

Ryan abrió la boca para explicarse, para…No sabía muy bien para qué pero no estaba en su naturaleza callar.

El jefe no se lo permitió.

Alzó la mano en un gesto cortante, apartó con un brusco manotazo un mechón de cabello que del enfado le cubría gran parte del ojo izquierdo, bufó y los gruesos cristales de sus anteojos enfocaron directamente a Lena, con quien todo, absolutamente todo el mundo estaba enrabietado, salvo Carlson.

Lo que él sentía se salía de la escala de medición del cabreo y por ello había optado por colocarse al otro lado de la sala donde el resto de sus compañeros los habían recibido de su improvisada incursión en terreno enemigo.

La tentación de ahogar a su mujer con sus propias manos parecía disminuir con algo de distancia de por medio.

—Tengo a una…—Robbins tragó como si el mero hecho de pronunciar las siguientes palabras le supusieran un soberano esfuerzo—… agente de policía escondida en mi habitación, bajo mi lecho, atascada para empeorarlo, negándose a salir por si la asesinan y a Harris arrodillado a su lado, tratando de convencerla que jamás lo permitiría —por un segundo el enrojecido rostro se desvió hacia la satisfecha expresión de Mac—. Y flaco favor nos ha hecho la insinuación de Mac de que si se portaba bien y se rendía sin gritar y patalear, solo degustaría un poco de nada sus apreciables curvas.

Robbins aspiró profundamente para clavar la mirada en todos ellos.

—Ni se os ocurra…reíros.

A pesar del aviso una aflautada risa, chocante en alguien de aspecto temible, escapó de la garganta de Mac. La cabeza del jefe se balanceó al volverse con aspereza su rostro hacia este.

—Lo lamento, jefe pero esa mujer tiene un aspecto redondito y sabroso.

Incluso Ryan dejó entrever los dientes al escuchar la jocosidad en la relamida frase.

—No tiene gracia, Mac.

La recriminación vino justamente de quien más razones tenía para callar como una muerta. Y quién estaba agazapado, a la espera de que Lena hablara, reaccionó de inmediato.

—Tú te callas, mujer.

Los iris femeninos en tono avellana enfocaron a Ryan, retándole.

—Oblígame, si puedes...listillo.

El silencio se extendió por la habitación como un plomizo y pesado manto. Tenían un gigantesco detonador en la habitación, justo en medio y si se pulsaba aunque fuera accidentalmente iba a destrozar el lugar. Y la provocación de Lena rallaba en lo que todos temían que hiciera que estallara.

Ryan se irguió separándose de la pared contra la que se había acomodado. No apartaba la vista de Lena de una manera que alertó a los restantes hombres, generando en ella que, a su vez, se levantara veloz del asiento que había ocupado junto a la mesa central.

Al unísono se aproximaron un paso el uno hacia el otro, topando con los cuerpos de Carl y de Mac, que impidieron a ambos su avance.

La rotunda voz del capitán resonó en toda la estancia.

—Más tarde, Ryan. Ahora, quiero una explicación ¿Lena?

Suspiró al escuchar la orden en la voz del capitán. Carecía de una salida viable.

Tenía clara una cosa y era que iba a ser franca en relación a Fanny y su familia. Se lo debía y si el grupo no hacía una excepción de sus sacrosantas reglas...entonces...

Vale, entonces no tendría ni las más remota idea de lo que iba a hacer.

Diantre.

Menudo jaleo del carajo.

De reojo desvió la mirada hacia Ryan y sintió renacer su enfado al sentirse como una cría descarriada que acaba de ser reprendida. No comprendía a ese hombre ni sus bruscos cambios de humor, ni su actuar. Era un maldito misterio. Unos momentos parecía que la soportaba e incluso disfrutaba de su compañía, otros que le aguantaba a duras penas y otros...se la comía con la mirada.

En ese exacto instante estaba claramente inmerso en uno de los de la primera fase. Por la ardiente mirada fija en ella desde que la habían sacado de la fétida covacha, casi podría jurar que si le permitía ponerle la mano encima, iba a salir completamente escaldada.

Como una mema se dio cuenta de que todos permanecían a la espera de su explicación.

Sin otra opción, las palabras comenzaron a fluir.

—Conocéis mi pasado o al menos parte de él. Cuando mis padres fueron…sacrificados, me enviaron a la casa materna. Allí…—Dios, le costaba recordarlo por lo que relatarlo le resultaba casi imposible—…permanecí años cumpliendo el castigo de ser hija de quien era. No importa lo que ocurriera allí. Es lo de menos y lo guardo para mí misma. Me costó años de planificación pero escapé y me tacharon de traidora a la familia. Entonces comenzó la caza, convirtiéndose para ellos era un pasatiempo. En mi caso era un constante obstáculo para asentarme en algún lugar y lo aprendí a base de delatores que creí que me cobijarían —paró un segundo para respirar—. La familia Cannavara tiene demasiado poder. No tuve otra posibilidad que ocultarme como pude durante cortos espacios de tiempo. En un principio evitaba tratar con los vecinos, me relacionaba de refilón, sin intimar, pero no podía vivir así. No podía…

Se dio cuenta de que le miraban como a quien relata un cuento de hadas inédito e intrigante, con tremenda curiosidad llenando los numerosos ojos enfocados en ella. También desprendían comprensión unos, empatía otros y…vacío, los que más le preocupaban.

¿Cómo hacerse entender?

—Rompiste la regla esencial de nuestro mundo, Lena.

—No. Ellos me expulsaron a base de odio y rechazo de ese frío mundo y simplemente descubrí un hogar lejos de él.

—La agente de policía humana que está arriba…

—La considero una hermana y mi mejor amiga. Confió en mí cuando nadie lo hizo. Su familia me cuidó, me abrió las puertas de su casa y enseñó lo que es el cariño. Algo que no conocía hasta entonces salvo por mi padre.

Robbins se llevó la mano a la frente como si una jaqueca de grandes dimensiones se estuviera apoderando de su cerebro. Mostraba una expresión de desazón, extraña en él. Las siguientes palabras surgieron dichas entre dientes.

—Hablas como si renegaras de los tuyos, muchacha.

Lena supo que lo que estaba por decir, no lo iban a comprender pero no lo mantendría a raya por más tiempo.

—¿Quiénes son los míos? ¿Aquellos que me dejaron morir o aquellos que me ofreciendo amor sin esperar algo a cambio? Contéstame a eso.

El ambiente humorístico había dado paso a la seriedad. A la extrema seriedad que brotaba de todos los rostros que le rodeaban y solo uno le era imposible enfrentar.

—Imagino que aquellos que sientas como tuyos, Lena.

Tenía que ser Ryan el que contestara, el muy maldito.

¿Qué decir?

¿Que él era diferente?

¿Qué veía a Ryan más cercano a ella que a cualquiera?

¿Qué desearía estar en otro tiempo y en otro lugar, no viéndose forzada a elegir en una endemoniada elección?

¿Cómo explicarlo al hombre que era un misterio para ella y para el mundo?

—No pidas una respuesta que quizá no estés preparado para escuchar, Ryan.

Le cabrearía. La frase vertida cabrearía a Ryan al arrojarle al rostro la misma contestación que ella había recibido al ver las cicatrices marcar su amplia espalda.

Ryan calló no más tiempo que un efímero segundo.

—Huyes, Lena.

Apretó los labios. Nadie podía con ese hombre y esa maldita mente privilegiada.

—Entonces… ya somos dos.

De reojo, a ambos lados de su posición, sentía la oscilación de las cabezas del resto de los agentes al orientarse de uno al otro, hacía quien hablaba como si la conversación fuera un reñido partido de tenis. Sentía la curiosidad que llenaba a todos ellos.

La falta de ruido, de movimientos y de roces se volvió opresiva.

—¿Reniegas del grupo, Lena?

La directa pregunta del capitán Robbins provocó bruscos cortes de respiración y extrema rigidez en la figura vestida toda de negro. La respuesta que diera en ese instante tendría consecuencias.

Contestó con rotundidad.

—No. No lo hago pero tampoco me pidas que me rinda a aquello que no comparto.

—¿Y, si eso no es aceptado por el grupo?

Se sentía mentalmente agotada hasta el punto que comenzaba a darle igual el fruto de su dura admisión.

—Entonces me perderéis para siempre, jefe porque no puedo luchar contra aquello que siento, ni mentir para ocultarlo.

Robbins se desprendió de las oscuras gafas apretándose con los dedos el puente de la torcida nariz.

—Maldita sea, Lena…No me lo pones fácil.

Una suave sonrisa curvó sus labios al escuchar la pizca de rendición en el grave sonido que parecía retumbar en el pecho de Robbins.

—Eso no es una novedad.

La sonrisa del jefe se vio reflejada ligeramente en la de Lena.

—Cierto, muchacha.

Los anteojos retornaron a su lugar habitual y una postura más relajada invadió el fibroso cuerpo, tras asentir suavemente con la cabeza, quizá más para sí mismo que para aquellos que le observaban. El capitán se encaminó con pasos seguros hasta quedar sentado tras la cabecera de la ovalada mesa que ocupaba parte del despacho que esporádicamente les valía de lugar de reunión. Las fuertes manos quedaron sobre la mesa, relajadas.

—¿Por qué se ha aliado Lance Cannavara con nuestros enemigos?

Su pecho pareció volverse piedra al escuchar el brusco cambio de tema y la odiada pregunta.

Su primo Lance y la Tarnaca, juntos.

Si lo que descubrió en aquella casa era cierto, si su madre estaba viva, si tenía que ver con la herencia más brutal de la raza vampírica y él la delataba en esos momentos, jamás la recuperaría. No volvería a sentir esa mirada de amor, de aceptación sin condiciones. Si ocultaba la información de forma intencionada al grupo y a Ryan, ¿no se convertiría exactamente en aquello de lo que le acusaron durante tantos años? ¿En una maldita traidora?

Deseó fervientemente que el suelo se abriera y se la tragara.

Dios, iba a arder en el infierno por mentir descaradamente.

—No puedo…

—Antes de entrar en ese tema, jefe, debemos resolver otra cuestión más apremiante.

Gracias.

La ayuda había provenido de aquel que menos esperaba y Ryan nunca perdía detalle de lo que ocurría. Sabía que ella estaba ocultando algo pero le había regalado un breve receso.

—Exijo que la ceremonia de unión sea mañana, tras disponer de unas horas de descanso que me gustaría compartir con Lena.

¡Receso!

Y un cuerno, receso.

Se la estaba metiendo bien doblada y por el tono amenazante que irradiaba la frase le estaba advirtiendo subrepticiamente que la ofrecida vía de escape conllevaba su inmediata conformidad con lo anunciado hacia un instante.

—Es la única manera de tenerle localizada y controlada, jefe y debe ser cuanto antes.

¡Estaba pillada, enredada y agobiada!

Si la ceremonia esa suponía algo…bien, algo íntimo, iba a necesitar… Ni siquiera sabía lo que iba a necesitar.

Puede que un buen tranquilizante pero para equinos.

¿Se besarían en público?

¡Dioses! La situación era tan confusa que por poco le dio un ataque de risa que hubiera alucinado a los chicos. Su mente no podía dejar de pensar en que Ryan era enorme y terco. En todos los sentidos. Grande y seguro que con un potente apetito carnal y ella como mucho había tenido dos novios, con un resultado horripilante. Sumamente desastroso para su autoestima.

¡Por todos los santos!

Se estaba adelantando a los acontecimientos y primero debían arreglar el entuerto con Fanny, lo cual llevaría algo de tiempo e interrogar a su enclenque primo Lance lo que quitaría asimismo algo de tiempo para estar a solas con el bruto.

El capitán respiró profundamente con algo de indecisa esperanza.

—Así será, Ryan. Es tu decisión como Begirale de la raza.

Nada que no fuera de esperar.

—Quedaréis encerrados en vuestros aposentos, a solas y sin interrupciones, hasta que consideres que tu protegida está preparada para sobrellevar la ceremonia. Con las paredes insonorizadas lo que ocurra ahí dentro quedará en el lugar.

Eso sí que no lo esperaba. Y sonaba fatal.

—¿Qué tiene que ver que las paredes estén insonorizadas?

—Por si gritas —la sorna en la voz de Carlson la puso en guardia.

Empezaba a hiperventilar. Lo notaba en los pulmones. Cada vez más reducidos.

—Ryan es muy mañoso con manos y boca cuando se concentra y quiere esmerarse. Y la preparación para el rito es intensa, húmeda, caliente y resbaladiza.

Las sardónicas sonrisas de los hermanos daban a entender que todos estaban al tanto de lo que iba a ocurrir.

No estaba preparada.

Ni de lejos.

—¡Antes debo atender a Fanny!

V

—¡Quieres hacer el favor de salir!

—¿Se han ido? —Antes de que pudiera contestar a la pregunta de Fanny, esta decidió clarificarla, susurrando, todavía tumbada bajo la cama— Me refiero a los dientes.

—¡Fanny!

—¿¡Qué!? ¿Son o no son dentudos agentes secretos del infierno? Sobre todo el de los tatuajes.

—Yo sigo aquí.

—¡Tú no cuentas, pedazo de mema! Me refiero a los otros.

Tras exhalar un exasperante por los calvos de Cristo Lena se arrodilló a los pies de la cama y hundió el torso bajo ella, extendió los brazos en dirección a Fanny quien finalmente se los aferró pero ciertamente, estaba atascada.

—¿Cómo diablos has conseguido entrar?

—Pura desesperación, hija. Sobre todo al ver al del tatuaje ¿Sabes lo que me dijo el muy engreído insolente?

—Sí, no hace falta que…

—¡Yo no tengo michelines! Son músculos vagos, pero no eso que ha dicho el muy mamón.

—¿Quieres hablar más bajito, Fanny? Los puros tienen el oído muy fino.

Fanny quedó quieta, al completo.

—¿Cultiváis tabaco?

—¡No! Los pura sangre.

—No fastidies, ¡criais caballos!

Lena podría jurar que una maquiavélica risa se filtró bajo la rendija inferior de la cerrada puerta.

—¡Por Dios, Fanny! Los pura sangre es como llaman a los agentes vampiros de primera categoría.

—Ah, y ¿tú que eres?

Buena pregunta.

—¿Un percherón?

Le estaba a punto de dar un ataque de histeria.

Aquí estaba bajo moderna cama del jefe, con Ryan esperando fuera de la habitación junto con los restantes memos a que convenciera por las buenas a su mejor amiga y su mente permanecía perdida en las múltiples posibilidades para sortear o a ser posible evitar lo de la resbaladiza preparación de esa noche. Y para colmo ahora les había dado por reír, como dos alocadas descontroladas despatarradas en el piso, al dibujar su mente la estrambótica manada de rocines que podría formar el grupo al completo.

Tiró de los antebrazos de Fanny pero sin resultado apreciable.

—¿Has engordado?

Una palmada alcanzó su hombro.

—¡Son los nervios! Me da por comer.

166

—O sea, que sí.

—¿Un poquito? Me ha ido todo al pecho y algo a las caderas. Es mi ascendencia lusa. Y la lechuga me infla. Tira con más fuerza.

La situación se salía de lo normal. Suspirando de alivio pensó que al menos nadie la vería tirada boca abajo, con el trasero en el aire y toda la mitad superior de su cuerpo bajo el monstruoso lecho.

—¿No se podría levantar la cama?

—Está clavada al piso.

—Vosotros sois muy raros.

—Nosotros no somos…

Se silenció de golpe y tragó saliva.

No había escuchado la puerta abrirse. Lo que sí sentía de primera mano eran las calientes palmas en la parte posterior superior de sus dos muslos. Fue a cerrarlos pero se lo impidió algo y ese algo solo podía ser el cuerpo de alguien acuclillado entre ellos.

Unos fuertes dedos se apretaron contra su carne y ascendieron un poco, lo suficiente para que su corazón pegara un bote. Reconocería esas anchas palmas en cualquier lugar, incluso a oscuras.

—Jo…der.

—¡Qué! No me digas que también te has atascado.

Ma…dre…mía.

Las dos manazas se deslizaron por la cara interna de sus muslos y trataron de separarlos algo más. Tenía que escapar ya que estaba en posición vulnerable. Hincó la rodilla derecha en el piso e intentó impulsarse un poco hacia adelante, intentando escurrirse de esas garras pero le tenían bien sujeta.

Fanny no escuchó la grave voz de Ryan pero ella sí.

Sepáralos más.

Un ataque cardíaco. Fue escuchar las roncas palabras y asociarlas al momento baño, momento besuqueo y momento…casi sexo y sintió la incontrolable tirantez en sus bajíos. Y en nada ayudaba percibir el calor de esos puños, el roce en la unión de sus muslos.

El chillido se le atascó en la garganta de puro milagro. El muy sinvergüenza endemoniado le acababa de apretujar la nalga y ¡se la estaba masajeando!

Lanzó una patada malintencionada mientras vociferaba.

—¡Quieres sacarnos de una vez!

Las malditas ardientes palmas presionaron otro poco más.

—¿Seguro? —La ronca voz de Ryan no se hizo esperar— Se os ve tan cómodas, hablando como buenas y viejas amigas, en la intimidad más absoluta que no hay prisa, querida mía.

—¡Seguro!

Le pareció escuchar un es una verdadera pena antes de que esas fuertes manos se enroscaran alrededor de sus muslos y tiraran de ella, arrastrando consigo a Fanny.

Terminaron en medio de la habitación. Fanny farfullando algo entre dientes y ella con los muslos totalmente abiertos, la entrepierna pegada a las botas del hombre que seguramente se estaría carcajeando para sus adentros de su ridícula y sumisa posición. No quería ni pensar en que tendría que levantarse ya para ello iba a tener que ponerse a cuatro patas.

Asco de situación.

VI

¡Por Dios!

Le hormigueaban tanto las palmas de las manos que iba a terminar incinerado o peor, desmayado, si no se calmaba.

Bajó la vista y esta quedó petrificada en ese trasero pegado a sus botas. Redondo. Lleno. Aplastado al pantalón, perfilando con exquisita precisión su forma.

Tenía un verdadero problema entre manos.

Una noche entera para compartir con esa mujer y se ponía como una roca con un simple vistazo al lleno trasero. Cuando la tuviera que acariciar a ver cómo demonios se las apañaba para retener sus descontrolados instintos.

¡Lo hacía a propósito para calentarle!

Nadie se ponía a cuatro patas delante de otra persona y menos ella ante él si no era para ponerlo a mil. Condenación.

A su mente se asomaron demasiadas escenas inquietantes y entre ellas una destacaba con fuerza. Y la endiablada se repetía en su subconsciente, en sus sueños, obligándole a despertar para no desear lo inalcanzable, obligándose a odiar a la mujer que se estaba incorporando con el rostro enrojecido, para no caer en esas redes que lentamente su complicada mente persistía en tejer a su alrededor.

El hormigueo previo a una premonición le invadió. Se vio tendido en una amplia habitación y Lena estaba desnuda.

Gloriosamente desnuda.

Una pequeña lámpara de mesilla alumbra el cuarto. Lo suficiente para deleitarse con la forma situada no lejos de él. No presta atención a lo que hace, solo a sus movimientos, al contorno de su bien formado cuerpo. Se respira familiaridad entre ellos, como la que ciñe a una pareja con años de convivencia a sus espaldas. Su corazón le retumba en el pecho al ver que ella porta su colgante, aquel que guarda en el doble fondo del armario, para no olvidar aquello en lo que jamás debe convertirse.

El amuleto de su padre.

Solo eso debiera hacerle comprender que lo que siente, lo que casi desea tocar con las yemas de los dedos es una efímera fantasía pero le resulta imposible parar ya que le obsesiona que la escena discurra, que continúe. Y lo hace…

En su mente.

Su compañera no se acerca como lo haría una vampira, sutil o felina. Sus pasos son firmes al igual que el peso de su cuerpo. No se ha dado cuenta hasta ese instante al sentir sus caderas contra la desnuda carne.

Ambos están tan desnudos como el día que nacieron. Desnudos y excitados. Sus olores se entremezclan y Lena susurra ronco algo en italiano, algo que no alcanza a oír pero que le calienta por dentro. No se reconoce a sí mismo, le es ajena esa dulzura en su vida, en su lecho pero con ella a su lado, es bien recibida.

Abre las piernas para dejar acceso a su mujer y eso, no puede ser real. Tanta cercanía. Demasiada familiaridad.

La ligereza de unos suaves dedos recorre su cadera y un cálido aliento marca su cuello. Por todos los…Si no le toca ahora mismo, va a explotar.

Pero la femenina voz que surge no encaja en el vívido escenario. Es totalmente ajena a ella.

—Está catatónico y acalorado —Fanny arqueó las cejas antes de continuar— ¿Os dan golpes de calor a los agentes secretos?

—Y yo qué sé, Fanny, pero no me extrañaría un pelo. La situación es soberanamente ridícula y estamos metidas en un jaleo de mil pares de demonios.

—Parece que el hombre ya reacciona, Lena.

Se enfureció.

Había perdido con esas sensaciones oníricas que le estaban haciendo la existencia difícil, sino imposible, el sentido de la realidad y ante testigos. Lo que un agente con años de experiencia jamás debía permitirse hacer. Perder el control y con Lena cerca era cada vez más frecuente y molesto.

Esperaba que ello terminara de una vez tras el jodido matrimonio. Sintió las indagadoras miradas sobre su rostro.

—Estoy perfectamente bien, Marianno.

—Pues perdona, pero no lo parecías hace menos de un segundo. Estabas excesivamente rojo. Casi morado.

Por lo Antiguos…

Esa humana no captaba el riesgo que tanteaba con su insistencia y Lena le iba a la zaga en esa cuestión al no intuir lo que gustaba de imaginar, lo que recreaba con mayor y mayor frecuencia en su oscura mente.

—Carlson te llevará a tu hogar, Marianno.

En cuanto apreció la sonrisita en la cara de Lena supo lo que intentaría por todos los medios. Escapar de lo que a la fuerza ocurriría esa noche.

—No puede. Carl estará liado con tanto jaleo.

—Entonces Mac.

—Sí, hombre, para que se peguen en el camino a casa y terminemos con un desastre mayor del que tenemos entre manos.

—Los agentes del grupo pueden con una civil, Lena.

—No con Fanny.

—Mac, sí.

—No estoy yo muy segura y además no debieran salir sin la debida protección. No, tal y como están las cosas en este punto. Demasiado arriesgado así que tendrá que hospedarse con nosotros, ¿verdad Fanny? —Marianno fue a protestar pero Lena le enlazó el cuello, casi ahogándola— Llamaremos a tu hermano para que quede tranquilo y esperaremos en la casa, jugando al Scrabble y recordando viejas aventuras de los buenos tiempos. Seremos tus anfitriones por esta noche, al menos. Y si hay suerte quizá la siguiente.

Ryan enterró sus iris en los castaños, tras entrecerrar los rasgados ojos grises claros.

Pobre ilusa.

Si esa era toda la coartada de su mujer, se iba a llevar la sorpresa de su larga vida.

******

Capítulo 13

I

—¡No puedes encerrarla en mi cuarto!

La escueta contestación de Ryan consistió en guardar la llave en uno de los cajones de su armario.

—¡Podría darle un ataque de ansiedad y no tiene bolsas de mareo cerca!

Los suaves ronquidos de Fanny les llegaron nítidos desde el interior del cuarto y de seguido el carraspeo de Lena.

—No digo que le vaya a dar ahora pero, ¡la noche es larga!

La suspicaz mirada de Lena se desviaba de la puerta que daba acceso a su cuarto a las manos de Ryan.

—¿La has drogado?

—No.

—Ha caído como un saco repleto al lecho.

—Solo he potenciado su cansancio con un suave tranquilizante. Mac se ha ofrecido para custodiarla.

—¿Eh?

—Mejor no preguntes. Dormirá como un bebé durante horas.

Lentamente, haciendo caso omiso al juramento lanzado por Lena y sin pronunciar más palabras, Ryan se encaminó a la entrada del apartamento, de un empellón cerró la puerta reforzada de acero e insonorizada y tecleó el código de cierre.

—¿Qué…haces?

—Prepararme.

Lena tragó con esfuerzo. Permanecían en el amplio salón, de frente, separados por unos metros y el espacio parecía empequeñecerse ante sus ojos.

—¿Para qué?

—Ya lo sabes, querida.

—No es un buen momento, Ryan.

—Lo es en este caso. Carecemos de otro y créeme, cielo, querrás practicar para la ceremonia.

Se le emborronó la periferia de su misión, quedando el único punto claro centrado en la figura que parecía estar completamente relajado y a la espera de su contestación. Fue a quejarse con suma efusión del trato dado pero la lengua se le trabó en el paladar. Pegada al mismo.

Ryan se estaba desnudando, delante de ella. Sin aviso previo y ¡sin pudor alguno!

Lentamente.

Esos largos dedos habían desatado casi todos los botones negros de su camisa, tras sacársela del interior del pantalón, sin apartar esa viva mirada de ella. Todo se estaba precipitando y se sentía como una inexperta principiante.

—Ryan…

Las manos masculinas se paralizaron y la inmensa figura se aproximó un paso, lo suficiente para alcanzar a oler de nuevo ese aroma tan propio de él.

—No tenemos otra opción, mujer.

—¿Por qué?

—Porque así se ha decidido y porque si lo dejamos pasar nos arrepentiremos. Arriesgamos demasiado si alguien no te controla y esta es la forma de hacerlo

Iba a decirle que no. Que ella no lo creía pero por alguna extraña razón sencillamente no pudo.

—¿Puedo elegir?

Los pálidos ojos casi quemaban.

—Ya no.

—Esto no está bien, Ryan.

—Lo está si queremos que sobrevivas.

—Pero no…para mí.

—Puede, mujer pero nos lo debes.

Tragó saliva ante la contundencia del tono empleado por Ryan. Se sentía en parte atrapada entre muros imposibles de franquear y en parte obligada por pertenecer a un mundo que no la quería en él.

Siempre cabía una tercera opción.

—Puedo alejarme.

—No.

—Nunca me veríais de nuevo.

—No.

Dios, así no le convencería.

—Dame una maldita razón, Ryan. Dámela, porque en caso contrario, enfilaré hacia esa puerta y…

—Porque la Directora…

Suficiente.

La maldita puerta estaba a menos de tres metros. Alcanzó a dar dos zancadas antes de que una cálida mano aferrara la parte superior de su brazo y la girara hacia el hombre cuyo hermoso rostro tan solo desprendía tensión y contención.

La inercia del giro la lanzó contra la fría puerta, resonando en toda la entrada. Tenía ese rostro, esos labios a centímetros de los suyos. Carnosos. Conocía su sabor y le era imposible dejar de mirarlos.

—Porque es nuestro destino, Lena y este, tarde o temprano, te atrapa.

Tan cerca. Tanto…

—Eso no lo sabes.

—Quizá, pero deseo creer que ocurrirá así.

—¿Y, si dijera que no?

—No lo harás.

—¿Y si…?

Le recorrió como si un rayo lo alcanzara. La sensación de pertenecer a ese momento, al tiempo y al lugar, a cinco centímetros del hombre que había alzado la mano para apoyar la palma contra la puerta, junto a su cabeza.

La voz masculina le susurró al oído.

—No pienses, solo…siente.

Lo hizo. Y no supo la razón.

Alzó el rostro lo suficiente para alcanzar esos gruesos labios. No engañaba a nadie, salvo a sí misma. Ella había dado el paso inicial y se sentía aceptada. Algo en Ryan parecía envolverla, la hacía perder la cordura, la sensatez y la odiada sensación de ser una extraña entre los suyos.

Los ronquidos de Fanny se difuminaron en la distancia al igual que todo a su alrededor, salvo esos labios que no se abrían como si esperaran una señal suya. Tendrían que esperar ya que primero quería recorrerlos con la punta de su lengua, lentamente, esa sensitiva carne…

Le pareció sentir un suave temblor en el cuerpo que se acercó hasta apretarse contra el suyo, dándole calor.

Tanto calor.

Empujó levemente con la punta de su lengua buscando aceptación y Dios…la obtuvo sin atisbo de duda. El tumulto de sensaciones casi la asustaron pero Ryan pareció percibirlo.

El ansia se suavizó mientras la cálida piel que cubría la mano masculina seguía un camino que parecía conocer pese a no haberlo recorrido nunca. Las descubiertas yemas de sus dedos desprendían calor, la acariciaban con tanta suavidad. Ese duro cuerpo apabullaba pero se amoldaba al suyo.

Dio un paso más y optó por tocar el descubierto torso con sus propios dedos. Le sorprendió la suavidad, la firmeza del duro vientre. Ascendió más, moviendo, rozando simplemente, percibiendo con su propio cuerpo la convulsa respiración del hombre que se dejaba tocar pese a ser conocido por distanciarse del mundo entero.

Olía a gloria.

Sus dos manos ascendieron por ese rostro perfecto, delineando sus pómulos hasta que su pulgar alcanzó una marca en su sien. Rastros de lucha. Las mismas que casi siempre procuraba mantener ocultas. Deslizó la yema con parsimonia, con suavidad por encima.

—No.

Le ignoró hasta que una de esas manos paró su avance.

—Déjame.

—¿Por qué?

—Porque…te lo pido, Lena.

Estaban tan próximos que devoró la sensación de poder hundirse en esos iris, tan únicos. Porque lo eran. Él lo era aunque no lo creyera así. Leyó la duda y la aceptación en la tensa faz.

—¿Duele?

—No. Son un aviso.

—¿Para quién?

—Para todos, para que no se acerquen. No soy un hombre fácil, Lena.

—Tú no eres tú pasado, Ryan Baldassare Borges, sino tu presente. Eres Ryan Robb. Un buen hombre.

Fue la primera vez en su vida, la primera vez desde que conocía al hombre más reservado de su mundo que este le mostró un atisbo de vulnerabilidad. Escuchar el nombre recibido al nacer y del que había tratado de huir toda su vida rompió algo de esa coraza que lo cubría. Se creía un monstruo porque su maldito padre se lo grabó en la mente, en su corazón, en la sien y…en su alma.

¡Dios santo! Ryan estaba roto por dentro, como lo estaba ella. La única diferencia era su mayor capacidad para ocultarlo a todos los que se asomaran e intentaran descubrir sus secretos.

—Yo no soy todos, Ryan.

Las largas pestañas casi ocultaron esos rasgados ojos.

—No. No lo eres pero eso no…

No dejó que terminara la frase antes de golpear esos labios con los suyos. Para callarle, para no pensar, para dejar de temer a lo desconocido.

La contención se esfumó.

Se sintió aplastada contra la puerta, desde los muslos a los labios y por un segundo sopesó si lo que estaba haciendo era lo que deseaba, hasta que dejó de hacerlo y decidió seguir la petición del hombre que parecía estar devorándola.

Sentir en todos los poros de su cuerpo, sin pensar en el después.

El después…

Su cerebro se detuvo.

El matrimonio.

Su mente se aceleró.

¿Habrían iniciado los preámbulos mientras ella creía que Ryan sentía lo que estaba haciendo cuando en realidad estaba cumpliendo con su deber?

Tenía que pensar…pero era tan difícil hacerlo.

No era él quien había comenzado esta vez. No podía pensar, ni tratar de decidir absolutamente nada con la boca de Ryan haciéndole lo que le estaba haciendo. Había separado sus labios y esa cálida lengua le estaba haciendo perder los nervios. Le recorría cada recoveco, le acariciaba, lentamente, más rápido para reducir de nuevo esa intensidad. Sentía contra su cadera el abultado miembro bajo el pantalón, empujando contra su pelvis. La dura pared, a su espalda. Sus gruesos muslos hundiéndose entre los suyos, presionando, apretando contra ella. Esa fricción.

No podía respirar contra esos labios que se habían separado para deslizarse hacia un lado, hacia su mejilla, lamiéndola hasta alcanzar ese punto bajo su lóbulo que latía enloquecido.

Se tensó brevemente al sentir una de sus manos introducirse por debajo de sus bragas. No se había dado cuenta de que le había desabrochado la cintura del pantalón o abierto la bragueta. Esos largos y endurecidos dedos la acariciaron sin dudar. Temblaba.

La madre de…

Había conseguido bajarle la cintura del pantalón hasta media cadera y su otra mano se había colado por su espalda mientras esa endiablada boca no cesaba. No le dejaba descansar un solo segundo, mordisqueando en ese exacto punto que le provocaba escalofríos por todo el cuerpo.

Con un brusco movimiento Ryan le aferró del trasero y empujó contra ella, no dejando que el aire circulara entre los dos. Ya no sentía el frío metal a su espalda sino únicamente espacio libre hasta que de nuevo desapareció, transformándose en algo blando y fresco.

Solo sentía calor y de seguido el inmenso peso de Ryan, apretándola contra el colchón, cubriéndola entera. No sabía cómo habían ido a parar al cuarto de Ryan.

Dios, Dios… Iba en serio.

Trataba de posicionarse entre sus muslos y aunque ella no quería facilitárselo, no era contrincante para él ni para esa ruda insistencia. Con repetitivos empujones logró desplazar la posición de sus abiertos muslos hacia los lados con sus rodillas hasta quedar plenamente satisfecho y ella, algo vulnerable.

No estaba acostumbrada a esto. Ocurría rápido, en un torbellino de sensaciones.

Apretó las caras internas de sus muslos contra esas caderas cubiertas de cuero al sentir un mordisco bajo la mandíbula, al sentir un lametón para suavizar el endiablado mordisco y al notar la inmensa palma cubrir su nalga izquierda. Carne desnuda contra su glúteo.

La presión de esos dedos…

Apretó sus desnudas manos contra los costados aún cubiertos por los faldones de la negra camisa. Sentía contra su desnudo vientre la helada hebilla del cinturón de Ryan y el duro y grueso bulto contra su ingle. Las caderas de Ryan golpearon las suyas, carentes de esa suavidad anterior. Los juegos habían dejado paso a la necesidad, a la fiereza y al choque de sus cuerpos.

—Joder, mujer, ¿qué diablos me haces?

II

No la asustes…No lo hagas…

No estropees lo que llevas esperando tanto tiempo.

Sintió esas duras pero suaves manos en sus costados y casi perdió el nervio. Esto nunca le ocurría a él. Jamás se rendía a la falta de control pero el olor de su pareja, el sabor, la sensación de tenerla bajo él, la mera posibilidad de hundirse en ella hasta el fondo…

Hace unos instantes creyó que se resistiría, al hacerse un hueco entre sus muslos pero le había dejado seguir.

La necesidad de tenerla le urgía, le hacía perder la noción de todo.

Dioses, ella tenía el trasero más lleno, más suave y más redondo, hecho para sus manos. Lo acarició sabiendo lo que arriesgaba pero necesitaba memorizar esa forma antes de continuar.

La había relajado y calentado.

Ahora llegaba…el resto.

Se enderezó de golpe hasta quedar arrodillado entre esos muslos y casi, casi mandó todo al infierno para dejarse llevar por el momento, aplastarse contra su compañera, besarla, comérsela a mordiscos, lamerla entera al verla tendida con los muslos desplegados y la mirada turbia fija en él como si no terminara de entender el hecho de haber llegado a ese punto.

Recorrió con su mirada a Lena.

Su corazón se paró. Literalmente.

Era suya.

Siempre lo fue desde que se encontraron de críos. Almas gemelas.

—Vuélvete.

Lena pareció recobrar algo de serenidad al tiempo que se incorporaba sobre sus codos y balbuceaba con escasa convicción.

—¿Qué?

—Te necesito boca abajo.

Los castaños ojos dejaron atrás ese aspecto perdido para enfocar su mirada en él.

—¿Qué has…?

—Ya me oíste, Lena.

—Estoy bien así.

Estaba dejando atrás toda su ventaja y ella se estaba distanciando de la neblina de sensaciones que la habían obcecado. Y…arrepintiéndose. Lo leía en la mirada femenina que lentamente se iba enfriando y endureciendo.

Lena enrojeció al desviar su mirada hasta su desatado pantalón. Con torpes y presurosos dedos trató de subir la cremallera y atárselo, tras colocar las sencillas bragas en su lugar. Se estaba tensando.

—No lo hagas.

Ella lo miró alucinado.

—Que no haga, ¿el qué?

—Atarlo.

Lena se sentía incómoda y ocultaba su mirada, encogiendo poco a poco las piernas, alejándolas de él.

Con su mano se lo impidió al afianzarla en el muslo femenino.

Maldita sea, él no era suave. No sabía serlo y si su mujer se cerraba en banda no sabría reaccionar.

Sentía el fino músculo del muslo que presionaba tensarse bajo la palma de su mano.

—Necesito saber, Ryan.

Esperaba la maldita petición pero creyó que llegaría algo más tarde. Mucho más tarde.

Sin desasir la cálida extremidad se acomodó sobre sus piernas, manteniendo la misma postura.

—La ceremonia tiene una finalidad esencial, Lena. Enlazar al Begirale y a su protegida hasta que el lazo se rompa con la muerte de uno de ellos.

—¿Cómo?

Condenada mujer. Al meollo, sin vueltas de tuerca.

— Ambos han de yacer y alimentarse…

—Bueno, tampoco es para tanto.

—…juntos.

El suave juramento femenino le puso el vello en punta. Se estaba cerrando a la mera posibilidad.

—El protegido ha de recibir vida y sangre del Begirale, en beneficio de la raza.

—¡Al cuerno con la maldita raza!

De un tirón Lena se deshizo del agarre de su mano, para terminar incorporada contra los oscuros almohadones que llenaban la cabecera del lecho, en actitud defensiva y de pleno rechazo.

Ryan apretó los dientes.

No terminaba de entenderlo la muy ilusa. La Cleda, el órgano regente de la Dandraara, del que formaba parte la directora, había dictaminado y si no era por las buenas lo sería por las malas.

—No tienes elección, mujer. Si tratas de huir te encontrarán, si te niegas se te obligará, si rechazas la protección del Begirale nos condenas a ambos y a la propia raza al deshonor, simplemente por temor a lo desconocido.

—¡No es por eso!

Si la única manera de lograrlo era picar su honra, no eludiría dicha posibilidad.

—Dame la razón entonces, Lena, porque desde mi punto de vista lo que te para es el miedo a yacer conmigo, lo cual es inmensamente egoísta.

—Y, ¿por qué no doy yo y recibes tú?

Por todos los…

Se puso como tenso en un instante.

Y al mismo tiempo se enfureció.

No llegaban a ninguna parte hablando.

Había agotado la jodida paciencia.

Agarró con rapidez y sin miramientos los cubiertos tobillos de su compañera y tiró de ella arrastrándola sin previo aviso, provocando en ella un resoplido de sorpresa. Dejando caer de golpe todo el peso de su cuerpo y con las caderas aprisionando las suyas, la sujetó por la mandíbula, obligándole a no apartar la mirada de la suya.

¿Quería sinceridad?

La tendría.

—Si es necesario, lo haré por las malas. Pero, créeme, querida, no quieres eso.

Lena abrió la boca para hablar pero se la tapó con la palma de la mano y la aplastó contra el mullido colchón hasta que esta soltó un leve quejido.

—Como mi protegida, recibirás un masaje con aceite ceremonial por todo tu cuerpo. Necesitarás estar bien lubricada para recibirme. También relajada y…dilatada.

Los castaños ojos se agrandaron para entrecerrarse a continuación, frunciendo el entrecejo.

—Dormiremos desnudos en el lecho para habituarnos a lo que desde mañana será lo normal. En cuanto al rito en sí, se celebrará en la intimidad con la presencia de Directora, ante la cual se consumará, dando fe de la unión. La raza nos dio la vida y si no seguimos adelante con la ceremonia puede arrebatárnosla. Ella decidirá. Consumaremos la unión y beberé de ti, mi protegida para marcarte en mí, para poder seguirte allá donde vayas y encontrarte allí donde te encuentres. Es la manera de proteger a la carga y mantenerla a salvo. Quedaremos unidos y afianzaremos el lazo con frecuencia, así que…hazte a la idea, mujer.

Lena se revolvió bajo el peso de Ryan pero este afianzó con dureza la sujeción.

—No tenemos elección y si la hubiera me importaría bien poco porque está decidido.

El hermoso rostro masculino se aproximó al contraído por la pura rabia.

—Tienes diez minutos para decidirte, mujer. Por las buenas o por las malas. Otros diez segundos para desnudarte ante mí y tenderte boca abajo, relajarte y abrirte de muslos y quien sabe, quizá cumplamos la primera de las imágenes que nos detalló el capitán, ¿no crees?

Sabía que la estaba desafiando y enfureciendo pero no tenía salida ya que si la dejaba decidir, ella rebuscaría una jodida e inservible salida que a todos dañaría a la postre.

El enfadado rostro se sacudió levemente y empujó contra la palma que le cerraba la posibilidad de contestar. Un rabioso ¿puedo hablar de una maldita vez? se filtró a través de su mano.

La apartó con cautela.

Las palabras sonaron claras y duras.

—Te respondo en diez minutos, hijo de la gran puta.

******

Capítulo 14

I

El silencio parecía imprimir velocidad al paso de los minutos pero no pensaba minimizar la violenta situación creada por el vampiro que permanecía cercano y amenazador junto a ella.

—Apártate, Ryan.

Nada.

—Aléjate…de una… maldita…vez.

Por una vez en su vida el muy terco hizo lo que se le pedía. Extremadamente tenso.

—Te quedan cuatro minutos para decidirte, querida.

No cedía, diablos.

El maldito nunca ofrecía tregua.

Lena aspiró profundamente, buscando la manera de calmar el acelerado retumbar en su tórax mientras pensaba hasta qué punto se sentía alejada del agente que permanecía inamovible a un metro de distancia. Ryan no terminaba de entender que con amenazas no lograría nada salvo que su atemperada enemistad resurgiera de nuevo, convirtiéndolos en contrarios de por vida.

Encogió las piernas para evitar el contacto pero no se desplazó del lecho. No mostraría debilidad, ni rehuiría la pelea.

Tranquilizarse era difícil, tan difícil, pero su instinto le avisaba que valía la pena. Su corazón así lo presentía y rara vez erraba.

—No soy uno de ellos, Ryan.

El desconcierto invadió esa obstinada mirada transparente.

—No soy uno de esos machos humanos o de la propia raza desesperados por tu atención, ni por el hecho de ser hija de un humano he de doblegarme ante ti. ¿No lo entiendes, verdad? —apretó las piernas contra su pecho en un gesto inconsciente de protección— No lograrás convencerme del modo al que estás acostumbrado y no temo acostarme contigo. Miento, sí me asusta porque, ¿sabes una cosa, Ryan? Mi experiencia en ese terreno es nula, salvo lo compartido contigo, pero lo haría sin dudar si estuviera en riesgo más que mi propia integridad

—alzó bruscamente la mano para callar al hombre que escuchaba con atención y acababa de abrir la boca para replicar—. Y no. No me vale que la Cleda lo haya decidido así sin una mínima explicación o razón del por qué. No soy una muñeca con la que jugar a su antojo y tampoco debieras serlo tú. En el fondo es sencillo. Necesito más para ir contra todo lo que aquellos que me quisieron lograron inculcarme.

Esta vez no le dio tiempo a impedir que Ryan hablara.

—Y, ¿si lo que nos jugamos va más allá, Lena?

Observó con parsimonia el apuesto rostro iluminado levemente por la luz que entraba desde el salón, acentuando esos angulosos rasgos.

—Entonces pondré todo de mi parte para que aquello que nos veamos obligados a hacer sea bueno y consentido.

El rígido cuerpo de Ryan bajó con agilidad del lecho, ubicándose a un lado, con los brazos colgando a los lados del mismo. Mostraba un suave rastro de confusión ante los acontecimientos y ella casi podía entenderlo. El guerrero colocado en pie observándola no estaba acostumbrado a hablar, a negociar y mucho menos, a cierto grado de placidez en su interacción con los que lo rodeaban desde la niñez.

Solo conocía la brutalidad desde su más tierna infancia.

—Si te niegas…

—Lo haré con todas las consecuencias.

—Podría…

—¿Qué, Ryan? ¿Convencerme? ¿Obligarme?

—Podría.

—Puede, pero te ganarías mi eterno odio.

La brusca aspiración de Ryan le dijo tan alto y claro como si pronunciara esas calladas palabras, que estaba ganando la partida más importante de su vida. Por mucho que otros lo consideraran un animal, ese hombre…no lo era.

Solo lo aparentaba.

En nada se equiparaba a su despiadado y frío padre salvo en su inmisericorde capacidad de lucha.

Las malditas palabras pronunciadas antes, en medio de la ira y la desesperación, no se apartaban de su descentrada mente. Los pensamientos se sucedían a velocidad de vértigo. Todos menos uno.

—¿Por qué dijiste antes que desearías que ocurriera entre los dos lo que describió el capitán?

La palidez cubrió el hermoso rostro.

—¿Por qué, Ryan?

Los labios se apretaron. Le iba a costar un triunfo ablandarlo pero nadie le ganaba en terquedad, ni siquiera el luchador que la miraba con nerviosismo desconcertante en él.

—Dímelo. Necesito saberlo y creo que tú necesitas sacarlo de una vez de tu interior.

Los dioses…

El vampiro era testarudo.

Hablar de lo que sentía le suponía un auténtico sacrificio. No habiéndolo hecho antes le resultaba prácticamente imposible dar aquello que se le pedía. Abrirse a ella lo dejaría desnudo y vulnerable. Gracias al cielo, el rasgo de la insistencia era predominante en los genes procedentes de su lado humano.

—¿Por qué llevas vigilándome años, sin delatar mi posición a la Dandraara o a la Cleda?

El rudo movimiento de la oscura cabeza denotó la impresión causada por la directa pregunta.

—No he sobrevivido a la guerra siendo descuidada, Ryan, aunque te lo parezca —Lena trató de relajarse—. Siempre supe que estabas ahí fuera, cerca. Me gustaría saber la razón por la que cada vez que me asentaba en un lugar, me rastreabas pero no dabas parte de mi ubicación. Te hubieras ganado el eterno favor de la casa Cannavara si me hubieras cazado para ellos.

—Me es indiferente lo que desee tu casa materna, Lena.

Contéstame entonces.

Vamos, Ryan. Hazlo…

Necesitaba escuchar lo que intuía. Su dolido corazón lo necesitaba aunque lo deseara y aterrara al unísono y vaya si estaba acobardada, porque si Ryan admitía lo que ella presentía desde hacía tiempo, no sabría cómo iban a reaccionar. Ambos.

No lo sabía.

Una palabra mal entendida, una broma a destiempo y Ryan se cerraría completamente como ocurría cuando eran críos y lo compartían todo.

Tenía gracia como aquello que consideras importante queda grabado a fuego en la mente.

Mirando fijamente al guerrero que no movía un músculo, pensó que si se daba el caso, le daba igual quedar en ridículo, que en realidad no podía obligar a Ryan a hacer aquello que no casaba con él, porque entonces no sería el vampiro que creía conocer.

A ella no le costaba hablar de sus sentimientos. Lo había aprendido de la humana que en un mullido lecho, seguía durmiendo a pierna suelta a una distancia de cinco metros, desconocedora del drama que a esa misma distancia estaba desarrollándose.

Los humanos le enseñaron a compartir, a hablar sin bagaje alguno, y no avergonzarse por ello y tenía intención de hacer exactamente eso ante su compañero, desconociendo lo que surgiría de esa arriesgada decisión. Por una vez en su vida, antes de hablar, lanzó una plegaria al aire, al Dios de los humanos que había demostrado más compasión que aquellos que ella conocía y temía.

—Lo único decente y bueno de mi infancia fuiste tú, Ryan.

La ruda aspiración de aire en el hombre que escuchaba no paralizó el fluir de sus palabras.

—Me sentí traicionada por quien creí que jamás lo haría y he vivido mi vida arrastrando esa angustia conmigo. Por eso te rechacé visceralmente al convertirme en agente, al tener que rozar a diario contigo, al convivir con quién…—por todos los santos, le costaba seguir.

Dos cortos pasos aproximaron a Ryan al lecho. Parecía no respirar.

—¿Con quién, Lena?

No iba a poder continuar.

—Dime con quién, mujer.

Casi podía oler la urgencia en Ryan porque continuara. Palparla.

—Con quien creí que era mi otra mitad —el silencio fue abrumador—. Nunca he sentido con otra persona lo que sentía contigo. Esa plenitud. Complicidad. Compañerismo. Con aquella patada que recibí de tu padre me llevé la imagen de una traición que me rompió por dentro. Me forcé a odiarte y a olvidarte pero no pude, ¿sabes? No pude. Así que repito la pregunta, Ryan, ¿por qué deseabas que lo que vio el capitán pasara entre nosotros?

Por un minúsculo segundo, al observar la crispación de sus músculos faciales creyó que Ryan no hablaría, que se guardaría todo, una vez más, para sí mismo. Hasta la tumba.

No fue así.

—Porque lo soy, Lena. Porque siempre lo fui.

No alcanzaba a comprender lo que quería decir. Debió reflejar esa tonta incomprensión en la mirada porque Ryan se acercó hasta tocar con la parte delantera de sus muslos, el borde de la cama.

—Tu otra jodida y estropeada mitad, mujer.

Dioses.

Pudo respirar a bocanadas como si una corriente de aire fresco hubiera circulado directamente hasta sus fosas nasales, abriéndose paso a base de pura fuerza y su cerrado pecho se hinchó, desprendiéndose de un peso que hasta ese mismo instante no supo que soportaba. Se sintió de nuevo plena. Sencillamente llena. Forzó a su garganta a dejar pasar las palabras que guardaba, escondiéndolas muy dentro.

—Te costó reconocerlo.

Una dulce sonrisa curvó los hermosos labios de Ryan, relajando el rostro que sin tensión era increíblemente hermoso. Una sonrisa única.

—No sabes cuánto, Lena. No sabes cuánto…

Se miraron y deleitaron con las miradas, lentamente, sin subterfugios que paliaran admitir que lo que sentían con una fuerza sobrehumana había trascendido al tiempo, a la traición, a la enemistad, al odio y al enfrentamiento entre la sangre que discurría por las venas de sus dos familias. Una de siervos. La otra de una estirpe de guerreros.

Les daba miedo romper ese momento.

A ambos.

II

Un nudo en la garganta de la emoción le obstruía el cuello. No podría explicarlo ni en un millón de años pero tenía aquello que siempre esperó con desespero e impaciencia a su lado, con esos redondos ojos abiertos de par en par y una hermosa sonrisa en ese suave rostro. En ese instante deseó ser como Carlson o Jonas que decían lo indicado en el momento preciso. Ser sutil, cariñoso, suave y expresar con palabras o gestos lo que discurría por su mente y por su cuerpo. Decir sin vergüenza que le aterraba estropearlo todo.

¿Pero cómo decir que la quieres, cuando hasta te cuesta entender lo que sientes con tanta intensidad?

Dejándote llevar.

Sin separar la vista de los castaños iris se sentó al lado de su compañera para decir, para añadir…

No tuvo tiempo.

Dos cálidas manos cuya dureza, generosidad e inquebrantable lealtad conocía como si fueran las suyas rodearon su rostro y su corazón le dio el mayor vuelco de su maldita vida. Creyó que se le pararía al sentir los labios sobre los suyos. No en un arranque, ni de forma involuntaria, sino buscada y querida.

Esos labios…Esos generosos y cálidos labios.

Fue sencillamente hermoso.

Suave. Con ese beso Lena le regaló algo que hasta ese momento no supo comprender que era tanto o más importante que su amor.

Su confianza.

Su seguridad.

Notó la tentativa entrada de la lengua femenina entre sus propios labios y acompañándole ese calor que comenzaba a asociar a la cercanía de Lena pero también percibió inquietud. La sensación no era diáfana sino indefinida y algo borrosa pero no por ello menos intensa.

Invadió su mente y reaccionó de manera innata.

Alzó sus propias manos. Una abierta, la otra algo más cerrada e imitó el movimiento de ella rodeando su faz, delineando esa definida mandíbula bajo sus sensitivas yemas y dijo lo que necesitaba sacar de su mente.

—Pediré audiencia con la Cleda.

Notó la presión en su mejilla.

—No lo permitirán, Ryan.

—Lo harán, si no desea perdernos a ambos.

Sus entrañas se retorcieron. Esos oscuros ojos le quemaban por dentro como si leyeran en él como en un libro abierto.

—¿Te arriesgarías a perderlo todo por…?

Se sintió liberado al contestar.

—Sí, mujer, lo haría sin mirar atrás, sin un solo remordimiento…y sin dudar un segundo.

Una dulce sonrisilla fue la única respuesta que no esperaba de su compañera.

—¿Qué?

La sonrisa se ensanchó hasta que con una de sus manos le dio a Lena un pequeño y suave empujón en la cadera, dejando la mano en el lugar. Tocándole, arraigándose en ella.

—¿Qué?

Su mujer tragó antes de contestar.

—Y yo que pensé que no eras…romántico.

Sería brujilla.

—No lo soy, Lena, salvo contigo, pero si se lo dices a alguien lo negaré hasta la muerte

Dios, le volvía loco el sonido de esa profunda y gutural risa. Diferente a las demás, emanaba del fondo de ese lleno pecho. El hermoso sonido poco a poco fue perdiendo fuerza hasta desaparecer al completo. Esperó a las siguientes palabras de su compañera.

—No tenemos salida, ¿verdad?

Daría lo que fuera porque la tuvieran, porque lo que había entre ellos fuera sencillo de entender, de sobrellevar y sencillo de enfrentar. Pero la vida no siempre le sonríe a uno.

—Podemos intentarlo, Lena. Hablaré con el capitán.

—¿Y qué le dirás?

—Que interceda ante la directora, ante la Cleda. Que nos dé tiempo. Que…

—¿Crees que a mí me escucharía?

No.

No podía permitir que Lena acudiera ante ella sola. Era demasiado dura para un corazón como el de su compañera. Se la comería viva y terminaría destrozándola porque para ella no era más que otro peón en su eterno y enfermizo juego contra la Tarnaca.

Otro soldado caído en la guerra, sin valor.

La diferencia estribaba en que para él, ella era mucho más. Era su vida. Permitir que la Cleda se valiera de ella, supondría tener que pasar antes por encima de su cadáver. Si uno caía, el otro iría detrás. Desde niños supo que así sería. Las dos caras de una moneda, diferentes pero inseparables. Tan sencillo de asimilar como el respirar y eso, exactamente eso, era lo que debía hacer entender a unos extraños que no comprendían de sentimientos sino de poder, que no sentían amor ni lo conocían, primando siempre el interés de la raza en su lucha contra el enemigo.

—La haré entender.

La mirada de esos ojos habló antes de que lo hiciera su laringe. Lena le iba a pedir que no lo hiciera, que no se arriesgara, que no valía la pena, que estaba dispuesta a hacer cuánto requirieran de ella, pero ello la mataría lentamente. Destrozaría esa vena independiente que la caracterizaba y que él adoraba pese a desquiciarle los nervios en ocasiones.

—No lo conseguirías, Lena. Los enfurecerías por negarte a seguir sus dictados y estaríamos como al principio. Atrapados.

—Entonces, solo nos queda acatar sus órdenes, cumplir con el rito y…

—No estás preparada.

Una pícara sonrisa cubrió el rostro femenino.

—¿Dónde quedó aquello de tienes diez minutos para hacer lo que digo y diez segundos para posicionarte a mi conveniencia?

Dios, era una provocadora nata.

—Todavía estamos a tiempo, cielo.

A punto estuvo de soltar una carcajada al verla tragar saliva despavorida si no fuera porque la situación no era para tomarla a risa.

—Lo haría, sin dudarlo y lo sabes…

Lo sabía de sobra pero también sabía que ella no estaba lista para tener esa clase de intimidad con él. Lena necesitaba su tiempo, tanto para hacerse a la idea de acostarse con él como a habituarse a las caricias y a su proximidad. Con lo segundo podían comenzar. Con lo primero se tomaría su tiempo aunque le costara una enfermedad.

—Nos acostaremos juntos y al demonio con todo.

Jo…der.

Le iba a dar un jodido desmayo de la impresión al escuchar las palabras pronunciadas por Lena.

—¿Estás…segura?

La duda se reflejó en esos oscuros ojos.

—¿Sí?

Ryan suspiró.

—Mujer, la primera vez que te tenga no será en estas condiciones, con prisas y sin preparación, sino que elegiremos el momento. Estaremos seguros de que ha llegado el día, la hora y el segundo perfecto tras cuatro puñeteros y eternos siglos de espera. Te acariciaré con parsimonia, besaré y haré perder la noción de lo que te rodea, deseando que mis labios recorran tu cuerpo, que mi lengua devore todos sus rincones lentamente, que mis manos vayan donde otras jamás han estado antes, que mis dedos entren en ti y te preparen para acogerme, que…

Colorada.

Su mujer se estaba congestionando al ritmo en que adelantaba sus intenciones e incluso en la penumbra se podía apreciar la dilatación de sus pupilas hasta casi provocar la desaparición de sus coloridos iris.

Se dio cuenta de improviso y quedó asombrado. Estaba cortejando a su hembra sin tocarla, con su habla, sus roncos susurros y por el aspecto que mostraba ella, por la tirantez que exhibía su vientre estaba logrando que no rechazara de entrada las imágenes que se iban formando en su cerebro.

Diferente a todo lo que había vivido, era su relación con esa mujer. No sentía la necesidad de ser el único que dirigía, el único que tocaba, que acariciaba, que causaba reacciones en la pareja. Necesitaba que todo eso y más se lo provocara la mujer que seguía todos sus movimientos, todas sus palabras con la boca ligeramente entreabierta mientras se mordía inconscientemente el labio inferior.

No iba a poder retener el ansia por sentirse en su interior, envuelto en ella y discernir lo que sentía, oler su excitación, su pasión. Escuchar sus gemidos de placer.

191

—Por la virgen, Lena. No te muerdas el jodido labio o todas mis buenas intenciones desaparecerán. Haré lo que llevo esperando demasiados años y al diablo con todo.

El bronco susurro femenino llegó tembloroso.

—Hazlo.

Ella le abrió las puertas al paraíso. En un cuarto en penumbras, con el entremezclado aroma de ambos a su alrededor, con los suaves ronquidos de la humana en la lejanía, livianos pasos de los diligentes humanos en sus quehaceres o los restantes agentes en la cercana mansión, las risas sueltas de Carlson y el constante tamborilear de las gotas de lluvia contra las cerradas persianas, se encontró de bruces con el anhelado momento que en sus temidos y odiados sueños se había repetido hasta la extenuación.

Negarse era inútil.

Se desprendió, todavía en pie junto al lecho, de la camisa que le ceñía el torso al tiempo que sentía la apasionada mirada de Lena recorrerle el cuerpo que poco a poco iba mostrando. Se giró de costado con rapidez para dejarla a un lado.

—Las cicatrices…

Las había olvidado por completo. Respiró antes de comenzar ya que ella querría saber y él, al fin podía hablar.

—Fueron un castigo en pago…por tu vida. Padre tenía intención de crucificarte ante todo el mundo y yo…—un gesto de desesperación acompañó el resto de la frase—…yo antes hubiera muerto que permitirlo y el muy animal lo sabía. Una destrozada espalda por la vida de mi otra mitad me pareció un precio más que aceptable. Lo repetiría en un instante, Lena. Esa patada que recibiste de él, hubiera deseado que la lanzase contra mí.

A Lena le daba miedo incluso respirar. Pocas veces Ryan había hablado tan abiertamente.

—Lo lamento tanto.

Las cicatrices surcaban la inmensa espalda y ello daba fe de la brutalidad infligida por la mano que las causó. El ensañamiento hubo de ser brutal y Ryan era muy joven. Un dolor y una humillación inconmensurable.

Y lo hizo por ella. Por salvarle la vida.

Pausadamente Lena se irguió en el colchón quedando de rodillas junto a Ryan. Posó una mano en su antebrazo y le dio un toque para que le diera la espalda. El así lo hizo.

—¿Por qué no me lo dijiste cuando me uní a vosotros?

—Me odiabas.

—No te…

La cabeza se giró hacia ella y la clara mirada enfiló en su dirección, con una torva mueca en la boca.

—Lo siento.

—No lo hagas. Era lo que sentías y es comprensible. Simplemente te faltaba información que yo no estaba preparado para ofrecer.

Ryan sintió el suave, casi liviano roce de la yema de un dedo sobre su piel, recorriéndole como si de una caricia se tratara por toda la larga extensión de una de las marcas que le habían acompañado toda su vida de adulto. Olvidó el dolor de la cicatrización, de las curas, de la necesidad de reabrir las heridas para limpiar aquellas que no terminaban de cerrar, por el placer de sentir una simple caricia de aquella por la que sufrió semejante dolor. Como aleteos de mariposa sobre su ardiente piel.

—Gírate, Ryan.

No se hizo repetir.

Frente a él estaba la mujer que a base de carisma, humor, generosidad y lealtad se había ganado la confianza del resto de los agentes y su amor. Un rostro lleno de carácter.

Le costaba incluso entenderlo pero era lo que su roto corazón sentía dentro, muy dentro de su pecho. Lo que su mente transmitía a gritos y lo que en su cuerpo provocaba la cercanía de Lena.

—Vayamos despacio, sin prisa pero juntos, ¿de acuerdo?

Una pizca de terror emanó de su mente al escuchar la firmeza en el tono de Lena. La posibilidad de perder aquello que acababa de descubrir le asustaba pero si de algo estaba seguro era de que nada se compararía con el dolor de no haber encontrado a esa testaruda y llana mujer, por encima de haberla hallado y perdido pero tras haber dado una oportunidad a lo que ambos sentían.

Resultaba curioso.

Ella estaba en lo cierto. Se había convertido en un condenado romántico.

—Juntos.

Con la palma de la mano dio a su mujer un menudo empujón para hacerse un hueco en la ancha cama. Apoyándose sobre un codo quedó tendido sobre su costado, sin apartar la mirada de Lena.

La sonrisa en los labios femeninos le constriñó el corazón. Completamente. Estaba irremediablemente perdido pero por primera vez en su vida, no se sintió solo.

—Nunca pensé que llegaría este momento. Lo soñaba, de continuo pero no pensé que fuera a llegar.

A su lado, el sonido de la voz de Lena apenas superaba a un susurro y le erizó la piel.

—Quizá eran premoniciones.

—No.

—¿Por qué?

—No solo percibo sensaciones, Lena. También visiones referentes a aquellos que conozco y quiero. En ocasiones se hacen realidad, en otras no. Solo esa parcela me está reservada como una jodida maldición.

—Entonces, ¿sabes…?

—Sí.

—¿Cómo?

—Juntos. Moriremos juntos, mujer y nada más debo decir. Simplemente, lo sé.

—Esa es una buena manera de morir. Contigo. Si pudiera…no elegiría otra.

Lena presenció algo acongojante en cuanto terminó de pronunciar las últimas palabras. Los grises ojos se llenaron de lágrimas y una solitaria gota se desprendió de la comisura de uno de ellos, comenzando a deslizarse por la angulosa mejilla. No permitió que recorriera todo su camino hasta alcanzar los labios masculinos ya que la paró con los suyos. El salado sabor invadió su boca y sus labios perfilaron el recorrido de esa humedad hasta alcanzar la comisura, que acarició con suavidad.

—Eres un luchador lleno de dignidad, honra y compasión, Ryan Robb. Nunca permitas que te digan lo contrario.

Rodeó con sus manos el severo rostro y lo ladeó ligeramente para acomodarlo al suyo. Necesitaba besarlo para que entendiera lo que sentía y lo hizo…Por dios, que lo hizo.

Separó esos llenos labios hasta abrirse paso con lentitud. Los mordió con suavidad al principio, con fuerza de seguido hasta hacer sangre, mezclándola con la saliva de ambos. La unión de sus sabores era única e inflamó todos sus sentidos. Sentía el cuerpo de su compañero totalmente tenso. Los músculos rígidos y al momento relajados hasta que un giro de esa lengua lo rozaba o empujaba hacia un lado o su punta le acariciaba el paladar.

Lo estaba desquiciando y por la presión de la inmensa mano de Ryan que había quedado clavada a su cadera, le estaba provocando las mismas sensaciones que ella sentía.

Entre esas cuatro paredes, supo que iban a convertirse en amantes y le dio la bienvenida a la imagen aunque no tuviera la más mínima noción de lo que hacer. La mera idea era más que bien recibida.

Era…deseada.

Dejó de pensar para actuar, para tocar, acariciar. Lamer.

Deslizó los dedos de sendas manos por el rostro que seguía besando, delineándolo. Madre mía, era hermoso. Tan hermoso…

El cuello era tan fuerte como el resto de su cuerpo y suave. Con la punta de la lengua lo recorrió presionando ligeramente la nuez que se estremeció al tocarla con la punta. Zona sensible. Almacenó la información en su memoria. El gemido que brotó de esa garganta le dio ánimos. Los ruidos broncos que estaban brotando de ese pecho le indicaban que le agradaba lo que estaba haciendo.

—Si sigues, no pararemos estaba vez, mujer. No podré…parar.

Que así fuera.

Una vez más deslizó sus dedos por ambos tensos costados, dibujando con los pulgares la curvada forma de las costillas, las marcas de lucha que permanecían grabadas en la piel, como una perpetua memoria de los enfrentamientos vividos. La piel de su compañero desprendía el mismo olor que había captado en un par de ocasiones. Ese olor…

—Mezclas nuestros olores.

Los labios de Ryan cayeron sobre los suyos, chocando sin freno para separarse a continuación.

—Puedes jurarlo, Lena. Mía, a los ojos y sentidos de todos.

Bien.

La brusca aspiración de Ryan llegó con el empellón que le dio ella para tenerlo como deseaba. Tendido boca arriba con la espalda contra los oscuros y satinados almohadones. A su merced.

—No te muevas.

Ryan no lo hizo, ni siquiera para asentir. Únicamente la miraba con fijeza.

Posó sus manos en el duro vientre y con el índice marcó la zona del ombligo, dejándola atrás. Un poco más abajo hasta llegar a la cinturilla del pantalón, empujándola unos centímetros. El enorme bulto presionaba contra la tela, tensándola al máximo.

Por los dioses humanos, su pareja era enorme. Tragó saliva por esa mezcla de curiosidad e inquietud que notaba resecar el interior de su boca.

Soltó el botón que cerraba la cintura y el segundo, separándose la tela sin necesidad de ayuda. Otro botón…

No sabía cómo había terminado deslizándose hacia abajo hasta quedar de rodillas entre los abiertos muslos del hombre cubiertos por el holgado pantalón de lino negro. La tela marcaba como una segunda piel sus alargados músculos. Parecían a punto de quebrarse.

Le iba a dar un ataque de ansiedad galopante. Ryan estaba aguantando la necesidad de moverse por la simple petición de que no lo hiciera. Ascendió su mirada hasta llegar a la faz masculina. Pequeñas perlas de sudor habían brotado sobre su labio superior y en su frente y se mordía con fuerza el voluptuoso labio inferior. Con los puños aferraba las negras sábanas de seda y al soltar el siguiente botón, se encorvó ligeramente.

Le estaba dejando hacer, cuanto quisiera.

—Ryan, no soy una damisela asustadiza, ni me voy a quebrar o aterrar con lo que hagas o desees hacer…

Fue inmediato.

Ryan devoró su boca al mismo tiempo que se sentía alzada por dos fuertes manos y tumbada con la espalda pegada al colchón y el inmenso peso de su compañero presionándole. Escuchó el sonido de su camisa al rasgarse y la calidez de la piel de Ryan contra la suya. Sus erectos pezones rozando sus pectorales. Su duro miembro contra la cara interna de sus muslos. Frotando, apretando. Rozando…

Tan cálido.

Las puntas afiladas de sus dientes dibujaban un reguero de mordiscos por su cuello hasta recorrer su clavícula y lamérsela después. El condenado parecía jugar, regodearse con lo que le hacía. Pero ello no fue nada comparado con escuchar el romper de su gastado y arrugado pantalón, el firme tirón hasta deslizarlo más allá de sus caderas y la inolvidable impresión de la desnuda palma y esos fuertes dedos envolver como un guante su glúteo y apretar…y apretar.

Se le anudó el estómago y la presión repentina en sus ingles le causó un vuelco al mismo.

Iba a perder el sentido.

Habían cambiado las posiciones en un segundo. Tan veloz.

Con esos gruesos muslos Ryan separó los suyos y una ristra de pequeños besos fueron cayendo en su mandíbula, bajo el lóbulo de la oreja. Las sensaciones en los dos puntos eran demasiado. Eran…una locura.

El ritmo de esos dedos comenzó con una lenta cadencia, aflojando y apretando. Una y otra vez. El calor de la carne, la fricción del movimiento, sutil un instante y duro al siguiente. Un momento dolía la fuerza que ejercía, el siguiente solo quería más. Cómo si su forma de amar fuera en consonancia con la manera de actuar del guerrero, casi como si intuyera el ritmo perfecto para ella.

Trató de cerrar los muslos porque no iba a aguantar demasiado.

—No. No los cierres, Lena.

Mal…di…ción.

La presión aumentaba en su bajo vientre, con la velocidad que él iba imprimiendo. Comenzaba a notar el sudor cubriéndole la espalda, la nuca, la tensión cada vez mayor en su entrepierna. Solo podía aferrar las mismas sábanas arrugadas que hacía unos momentos agarraba su hombre.

—Ryan…si…sigues así, no…

—Bien.

Casi dolía.

El placer la estaba aturdiendo.

Esa boca continuaba su asalto, chupando con ansia, casi con necesidad y esa mano resbaladiza con la mezcla de gotas de sudor que surgían incontrolables con ese calor, con los casi brutales y dolorosos movimientos. Tan bueno…

Sintió algo presionando en su interior pero su mente, toda la maldita tensión estaba llegando a un punto desquiciante. Separó las piernas hasta casi el borde del colchón porque necesitaba afianzarlas con algo fijo y arqueó la espalda. Algo le había provocado una inmensa oleada de placer desde su interior, cerca al lugar en que sus ingles estaban a punto de estallar. Solo surgió un balbuceo.

—Qué...

—Siente, mujer.

Otra punzada de puro placer le sobrevino y su capacidad para contenerse se evaporó. Totalmente. Las sensaciones le envolvieron por todos los lados. Esa endiablada mano la seguía acariciando. Sentía la dura palma, los afilados dientes perforando su cuello, cerca, demasiado cerca de su yugular y los cálidos labios chupando, causándole que un brutal escalofrío recorriera su columna vertebral. Un brusco empujón presionó su cadera contra el colchón, separando ambos cuerpos. Y de nuevo ese enloquecedor placer que la dejaba sin fuerzas.

—¿Qué demonios...?

La respiración poco a poco iba ralentizándose hasta que pegó un salto al darse cuenta de dónde provenía esa abrumadora sensación que había sentido por primera vez en la vida.

Por todos los...

Más centrada, sentía la invasión de uno...no, de dos dedos enormes en su interior. La madre del... Ni queriendo podría recordar el momento en que Ryan se los había introducido.

Vio las estrellas de repente y presionó involuntariamente sus músculos internos contra ellos. Estaban demasiado profundos, demasiado...

Los sentía extraños y dolía ligeramente hasta que se movieron en su interior de nuevo. Se deslizaron hacia el exterior y de un golpe entraron pasando por ese lugar, por ese lugar que le provocaba ver las estrellas, sudores y escalofríos a la vez.

Los labios de Ryan, su cálido aliento le rozaron la mandíbula. Tensó todo el cuerpo al sentirse una vez más completamente llena.

—¿Qué me haces, Ryan?

Esos dedos parecieron curvarse en su interior, ensanchando su estrecho pasaje. Casi...dolía y al mismo tiempo no deseaba que parara. Sintió la pausada entrada de los dedos, abriéndose espacio a la fuerza y se preparó para la punzada de enloquecedor placer pero no llegó.

—Sigue.

Ryan no obedeció dejándole con una despiadada sensación de vacío pero ese hermoso rostro se acercó al suyo. Le mordió el labio, en ese punto que había descubierto que era tremendamente erógeno, para después susurrarle al oído. Caliente. Húmedo. Embriagador.

—Imagina ahora que es mi miembro el que roza esa zona, mujer. Presionando con insistencia, más grande, una y otra vez —Lo que faltaba para causar más estragos a su libido—. Sin cesar… Dándote placer. Hasta el jodido fondo. Un doloroso placer. Pero querrás más y yo te lo daré.

Notó los dedos deslizarse con extrema lentitud hacia el exterior quemándole con el suave movimiento. No pararon ahí sino que la acariciaron con fuerza.

—Diablos…

La enronquecida risa del macho que permanecía tendido sobre ella, brotó pegada a su oído. El maldito le mordió el lóbulo de la oreja lanzando una punzada de escalofrío directo a su vientre.

—Pronto, Lena.

—Prefiero ahora.

La sugerente risa de Ryan le incitaba como pocos sonidos lo habían logrado en toda su vida.

—No. Sin prisas.

Entre ahogos y placentero agotamiento soltó lo que se le vino a la cabeza.

—Tú lo que quieres es matarme.

Amaba esa enronquecida risa, tan pocas veces escuchada.

—De placer…amor. De puro placer.

La iniciada protesta de Lena se cortó de cuajo al sufrir un firme apretón en el trasero y de seguido una suave caricia.

—Dios, eres un completo cabronazo, Ryan.

La presión sobre su trasero se mantuvo, con deliberada lentitud.

—Y a mucha honra, mujer. Durmamos ahora.

¿Dormir?

No podía hablar en serio.

Por la tremenda presión que sentía junto a su pelvis el macho parecía a las puertas de estallar con una simple caricia.

—¿Y tú? Has de estar dolorido.

Quedó liberada del inmenso peso al deslizarse Ryan a su lado, posicionándose al igual que al principio, de lado. Con la misma mano con la que la había descolocado de inmenso placer, retiró a un lado el esponjoso edredón, dando unas suaves palmaditas al espacio vacío ubicado junto a él. La otra permanecía entre sus piernas, acariciándole con delicadeza.

—En otra ocasión, amor. Ahora me agradaría dormir contigo cerca. Por unas horas, sin preocupaciones, sin desconocer dónde te encuentras o en qué endemoniado lío puedes estar metiéndote. Paz mental por unas horas, mujer y créeme aunque mataría por amarte hasta quedar exhaustos y sudorosos, por primera vez en mucho tiempo, necesito descansar sabiendo que estás a salvo.

No pudo evitar sonreír y que Ryan lo presenciara, a pesar de la oscuridad.

—Lo dicho antes… Un romántico empedernido.

Una fuerte palmada en el trasero la calló. Un apacible beso en el lateral del cuello la volvió completamente complaciente dejándose acomodar al gusto de Ryan. De costado. El ubicado a su espalda y pegados desde los hombros a los pies, con las piernas entrelazadas, las de Ryan extendiéndose hacia el pie de cama.

Sintió una caricia en el hombro que le sorprendió inmensamente. Un beso apenas perceptible.

El condenado era mimoso en el lecho.

******

Capítulo 15

I

—Entonces, le quieres.

Había llegado el momento de la conversación.

—Hace una semana lo aborrecías —la sensación de estar ante el patriarca de la familia le llegó como una bocanada de calidez en una noche de tórrido calor. La única diferencia era que el dichoso patriarca era una humana cuya opinión le importaba demasiado como para que no le dañara su posible rechazo—. Aunque ahora que lo pienso, protestabas demasiado. Como cuando mi cuñada se hace la ofendida y le dice a mi hermano que no se le ocurra acercarse. En realidad está deseando que la achuche, ¿sabes? —Fanny abrió los ojos, enormes— ¿Os casaréis? ¡Demonios! Tendré que ir a la boda como testigo o incluso madrina y llevar un vestido vaporoso y esas cursilerías…—Fanny se encogió y redujo el tono de voz de natural potente—… y charlar con… los dientes. ¿Crees que tu novio me daría unas lecciones de esas con los cuchillos? No es que quiera…

Por los dioses, quería a su amiga con toda su alma.

Despertar al atardecer con las piernas entrelazadas con las de Ryan, con una de esas manazas colocada posesivamente en su bajo vientre con el brazo rodeándole la cintura y el calor de su inmenso cuerpo a su espalda había sido un tremendo choque hasta recordar lo ocurrido la noche anterior.

Habían decidido ir despacio.

Despacio….

Ya se estaba arrepintiendo de esa atontada idea.

Ryan besaba de morir. Lentamente se estaba acostumbrando a la cercanía del musculoso cuerpo, más grande que el suyo hasta el punto de sentirse cómoda. No del todo, pero las reticencias iban desapareciendo con sorprendente rapidez. Aún más desusado había resultado el hecho de haber sido capaz de dormir de un tirón el día completo. Quizá se debiera al cansancio o a la cercanía del hombre.

El caso era que se sentía rejuvenecida, como si le hubieran quitado unos cincuenta años de puro agotamiento de encima.

Abrir los ojos, desorientada y topar con los rasgos del luchador que la sobresaltaba de continuo, dormido plácidamente a su lado había sido todo un toque de atención. Dormido era si cabe más hermoso ya que la tensión desaparecía al completo de ese rostro. Una sombra incipiente de barba cubría su recta mandíbula y su rítmica respiración alcanzaba su propia cara. Tratar de retirar sus muslos atrapados entre los de Ryan solo había resultado en que el macho los ciñera de manera casi obsesiva, como si temiera perderla entre sueños. Vaya, Ryan durmiendo era como un oso envolvente. Aferraba todo a su alrededor, negándose a soltarlo y parte de ese todo resultaba ser ella. Aunque no tenía la más mínima intención de quejarse, lo que sí planeaba era tomar el pelo al macho dado su aversión al toqueteo durante las horas que permanecía despierto. Como Jekyll y Hyde. Brusco y lejano de noche, cercano y complaciente durante el sueño o en la intimidad.

Le comenzaba a apasionar esa vena traviesa en Ryan, desconocida en él aunque intuida en parte.

—Tierra a Lena.

Uf. Últimamente se distraía con una mosca.

—No lo sé, amiga. No lo sé. Para mí también ha sido rápido. De verdad creí odiarle pero el muy…

—¿Maldito?

Lanzó una risilla muy poco femenina que tuvo su réplica con otra de Fanny aún más chillona. Dios, parecían dos gallinas cluecas de corral hablando de gallos.

—Me alegro por ti, chica. Dios sabe que merecías encontrar a tu propia media ciruela.

—Es media naranja, Fanny.

—¿Os referís quizá a mí?

La grave voz era inconfundible y el bote de Fanny la normal reacción a la súbita aparición a su espalda de Ryan.

—Odio que haga eso —protestó Fanny.

La enorme figura se inclinó levemente hasta quedar su rostro a la altura de la mejilla de Fanny.

—Más vale que te acostumbres, humana.

—Fanny.

—¿Hum?

—Me llamo Fa…nny. Si vamos a ser prácticamente cuñados sobran las formalidades, dientes.

—Ryan o R, como prefieras, Fanny.

La madre del cordero, esos dos iban a acabar con ella, si no fuera por la sonrisa que exhibían sus rostros. Condenados obstinados. Lo estaban disfrutando ambos, el suave encontronazo y algo le decía que estos se iban a repetir a menudo entre los dos.

Los grises ojos se volvieron hacia ella y brillaban con pura picardía, sin adulterar. Estaba rememorando lo ocurrido la noche anterior y deseando que ella se diera cuenta de ello. La sonrisa en esos labios desapareció tras unos segundos de complicidad, que por la expresión de la pasmada cara de Fanny iba a dar lugar a un interrogatorio de primera clase.

—Robbins nos espera, Lena.

Había llegado el momento de arreglar el horrible entuerto en el que estaban hundidos hasta el cuello.

—También te espera a ti, Fanny.

—Vale. ¿Es vuestro jefe, verdad? Yo puedo con lo que me echen. Bueno, con casi todo. ¿Estará también el del tatuaje raro en la cara de pocos amigos que me gruñó?

Ryan apretó los labios para evitar reír ante el gesto de desasosiego de la humana.

—Sí. Estará el equipo al completo y la reunión será…complicada.

Eso aceleró los latidos del corazón de Lena.

—¿Te ha dicho algo el capitán?

—Nada por el momento salvo que ya ha pedido audiencia a la Directora.

—¿Y?

—No ha recibido aún respuesta.

El breve silencio se vio interrumpido por la tirante voz de Fanny.

—¿No estaréis hablando de una Reina, verdad? Eso hundiría todos mis esquemas.

Por primera vez en su vida, los rasgados ojos de Ryan se redondearon al completo al escuchar el balbuceo histérico de Fanny.

Habría pagado una fortuna por haber tenido entre manos una Polaroid para inmortalizar el momento.

II

Algo imprevisto había acaecido.

Por la mansión deambulaban a la carrera, humanos y vampiros, sin orden ni concierto y eso se excedía sobremanera de su comportamiento habitual. Parecían estar preparándose para la guerra, como si no hubieran captado que ya estaban inmersos hasta el gaznate en una contienda completamente despiadada.

—¿Quiénes son esos? Parecen levitar de aquí para allá histéricos.

—Nuestra base de apoyo.

La cáustica expresión de Fanny al preguntar reflejó un entresijo de piedad, incomprensión y rabia. Conocía de sobra la inflexible jerarquía social imperante en el mundo vampírico y como ella, no alcanzaba a entender que se mantuviera indeleble pese al paso del tiempo, mucho menos cerca de quien era hija de uno de esos desgraciados, carentes de voluntad o decisión. Humanos para los que la costumbre lo era todo. Carentes de rebeldía o decisión.

Despertar a Fanny del nirvana hacía un par de horas, como ella misma lo había definido había recabado un esfuerzo de titánicas proporciones. Finalmente habían optado porque Ryan la trasladara en brazos hasta la ducha para pegarle un buen remojo entre los gruñidos de su compañero.

Ya había vuelto a las andadas. Nada de Fanny, sino humana.

Simplemente por el hecho de haberse metido en la ducha para tratar de espabilarla mientras esta vestía uno de sus pijamas, había sacado de sus casillas al gruñón. Fue a desnudarla pero la mirada de advertencia de Ryan y ese sonido resonando en el baño parecido a un descomunal bufido la había hecho desistir de sus intenciones. Sí que era obsesivo el hombre, por Dios.

Contra toda lógica, Ryan le había dejado boquiabierta al agarrarla por la cintura, apartarla a un lado, sostener contra sí a Fanny e introducirse con ella en la ducha en su lugar.

Empapado y vestido el muy bruto estaba asombrosamente provocativo, con negros mechones cayéndole sobre la frente y diminutas gotas de agua cubriendo sus largas pestañas.

Si no fuera por el estruendoso y femenino chillido de Fanny al despertar en brazos de Ryan, húmedos y encerrados en el estrecho cubículo, bajo el helado chorro de la ducha, hubiera protestado hasta la extenuación por el ilógico comportamiento del hombre.

Se había agenciado un compañero posesivo, territorial, lo cual no era novedoso y…celoso.

El paquete al completo.

El despacho del capitán al otro lado del complejo formado por la casona principal y los cuarteles generales del grupo, los recibió invadido por los miembros del equipo, la Directora, el capitán Robbins y Harris, el mayordomo del complejo. En una esquina estaban un par de agentes del clan del Norte, cuyo mirar rebosaba recelo y aprensión. La incertidumbre caldeaba el ambiente y por alguna extraña razón recorrer el largo pasillo cubierto que unía ambas edificaciones se le había antojado excesivamente corto.

Las puertas se cerraron tras ellos y todas las miradas se fijaron en Fanny, colocada entre ella y Ryan. Con sus arrugados ropajes, repeinada tras la forzada ducha y el sonrosado rostro todavía con las marcas de la almohada surcándolo, parecía no haber roto un plato en su vida.

La imagen de la inocencia. Completamente engañosa.

Ay, Dios. El carraspeo en la garganta de Fanny siempre anunciaba una frase desastrosa.

—Tengo diabetes galopante por lo que si me muerden les daría un desagradable subidón de azúcar. Yo aviso por si las moscas. Y lo sé, porque me pican. Los mosquitos, no las moscas, quería decir. Me gusta el dulce. Bastante.

La sonrisa extremadamente satisfecha de Fanny desapareció al otear con detenimiento todos los rincones de la habitación, para pararse en la enorme y turbadora presencia de Mac, a cuyo lado permanecía relajado Carlson. Como un muelle se giró hacia Lena.

—¿Tienes bolsitas de papel?

—No, no tengo bolsas para tus crisis. Si caes redonda, ya recobrarás el sentido.

Su pronta respuesta quedó a medias al escuchar el sonido de un cajón abrirse y cerrarse, y una pila de bolsas para el mareo cubrir la mesa del capitán.

La rotunda voz no se hizo esperar.

—Mi gente es previsora.

La forma en que Fanny apretaba los labios denotaba que no perdía detalle de lo que le rodeaba. Y le encantaba.

—¿Sois muy ancianos?

Ay, madre.

Las iban a expulsar a las dos.

A ella del grupo por adentrar a una deslenguada humana en su mundo y a Fanny con un dolor de cabeza de campeonato y sin memoria cercana o a medio plazo, preguntándose dónde demonios había estado los últimos dos días. Y por el aspecto que mostraba Ryan, tenía toda la intención de pelear con uñas y dientes, si las cercaban.

La cálida voz de Jonas respondió.

—Unos no demasiado, otros lo son, Fanny Marianno. Los vampiros no somos inmortales pero sí longevos. Increíblemente longevos —el capitán y Mac intercambiaron una profunda mirada—. La raza fue creada hace demasiado tiempo como para recordar y mantenemos una guerra desde el inicio de los tiempos con los Oscuros y la Tarnaca.

—Los oscuros.

Por alguna extraña razón la sagaz mirada de Fanny se desvió hacia Mac.

—Sí —Jonas suspiró antes de continuar en medio de un completo silencio—. La raza está sufriendo constantes ataques de nuestros enemigos, incluso hacia los civiles. Nuestro número se reduce y…no. No comemos humanos ni nos alimentamos de ellos, salvo en casos puntuales. Necesitamos sangre sintetizada para subsistir y nos autoabastecemos generándola. Nos ha supuesto años de investigación pero al recibir heridas extremadamente graves únicamente la sangre humana regenera nuestros órganos. Vivimos entre ellos pero tratamos de pasar desapercibidos aunque resulte complicado. Mantenemos una frágil tregua con los humanos. Resultado de ello fue la creación de diez grupos de élite formados tanto por humanos como por vampiros para detener el avance de la Tarnaca. Para nuestros enemigos los humanos son sencillos desechos que emplean para sus fines —Fanny abrió la boca pero la cerró de golpe, permitiendo que el agente continuara—. Estos últimos días la situación ha empeorado. Las casas de la Dandraara están siendo atacadas. La más reciente, la familia Cannavara —los azules ojos de Jonas se desviaron hacia Ryan—. Y por alguna extraña razón nuestros enemigos quieren a Lena. En tu mundo tenéis un asesino en serie depredando humanos muy parecidos a ella y desgraciadamente en el nuestro, uno de los hijos de la casa Cannavara se ha vendido a la Tarnaca.

Tras una breve pausa, el capitán tomó la palabra.

—Necesitamos saber por qué quieren capturar a Lena y si eso está relacionado con las matanzas de humanos.

Los ojos abiertos y espabilados de su mejor amiga no se apartaban del capitán. No respiraba con rapidez sino lenta y profundamente. Estaba decidiendo si confiar todo lo que conocía de primera mano al grupo de extraños que la rodeaban.

En pie a su lado, se giró y le miró fijamente. Quería su beneplácito.

Tragó saliva y asintió, notando la mirada de Ryan en su rostro. Se iba a dar cuenta de que ocultaba algo. No iba a poder ocultarlo, no a él, pero era su madre.

Su madre...

Si hablaba la matarían. Aún desconocían que la matanza de humanos había sido una simple trampa para llegar a ella. Si decía lo que el oscuro adelantó, que aquella que le dio la vida era... que se había unido a la Tarnaca nunca conseguiría salvarla. Y necesitaba hacerlo. Necesitaba que entendiera que la amaba, que dio su vida por ella, por su padre, que nunca la abandonaría. Tenía que...

Tenía que recuperarla para verla una vez más. Sentir su mano posada sobre su rostro y escuchar las palabras con las que había soñado toda su vida.

Te quiero, hija mía.

Solamente pedía una última oportunidad. Y si hablaba, jamás la tendría.

Calor. Sentía el calor recorrerle el rostro al posarse la alarmada transparente mirada en ella. No pudo devolver esa intensa mirada porque se derrumbaría. La ronca voz de Fanny ocupó la atención de todos, incluso la de Ryan aunque fuera momentáneamente.

Su mejor amiga respiró hondo, adelantándose un paso en dirección a los agentes

—Agradezco la explicación. Hace aproximadamente un mes asesinaron sin piedad a una joven en los aledaños de nuestro distrito policial. La torturaron. La zona seleccionada estaba apartada de la población. La víctima, una guarda de seguridad de una zona de almacenes particulares aislado al norte de la ciudad. La drogaron, trasladaron de lugar, desvistieron y obligaron a cenar opíparamente. El contenido del estómago así lo atestiguó. Salmón ahumado, caviar, fresones con nata y champán. En principio pensamos que se trataba de un rito fuera de lo normal y sigo pensando que el asesino desarrolla una pauta muy marcada.

—¿En qué te basas?

—Lo importante para él, es el rito en sí. Lo convierte en un horrible sufrimiento para quien lo padece. Mi intuición me dice que la víctima sabe que al finalizar esa macabra ceremonia va a morir.

—¿Cómo mueren?

—A la primera la apuñaló y arrancó el corazón mientras aún vivía. Con los siguientes se ha esmerado. Es casi como si odiara lo que representan o a aquel o aquella a la que se parecen.

El ronco murmuro de Ryan, pareció rebotar en todas las paredes.

—A Lena.

Fanny se volvió hacia él.

—Sí. Todas las víctimas, salvo la última, son mujeres de edades entre los veintiocho y cuarenta y uno. Diferentes profesiones, raíces familiares, orientación sexual, amistades, lugares que frecuentan. Solo dos malditos puntos los enlazan. Su aspecto, enormemente semejante a Lena y que en algún momento frecuentaron cierto barrio de la ciudad. Más concretamente un par de clubes de alterne.

Varios rostros se orientaron hacia Jonas.

—La inspectora no falta a la verdad. Hemos conseguido hackear el circuito de grabación de varios locales que teníamos controlados e identificar a través de las cámaras a tres de las víctimas y a la última lo acompañó a la salida el personal de seguridad, dado su estado algo beodo, por llamarlo de alguna manera.

—¿Y?

—A tres de ellas se les vio hablando con un hombre fornido, alto pero de cabello oscuro. Una de las camareras comentó que le llamó la atención ya que olía a colonia. No era un olor desagradable sino excesivo. Destacó esto último. Lo definió como empalagoso, de esos olores que quedan pegados al paladar y cuesta deshacerse de ellos.

—¿Para camuflar su rastro?

—Posiblemente.

—¿Captaron las cámaras su rostro?

—No. Por la manera en que se manejaba, parecía conocer su ubicación exacta y las rehuía.

—Entonces, no tenemos nada, por el momento.

Lena apretó los puños.

Era el momento de hablar.

Ahora…

208

La lengua se le trabó y los sonidos permanecieron en su interior, estáticos.

—Creo que las mataron en mi distrito para atraer mi atención. Alguien conocedor de mi relación con Lena los ha asesinado para que yo la atrajera a una trampa y lo hice. En la clínica forense ocurrió algo extraño. Mantuvimos encerrado al primo de Lena en la cámara frigorífica creyéndole la siguiente víctima de nuestro asesino hasta que despertó desencadenándose el caos pero dijo algo. Algo que le descubrió.

Ni un solo ruido o movimiento interrumpió la explicación.

—Me preguntó si le recordaba a alguien y lo dijo de una manera…enfermiza, sabiendo que yo entendería su insinuación y disfrutando de mi evidente vacilación. Quiso asustarme intencionadamente y…—de reojo observó a Lena—…lo logró. Vosotros llamáis compañera a Lena, yo la llamo… familia —Los redondos ojos de Fanny permanecían imantados al suelo, el rostro ruborizado—. No quiero perderla.

El enorme cuerpo de Ryan, se irguió, completamente tenso a la izquierda de Fanny, tras retomar esta la explicación.

—Quien orquestó el endiablado plan me conoce, sabe de mi estrecha relación con ella y acertó al adivinar que la llamaría en busca de ayuda y alarmada por el obvio parecido de las víctimas con ella. Y le fue indiferente que los humanos presenciaran lo que fuera a ocurrir en la refriega en la clínica forense. Eso, en mi lengua, se llama pura desesperación.

Si algo caracterizaba a Fanny era su olfato y este los adentraba en un sendero peliagudo.

—¿Cómo encaja Lance Cannavara en todo esto, o quizá la pregunta sea que gana el civil haciendo de cebo en la captura de Lena?

La suave voz de Jonas adentró en la discusión otro punto que carecía de sentido a primera vista.

—Eso nos lo tendrá que decir él –contestó Mac.

—No lo hará si no quiere perder lo que buscaba obtener con ello —intervino Carlson.

—Oh, sí. Lo hará.

La helada respuesta de Ryan, les puso a todos los pelos en punta. En ese estado el agente se convertía en el más peligroso de todos, incluso ganaba en sadismo y brutalidad a Mac. Lance Cannavara había tocado su talón de Aquiles y despertado el animal que llevaba dentro, heredado de su propia familia.

—Ryan…

La advertencia del capitán cayó en saco roto y todos se dieron cuenta. Nadie, ni siquiera este podría calmar a la bestia.

—Yo lo haré. Yo interrogaré a mi primo.

La abrupta y feroz respuesta a la oferta de Lena no tardó más de un segundo.

—¡No! ¡No te acercarás a ese traidor!

El nudo que se le formó en el cuello a Lena al escuchar la última palabra le impidió insistir.

Dios santo.

Trató de tragar saliva de la que apenas circulaba por su boca. Al no hablar sobre su madre se estaba convirtiendo en eso mismo, en una traidora a la raza, perdiendo quizá la oportunidad de ser, por primera vez en la vida, feliz.

Dio dos pasos acercándose a Ryan hasta enfrentarle.

—Ryan, he de hacerlo. He de encarar aquello de lo que he huido toda mi vida de adulta.

Esos ojos le quemaban por dentro.

—Necesito hablar con él. A solas. Y nadie me lo impedirá.

Los claros ojos se entrecerraron. A su compañero no le gustaba que le llevaran la contraria, ni que le dijeran lo que debía hacer pero por esta vez, tendría que ser así.

La tensa mandíbula de Ryan se relajó y reculó un corto paso.

—Estaré presente.

—¡No!

—Eso o nada.

—Interferirás porque mi primo te provocará utilizándome a mí de señuelo y no servirá de nada.

—Estaré de…lan…te en el puto interrogatorio. Tómalo o déjalo.

—Eres persistente y terco y ¡me cabreas!

Se encontraban a centímetros de distancia y la caldeada atmósfera había ascendido un par de grados. Por el brillo de esa mirada casi hubiera jurado que de no ser por el público que los miraba embobado, hubieran terminado tirados en el suelo, revolcándose y desnudándose el uno al otro. La tensión sexual podía rasgarse con un cuchillo

—Si queréis os dejamos solos un ratito, hasta que os decidáis.

Diablos.

Fanny.

Ni siquiera en casa ajena se cortaba un pelo.

III

Odiaba esos hermosos ojos tan engañosos. Los mismos que le ofrecían un mendrugo de pan para después echarla a los perros, tras escupirle y patearle con desdén.

La celda en la que permanecía confinado Lance estaba localizada en los húmedos sótanos de la mansión. Pocas veces se empleaba dado que rara vez un oscuro era capturado con vida y no se conocía hasta la fecha el encierro de un vampiro vendido al enemigo.

Esos amarillentos iris, tan parecidos a los de un felino y el rasgo facial que más diferenciaba a su primo de los suyos, seguían sus movimientos pero sobre todo marcaban todo ir y venir de Ryan, al fondo de la sala, entre las sombras que parecían pegarse a paredes y suelo, envolviéndole. Una única bombilla de luz fluorescente colgaba del techo, sobre la jaula centrada en medio del gélido cuarto.

Reconocía esa mirada como si la hubiera desafiado ayer mismo.

Intentaría manejarla, provocar su miedo, asociarlo al dolor que sufrió a manos del vampiro que no apartaba esos odiosos ojos de su cara.

Desde su captura Lance había reclamado hablar con ella. Lo que quería decir solo lo conocía él pero ese podrido y negro corazón trataría de hundirla, de separarla de los hermanos y tenía entre sus manos una verdadera baza a su favor.

Si vendía a la madre de Lena a los de su propia raza, no tendría más opción que elegir.

—Hola, escoria. De nuevos se cruzan nuestros destinos. Me gusta…

Lena se ubicó a una distancia de tres pasos de la entrada a la jaula formada por barrotes por los que apenas se podía introducir una mano, sintiendo a su espalda el tremendo calor que desprendía Ryan.

Estaba furioso.

Dos estilizadas manos propias de un miembro de la aristocracia aferraron dos de los barras de metal, enmarcando entre ellas el perfecto y frío rostro de Lance.

—Así que ese es tu famoso novio. Quizá el más solitario y peligroso de los agentes de la Dandraara —una retorcida mueca cubrió el simétrico rostro que les miraba alternativamente a los dos—. ¿Es tan bueno como dicen? Dime, escoria, ¿te la mete hasta el fondo? Pagaría generosamente por una exhibición de esas que lo han hecho tan famoso.

Deseó cortar de un puñetazo la malévola carcajada que acompañó al final de la frase.

Un chirrió recorrió la habitación al abrirse con inmensa fuerza la puerta exterior al sótano y sintió una manaza posarse en su hombro. Ryan.

—Espérame fuera.

Estaba bromeando. Se giró hasta poder observar su expresión. Esos ojos no engañaban.

—No.

—No lo repetiré, Lena.

Antes de negarse por segunda vez llegó la chanza de su primo.

—Qué…bonito. Seguro que a Lena le gusta que la aten con esposas, agente Robb y seguro que tú te mueres por hacerlo. Lo leo en esos ojos. Deseas hacerlo, sueñas con hacerlo, ¿verdad? Algo en ella provoca esa reacción. Siempre lo…

El grito resultó espeluznante.

La retadora postura en su primo desapareció. La burla en esa voz se convirtió en un sollozo desesperado por algo de alivio. Cayó de rodillas dentro de la jaula aferrándose con desesperación la cabeza con sendas manos y ella no supo reaccionar en el primer momento de desconcierto. Perdió un par de segundos. Avanzó con rapidez un paso pero le aferraron la camiseta por la espalda impidiéndole acercarse. El calor que apreciaba tras ella, parecía incrementarse con el paso de los segundos.

—Déjale. Aprenderá lo que es el respeto…antes de morir.

Por todos los santos humanos.

Ryan le estaba provocando ese dolor. No sabía cómo, ni estaba dispuesta a averiguarlo en ese momento. Lo único de lo que estaba segura era que debía pararlo.

—Para, Ryan.

La concentración de este se centraba en el civil, ignorándole.

—¡Ryan, lo vas a matar!

Daba miedo. Su capacidad de proteger aquello que quería carecía de límites y esa capacidad se veía potenciada por las cualidades sobrenaturales que lo definían. Estaba destrozando a su primo. Los gritos de dolor habían dado paso a los gemidos, sollozos y súplicas, mientras Lance se retorcía tirado en el sucio piso de la celda.

Lena no estaba segura de poder alcanzar la mente de Ryan. Sus claros iris destilaban odio hacia el civil. Algo dentro le decía que Ryan había visto el daño que su primo le había causado durante su cautiverio. Las humillaciones, el dolor, la tortura. Los…abusos. Su cuerpo y su mente reaccionaban destrozando el origen del dolor causado a quien consideraba su pareja.

Ryan mantenía esa mirada clavada en la contraída figura por lo que se interpuso en su campo de visión. Se alzó sobre las puntas de los pies para intentar nivelar algo más su mirada con la de él y le rodeó el rostro con las palmas de sus manos, inclinándoselo hacia abajo.

—Ryan, por favor.

La mirada masculina estaba perdida en algún lugar. Con el dedo índice acarició su sien hasta que lo vio parpadear, desapareciendo esa impactante niebla de su mirada. Había estado lejos, en el tiempo y el espacio y había retornado.

—Te torturó y abusó de ti.

—Lo sé.

—Disfrutaba con ello.

—Lo sé, Ryan pero ya pasó.

—Debe morir por lo que hizo.

—No.

—No pude impedirlo.

—Ryan, fue hace siglos. Casi no lo recuerdo.

—Ocurrió. Se regodea en su mente y si pudiera lo repetiría. Una y otra vez. Se vendió por ello.

¿Qué?

No entendía lo que Ryan quería decir.

A la espalda de Lena ya no se escuchaba sonido alguno. Al menos había conseguido distraer a su compañero lo suficiente para que desistiera de la tortura.

—Se vendió para obtener la inmortalidad y todo aquello que en nuestro mundo no hubiera conseguido.

Lena se giró para otear a su primo. Había conseguido sentarse en el duro suelo y el aspecto que ofrecía era enfermizo. Agonizante.

Una fuerte mano le obligó a girar el rostro hasta quedar frente al de Ryan.

—Poder y capacidad de causar dolor. Eso deseaba por encima de todo. Su mente y su corazón están enfermos de ira, Lena y parte de ella está dirigida hacia ti. Hacia ti y hacia el primer hijo de tu familia materna.

—¿Hacia Nicolás?

—Sí.

—No lo entiendo.

—Ni lo harás.

Ryan se apartó de ella y se aproximó a la jaula. Casi rozándola con su pecho.

—¿Qué te pidieron a cambio, civil?

Pese al inmenso dolor que enmarcaba su rostro, una espeluznante sonrisa cubrió la cara de Lance. Se leía en esa faz que iba a disfrutar con lo que tenía intención de decir.

—A ella.

El casi imperceptible gesto en su dirección causó un bote en el pecho de Lena.

—¿Quién la quiere?

Esos amarillentos ojos rezumaban rabia y rencor.

—Que te lo diga tu novia. Ella lo sabe.

Tras Ryan presenció la inmediata rigidez en esos inmensos hombros. La tensión invadir ese descomunal cuerpo.

La voz de tenor de su primo continuó flotando en el aire.

—¿No te lo ha dicho tu novia? Que…pena. Los secretos entre amantes son el veneno de una relación, ¿no crees? Aunque claro, puede que la escoria no lo vea así. Después de todo, ¿quién querría unirse a un agente de la Dandraara salvo para tirárselo una y…?

Su primo cayó como un peso muerto en el piso, con pequeños e intermitentes hilos de sangre fresca deslizándose por sus fosas nasales y oídos. Fluyendo constantes, contrastaban con la extrema palidez que mostraba su piel, cubierta de sudor. Sin emitir un solo sonido que denotara el sufrimiento que le había llevado al estado en que se encontraba.

Dios santo.

—¿Lo has…?

Delante de ella Ryan no contestó. No se volvió. Permaneció como una estatua con la mirada fija en la desgarbada figura inconsciente o muerta a sus pies. La espalda vuelta en su dirección. Lejano.

Latía. El corazón de su primo latía.

No lo había matado. Algo del peso que parecía estar acumulándose en su pecho, desapareció.

Su compañero seguía sin mover un músculo.

—¿Ryan?

Sin desplazarse un milímetro del lugar que ocupaba, Ryan habló.

—¿Qué me ocultas, Lena?

******

Capítulo 16

I

A sus enemigos se les estaba agotando el tiempo y si aceptaban su suculenta propuesta, tendría la oportunidad perfecta para eliminar a aquella que impedía que toda su atención, todos los pensamientos de su reina se centraran en él.

Solo en él.

Había disfrutado tanto con las muertes de los humanos, incluso la parodia creada con el inútil vampiro para atraerla al redil le había supuesto una sorprendente delicia. Si hubiera conseguido excitarse habría completado el círculo. No fue el caso.

Era diferente a los demás y ellos lo sabían. No se vendió como los otros para liberar esa parte tenebrosa que trataban de ocultar en una sociedad definida como democrática, en la que los monstruos eran eliminados, escondidos o perseguidos pese a poblar las pesadillas y la realidad de los buenos ciudadanos de Paris.

A él lo crearon así.

La paciencia que había cultivado a lo largo de varias centurias se le estaba agotando. Siempre había cumplido todos y cada uno de los deseos de su reina, en su gran mayoría relacionados con ella, con el último miembro incorporado al clan del sur de la Dandraara. Con la repugnante híbrida que odiaba con todas sus fuerzas y a la que aguardaba enfrentarse, con calma.

Ese instante con el que soñaba, con el que se regocijaba, se acercaba.

Al otro lado del suntuoso salón ella descansaba. Después de cada visita del enviado de la Tarnaca, su fuerza, su impactante hermosura quedaban drenadas y requería descansar hasta recuperar su fortaleza pero ello apenas le quitaba un par de horas de su inagotable tiempo de vida. Esos ojos avellana veteados de verde permanecían cerrados, el perfecto rostro completamente relajado al igual que el tendido y escultural cuerpo, las pestañas aleteando, sombreando las pálidas mejillas y una dulce sonrisa curvaba esos labios.

Sabía con quién soñaba y eso a él, le pudría por dentro. Lentamente. Con el paso de los años ese conocimiento iba fortaleciendo su fecunda rabia.

Debería soñar con él, no con la otra.

Él la amaba. La otra…la ignoraba.

Él se hizo un nombre, en el mundo enemigo. Como el asesino más despiadado de la Tarnaca. Él era Riannon. Ella, no renegaba de quienes la hicieron sufrir, pese a todo..

Ella jamás buscó a su señora. Él vivía para servirla.

Si la despreciable Dandraara supiera lo cerca que estaban de ellos, la estrecha vigilancia que les imponían, el paulatino agrupamiento de fieles a la Tarnaca hasta alcanzar un ingente número de seguidores a la espera de la señal, de una sola y codiciada señal que anunciara un cambio en el estado de la guerra en la comunidad vampírica, no saldrían a patrullar creyéndose los dueños del mundo, invencibles. Y por supuesto, no dejarían a sol ni a sombra a la agente de la que todos creían que hablaba la profecía.

Aquella que según esta, decantaría la guerra a favor de la Dandraara. Aquella que debían neutralizar. Aquella que él aborrecía a muerte y ella ansiaba tener cerca.

La estrategia empleada por su reina no tenía parangón ya que obtendría tres logros ansiados desde hacía siglos de un mísero plumazo. Si como ella afirmaba, la hija se asemejaba al padre, no fallaría el plan ideado.

Lo cosecharían absolutamente todo con una simple semilla ansiosa por germinar.

Reencuentro.

Victoria.

Venganza.

II

¿Qué me ocultas, Lena?

No sabía cómo responder a la franca pregunta de Ryan.

Le daba terror hablar pese a saber que debía hacerlo. Su mirada no se desviaba de la figura que se mantenía erguida junto a la celda que contenía a su desmayado y resentido primo. Distante y negándose a mantener contacto con ella, aunque fuera visual.

Era demasiado inteligente e intuitivo y ella no servía para los subterfugios. Ryan sabía de sobra que lo escupido con odio por Lance encerraba una buena parte de verdad y ella se sentía incapaz de callarlo por más tiempo.

—Es mi madre, Ryan. Tienen a…mi madre.

El giro fue raudo, de ciento ochenta grados, la mirada de esos ojos denotaba asombro y una buena dosis de desconcierto.

—Eso no es todo. El oscuro dijo algo…algo que no puedo…Que es difícil asimilar. La definió como su reina, Ryan. Como su…reina.

Sentía la lengua adormecida y las lágrimas agolparse en sus ojos y ella…no lloraba. No lo hizo siendo una cría y no rompería esa terca dureza que la había mantenido en pie, orgullosa, sobreviviendo al horror. Se negaba a hacerlo.

La mano de Ryan se acercó a ella, con lentitud.

—Lena…

Le daba miedo lo que fuera a decir.

Miedo al repudio. Al rechazo.

La gruesa puerta de entrada a la oscura habitación de abrió de golpe, perfilándose a contraluz la proporcionada figura de Carlson.

—Hay novedades. Nos esperan arriba —esos ojos turquesa miraron directamente a ambos— ¡Ya!

El cruce de miradas no templó el nerviosismo que asaltó a Lena. La conversación había quedado a medias pero no permanecería así demasiado tiempo. Lanzar a Ryan información incompleta se asemejaba a ofrecer un diminuto trozo de carne a un can. No pararía hasta conseguir más, hasta obtenerlo todo. Sus ojos así lo indicaron con la expresión que cruzó su rostro al avanzar dos pasos en dirección a Carlson.

La velocidad conferida por el rubio agente indicaba a las claras que las noticias recibidas no eran excesivamente buenas. Quizá lo único decente a lo largo de una noche, que de inicio había comenzado torcida, era saber que Fanny había recalado sana y salva en comisaría y que el revuelo ocasionado en la clínica forense había quedado en agua de borrajas gracias al efectivo proceder de Mac.

Las secuelas dejadas atrás se reducían a un médico forense alelado que se negaba a pronunciar la palabra escalpelo y repetía como un loro se tragó el plasma de un sorbo, una recepcionista rezongando sobre largos y puntiagudos dientes, entre oscuros y enclenques cuerpos y el curioso hecho de que repentinamente los pasillos de la planta baja del edificio forense habían amanecido recién pintados, sin que nadie hubiera avistado ni una fina cerda de una sucia brocha.

Algunos trabajadores comenzaban a hablar de misterios, otros de milagro y la gran mayoría evitaba cruzar por ese claro corredor. El idiota prepotente de Lucas Turner insinuaba conspiraciones e invasiones de otros seres, posiblemente aficionados al sadomasoquismo.

Lena casi sonrió al imaginar la cara del agente al que hubiera tocado en suerte recoger su estrambótica declaración.

Si a ello añadían la afición de Turner por los dibujitos…

Suspiró mientras ascendían a la carrera la escalinata que llevaba directamente al despacho del capitán, el cual se estaba convirtiendo en un segundo hogar dada la frecuencia con que últimamente lo pisaban. Ellos habían sorteado un buen problema tras verse obligados a adentrarse en el mundo de los humanos. No quedaba rastro de la incursión que lo ligara a ellos.

La escena de la que formó parte a continuación parecía estarse repitiendo una y otra vez. Las caras largas, los ceños fruncidos, los equipos preparados para el combate. Las armas engrasadas, el olor a grasa y pólvora.

La única diferencia era la ausencia de agentes de otros grupos en la presente reunión.

—El grupo del Este ha sido enviado para organizar la defensa en las fronteras. Parte del grupo del Norte van camino a las primeras casas para alertarles. Los soldados de la raza han comenzado a patrullar. La gente de Mac ya está preparada para lo que se nos viene encima. Se ha lanzado una alarma de primer nivel que alcanzará a las comunidades cercanas y esta se extenderá de inmediato y con rapidez a otros continentes. Todos los grupos han de estar preparados para una ofensiva en masa.

La parrafada del capitán sonaba a hecatombe y ellos permanecían en la desconcertante ignorancia al haber quedado aislados con su primo en los sótanos de la mansión durante el interrogatorio. Si no se enteraba de inmediato de lo que ocurría le iba a dar un ataque de ansiedad. Eso unido al hecho de que todos, absolutamente todos los presentes evadían su inquisitiva mirada, le daba mala espina.

—¿Qué diablos ocurre, jefe?

Gracias al cielo por la agilidad y curiosidad mental de Ryan, no se iba a desmayar de la presión que sentía por descubrir qué diablos estaba pasando.

—Hemos recibido una propuesta de tregua de la Tarnaca con la posibilidad de extenderse a un periodo de paz…

Casi se ahogó de la emoción. No recordaba en toda su endiablada vida un solo instante de paz. Únicamente dolor y muerte.

—…condicionado a que cumplamos con una sencilla petición.

Los gruesos cristales que cubrían los ojos del capitán no se apartaban de Ryan. Este apretó los blancos dientes con fuerza y cerró los puños.

—Nunca.

Tras un breve espacio de silencio Robbins contestó a esa sencilla negativa.

—No esperaba otra cosa de ti, Begirale. Nos honras.

La condición tenía que ver con ella. Era tan simple como hilar cabos sueltos. No era idiota y odiaba que la ignoraran, que obviaran sus deseos o la mera posibilidad de optar por conseguir la paz tras siglos de devastadora lucha.

Se adelantó, tras asimilar con dificultad lo que estaba por decir.

—Responde que sí, capitán. Vale la pena.

Todos los presentes se removieron inquietos y Ryan se volvió como una verdadera furia hacia ella.

—¡No!

Lo ignoró porque si lo miraba, si lo escuchaba, su voluntad flaquearía.

—Hazlo, mi capitán. Es mi decisión.

—¡No! Como tu protector tu destino es mi futuro, salvaguardar tu vida es mi deber, Lena. Si te entregas a ellos, si lo haces…Si…

Dios.

Ryan parecía estar ahogándose, empalideciendo por momentos. Su hombre iba a pelear con furia por evitar lo que ella estaba decidida a hacer.

No podía mirarle. No podía.

—¿Cuáles son los términos, capitán?

—Nos dan cuatro horas para que acudas al bosque de hayas al sur del parque natural de Vexin Francais, cerca de la entrada este, al inicio del empedrado camino que lleva a una de las colinas sobre el valle. Tú sola. Desarmada. Con los ojos vendados. Si aceptamos, nos ofrecen un siglo de paz. Inquebrantable.

La opresión se le agolpaba en el pecho.

Podía conseguir cien años de paz, de tranquilidad, de poder ver creer a varias generaciones sin miedo a presenciar su muerte. No más vidas destrozadas, ni padres enterrando un recuerdo, perdidos y desolados en su desgracia. Y eso, todo eso estaba en sus manos.

Era curioso. Le invadió una oleada de tranquilidad y pérdida. Dolor y también honda tristeza. La elección estaba hecha antes incluso de plantear una posible negativa.

Una vida a cambio de generaciones sin conocer los horrores de la guerra. Imposible de rechazar.

—Está decid…

—La Cleda aún no ha hablado.

No podían estar hablando en serio.

¡Nadie rechazaría semejante oferta, ni siquiera el tribunal de la Cleda! ¿Acaso no lo veían tan claro como lo hacía ella?

—Queda poco tiempo, capitán.

Los rasgos del capitán relucían de determinación.

—Agotaremos el tiempo que sea necesario, Lena.

El tirón que endureció su cuerpo, sus músculos, sus tendones y que pareció desgarrarle por dentro la cubrió al completo. El maldito remolino que anunciaba la llamada de la Directora los engulló para despertar con un dolor de cabeza de campeonato y la boca con la sensación de tenerla rellena de azucarado algodón de feria. Asfixiante y dulzón.

Las ganas de maldecir al mundo la saturaron.

Le faltaban las fuerzas para un encontronazo y comenzaba a odiar el jodido trinar de los pajarillos cada vez que visitaban los dominios de la Directora. Mierda…se le estaba yendo la cabeza por la condenada presión. Su mundo al revés y lo único que se le aparecía en la mente era la imagen de una cazoleta de pichones asados en su propia salsa.

Su estómago retumbó.

—Álzate, agente Bates. Hemos de conversar.

Desde su posición, calcada a la última ocasión que hizo una endemoniada visitilla a la Directora, con el capitán Robbins, Ryan y ella, rodeándola, irguió levemente la cabeza, sintiendo la sangre agolparse en ella.

—¿Tenemos tiempo?

—Eso lo decido yo.

Ya estábamos con el ordeno y mando. No era suficiente con las órdenes imperiosas de Ryan y su propio eterno empeño en no cumplirlas por el hecho de brotar de quien brotaban, sino que una vampira milenaria que le llegaba poco más allá del ombligo la intentaba manejar a su antojo y capricho del momento.

Pues no le daba la gana, diantre.

Tumbada en el suelo, totalmente consciente y retadora, se cruzó de brazos y tobillos mientras escuchaba el horrorizado y angustiado susurro de Robbins.

Su *¿Qué diablos haces?* le recordó por alguna extraña razón al irrepetible sueño que una vez tuvo del invencible y fornido Batman que al ir a arengar a los ciudadanos en su lucha contra el mal , en lugar del vozarrón esperado por todos , surgió la gangosa voz del oso Yogi. La sensación de despertar a carcajadas fue asombrosa y maravillosa. Y tan lejana…

Se apretó contra el duro suelo, empecinada. Desearía poder rebobinar unos cuantos años su vida. A ser posible hasta su infancia para enderezarla, para huir con sus padres del lugar donde murió su niñez y su fugaz felicidad.

Notó una caliente mano posarse sobre su brazo, rodearlo y tirar suavemente de ella. La extremidad que lo agarraba parecía arder y temblar. Al oído le llegó el ansioso por favor de Ryan.

Parte de ella quiso seguirle pero estaba sencillamente hastiada.

La atemporal voz de la Directora no tardó en mediar.

—No, primogénito de la casa Borges. Permítele permanecer en tal estado.

Pues mira por dónde, ahora le apetecía levantarse. Por recordarle su hombre un pasado que repudiaba.

Quitando la sensación de mareo repentino por el brusco movimiento y las exclamaciones de alarma del capitán y del hombre que permanecía acuclillado a su vera, sus ojos quedaron centrados en la complacida y pícara mueca de la directora.

Condenada vampira.

Estaba jugando con ella y disfrutando de sus reacciones.

¡No se le ocurría un epíteto lo suficientemente deslenguado para espetarlo!

—Puedes dejarlo para más tarde, agente. Seguro que me complace tú…inventiva.

No podría con ella ni en un millón de años. Eso si no la hacía explotar antes en un arranque de endiosamiento. No supo lo que iba a decir hasta que se escuchó a si misma farfullar con mesura. Rendida.

—Estoy…cansada, señora ¿Es cierto lo que dijo el oscuro?

Por un segundo le pareció atisbar en esos ojos imposibles de describir de la directora, compasión.

—Lo es.

—¿Está…prisionera?

Sentía las intrigadas miradas del capitán y de Ryan fijas en ellos.

—No lo está, Lena. Fue su elección alejarse de nuestro lado e iniciar otro camino.

—Ella me quiere.

—Quizá.

—¿Por qué lo hizo?

—Solo ella tiene la respuesta a esa pregunta, agente Bates.

—Pero creí…

—No. El lado de la oscuridad es un reino que me está vedado al igual que el de la luz lo está para la Tarnaca. Sin esa línea delimitadora todo se perdería.

—Necesito verla. Necesito ver a mi madre y pedirle perdón. Decirla que la quiero, que…

Los dedos que permanecían aferrados a su brazo se crisparon.

—Si lo haces estarás perdida para nosotros, agente Bates. No habrá forma de recuperar tu corazón o alma y tu compañero te seguirá en el camino que decidas emprender —Lena jamás pensó atisbar un inicio de vacilación en la figura que permanecía en pie ante ellos, con la mirada incrustada en Ryan—. Y él se perderá contigo en esa eterna oscuridad. Volverá a su origen. Al lugar al que perteneció al nacer dónde y de quién lo hizo.

Estallaron como si una burbuja de fuego y ardor los envolviera. Sensaciones y sentimientos. Emanaban del cuerpo de Ryan pero no les dañaba. Sencillamente percibían lo que el macho sentía.

El odio, ofuscación y el pesar primaban entre el alboroto de sentimientos que lo inundaban. Su mente ardía, sin apartar la mirada de ella, de la Directora que pedía sacrificio y si lo que acababa de decir era cierto, sacrificaría a su propia gente sin una mirada atrás, sin una condenada explicación. Por un breve instante la odió hasta creer perder la compostura.

—Mientes.

La frase salió ronca entre los dientes apretados de Ryan.

La Directora permaneció en el lugar. Inalterable. Ni un indicio del arrepentimiento se reflejó en su perfecto rostro.

—En tus mortales facultades está la respuesta, hijo de la casa Borges. Tu fortaleza. Tus capacidades. Tu facilidad para intuir los pensamientos. Dime guerrero, ¿Acaso otros aparte de los Oscuros nacen con semejantes habilidades?

No.

Estaba todo tan claro. Cruzó sus ojos con los de capitán, quien se había liberado de sus anteojos dejando a la vista unos iris extrañamente despejados y enrabietados.

Ryan achicó los ojos. Su piel brillaba.

—Mi frialdad es pura defensa. Mi indiferencia, ni apatía y mi brutalidad. Puede que algo me reservara mi padre pero la gran mayoría se lo debo a la Dandraara.

Ryan los sorprendió a todos apartando con una mueca de repugnancia la vista de la figura de la Directora, cercando la muñeca de Lena con su mano y tirando de ella, con suavidad.

—Volvamos a casa, Lena. No puedo permanecer aquí por más tiempo.

Lo intentó. De verdad que puso todo su empeño pero sus pies parecían estar anclados al suelo. Agarrotados.

—Abandonaréis mi presencia cuando así se os permita, guerreros.

La sedosa voz exudaba advertencia. Dirigida a Ryan.

—No olvides, guerrero que llevo demasiado tiempo sin conocer lo que es tener compasión como para apartar todo a un lado para salvar a quien nos ha servido con lealtad. La información dada lo fue en un momento de debilidad impropia en mí. No me invadirá otro.

Ryan ignoró a la diosa y se dirigió a ella.

—¿Lena?

—Dios, Ryan. No puedo mover las piernas. No puedo…seguirte.

El inmenso pecho vestido de negro se ensanchó, girándose hacia la Directora.

—¿Por qué haces esto?

—Porque puedo. Porque debo. Nada lograrás enfrentándote a mí salvo dolor para tu compañera. Ninguna otra respuesta daré al hijo de quién fue nuestro peor enemigo, al hijo del primado de la Tarnaca

—¡No me llames eso! ¡No lo soy! —la respiración de Ryan se aceleró y ella solo pudo apretarle la mano que aferraba con angustia— Los Borges siempre fueron una casa de la Dandraara.

—Lo fueron, agente Robb. Nunca lo dudes.

—Entonces, no…

—Tu padre nació oscuro y se dejó seducir por la oscuridad.

El silencio fue sepulcral.

—Mientes.

—Heredaste parte de esa oscuridad.

—No.

—Luchas contra ella para no sucumbir —los ancianos ojos de la Directora se desviaron un segundo hacia Lena—. Ella te arraiga, te aleja de esa negrura que tu mente acaricia. Por ello la necesitan. Para debilitarte. Para debilitarnos.

Lena aspiró con ansia. Estaba asustada. Por ella. Por él. Por un futuro compartido que percibía cada vez más lejano.

—Ryan…

Este se volvió hacia el capitán.

—¡No, capitán! Una regente, una verdadera reina protege, es compasiva y…ama. Yo no lo siento así, nunca lo hice, aunque quizá ahora sepa la razón para ello.

Por primera vez desde que pasaron al otro lado se apreció rigidez en la figura femenina vestida de oscuro de la cabeza a los pies, antes de darles la espalda y dirigirse con imperturbable templanza al capitán Robbins.

—La Tarnaca utiliza a Lena para conseguir neutralizar a aquel que ven como una amenaza. Busca en la necesidad del guerrero, su muerte. No has de permitirlo. Como protectores de la Dandraara deberéis protegerla en su guerra contra nuestros enemigos y si para ello debes impedir a la agente Bates acudir a la llamada de quien le dio la vida, hazlo.

Robbins apretó los labios con fuerza.

—¿Cómo impedir a alguien ir en busca de lo que necesita, de lo que le ha faltado toda su vida?

—Lo dejo en tus manos, capitán. No falles a la Cleda.

El airado juramento del capitán acompasó la desaparición de la pequeña figura mientras ellos permanecían incapaces de asimilar lo ocurrido, con las miradas perdidas en el espacio.

******

Capítulo 17

I

No sabía cómo comportarse.

Deseaba gritar, de pura frustración.

La cerrada puerta que daba al baño de la habitación de Ryan hablaba de distancia, de intimidad y de inmenso dolor. La vuelta de la visita a los dominios de la Directora había transcurrido en completo silencio. Constantemente volvía la vista hacia el callado hombre que se mostraba tenso, centrado en sus pensamientos y un nudo cada vez más angustioso se le iba formando en el vientre.

El golpe había sido despiadado.

Ni siquiera las expectantes figuras del resto de los agentes habían parado a Ryan. Como una bala había enfilado hacia sus aposentos, sin cruzar palabra con los demás, sin responder a las ansiosas preguntas de Carlson y sin volver un solo instante la mirada hacia atrás, hacia el lugar que ella ocupaba, a su retaguardia.

El tiempo discurrido en la tensa entrevista se le había antojado largo, temiendo incluso que las horas concedidas por sus enemigos se hubieran agotado. En realidad habían transcurrido apenas breves minutos.

Una perentoria necesidad en su interior le obligó a seguir el camino andado por Ryan, tras acordar con el capitán que quedaba en sus manos el decidir cómo obrar con la información facilitada por la directora. Sinceramente…le daba igual. Lo único que le atormentaba era que el hombre que se había ocultado en el baño, lejos de su vigilancia, no quedara a solas.

Apoyó la palma de su mano en la fresca puerta que delimitaba la estancia que ocupaba Ryan. Del interior se filtraba el sonido del agua cayendo con fuerza, chocando contra la dura carne o las baldosas del suelo.

Nada más.

La empujó y una oleada de húmedo calor la golpeó de frente. Apenas pudo distinguir en un principio a Ryan. Hacía tanto calor dentro que por un instante le costó respirar con normalidad, como en el infierno descrito por los humanos. Abrasaba los pulmones.

Poco a poco el irrespirable aire comenzó a evaporarse gracias al fresco soplo de brisa que entraba del oscurecido cuarto que Lena había cruzado en un par de presurosas zancadas.

El espacioso suelo se encontraba cubierto por los revueltos y oscuros ropajes de su compañero. Lena tragó convulsivamente. El desorden que exhibía el lugar mostraba el rabioso estado de ánimo de Ryan. La ira que lo inundaba.

Ni iba a ser fácil llegar a él.

Con la claridad que mejoraba la limitada visión que lo circundaba todo, se topó de lleno con la imagen de un desnudo Ryan bajo el chorro de presión de la ducha.

Quedó muda.

La visión era borrosa debido a las gotas que chocaban contra el cristal pero ello no impidió que se le encogiera el estómago.

Se le veía hundido.

Un coloso…vencido.

En cualquier otra situación jamás le hubiera pasado desapercibida su entrada en el cuarto de baño y eso aterraba a Lena. Su pareja le diría que no le importaba, que no necesitaba ni quería un apoyo que nunca le había buscado, un padre que no le había protegido. Que se había desentendido de él.

Palabras huecas.

Nadie mejor que ella para entender la falta de una madre o de alguien que cuidara de uno.

Observó su propia mano posarse en la jamba de la puerta de la ducha, humedecerse con el vapor que se filtraba y se tragó sus miedos. No lo había pensado mientras se desvestía, hasta quedar en bragas y sujetador.

Con los ojos clavados en la tensa espalda de Ryan, entró sin vacilación.

La inmensa y turbia figura encorvada de su compañero, con los brazos extendidos y apoyados contra la pared y la cabeza inclinada entre estos, bajo el chorro implacable del agua que resbalaba por su cabeza y su rígido cuerpo, la dejó sin habla. Literalmente e imposibilitada para avisar de lo que tenía intención de hacer.

Meterse en la ducha con el hombre que creía no necesitar en ese momento a alguien, que creía que esconder lo que sentía lo haría desaparecer, era la única opción que su mente veía viable.

Esconderse no valía.

Apenas disponía de espacio para maniobrar ya que Ryan ocupaba con su forma gran parte de la pieza. El agua se deslizaba por esa dorada espalda hasta pararse un momento en su parte baja y coger velocidad al topar con la suavidad de esos redondos y rosados glúteos.

Dios santo. Ryan era puro músculo y perfecto. Proporcionado. Siempre imaginó que desnudo sería hermoso pero su imaginación quedó corta. Muy corta.

El gigantesco y roto hombre seguía en su mundo, rodeado únicamente por sus pensamientos.

Alargó la mano que de inmediato quedó empapada en el cálido líquido hasta posarla en el ardiente hombro. Cerró los ojos instintivamente para evitar que el agua los invadiera ya que al segundo siguiente se sintió aplastada de cara contra la templada pared de la ducha, presionado con extrema fuerza, con su brazo izquierdo retorcido a su espalda a punto casi de quebrar y el segundo punto de presión sobre su descubierta nuca.

Iba a hiperventilar y el vapor le ahogaría.

No podría desasirse. No siendo Ryan quien la sujetaba.

—¡Soy yo, Ryan! Soy…yo.

Saboreó una pizca de su propia sangre del golpe contra las losetas de la pared y el suave temblor en la mano que le rodeaba la nuca cesó al completo. El enorme pecho se acercó, manteniendo la dura inmovilización, aunque suavizándola.

El susurro le llegó entre el ruido, entre el sofoco que sentía y entre el sofocante calor.

—Qué…coño…crees…que…haces.

—Suéltame.

No lo hizo, colocando sus pies a ambos lados de los suyos, rodeándolos por su parte exterior y ubicando su desnudo cuerpo cerca, muy cerca pero sin llegar a rozar el suyo al impedirlo su doblado brazo.

—Juegas con fuego, Lena. No…es…buen…momento ni lugar.

Con las palabras endureció el agarre obligándole a alzarse de puntillas.

—Déjame, Ryan. Solo quiero…

Sintió la leve vacilación en esa mano colocada a su espalda pero se negó a empujar hacia atrás. Tendría que soltarle.

Su dolorida y semi adormilada extremidad cayó a un lado de su cuerpo y se preparó para volverse en el estrecho espacio. El roce de su antebrazo contra esos pectorales le aceleraron los latidos del corazón. La descubierta manaza de Ryan le pegó un suave empujón en el pecho que la pegó a la pared. La mano permaneció sobre su esternón. Inmóvil. Manteniéndole en el lugar a modo de aviso.

—No necesito tu piedad.

—No pensaba dártela, Begirale.

Por todos los…

Le estaba costando un triunfo de titánicas proporciones no dejar resbalar su mirada por el frontal de ese asombroso cuerpo. Un inservible esfuerzo.

—Ni tertulia insulsa.

Lena ladeó la cabeza para frotarse el rostro tratando de desviar el reguero de agua que le impedía mantener los ojos abiertos de continuo.

—Vale —vaya con el agua. Pestañeó sin resultado—. Nos quedaremos quietos y sin hablar, bajo el chorro de la ducha. Tú mandas.

Con un ojillo semi abierto observó los carnosos labios apretarse y una de las comisuras alzarse levemente. Ese alucinante cerebro comenzaba a planear algo.

—Preferiría hacer…otras cosas.

El corazón de Lena votó alocado antes de contestar.

—¿Enjabonarnos?

La ronca risa fue como el alivio al sentir el calmante bálsamo sobre una reciente quemadura.

El cuerpo masculino se aproximó un paso hasta el punto que al rebotar en su cuerpo, el agua salpicaba la extensión de ese inmenso pecho.

—¿El uno al otro? —el hermoso y empapado rostro se inclinó hacia ella para susurrar.

—Así no dejamos huecos sin limpiar, querida.

Le iba a dar un vahído.

Esa ronca voz estaba yendo directamente al centro de su mente y de su corazón y aunque admitiera que era pura cobardía, tampoco se atrevía a centrar la mirada en la entrepierna de Ryan.

Entonces se dio cuenta, oculta tras las gotas que caían de esas curvadas pestañas.

La sonrisa no alcanzaba a esos claros ojos.

Sin vida.

Dios, debía lograr que hablara. Aunque recibiera un buen golpe en plena cara.

—Ella te respeta, Ryan. A su manera. Lo que te dijo…

El rostro se le endureció al macho que le cerraba el acceso a la entrada y los fuertes dedos flexionaron contra su pecho, justo antes de darse la vuelta en dirección a la mampara de salida de la ducha.

No, no, no.

No pensó. Sencillamente reaccionó.

Se lanzó hacia adelante y le colocó las manos en las caderas, ofreciendo con ellas suficiente resistencia a su avance.

Eso paró a Ryan. Un segundo…y otro…y otro…

Sus ojos permanecían a la altura de esa nuca cubierta por el empapado pelo negro. Resultó casi como presenciar un baile. La ondulación de los fuertes músculos, la falta de movimiento debido a la completa rigidez, la paulatina relajación y la dureza de la cadera a su alcance.

Se iba a exponer al completo. Ante el compañero que creyó odiar pero que amaba más que a sí misma.

—Puedes engañarte a ti mismo, Ryan pero no lo intentes conmigo. Aíslate del resto si lo deseas pero no de mí. Háblame, Ryan.

Su cuerpo permaneció en la misma dirección. Solo su rostro se giró levemente hacia ella.

—Lena, te lo repito, juegas con fuego y si permaneces aquí, arderás conmigo.

Maldita sea.

Sabía perfectamente a lo que se refería. Bullía tanto odio, rabia, ira y desesperación dentro de esa mente, de ese cuerpo que en cualquier momento iba a estallar. Lo único que quedaba por decidir era si estaba dispuesta a reventar a su lado y que la arrastrara con él.

—Ardamos juntos, entonces.

La brusca aspiración de aire se apreció incluso entre los ruidos que les rodeaban. De un fluido movimiento Ryan se volvió.

Estaba completamente erecto.

Y por los cielos, era enorme. Más de lo imaginado.

Una dura mano agarró la suya retirándola de la recia cadera masculina y la dirigió hacia su miembro. Parecía arder, las inflamadas venas perfilándose con precisión en toda su extensión y a punto de explotar. Su mano parecía pequeña en comparación.

Una pizca de aprensión se coló en su pecho…

Con sus propios dedos, Ryan estiró los de Lena alrededor de su miembro e hizo que envolvieran esa dura suavidad. Apretó la carne, sintiendo su mano rodeada por la que cubría la suya, temblorosa. Los muslos de Ryan se tensaron. Su pecho ascendía y descendía con rapidez.

—No habrá salida una vez digas que sí, mujer. No la habrá.

Lo miró directamente a los ojos.

—No la querré.

Un tren arroyándola no la hubiera fascinado tanto. Rápido. Ansioso. Ávido por ella.

La planta de uno de sus pies resbaló en el deslizante suelo con el desplazamiento generado por el choque pero apenas fue una fracción de segundo. Al siguiente se encontró emparedada entre las losas de color oscuro que cubrían las paredes y el voluminoso cuerpo. No se contenía. Ryan había perdido la poca sujeción que le quedaba en su interior. Desbocado como un indomable pura sangre.

Las manos le rodeaban el rostro arqueándolo ligeramente y el agua se vertía sobre ellos, ya templada. Las sensaciones…

Las sensaciones eran enloquecedoras. Más que besarse se asemejaban a dos luchadores. Empujó con la pelvis contra ese duro bulto para invertir sus posiciones, brotando de labios de Ryan un gemido bronco. Quería tenerlo contra la pared. Quería…

Sintió el mordisco en el cuello, el ardor al sentir esos colmillos rasgar la piel, la mano de Ryan bajar lentamente, deslizando las yemas por su cuello, la sensitiva clavícula, arañar el pezón, despertándolo para él. Su lengua lamiendo su labio inferior.

—No pararemos, Lena.

No contestó salvo para emitir un apagado gemido de placer.

El frenesí volvió. Las caricias se extendían por todo su cuerpo y no lo comprendía. No entendía esa familiaridad.

Aspiró bruscamente y se golpeó la parte posterior de la cabeza en los azulejos. Esa fuerte mano había apartado con brusquedad la empapada ropa interior y se había encaminado directa a la unión entre sus muslos. Le masajeaba con parsimonia y comenzaba a sentir una acariciante y constante presión sobre la entrada a su cuerpo. Le iba a penetrar…pero no lo hacía. Sencillamente la volvía loco con ese dedo.

Apretó sus muslos, fuerte y la mano hundida entre ellas detuvo sus movimientos.

—Dolerá si no te preparo, Lena.

Le daba igual .Quería sentir de nuevo ese placer. Lo único que tenía claro era que esta vez iba a dar tanto como a recibir.

Con la mano que cubría a Ryan, inició una desquiciante caricia. Recorría con sus yemas su miembro, similar a un cosquilleo. Lento. Turbador. Rozando y soltando, sin presionar. La mano de Ryan, que aún cubría la suya apretó en un ademán desesperado pero lo ignoró.

—Fuerte.

La súplica de Ryan casi lo hizo desistir y apretar pero esperó. Continuó con el liviano tacto.

—Joder, mujer…

Aspiró con brusquedad al sentir la invasión de la yema de un dedo cruzar la entrada a su cuerpo y se endureció tratando de obstaculizar el avance.

—No…te…tenses.

Diablos. Fácil de ordenar pero complicado de cumplir. La última vez el placer que sintió suavizó el dolor de la entrada.

Esta vez era diferente.

Sintió la repentina intrusión y el dolor que poco a poco acompañaba el deslizar del dedo. Ni en sueños entraría el enorme miembro de su compañero, si incluso con un maldito dedo, dolía.

Más adentro, y más… hasta que los nudillos toparon con la carne.

Lena tragó saliva y agua. De la repentina impresión al sentir el largo dedo en su interior, pegó un buen apretón con la mano que rodeaba el endurecido miembro del macho, causando que Ryan reaccionara tensándose y con él, su dedo, que pareció curvarse en su interior.

—Dios…

Ahí estaba de nuevo. Esa presión, ese pico de placer que le aflojaba las piernas, debilitándoselas para sostener su peso.

Iban a caer al duro suelo si seguían así.

Los labios de Ryan golpearon los suyos y notó que tiraba de ella, al tiempo que escuchaba el veloz deslizar de la mampara. El dedo se había retirado de su interior y la situación era una verdadera locura. Con torpeza, tropezando el uno contra el otro, entre resoplidos que más parecían corresponder a dos adolescentes que a dos personas con más de medio milenio a sus espaldas entre ambos, cayeron sobre el suave edredón que cubría el ancho lecho.

Ryan a horcajadas sobre ella. Hermoso. Excitado.

Su mirada lo decía todo.

—Quédate conmigo, mi Lena.

Alzó las manos con rapidez y de pura necesidad lo bajó hacia ella hasta sentir su peso sobre toda la largura de su cuerpo y le dio el beso más tierno de su existencia.

Se recrearon el uno en el otro.

Sencillamente se amaron con sus bocas y con sus cuerpos.

Con sus miradas.

II

Perdido en esos ojos castaños. Completamente.

Se sentía desnudo pero no vulnerable. Nunca con ella.

Ese beso…Virgen Santa, ese beso había sido único. Con él recibió de su mujer todo aquello que buscaba sin saber…no, sin querer admitir que finalmente lo tenía a su lado.

Las manos de Lena eran duras y al tiempo suaves y las sentía calientes sobre su cuerpo. Perfectas, descendiendo hasta el lugar que temía que viera, que temía que le repugnara. Su pecho paró de respirar al sentir que tanteaba al principio, que le rozaba con el dorso de esos dedos para investigar con las yemas, con toda la extensión de su mano, su espalda.

La odiada maraña de cicatrices.

No los retiró.

—Eres perfecto. Para mí eres perfecto, Ryan.

Paralizado.

Temer escuchar otras palabras y no oír las que deseaba con ansia. Temer respirar repugnancia de la mujer que susurraba palabras de amor en su oído o que estas no llegaran.

Sonrió en la oscuridad. Por primera vez en su vida iba a amar a aquella a quien quería. Con plena libertad. Sin ocultarse.

Apoyó todo el peso de su cuerpo sobre el femenino y…se restregó. Estaban resbaladizos por el agua, el vapor, el sudor, los fluidos y se sentía delicioso.

Se deslizó hacia abajo mientras se incorporaba levemente. Por un momento sopesó frotarse simplemente contra el curvilíneo cuerpo pero la necesidad de sentirse envuelto en el opresivo calor interno de ese cuerpo casi lo hizo perder el raciocinio.

Le era imposible esperar más.

Con suavidad, para disminuir el dolor que sabía inevitable, adentró una vez más un dedo en el interior de Lena, no permitiéndose parar ni un instante, ensanchando con parsimonia el estrecho canal. Tan estrecho que imaginarse dentro… Acompasaba la lenta entrada con caricias. Le encantaba mirar esos iris mientras se iban nublando progresivamente con el aumento de los roces, de las caricias. De una pasión a nada comparable.

Excitarla le hacía perder la poca cordura que le restaba. El incremento en la tensión la iba percibiendo con lentitud, en la tirantez del cuello, el agarrotamiento de los muslos que cubría con su propio cuerpo, la curvatura de los empeines. Deseaba que estallara bajo su peso, en su mano para despertar de nuevo ese deseo. No se cansaba de observarla. Los gruñidos anunciaron que ella estaba a punto de hacerlo y eligió ese exacto instante para introducir un segundo dedo, masajeando su interior, frotando ese lugar que ya tenía localizado.

El grito de placer de Lena le supo a gloria. Su mano derecha marcaba una hermosa danza con la más menuda de su compañera. La otra no cejaba con el movimiento de sus dedos. Los extrajo para ubicar la mano en la cara interna de su muslo y empujarla a un lado.

Por las escrituras…Tenía que abrirla para él.

Lena se dejó hacer hasta abrirse de muslos completamente, dejando la entrada a su cuerpo desprotegida, confiando en él sin condiciones. El corazón le dolió.

—No…habrá…marcha atrás, Lena.

Una apacible y hermosa sonrisa le dio el consentimiento que necesitaba para continuar.

Con ambas manos sujetó esos fuertes muslos pero no sin antes depositar un suave beso en esos entreabiertos labios y runrunear a su oído.

—Gírate, amor.

Con inquietud pensó que había errado en la elección de palabras al recordar la manera en que ella reaccionó la última vez que le hizo la misma petición.

Contuvo un instante la respiración.

Esta vez, Lena no dudo un segundo en hacer lo que le pedía, mostrando a sus ansiosos ojos toda la inmensa extensión posterior de ese cuerpo que obnubilaba su fría y lógica mente.

El cuerpo femenino no iba a estar más preparado o relajado de lo que estaba en ese momento por lo que se posicionó a la entrada. No empujó aún. La urgencia por memorizar con el tacto esa dureza y esa suavidad pudo a la ansiedad por enterrarse en ella. Posicionó sus rodillas entre las de su pareja y apoyó su cuerpo sobre su espalda, sintiendo cada curva, cada tendón, ese trasero contra su endurecido pene. Se amoldaban a la perfección. Acercó los labios al oído femenino, lo acarició con la lengua y habló, bajito. Un casi imperceptible estremecimiento recorrió la espalda de ella.

—Ábrete para mí, Lena.

La exhalación de cálido aire acompañó al movimiento pedido.

Los muslos femeninos se extendieron a los lados otro poco más, dejándole espacio suficiente para posicionar la brillante e inflamada punta del pene contra la carne. Su mente escuchó la pizca de miedo en ella al sentir contra su entrada la gruesa y resbaladiza cabeza.

Empujó porque si no lo hacía...

Ella estaba tensa por lo que acarició una de sus nalgas y se inclinó para depositar suaves besos en el cuello, en ese lugar bajo al lóbulo de la oreja que le hacía estremecer. Así fue…

Lo lamió y el cuerpo tendido bajo él se relajó una fracción, lo suficiente para que su miembro sobrepasara el tenso círculo de músculos que hacían de barrera y protegían su cuerpo.

El gemido ahogado que brotó contra los almohadones se dirigió a su miembro como si conociera perfectamente lo que le hacía reaccionar. Esos gemidos que surgían de ella, mezcla de placer, dolor y desconcierto iban a ser su perdición.

Tan prieta a su alrededor. Tan caliente. Tan…suave.

Presionó hacia el interior. Lentamente pero sin parar. Centímetro a centímetro. Si no lo hacía, si lo pensaba dos veces, se arriesgaba a hundirse de golpe en ese canal que lo llamaba a gritos.

III

Era inmenso, tanto que pensó que si no paraba llegaría a su estómago.

—No puedo más, Ryan. Demasiado lejos, demasiado…dentro. Duele. No…

Temblaba y con su cuerpo, también su voz. Le parecía que los minutos se convertían en horas desde que él había comenzado a penetrarla. Entonces notó la presión del bajo vientre de su macho contra sus nalgas. Sin moverse, dándole tiempo a acomodar esa dura extensión.

Sudaba pese a estar húmeda de la ducha. Los músculos iban punto de estallar de la presión. Interna y externamente. Parecía a punto de romperse por dentro.

Ryan le abrió los muslos otro poco más con las rodillas y casi se desmayó de la impresión. No podría entrar más, sin desgarrarla. Respiró profundamente. Rendirse no estaba en su mente pero, ¡la virgen! Ryan era inmenso y si seguía avanzando, si seguía…. Cerró los ojos para no sentir, como si con el sentido de la vista desapareciera parte de la brutal presión que tenía entre las piernas. Sus manos estaban destrozando los almohadones a su alcance y aferró entre los dientes la suave tela. Era eso. O…gritar. De dolor, de placer al disminuir poco a poco las punzadas de dolor…

No pudo evitarlo.

Rio suavemente imaginando la expresión de Harris al saber del estado en que había quedado la ropa de cama, sin percibir que se tensaba alrededor de Ryan.

El gruñido que brotó a su espalda la sorprendió, tanto como el caer del peso sobre su espalda y ver los brazos de Ryan doblarse a ambos lados de su cabeza. El descenso del peso lo impulsó un poco más hacía dentro provocándole un pico de dolor y temblores por todo el cuerpo para sentir a continuación otro picotazo de desconcertante placer.

237

—Dios, Ryan. Haz…eso…de nuevo.

La placentera y satisfecha risa nacida de ese pecho reverberó en su espalda, en su trasero.

Aspiró profundamente al sentir que Ryan se retiraba casi completamente de su interior para hundirse de nuevo cuan largo era. Hasta el fondo. Sin parar. Hasta que el tope de su carne le impedía ir más allá. El desgarro de la tela que asía entre sus manos era un hecho anunciado, viéndose rodeada de blancas y esponjosas plumas.

El placer que volvió a sentir al final, al notar el brusco choque de la pelvis contra sus nalgas, la mareó ligeramente. La suavidad había desaparecido dejando pasa a la necesidad. A la desesperación.

Temblaba.

El muy endemoniado comenzó a moverse contra ella, formando amplios círculos con esas caderas que no le dejaban ni respirar. Que aunque pareciera imposible, la dilataban lentamente para dejar un espacio que de inmediato llenaba su guerrero. Se retiró una tercera y una cuarta ocasión, con más vigor y volvía a pasar por ese lugar que le causaba extremo placer, que la excitaba nuevamente, que deseaba que rozara una y otra vez y él lo sabía… y lo hacía.

El roce de sus colmillos completamente desplegados la tomaron por sorpresa y apretó sus entrañas contra esa invasión que le dejaba sin fuerzas.

Se ahogaba en las sensaciones que le provocaba el cuerpo de su pareja.

Se sentía plenamente amada.

El ritmo decadente y erótico incrementó el tempo hasta convertirse en una insana locura. Todo era una bruma de placer. Sus roncos sonidos, que brotaban de sus entrañas se emparejaban con los bajos gemidos, con los apasionados besos de Ryan. Con las vehementes caricias de sus manos y el brusco choque de su cadera contra sus nalgas. No sabía bien dónde terminaba él y comenzaba ella. Quizá el límite se había esfumado junto con sus dudas, sus miedos y sus temores.

El uno para el otro.

Al menos durante una maravillosa noche que quedaría grabada en los poros de su piel, en sus retinas, en su olfato, en su sabor.

Y…en su corazón.

******

Capítulo 18

I

El golpeteo en su pecho le despertó. Su corazón latiendo con rapidez.

¡Se habían dormido!

El peso sobre sus piernas y torso hablaban de compañía y por un segundo le costó recordar hasta sentir la punzada en su interior, la palpable irritación en el interior de sus muslos y la relajación que acompañaba a los músculos de su cuerpo.

Totalmente saciada.

Tentativamente al principio pero sin miedo y con anhelo más tarde se habían amado. Recorrido, besado y moldeado con sus labios sus formas. Reconocerían su sabor entre miles.

Ryan era un amante apasionado. Feroz pero dulce de repente e incansable. Insaciable. Y llevaba razón el muy bastardo. Había dolido hasta el punto de casi arrancar el dolor de su boca una negativa a continuar. Ahora se alegraba de no haberlo hecho porque el placer, la plenitud ganaba de manera abismal al dolor y la incertidumbre inicial.

Se removió ligeramente y giró la cabeza hacia su izquierda.

Su compañero dormía como un leño. Una sonrisa casi se le escapó arriesgándose a despertar a su amante y ello arruinaría sus intenciones. No debía ocurrir, si quería llevar a cabo lo que era obligado hacer. Pero nada le impediría grabar en su mente la imagen, el olor, la sensación del peso de ese brazo y ese muslo cruzados sobre ella.

Esa sensación de pertenencia.

Encontrar a su compañero para…perderle.

La vida no era justa con ellos.

Jamás lo fue.

Con extrema gentileza consiguió desentumecerse y separarse lentamente de aquel del que si pudiera, jamás se alejaría de nuevo. Quedó tumbada de costado a apenas unos centímetros, la acompasada respiración de Ryan tan cerca, que parecía la suya. Recorrió su rostro con la mirada, ávidamente, para no olvidar. Para recordar lo que al menos, tuvo una vez, tan solo una vez en la vida. Deseó hablar, susurrar…

Deseó poder quedarse junto a él y despertar a su lado.

Ryan la iba a odiar por lo que estaba a punto de hacer. Iba a maldecirle, gritar y enfurecerse. Renegaría de todo y de todos. Se revolvería contra la Directora, la Tarnaca, sus compañeros, contra el cielo y el infierno, pero estaría vivo.

Su hombre permanecería vivo y amado por los otros agentes, por Carlson. Simplemente eso valía un mundo para ella. Ellos no le dejarían hundirse, ni arremeter contra lo primero que tuviera a su alcance. Con el tiempo todo se difuminaba, incluso el sufrimiento.

Una última mirada y se alejaría.

La última…

En pie junto al lecho su cuerpo le parecía una losa imposible de mover y el corazón se le rompió en pedazos. Mentían al asegurar que los corazones no se rompen, que todo se supera.

Lo hace…y duele adentro, muy adentro. Casi físicamente.

Ojalá fuera fácil.

Apenas disponía de tiempo y tendría que esquivar al capitán, al resto de agentes y a los soldados de la raza patrullando el perímetro. A todos.

Alcanzó a ojear el despertador colocado sobre la mesilla de Ryan. Dos horas era lo que le quedaba de libertad. Dos cortas horas cuando daría lo que fuera por permanecer junto al hosco y atemorizante hombre cuyo interior guardaba una hermosa alma. Oculta a todos menos a ella.

Su pareja.

Cerró los ojos y aspiró profundamente, impregnándose de la mezcla de olores para recordar. La imagen de Ryan ya la tenía guardada en su corazón, sus palabras en su mente, su tacto en su piel.

Cerró la firme puerta tras ella, haciendo de barrera para no flaquear y quedó con las manos a su espalda y las palmas contra la fresca madera. El último contacto con lo que dejaba atrás.

Apenas le llevó cinco minutos pero estaba muerta al terminar.

Vacía.

Destrozada.

La furia invadiría a su compañero al recoger y leer las palabras que dejaba tras de sí en una blanca hoja de papel, arrugada y emborronada.

Maldijo su destino que le había arrebato lo único en su vida que valía la pena.

El amor.

II

Dejó la habitación en silencio, vestida al completo de negro y dispuesta a pelear. Seguramente no llegara lejos pero si lograba acercarse lo suficiente a su madre, intentar convencerla, quizá lograra salir del maldito embrollo en el que iba verse inmersa. En caso contrario trataría de llevarse por delante a tantos enemigos oscuros como las fuerzas se lo permitieran antes de caer.

El horario que se seguía en la mansión le benefició. Los agentes descansaban o entrenaban en la sala de tiro. Los sirvientes de la casa no cuestionarían el hecho de que, sin apoyo, uno de los agentes saliera en medio de la noche, sin armas visibles a primera vista y sin dejar atrás nota alguna de aviso para entregar al capitán. Puntualmente ocurría, ya que todo agente necesitaba liberar la presión en un momento u otro y requería la soledad.

El sonido al pisar la gravilla que cubría el camino trasero de salida al exterior del complejo que había sido su hogar durante más de medio año, fue el único que la acompañó. Las cámaras grababan pero Ryan no estaría al otro lado de las lentes. No en ese instante.

Antes de salir fuera del alcance de las mismas, se volvió y alzó el rostro, sabiendo que se reflejaría nítido pese a la distancia. Sonrió suavemente y repitió por última vez las palabras que había escrito hacía unos minutos.

Él…le vería.

Cerró los ojos y volvió la espalda a la potente cámara. Cruzado el muro que hacía de perímetro del terreno, no tuvo más opción que apoyar la espalda contra el mismo. No podía volver, por mucho que el temblor en sus piernas la llamara a hacerlo.

Inspiró hondo.

Tardaría en llegar aproximadamente media hora al mirador. Presionó la mano hasta convertirla en un puño, aplastando en su interior el pañuelo que le serviría para tapar sus ojos, como había sido requerida.

Apenas tenía esperanzas de salir entera y con vida de la situación que estaba por llegar pero un resquicio de posibilidad de que la oferta fuera real, valdría la pena el riesgo.

Paz para el hombre que quería.

Si pudiera verlo con sus propios ojos.

Echó a andar a buen ritmo hasta aproximarse a las hermosas edificaciones colindantes a la mansión. Los vecinos eran unos desconocidos y todos se guiaban por el lema vive y deja vivir.

Se sintió vigilada de repente y su vello se le erizó en la fría nuca. Le costó disimular, seguir su camino con naturalidad y deseo tener a Ryan a su lado. Esa inmensa presencia que la tranquilizaba.

Al doblar la primera esquina asumió una postura defensiva y permaneció a la espera del asalto de sus enemigos pero los minutos pasaban y ningún oscuro aparecía.

Carecía de más tiempo si quería llegar al punto de encuentro.

Juró por lo bajo y echó a correr calle abajo protegida por las sombras que a la luz de la luna llena le regalaban los árboles plantados en las aceras de la espaciosa carretera.

El taxista que paró a tres manzanas de distancia dudó tras recorrerle con la mirada de la cabeza a los pies. Le ofreció el triple de lo que hubiera cobrado por el servicio hasta el parque y el brillo de la avaricia aparcó al de la desconfianza.

En el decrépito interior del vehículo, con la mirada perdida en los bloques derruidos, las oscuras callejas y destartalados patios traseros que sobrepasaban en dirección al sur de la ciudad, relajó los hombros e intentó olvidar lo que dejaba atrás.

No conseguía entrar en calor pese a estar encendido el calefactor a tope.

Cuanto más se alejaba, más gélidas sentía sus entrañas.

III

Le despertó el frío y esa maldita sensación.

Estaba solo.

La almohada, las sábanas y la habitación al completo olían a Lena. Se estiró extendiéndose de brazos y piernas ocupando la casi total anchura del lecho a la espera de que Lena retornara con él. Curvó los labios sopesando cuidadosamente lo que tenía intención de hacer en cuanto su mujer cruzara la puerta del baño. Detalles jugosos incluidos. Se relamió los labios e incorporó ligeramente para fijar la mirada en dirección a la cerrada puerta.

Frunció el ceño.

No escuchaba ningún ruido, ni siquiera un roce de tela al volver a su sitio o la fricción de manos al restregarse contra la toalla.

Se enderezó una fracción.

No.

Ella no lo haría. Lena no le haría…eso. No después de la horas pasadas juntos, con el olor de ella todavía impregnando su piel.

Entonces, ¿por qué su corazón parecía bombear a velocidad de vértigo?

Por primera vez en su vida le aterró no escuchar la respuesta que intuía que no iba a recibir, mientras se sentaba al borde de la cama y abría la boca a cámara lenta. Una pesadilla…Estaba en una jodida pesadilla en la que tratas de avanzar y las piernas te lo impiden solo que en lugar de tus extremidades era la voz la que se negaba a surgir.

Tragó convulsivamente hasta asentar el estómago.

—¿Lena?

Esperó dos interminables segundos.

—Sal de una jodida vez del baño, mujer. No tiene gracia.

Le pesaban. Las piernas le pesaban como lápidas enclaustrando un opresivo sepulcro.

La mataría. Si lo había hecho, la estrangularía con sus propias manos. Los pasos dirigiéndose al baño parecían lastrados y el puño cerrado que se apoyó contra la madera temblaba ligeramente.

Empujó y cerró los ojos para abrirlos a continuación y ver… la estancia vacía.

Como un brutal impacto en el vientre que le revolvió por segunda vez las tripas. Eso fue lo que sintió acrecentado por esa conocida sensación de abandono. Y eso dolió más que nada. Más que el dolor, que el malestar, que la angustia, más que saber que en el fondo podía entender el proceder de Lena.

Seguramente él hubiera obrado igual.

Pero eso no restaba importancia al hecho de que ella lo había dejado atrás.

¡Atrás!

Como si no tuviera qué opinar. Ni voz ni voto en su decisión.

Joder, ¡insensata hembra!

Se vistió en un segundo, no más. La sangre le circulaba a tal velocidad por venas y músculos que confería a sus movimientos una celeridad extrema.

Del choque contra la pared al abrirse la puerta, esta se resquebrajó. Recorrió con la mirada el saloncito del apartamento. Una rápida pasada para asegurarse que la muy alocada no estaba esperándole adormecida y satisfecha sin darse cuenta que le estaba restando años de vida con su salida del cuarto y desaparición.

La mínima esperanza se difuminó.

No estaba.

Ella no estaba.

Por inercia su mirada se volvió hacia el reloj ubicado en la repisa de la chimenea pero una hoja blanca doblada por la mitad obstruía su visión.

Se le cortó la respiración.

No se dio cuenta de los pasos dados, hasta verse extendiendo el brazo para aferrar la hoja que temía desdoblar. Lo hizo y su mirada recorrió la redonda y rasgada caligrafía de su compañera.

Apretó la mandíbula para no gritar, para no…hundirse en la miseria. Arrugó el delgado folio antes de comenzar a leer.

Ryan,

Para cuando leas esto, estaré lejos. La opción que hubiera deseado no era posible sin despertarte, sin que te dieras cuenta de mis intenciones. Y sin que trataras de detenerme.

Siempre has sido demasiado intuitivo.

No tenía otra opción. Por mucho que me doliera separarme de ti y dejarte atrás, no me hubiera perdonado el no intentarlo.

Lograr la paz para la Dandraara.

Para nuestros compañeros.

Paz para ti.

No me sigas, Ryan. No lo hagas o de nada servirá mi sacrificio si mueres conmigo. No podría vivir con eso, sabiendo que fui la causa de tu muerte.

Ya es suficiente, ¿no crees? Hemos vivido rodeados de muerte y sufrimiento desde que nacimos y tiene que parar. En algún momento ha de parar... esta locura.

Necesito hacer esto por mí, pero también por la madre que perdí. Tengo que encontrarla y decirle todo lo que nunca pude decir, lo que siempre se me quedó dentro cuando me la arrebataron y... por ti. Para que de una vez por todas, en tu vida, puedas dejar de luchar y de matar. De pelear hasta terminar destrozado con la sangre de nuestros enemigos cubriéndote.

No quiero eso para ti. No lo quiero.

Me gustaría pedirte una última cosa, aunque te enfurezca. Habla con ella. Si no por ti, hazlo por mí. Nadie debiera sufrir la falta de una respuesta y tú al fin encontraste la tuya. Quizá no era lo esperado o deseado pero nunca se sabe, Ryan. No será fácil para ninguno de los dos pero... inténtalo. Quizá ella te dé las respuestas que necesitas.

Solo te pido eso.

Lo que voy a escribir ahora, debí decírtelo esta noche pero por alguna razón esperé a que el sueño se te llevara para susurrarlo bajito, sin despertarte. Pronunciar esas palabras en voz alta hubiera sido una despedida para la que no estaba preparada aún. No creo que llegue a estarlo jamás.

Cuando nos encontremos de nuevo, Ryan, allá donde el destino nos reúna, nada impedirá que las diga. Nada.

Te amo.

Siempre lo hice.

Siempre lo haré.

Perdóname, mi mitad. Perdóname por lo que voy a hacer.

Lena.

Lo había hecho.

Por favor....

Su hembra lo había hecho, sin preguntar, sin tener en cuenta sus sentimientos u opinión, sin considerar lo que él sentiría al leer sus palabras.

Se sintió roto y vacío por dentro. Igual que el día en que su padre ordenó que se la llevaran de la torre, arrastrándola ensangrentada ante sus ojos. Los meses que siguieron fueron un infierno en vida.

Las piernas se le doblaron y se agarró a la pared para no caer. Le costaba respirar mientras apretaba en un puño la hoja con las palabras que lo habían destrozado.

No.

No lo permitiría.

No perdería aquello que amaba.

Alisó cuidadosamente la carta, la dobló con dedos temblorosos como si de un tesoro se tratara, se enderezó y tras volver sobre sus pasos la guardó en la mesilla. Calmo, con una helada tranquilidad invadiéndole supo lo que debía hacer. Entonces le sintió.

Furia ciega y pura determinación lo llenaron por completo.

Lo primero era alcanzar a la muy insensata e impedir que se entregara. Lo siguiente, pegarla un buen bufido, recuperarla y amarla hasta que no pudiera ni pensar y mucho menos creer que se podía dejar atrás a tu compañero por mucho que creyera hacerlo por él, por su bien o porque creyera que valía la pena.

La ristra de juramentos rebotó en las paredes insonorizadas.

Se dirigió al armario como una flecha, tecleó la numeración que haría deslizarse el panel trasero y acarició los cuchillos que pertenecieron a su padre. Eran únicos, con un peso, filo, mango y calibrado perfecto para sus manos como si quien las forjó siglos atrás hubiera tenido en mente al hijo y no al padre.

Por el rabillo del ojo vislumbró el brillo del colgante que toda su cruel vida portó su padre. Fue un impulso pero lo asió y se lo colocó al cuello. Esa noche la piedad de la que carecía el cabeza de los Borges, desaparecería de su hijo.

No admitiría la derrota. Si debía morir, lo haría. No le asustaba enfrentarse a la muerte pero si su mujer era llamada, él la acompañaría en ese viaje porque la paz no significaba nada sin su compañera a su lado. Eso era algo que tendría que meter en la dura cabeza de la fiera que le había tocado en suerte y no le importaría hacerlo a base de gruñidos.

Lo que tenía claro era que si deseaba impedir lo que Lena planeaba no podía perder ni siquiera un segundo en explicar sus planes al resto de los agentes.

Cuatro minutos más tarde se encontraba fuera del perímetro exterior del complejo.

IV

Conocían sus facultades, sus escasas y contadas debilidades. Cada agente era objeto de estudio. Antiguos pergaminos recabados a lo largo de siglos reunían todo aquello que identificaba a cada luchador, a cada grupo y eran objeto de estudio, de obligado estudio por todo nuevo miembro de la Tarnaca. Conocer a fondo el enemigo no era objeto de debate y si lo era, suponía una señal de que no se estaba preparado para la sagrada guerra. Los que dudaban eran sacrificados ya que no cabían las segundas oportunidades.

El primero era despiadado.

Ojeó sus alrededores con los infrarrojos, mientras visualmente se aseguraba de la correcta posición del comando adiestrado para esa misión especial.

Desconocían el lugar exacto en que aparecería el agente conocido como el Puntal del Sur. Ryan Robb. Demasiado peligroso para un cara a cara. Lo único seguro sería su llegada. Y la mayor debilidad del luchador más peligroso del clan tardaría aún unos minutos en aparecer. Los cálculos no podían fallar.

La orden principal se centraba en emboscar al agente conocido por su intelecto que en esta ocasión estaría nublado por la preocupación. La otra agente no era el objetivo principal de la misión. Justamente la que él quería atrapar. La única agente perteneciente al clan del Sur.

Daba igual. Los trofeos colaterales a nadie dolerían. Si cazaban dos presas en una misma noche la cacería sería un rotundo éxito.

El claro bañado por la luna seguía vacío pero aún quedaban diez minutos para la hora límite. No tardaría en aparecer.

La explosión de energía que barrió plantas, hojas caídas y ramas muertas anunció la señal de ataque. Por traición y en la distancia.

No estaban seguros del efecto que la potente droga causaría en el vampiro, ni tan siquiera si provocaría cualquier tipo de impacto pero la reina los mataría a todos, si no le entregaban aquello que deseaba tener postrado a sus pies.

Al hijo de Borges.

Ya estaba aquí.

A través de los binoculares observó la asombrosa transformación en esos desconcertantes ojos casi transparentes y con ella la amalgama de sentimientos que lo acompañaron. Alivio al recorrer con la mirada los alrededores y apercibirse que se había adelantado a su compañera. Inquietud al olfatear e intuir la presencia cercana del enemigo. Asombro al sentirse rodeado y en el punto de mira de demasiadas armas como para intentar algo e ira al caer en la cuanta de la trampa preparada.

Y furia.

Inmensa furia al no haber previsto lo ocurrido.

Los dardos se clavaron con precisión. Dos en los muslos. Un tercero en el hombro derecho. El previsible efecto había de ser fulminante, paralizando la movilidad de los músculos impidiendo al sistema nervioso lanzar señales desde el cerebro al aparato motriz. La dosis había sido aleatoria. Imposible de precisar en el odiado Puntal del Sur.

Notó la mueca de satisfacción tensar su rostro y pura adrenalina recorrer los músculos de su cuerpo. El macho había caído de rodillas como un gigante vencido en apenas cinco segundos. Las manos enfundadas se apoyaban contra la tierra pero se apreciaba debilidad y falta de potencia en la fuerza necesaria para alzarse.

Bien.

Por los laterales se aproximaron dos miembros de su reducido y elitista comando. Los mejores. Nacidos, entrenados hasta la extenuación y preparados para enfrentarse al clan del Sur. Por el camino habían perdido a uno de sus miembros, a manos del mismo vampiro que finalmente había caído en sus garras.

Había valido la pena.

El agente de la Dandraara intentaba incorporarse pero sus movimientos eran cada vez más y más lentos y pesados. Respiraba con rapidez y no apartaba la vista de los enemigos que poco a poco iban cercándole. Le recordó a una fiera herida.

Las más peligrosas.

***** *

Capítulo 19

I

Se sentía adormecido y juró por dentro. Comenzaba a costarle hilvanar los pensamientos y su mirada se centró en algo que sobresalía de la parte anterior de su muslo.

Un dardo.

El movimiento en las corrientes de aire que fluían a su alrededor se alteró, indicando la aproximación de un cuerpo. No, de dos.

Apretó la mandíbula. Apoyó la palma de su mano contra la tierra cubierta de húmeda hierba y se impulsó a gran velocidad, impactando contra la figura que le rondaba. El olor…joder, el olor era inconfundible.

Enemigos.

Por los dioses.

¡Dónde diablos estaba Lena! ¡Dónde diablos…!

Cayó encima del frío cuerpo y apretó el cuello del oscuro a su alcance con intención de quebrarlo pero sentía las malditas fuerzas abandonándole. El aire parecía tener dificultad en llegar a sus pulmones y un sudor frío comenzaba a empaparle el cuerpo.

Su mente…

Su mente no dejaba de pensar en ella. No había podido llegar aún por lo que estaría a salvo. Había conseguido adelantarse a su llegada. A salvo de los odiados animales que la buscaban, lejos de la madre que la quería para ella, lejos del peligro.

El crujido al quebrar el cuello del oscuro llegó al mismo tiempo que la brutal patada en la parte superior de su espalda y otro punzante pinchazo en el lateral de su propia garganta. Lava pareció recorrerle las venas y los pensamientos fueron ralentizándose. Fluían pero desaparecían con rapidez

No…conseguía retenerlos…

Otro fuerte golpe le alcanzó el costado, quebrándole un par de costillas y haciéndole girar hasta quedar tendido al lado del oscuro, incapaz de moverse y con la mirada en la noche estrellada, sobre el claro. Los animales callaban en plena naturaleza y solo el viento regalaba algo de sonido a la maldita emboscada que le habían tendido.

Mejor él…que su mujer.

Por favor...

El sentido del olfato no engañaba.

El olor empalagoso y molesto le hizo recordar las palabras de uno de sus compañeros.

De esos olores que quedan pegados al paladar y cuesta deshacerse de ellos.

No podía ser otro salvo el enemigo que había atraído a los humanos para torturarlos y matarlos más tarde. El oscuro al que habían captado las cámaras de los clubes cuyos circuitos habían hackeado.

—Al fin nos conocemos, puntal del Sur.

La alta y musculosa figura impropia en los oscuros se ubicó a sus pies, casi rozando con sus zapatos las plantas de los suyos. A contraluz, ocultando sus rasgos a su mirada, algo borrosa. Mareada.

La larga melena no engañaba. Era negra, de un negro brillante y lacio que alcanzaba la altura de la espalda. Un leve movimiento hacia un lado reflejó algo de luz en esos ocultos rasgos.

Se le agarrotó la respiración.

La forma de esos ojos, de esos labios era inequívoca. Tan parecidos y al mismo tiempo…tan diferentes a los de ella.

—Veo que te has dado cuenta.

Ryan intentó emitir sonidos pero no se formaban. Sus cuerdas vocales no respondían a la desesperada petición. Lentamente el oscuro se colocó a su costado y se agachó a su lado.

—No te preocupes, agente. No es a ti a quien quiero y aunque así fuera…—el repugnante olor era tan intenso que parecía quemarle las fosas nasales—…eres un regalo para mi reina. Un regalo que lleva esperando siglos.

Ese rostro que hacía daño mirar se acercó al rostro de Ryan, inclinándose y una cruel mueca deformó los simétricos y apuestos rasgos.

—Yo a quien quiero es a mi…hermana.

Ryan cerró los ojos.

Lena.

II

—Tócala y…te mato. ¿Me oyes, cabrón? —cada vez le costaba más reunir fuerzas para hablar, para respirar—. Lena no tiene…hermanos. Solo al…clan.

La estruendosa carcajada que brotó a su lado tenía una única intención.

La de humillar.

Ryan sintió una repentina presión sobre el lateral de su rostro, sobre las gotas de sudor que recorrían su pulsante sien. Los fríos dedos que se posaron contra su cara potenciaron el repulsivo aroma que desde crío identificó con el rival y que en esos momentos lo envolvían. El agrio efluvio aumentó al acercársele el oscuro. Las yemas de esos dedos se mantenían contra su piel y el templado aliento rozó su oído.

El tono en esa grave voz destilaba diversión y triunfo. Uno de esos dedos recorrió el lateral de su rostro, regocijándose en su incapacidad momentánea para luchar.

—No…me toques.

Esa mano se afianzó sobre su mandíbula.

—Ya es tarde, ¿no crees?

De nuevo esa risa burlona le puso los nervios en punta.

—No debiste salir corriendo tras ella, agente. Tan inteligente y tan torpe. Ahora solo queda esperar a que mi querida hermana llegue a este mismo lugar. Contéstame a algo, vampiro, ¿crees que el corazón de mi hermana soportará la droga que le espera? El efecto en ti ha sido fulminante siendo como eres un pura sangre. Una mestiza es débil. Una mestiza es…escoria. Puede que la veas morir ante tus propios ojos sin poder hacer nada. No ser capaz de salvarla, estando a escasos metros de distancia.

Lo intentó todo. Absolutamente todo. Necesitaba prevenirla.

Consiguió arrastrar la mano hasta el lugar que ocultaba una de sus dagas.

—Impresionante pero inútil —de nuevo ese sonido cerca, demasiado cerca—. No te conviene enfadarme, guerrero. No quieres que tu compañera pague por ello, ¿verdad?

Cerró la mano y se clavó las uñas en la palma. Debía aguantar, enraizarse en algo sólido, en algo que le impidiera perder la consciencia y no saber.

—¿Qué quieres de…ella?

—Asombroso. Nadie aguantó tanto antes.

251

Le importaba una mierda. Una jodida mierda.

—¿Qué queréis de…Lena?

La seriedad transformó radicalmente la mueca de ese rostro tan semejante al de su compañera.

—Hacerla sufrir.

Su corazón se paró.

—Romperla lentamente.

No.

—Convertirla en lo que es, una traidora a nuestra reina. Una traidora a mi madre.

—No.

Esa palabra, la única que logró pronunciar llamó de nuevo la atención del oscuro.

—Nada puedes hacer, guerrero. Nada. Llevo esperando más de cien años a que llegara este momento, a que ella finalmente la diera por perdida y que el odio hacia el hijo de quien le quitó todo aquello que amaba, el odio hacia el hijo del Borges superara lo poco que quedaba en su interior del cariño hacia la hija que no ha visto en casi tres siglos —escuchó una profunda inspiración—. Ahora es mi momento. Al fin solo yo ocuparé el lugar de un hijo en el pensamiento de nuestra reina.

No podía ser.

¿Cómo era posible que Lena tuviera un hermano y no hubiera llegado a su conocimiento?

El enemigo se irguió presuroso e hizo un súbito y rudo gesto hacia los otros, hacia los cinco oscuros que les rodeaban.

—Quiero que la vea llegar. Cogedle.

Se sintió impulsado hacia arriba, hasta quedar en pie a unos veinte metros del claro al que no tardaría en llegar Lena. Lo sujetaban de ambos lados y una sádica mano agarró su cabello por detrás, alzando su cabeza de golpe y fijándola en dirección al lugar que centraba las miradas de todos.

El motor del coche se escuchó en la lejanía y sus tripas se revolvieron.

No supo cómo pero consiguió empujar al enemigo que lo sujetaba a un lado, haciéndole caer pero estaba demasiado cansado, sentía sus miembros desmadejados y sus piernas se le doblegaron por segunda vez esa noche. Indefenso sin poder impedir aquello que se había jurado evitar. El puñetazo en el costado no le pilló desprevenido y los dedos que tiraron nuevamente de su cabello se convirtieron en un puño. Quiso gritar, chillar…

Avisar.

No te acerques, solo da media vuelta. Ahora.

Por favor…

Da media vuelta, Lena. Mantente a salvo. Aléjate.

Sus retinas percibían las formas, los movimientos, siguieron la femenina forma al descender del sucio taxi y quedar esperando, tras pagar la carrera, a que este diera marcha atrás en el embarrado suelo. Los delicados y encorvados hombros se irguieron y en ese mismo momento supo que estaban atrapados. Los dos.

No la dejarían marchar. No lo harían y él sería testigo de aquello que no creía ser capaz de soportar. Ver sufrir a la única persona por la que lo daría todo. Hasta su vida.

Sintió náuseas al presenciar los bruscos movimientos de su compañera al sacar algo parecido a una oscura y enrollada tela del bolsillo del pantalón y cubrirse con ella los ojos. Las manos le temblaban levemente.

Su corazón se encogió, causándole dolor, ya que Lena solo era brusca cuando le invadía el nerviosismo. Esa casi imperceptible torpeza que solo él adivinaría, indicaba su voluntad de dejar de luchar y dejarse llevar. Dejarse…matar.

Se estaba rindiendo.

No.

Su mujer se estaba rindiendo, por ellos. El corazón le subió a la garganta, presionando, ahogándole. Como si quisiera escapar de su propio cuerpo para ir en busca de la guerrera que lentamente se cubría con un pañuelo los ojos y llevársela lejos, muy lejos del peligro. A un mundo el que se les permitiera vivir juntos, sin temer perder lo que te hace sobrevivir día a día.

No podía perderla. No ahora que al fin la tenía.

Lo único que era capaz de hacer era mirar desesperado y desquiciado cómo la mujer que amaba, caía en manos de sus peores enemigos. Sin poder hablar y apenas respirar.

Notó las malditas lágrimas llenarle los ojos.

III

No tardarían en traerlos.

Ante ella.

Tras siglos de espera tendría su venganza. Disfrutaría de ella al dejar fluir todo aquello que ennegrecía su interior, aquello que llevaba esperando con apremiante ansia tras descubrir que uno de los guerreros del clan del Sur era el hijo de…él. Del Borges. De aquel que le arrancó todo.

Esa ansiedad que nada parecía paliar finalmente se satisfaría.

Aquella al que dio la vida pronto se arrodillaría ante ella, suplicando por el hijo de Borges cuyo destino estaba sellado desde el momento en que su padre le arrebató a ella aquello que era suyo y desde el instante en que los dos guerreros unieron sus mentes y cuerpos, traicionando con ello su destino. Desde que Luca Borges la torturó y destrozó a Maervan, el humano que una vez amó, entre despiadadas carcajadas, obligándola a ella a presenciarlo.

Ella no sentía ya.

No recordaba lo que era eso. Ni dolor, ni pasión, ni calidez…Ni amor. Solo le guiaba la exquisita venganza. El lugar que antes ocupaba su corazón ahora estaba vacío. Un negro hueco que únicamente la maldad llenaba.

El cabeza de la familia Borges mató la mente y el alma de aquel que amó hacía demasiado tiempo para recordar lo que era sentir un amor puro. Lo único que permanecía sin alterar en los recuerdos de una vida olvidada eran esas cuatro palabras dirigidas a la desfigurada y destrozada forma de quien amó por encima de todo.

No eres nada, humano.

Solo por eso, el hijo sufriría el mismo destino de sus manos.

El amor murió con la ira y desapareció completamente al unirse deseosa a la oscuridad. La venganza se fortaleció y su lealtad al primero se intensificó al prometerle este el único deseo que la hacía seguir adelante, antes de acceder ser su reina.

Con sorpresa se dio cuenta que tamborileaba los dedos sobre el brazo del sillón que ocupaba en la inmensa sala de la que apenas salía, salvo para alimentarse o acudir ante la presencia del Primero.

Los guardas protegían de manera obsesiva su persona y le daban todo aquello que deseaba. Con solo alzar un dedo le traían a los que una vez consideró su raza. Para destrozarlos, para romperlos por seguir unas reglas que a ella la convirtieron en lo que era. De esa sencilla forma se le ocurrió la manera de atraer la atención de la humana, de la policía que había compartido vida con su hija. Dando orden de torturar a aquellos que se asemejaban físicamente a su hija y …al hombre que amo en el pasado.

Inepta humana.

En honor a Maervan había desarrollado el ritual. Desvestirlos, vestirlos, alimentarlos, humillarlos y finalmente destrozarlos. Durante esos instantes en que la vida desaparecía de esos cuerpos ante sus ojos, bajo las mortales y eficaces manos de quien era plenamente leal a ella, incluso por encima del Primero, ella se había sentido revivir imaginando que la sangre que encharcaba el suelo era la del guerrero Borges. Y le enorgullecía que las manos que tanto dolor causaban fueran de su propia carne.

Su hijo Taran.

Nacido de ella.

Nacido de un oscuro. Del Oscuro. Del Primero.

Único y tan cruel que ocupaba un lugar especial en la apreciación del Primero por la raza por él creada. En él se reunían las mejores cualidades de ambas razas. La fuerza, rapidez y agilidad de los vampiros. La violencia, crueldad, odio, rabia y ansia por destrozar de los oscuros. Una mente brillante que solo a ella respetaba. Que solo ante ella respondía.

Si no se hubieran precipitado…

Si su hija no hubiera confiado en el hijo de Luca Borges, relatando lo que ocurría y su estrecha relación con la débil humana, su hija hubiera caído en la primera de las trampas. Se la hubieran traído y habría conseguido convencerle que su lugar estaba a su lado, como su hija, como su heredera y no entre vampiros.

Ahora esa posibilidad estaba perdida al decantarse la hija que creyó perdida por quienes le causaron casi tanto dolor como a ella. Ya no era su hija sino una completa desconocida, el enemigo y como tal la emplearía para lo que buscaba por encima de todo.

Destrozar a aquel por cuyas venas circulaba la sangre del monstruo. Destrozar al guerrero conocido como el Puntal del Sur. Una vez conseguido, la vida de su hija perdería su finalidad. Y la dejaría en manos de Taran.

Eso haría.

Uno de sus soldados se aproximó para susurrar lleno de pavor la noticia de que todo discurría en orden, conforme al plan. Olía su miedo. Esos negros ojos desviaban la mirada en todas direcciones, evadían la suya tratando de protegerse y salir vivo del acercamiento.

Media hora sin matar comenzaba a medrar su voluntad pero en esta ocasión esperaría a tenerlos ante ella.

Tanto tiempo esperando…merecía la pena.

IV

Los sentía rodeándola pero lo esperaba. Lo que odiaba era la completa oscuridad, el total silencio en el bosque. La ausencia del olor de sus compañeros y de Ryan.

La condenada soledad.

Le estaban cerrando todas las salidas y sus dedos instintivamente se dirigieron a la tela que le impedía ver pero en el último segundo rectificó. Se jugaba demasiado como para permitirse flaquear.

Entonces lo percibió. Creyó…percibirlo.

Dios.

Estaba perdiendo la cordura ya que lo que había creído captar estaba en lugar seguro, descansando, creyendo que a su lado permanecía ella. Sacudió la cabeza tratando de despejarse, tratando de quitarse de la cabeza la mera idea de que Ryan de alguna loca manera la fuera a seguir al maldito infierno, mientras suaves ráfagas de crudo hedor pasaban a su lado, dándole tiempo únicamente de tantearlo.

Se acercaban lentamente como una manada de hienas. Precavidos y enardecidos, seguros de no perder a la presa y ella los comprendía. Vaya si los comprendía cuando la asustadiza presa era ella y se había ofrecido como un dócil sacrificio al matadero.

Sus músculos se congelaron.

Reconoció la frialdad que descansaba contra su garganta. El filo de un cuchillo presionando con firmeza. Quien lo sostenía se había quedado quieto y silencioso a su espalda y la impresión que recibía del calor que desprendía era que su envergadura podía superar considerablemente la suya.

Los segundos avanzaban, perdiéndose lentamente y el bastardo nada decía por lo que se preparó para recibir una cuchillada. Se tensó incapaz de camuflar el inconsciente movimiento.

—Mi intención no es matarte. Al menos, no por ahora.

La piel de la nuca se le erizó, llena de aprensión.

Esa maldita voz le recordaba algo. Algo imposible de precisar dada lo tenso de la situación.

—Pero antes de nada, tengo un regalo para ti.

La tela fue sorpresivamente retirada de sus ojos y le costó enfocar en un principio. Una décima de segundo y la angustia rebotó a oleadas a su alrededor. La presencia a su espalda, la que mantenía la cuchilla en su cuello, soltó una macabra risa.

Parpadeó confundida pero la figura que conocía demasiado para confundirla con otra no se diluyó, pese a la oscuridad, pese a la extraña postura que ofrecía a la vista, pese a que no hablara ni gritara. Ni luchara.

Su olfato no le había engañado.

Ryan.

Incluso a esa distancia distinguía el miedo en esos ojos grisáceos.

No lo pensó. Se lanzó como una fiera a por aquel que amaba. Lo demás había dejado de tener sentido para ella. Ryan debía estar seguro en casa, debía estar dormido, debía estar rodeado de los restantes agentes y sistemas de seguridad y no atrapado y rodeado de oscuros que lo sostenían bajo los brazos, manteniendo su peso bajo sus dobladas piernas.

Parte de su mente le dijo que eso no tenía sentido, el hecho de que Ryan no peleara ni emitiera un ruido pero la pura desesperación le ganó la partida. Le importó poco que el cuchillo le abriera el cuello con el impulso de acudir en ayuda de su pareja. No le importó que estuvieran rodeados.

Era tan…sencillo.

No le separarían de Ryan.

Consiguió dar dos pasos antes de que tres odiados oscuros, vestidos de combate, se interpusieran en su camino, parando su avance y ocultando a Ryan de su ansiosa mirada. No terminaba de entender que el que se mantenía a su espalda no hubiera atacado ya. No lo comprendía.

Cargó con todas sus fuerzas al mismo tiempo que escuchaba la grave voz que le enervaba a su espalda lanzar un ahora. No gritó pero así se lo pareció a sus oídos.

Apenas percibió el impacto salvo el ligero aguijonazo.

En dos segundos se encontró se rodillas sobre la corta y húmeda hierba, respirando con dificultad y a cinco escasos pasos de los oscuros que mantenían su posición de lucha. La lengua se le estaba adormeciendo al igual de los músculos de sus extremidades. Lo intentó… Trató de incorporarse pero sus piernas no le respondían. Sintió que se ladeaba y solo pudo apoyar una de sus manos para afianzarse y no caer de lado. Entonces sus oponentes se apartaron y su mirada chocó con la de Ryan.

Puro miedo.

Dios…santo.

La mirada de su pareja…

Tragó saliva que ni siquiera sentía en su boca y le costaba hablar. Los labios y el paladar, la lengua parecían pertenecer a otra persona. No podía apartar la mirada de Ryan.Y lo que vio, la destrozó.

Nunca antes había presenciado el miedo inundar esa hermosa mirada. Hasta ese momento. Su amante mostraba…miedo. Sin ocultarlo, sin camuflarlo y eso, simplemente eso le dijo que estaban acabados. Verdaderamente hundidos. Y todo por su culpa.

Le había seguido.

Ryan había despertado, leído su carta y la había seguido.

Idiota… Había sido una completa idiota por dejar escritas sus intenciones provocando la presente situación. Era a ella a quien debieron capturar, nunca a Ryan.

Intentó ponerse en pie y logró mover una pierna mientras vocalizaba un tardío y angustioso Lo siento, amor. Lo siento tanto.

Solo le dio tiempo a ver el ligero movimiento de esa hermosa cabeza, provocándole tal nudo en la garganta que parecía ahogarle, antes de sentir el feroz e intenso dolor en la espalda. Nada evitó que cayera al suelo, perdiendo sus retinas la imagen de Ryan. Con la espalda ardiendo y el resto del cuerpo adormecido quedó tendida en la tierra, con el olor del bosque inundando sus fosas nasales junto con el ligero olor a miedo, rabia, desesperación y venganza que emanaba de Ryan pese a estar a varios metros de distancia.

No hacía falta que hablara. Su cuerpo lo hacía por él y tenía intención de luchar.

Dios mío.

Sí.

Apreciar eso en su compañero calmó en cierto modo sus nervios pese a la pesada bota que se posicionó sobre su cuello, presionándola contra la hierba cortándole parte del flujo de aire. Pese a la inmensa figura que contra la viva luz de la luna se había situado a su lado con la cabeza inclinada en su dirección.

Ese no era un Oscuro como el resto. Algo no encajaba.

Ese fue el último pensamiento que cruzó su mente antes de que el extraño adormecimiento se la llevara hacia una densa oscuridad imposible de esquivar.

También que iban a luchar aunque les fuera la vida en ello.

Con Ryan también prisionero no cabía otra opción.

******

Capítulo 20

I

Llevaba cinco minutos despierta pero no tenía ganas de abandonar la cama y la comodidad de su seguridad. Se arrebujó otro poco más hasta quedar pegada al borde mientras en la lejanía escuchaba los sonidos de su hogar. Los mismos que la tenían sorbido el seso, el alma, el corazón y sin los cuales no resistiría su alocada vida. Su familia no era silenciosa y jamás se avergonzaba de expresar sus sentimientos a los cuatro vientos. Calculaba que serían las diez y media de la mañana de un domingo en cierto modo especial.

Su Lena se les iba a casar con el gigante de los ojos espeluznantes pero por alguna extraña razón todo encajaba en su lugar. Una curva distendió sus labios.

Los dos pegaban como la lengua al chicle. De vez en cuando el chicle no respondía a la forma que la lengua quería darle pero la una sin el otro no funcionaba por separado. Lo que no tenía aún muy claro era cuál de ellos era el chicle y quién la lengua.

Contárselo a la familia iba a ser curioso por no pensar en otro epíteto más jugoso. En parte estaba deseando decírselo y en parte temía el bofetón en los morros en castigo por haberles ocultado semejante información.

Y su cuñada tenía una potente laringe.

Potente y certera.

Inspiró sintiéndose relajada por primera vez en muchos días. Le encantaba el olor del hogar y de las tostadas semi quemadas untadas de sabrosa mantequilla.

Los dientes parecían haber aceptado su intromisión y no iban a cortarle el cuello a Lena o clavarle una estaca por traidora al relatar a un humano aquello que estaba prohibido. O, ¿sería obligarle a engullir sopa de ajo hasta que explotara con los aires acumulados?

¡Maldición!

Tendría que preguntárselo a Lena o no podría dormir de la curiosidad.

El día iba a ser caluroso. Los rayos iluminaban ligeramente el dormitorio al escurrirse estos bajo la persiana izada a media altura.

Se hundió otro poco más, cuando el estridente sonido le sacó a golpes de su ensimismamiento.

Genial.

Su vida era un incesante caos.

O era para avisarle que la planta baja de su casa estaba ardiendo en pompa o lo mandaba todo a la mierda. Llevaba meses sin disfrutar de un apacible domingo con su familia y por nada del mundo iba a perder semejante oportunidad.

Alargó veloz el brazo en dirección a su mesilla para evitar un segundo timbrazo que llamara la atención de su hermano y se acercó el auricular al oído.

El ladrido llegó antes de que el aparato tocara su oreja.

—¡Están contigo!

Diantre. No era necesario ser Einstein para saber a quién se referían y quién la llamaba berreando. El horripilante dientes con el extraño tatuaje. El diferente al resto. El que la observaba con descaro y la había mirado con cara rara al dejarla sana y salva en la puerta de la central de policía..

Parecía cabreado y… ¿asustado?

Demonios.

Se deslizó de la cama con suavidad sintiendo los latidos de su cansado corazón acelerarse mientras agradecía la existencia de los teléfonos inalámbricos.

No contestó hasta estar bien encerrada en el cuarto de baño y abrir el grifo. Sus sobrinos tenían oídos de halcón.

—No. No lo están —necesitaba más información, pero ya— ¿Por qué?

Esa voz retumbó al otro lado de la línea, totalmente tensa.

—No están en la guarida, ni en el apartamento, ni patrullando, ni en los calabozos, ni en la mansión, ni en los túneles.

—¡Vale!, captado. ¿Dijeron algo u ocurrió algo tras largarme, bueno, tras dejarme en comisaría?

—Puede…

Era como sacar información con alicates.

—No soy adivina, dientes o agente, o…007 o… ¡lo que sea, coño!

Un suspiro desesperado llegó del otro lado.

—Cuida el lenguaje, humana. ¿Seguro que no están ahí?

A Fanny se le arquearon las cejas. Además de insolente, era ¡mandón!

Ay Dios, Lena se había metido en otro jaleo y esta vez junto al grandote. Su olfato no fallaba en esas lides.

—Seguro. Salvo que mi cuñada los haya metido en la lavadora para encogerlos un tanto, no. No están…aquí.

—De acuerdo. Gracias por la información.

Sonó el ruido de la llamada al cortar.

No podía ser. Sacudió levemente el teléfono y dio dos pasos en dirección a la base del teléfono. Quizá se había excedido en la distancia. Cinco metros eran unos cuantos metros y había comprado el aparato en rebajas.

Al otro lado no había nadie.

¡Joder!

El dientes le había colgado y eso jamás se le hacía a un policía. Nunca a un buen policía, a un buen policía completamente cotilla y metete incapaz de no enterarse de qué demonios estaba ocurriendo en el mundillo de los dientes.

—Fanny, cielo, qué haces metida en el baño hablando sola con ¿un dientes?

Lo que le faltaba. Teresa, su cuñada. Radio Macuto. Y ella tenía la mala costumbre de pensar en alto.

Cerró el grifo y se apoyó contra la cerrada puerta.

Había llegado el momento de la verdad. Después iría a la mansión o en busca de la lerda que llevaba cuidando durante toda su vida como para desentenderse si creía que podía estar en peligro.

Adiós a un domingo relajado.

II

La sinuosa figura permaneció tendida en el suave diván mientras las corpulentas formas arrodilladas ante ella quedaban a la espera de que mostrara una mínima señal.

La señal que él llevaba esperando con verdadera ansia.

La delicada voz surgió con firmeza.

—Ya sabes lo que has de hacer. Lo quiero roto y vulnerable cuando me lo traigas.

—¿Y ella?

—La dejo en tus imaginativas manos, Taran. Deléitame.

Al fin.

Llevaba demasiados años sin gozar.

Hasta ahora.

III

Le despertó una suave caricia en el rostro.

Ryan.

Pero la cama era condenadamente dura y desde luego el olor, ese inquietante olor que parecía pegarse a todo, no era el de su habitación.

Olía a…establo. A humedad y a sufrimiento.

—Despierta, Lena —un ligero meneo provocó que su cerebro se mareara en su cráneo—. Volverán en cualquier momento.

¿Quiénes?

Dos fuertes manos rodearon su rostro y se dejó hacer, hasta recordar.

¡Qué diablos!

Palmoteó en dirección al lugar del que llegó la caricia.

—Maldita sea, Lena. Despierta de una jodida vez o estamos muertos.

¿Muertos?

Desde luego sentía su cerebro muerto, licuado o mejor dicho, atontado. Le costaba aclarar conceptos y ya no digamos otras cosas más complejas. Lo único prístino y cada vez más claro eran los insistentes gruñidos y meneos de Ryan, que como siguieran a ese ritmo le iban a provocar náuseas.

Respiró profundamente y todo le llegó de golpe. Como un colorido y detallado calidoscopio con miles de imágenes superpuestas bombardeando su adormilado cerebro.

El explícito juramento coincidió con otro gruñido de Ryan, al tiempo que este se alejaba un par de pasos.

No se lo podía creer. Todo había ido de culo y cuesta abajo. Su esmerado plan completamente al garete y lo único que le importaba y por quien había lanzado todo al aire, la miraba tieso y totalmente enfadado a dos metros de distancia, al otro lado de una especie de celda asfixiante y maloliente sin salidas visibles salvo la pequeña puerta que mostraba todo el aspecto de estar reforzada en acero. Ryan se paró quedando de cara a la sólida pared.

—No debiste hacerlo, Lena. No debiste dejarme atrás.

El tono de voz helaba la sangre en las venas.

—Y tú no debiste seguirme.

—No, claro, ¡para qué seguir a la hembra a la que me he unido! ¡Para qué tratar de salvarle el pellejo, cuando me podía haber quedado calentito y…!

—Está bien.

—¡… descansando en nuestra puta cama esperando…!

—¡Está bien!

La inmensa figura de Ryan se revolvió y por un segundo creyó que la arrollaría como un tren de alta velocidad, lanzando un derechazo que creería merecido. Se encogió levemente y apoyó la espalda contra la rocosa y áspera pared.

—¡Bien! ¡Y una mierda…bien, Lena!

El hombre comenzó a recorrer la minúscula celda como un león enjaulado, tropezando con sus estirados pies en un par de ocasiones. El hecho de que apenas lo apreciara demostraba su descomunal enfado. Y un Ryan cabreado era un macho con el que convenía mantener las distancias. Eso, si tuviera distancia que poder guardar.

Desde su posición, sentada en el suelo, encogió las piernas, alzó la mirada y lo que vio la dejó muda.

Ryan no estaba enfadado.

Estaba…aterrado y eso, simplemente eso, le dejó a ella sin saber cómo reaccionar.

Se frotó el sucio rostro y habló, suavemente, porque lo que tenía guardado dentro no podía permanecer ahí por más tiempo y no perdería la oportunidad que se le había dado de nuevo.

—Ryan…

Continuó ignorándola y mostrándole la rígida espalda.

—Ryan, mírame. Por favor.

Finalmente se giró, fijando esos rasgados ojos en su rostro.

—Te quiero. Me juré a mí misma que si te veía de nuevo antes de morir nada ni nadie me impediría decírtelo —los grises ojos no apartaban la mirada como si solo ella existiera en el mundo—. Sin ti creo que no podría vivir. Quizá no sea el momento o el lugar pero no puedo…

Calló porque su compañero convirtió en nada el espacio que los distanciaba para arrodillarse entre sus piernas. Esas manos creadas para luchar pero también para amar rodearon su rostro acercándolo al suyo. Sus frentes se tocaron y por un breve segundo, sus alientos se rozaron en medio de un silencio roto únicamente por el intermitente goteo de agua al fondo de la reducida celda. Esas fuertes manos acariciaron su cara, delineándola con las puntas de los dedos.

—Dios, Lena. No puedo perderte de nuevo. No puedo.

—Lo siento, Ryan. Creí…

—Lo sé.

—No debí confiar, ¿verdad?

Su voz parecía carecer de fuerza.

Los claros ojos se clavaron en sus pupilas tras distanciarse una brizna de espacio.

—Entonces no serías tú, cielo. No lo serías.

Esos labios cayeron de repente sobre los suyos en un beso dulce, de amantes reencontrándose, plenamente sabedores de que podría ser el último.

Un beso que se le quedaría para siempre grabado en la mente.

El silencio se extendió unos pocos segundos, los suficientes para decirse con la mirada, en medio de la penumbra, todo lo que necesitaban saber. Y una parte de esa inquietud que había invadido a Lena desde el mismo momento en que abandonó la habitación con Ryan en su interior, se esfumó.

Apartó un mechón de negro cabello que caía sobre el apuesto rostro.

—¿Qué vamos a hacer, Ryan?

—Luchar y escapar de este agujero.

—¿Y, si…?

Una cálida mano cayó sobre los labios de Lena, acallándola.

—Y después tú y yo, mujer, hablaremos largo y tendido sobre lo que jamás debe hacer una pareja vinculada y las represalias por ignorarme.

—¡No te ignoré!

La ceja alzada indicaba bien a las claras lo que Ryan opinaba.

—¿Puede que se me olvidara lo que dijiste en un fugaz lapsus?

De nuevo esa frente se posicionó contra la suya mientras su pecho retumbaba con una ahogada risa.

—La virgen, mujer. No sé qué voy a hacer contigo.

Dios, eso era fácil de contestar.

—¿Amarme?

Esos hermosos iris perdieron el humor que rezumaban y el pulgar de esa mano que todavía rodeaba su mandíbula, recorrió suavemente el labio inferior de Lena.

—Eso siempre, amor. Nunca lo dudes.

Sus cabezas se volvieron al unísono al escucharse claramente la apertura de una cerradura de metal en la distancia, no demasiado lejos.

El cuerpo de Ryan se tensó al completo irguiéndose y posicionándose frente a la cerrada entrada a su celda. Ella sencillamente copió su sigiloso movimiento. El momento había llegado.

Se miraron mientras los pasos se acercaban por el pasillo exterior, cada vez más y más definidos.

—Ya vienen.

IV

Iba a ser una buena pelea y de las duras.

Con disimulada ansia recorrió las limitadas posibilidades que les ofrecía la diminuta celda. Necesitaba concentrarse ya que nadie le iba a arrebatar a su compañera.

La suave y ansiosa voz de Lena le llegó al oído con tanta claridad como si se lo hubiera susurrado.

—No tenemos por qué estar los dos aquí, Ryan.

La miró directamente pero Lena esquivaba su mirada. No podía estar dando a entender lo que él creía.

—No puedo verte sufrir más. No quiero. Estoy cansada de hacerlo, cansada de vernos obligados a pelear una y otra vez. Sin descanso. No me mires así —desde el lugar en el que estaba, vio cómo Lena tragaba con esfuerzo—. Podría enfrentarme a ellos por mi cuenta. Podría pelear sabiendo que estás a salvo. Por favor, Ryan…

¿Y acaso creía que él podría abandonarla y largarse como si no dejara atrás aquello que le mantenía vivo, lo único que le mantenía cuerdo?

Ni muerto.

Y maldita su estampa tan solo por plantearlo.

Fue a responder pero la escasa luz que se filtraba bajo la estrecha rendija, del otro lado de la puerta iba disminuyendo al ritmo en que ellos se acercaban. Los pasos dejaron de escucharse justo frente al lugar que ocupaban en el interior y apenas discurrió un instante antes de que el metálico sonido del corrimiento del pestillo inferior llegara nítidamente a sus oídos.

No tenían tiempo.

—No.

—Ryan…

Un arrastrar de pasos se escuchó claramente hasta que los leves sonidos dejaron de filtrarse. Se estaban preparando para entrar.

—Dime que si fuera al revés, te lo hubieras planteado, mujer. Júramelo aquí y ahora, Lena. Júrame que se te hubiera pasado por la cabeza dejarme en esta sucia celda a la espera de que ellos entraran.

—Puede…

—Mientes.

—No lo hago.

—¡Lo haces!, y con ello desprecias lo que sentimos —los dos pares de ojos se cruzaron, quedando congelados en uno en el otro—. No lo hagas, Lena.

La oscura mirada de Lena brillaba. Dios, brillaba atrapada en medio de la desesperación.

—Podrías ir en busca de ayuda.

—Mientras tú mueres…—los labios de Ryan se apretaron— Esa no es una opción, cielo.

—Me importa poco, Ryan porque no es el caso —un susurro de voces se escuchó al otro lado de la puerta— . Por favor, no disponemos de tiempo, Ryan. Por favor, necesito que salgas de aquí.

Los claros ojos no apartaron la vista al pronunciar las siguientes palabras.

—Si me pides eso, no me amas y si crees que te dejaría aquí, no me conoces.

Lena apretó los labios.

—Eres un cabrón terco y ¡nunca escuchas!

Una diminuta sonrisa cubrió la boca de Ryan, centrando en ella la clara mirada.

—Escucho a mi corazón, mujer y este me dice que mi lugar está contigo.

—Dios, Ryan. Si no salimos de esta…

—Lo sé.

Sus miradas se cruzaron por segunda vez. Un segundo, pero les valió todo el tiempo del mundo.

El segundo chirrío al girar la cerraja superior de la puerta y abrirse la pesada puerta, se expandió por el reducido espacio.

No disponían de espacio para maniobrar y al ver surgir el arma que empuñaba con pulso firme su captor, Ryan relajó el cuerpo. No podía permitir que inyectaran otra dosis en ella.

Ese inmenso corazón no lo resistiría.

Reculó un paso. El suficiente para reducir su amenazador aspecto.

—Eres inteligente, vampiro.

Maldita sea.

La voz era tan parecida a la de Lena que le encrespó el vello. El sonido bullía pletórico de triunfo y eso, sencillamente eso fue lo que mandó una posible conversación civilizada al infierno.

Les iban a matar por lo que nada perdían con luchar. El veloz movimiento a su derecha no le sorprendió. Su compañera no se andaba con tonterías y el oscuro que había mantenido la extraña mirada fija en él, obviando a Lena, había cometido su primer error.

Subestimar a su mujer nunca daba buenos resultados.

La distancia hasta la puerta era reducida y Lena se empotró con todas sus fuerzas contra la figura que la mantenía semi abierta. El arma detonó pero el arco ocasionado con el golpe la desvió a la derecha, golpeando el dardo la dura pared de la celda.

Ryan no dudó.

Tiró del brazo que había aflojado el arma hacia el interior arrastrando a su contrario mientras Lena trataba de impedir que los demás accedieran al interior, tras lanzar todo su peso para cerrarla.

No tenían escapatoria pero lo que sí tendrían era un jodido rehén con el que negociar por la vida de Lena.

Los golpes se sucedían desde el exterior y a ella cada vez le costaba más mantenerlos en su lugar.

—¡Maldita sea, Ryan! ¡Son demasiados!

La sonrisa en los labios del oscuro que sujetaba contra la pared, aprisionando su cuello impidiéndole hablar y respirar, lo enfureció. Apretó más. Hasta casi ahogar. Esos ojos avellanas que dolía mirar se abrieron ligeramente y parecía estar contemplando los iris de su compañera.

Un duro golpe consiguió abrir la cerrada puerta unos centímetros. El tiempo se les escurría entre los dedos.

—No cederá.

¿Qué diablos decía el capullo?

—Nuestra reina no cederá por nada ni por nadie, ni siquiera por mí.

Le costaba hablar con su brazo pegado a esa garganta pero las palabras se entendían perfectamente.

Era enfermizo.

—Eres…su jodido hijo.

La bronca risa del oscuro tras escuchar las palabras de Ryan, les pilló por sorpresa. Tanto a él como a Lena, quien se giró en un ágil movimiento hasta dar con su espalda contra la puerta, clavando las botas en la tierra que cubría el suelo.

Lo más inquietante eran esos silenciosos golpes del otro lado. Continuos, cada vez más potentes pero sin escucharse ningún otro, salvo el de los cuerpos al golpear una y otra vez contra el acero. Ni gritos de ánimo, ni ruidos sofocados por el esfuerzo en abrirla. Ni amenazas ni avisos.

Únicamente silencio.

V

Los dos pares de ojos colisionaron. Avellanas ambos. Unos brillantes de odio concentrado. Los otros, confusos y llenos de tensión.

Lena clavó los talones en el suelo, antes de hablar.

—Si le dejáis marchar, me entregaré sin luchar.

El rostro de Ryan pareció desencajarse al escuchar sus palabras. No lo entendía ni lo haría pero era la única salida. La expresión de su enemigo rezumaba…odio visceral. Pese a estar en inferioridad de condiciones, no parecía temerles y sintió un apretón en las entrañas. Se les escapaba algo.

—Ya os tenemos.

—Y nosotros a ti.

—Ahí es dónde te equivocas…hermana.

Hermana.

¿Por qué ese oscuro le llamaba eso?

¿Y por qué diablos no parecía preocupado con la situación?

Separó las piernas para afianzarlas otro poco más y forzar la sujeción contra el piso. La tierra comenzaba a resbalar al cubrirla un fino polvo que por alguna razón se estaba levantando. Casi como si una suave corriente de aire lo llevara consigo.

Algo ocurría.

Su olfato respondió por sí mismo. La mirada de extremo triunfo en el rostro de su oponente que se atrevía a llamarle hermana, hablaba de logro y no de derrota.

El entumecimiento comenzó a expandirse por su cuerpo al tiempo que observaba sacudirse la cabeza de Ryan, intentando librarse de la sensación de cansancio que poco a poco les iba invadiendo.

—¿Qué…?

—Gas.

—¿Por...?

No podía ser. Le estaba costando hablar y respirar. La segunda ocasión en que le drogaban contra su voluntad y eso…no…se…hacía.

—Os quiero enteros, sin heridas ocasionadas por una pelea al tratar de escapar y para ello, os necesitaba distraídos a la hora de expandir el gas dentro de la celda —Una espeluznante risilla brotó del Oscuro— Yo soy esa distracción ¿De verdad creísteis que resultaría tan sencillo cogerme desprevenido?

Hijo de puta petulante.

Sus piernas cedieron, de golpe y resbaló hasta quedar sentada en el suelo, con la espalda apoyada contra la puerta. Los empujones desde el exterior la iban desplazando poco a poco, como una muñeca sin fuerzas.

—¿Por qué a ti…no…te afecta?

—Eso da igual.

El ruido de Ryan al caer unos segundos más tarde, distrajo su atención.

El oscuro se liberó y pasó por encima del cuerpo postrado de Ryan, quien alargó una mano aferrándole una pierna, tratando de impedir su avance hacia ella. Ryan solo logró una mirada en su dirección antes de que este se soltara para acercarse lentamente hacia ella y se agachase a su lado.

Sonreía. El muy animal sonreía mientras le recorría la cara con la mirada.

—Mírame bien, vampira. Mira mis ojos. Mi nombre es Taran, hijo de la reina oscura. Conocido como Colton Riannon. Hermano de una repugnante agente de la Dandraara. En unas pocas horas, presenciarás la muerte de tu compañero sin poder hacer nada. Después, morirás bajo mis manos. Las mismas que llevan esperando demasiado tiempo para borrar tu existencia de este plano.

Su corazón comenzó a bombear descontrolado.

Lo único que pudo fue preguntar ¿por qué?

No lo entendía.

La respuesta fue sencilla e impactante.

Porque te odio.

VI

Como un coche patrulla pasara delante de la mansión, seguro que la detenían por demente. Llevaba al menos cinco minutos haciendo aspavientos frente a la cámara de seguridad y escondiéndose apresuradamente entre los matorrales cuando, de tanto en tanto, un solitario vehículo cruzaba por la elegante carretera que daba a la entrada del complejo donde residía Lena.

Y los muy estirados no terminaban de abrirle las puertas a la casa. Ni que les fueran a contaminar el puro aire que respiraban. Había que fastidiarse.

Por la minúscula rendija que unía los dos portones que limitaban el inmenso complejo que habitaban los vampiros se podían perfilar las encendidas ventanas de la casa. Al completo. Eso solo podía significar que esos dos alelados aún no habían aparecido.

Estaba por lanzar una descomunal patada al portón cuando un suave sonido metálico anunció la apertura de la puerta.

Se lanzó al trote recorriendo en no pocos segundos la distancia hasta la entrada.

Corcho, estaba en baja forma y se sentía algo floja. También preocupada lo cual influía, sin duda, en su estresante estado de ánimo. También en el físico. Normalmente no se agotaba con una insulsa carrerilla de nada. Se quedó como un pato mareado en pie ante la tallada puerta de madera.

Esperando y…jadeando.

La imagen perfecta de una fiable policía.

Por alguna extraña razón sus ojos permanecían clavados en el suelo en el justo exacto momento en que la pesada puerta de abrió, causando que su mirada se pegara como una lapa a las negras e inmensas botas de combate que embutían unos pies aún más enormes. Ascender por unas piernas y muslos cubiertos de duro cuero fue inevitable y a continuación su mente se ofuscó ligeramente al comenzar a contar las armas que portaba el hombre que había abierto la puerta.

Las ganas de mirar ese rostro se le fueron de golpe porque intuía quien era. Su mala suerte últimamente parecía carecer de límites.

El de la melena negra y el hermoso rostro cruzado por ese tatuaje espeluznante ¿Acababa de pensar que era hermoso? Uf, estaba atontada últimamente.

El que se la quería zampar. Bueno, a sus músculos vagos. El que le seguía descaradamente con la mirada con los ojos entrecerrados como si estuviera decidiendo si ella era un peligro en potencia o simplemente una mujer algo peculiar.

Le ponía nerviosa.

Con la mano palpó la navajita en su bolsillo derecho y el puño americano en el bolsillo trasero del pantalón.

Respiró algo más tranquila. Nunca, jamás acudía desarmada a una posible emboscada o situación inquietante y por la mirada de esos ojos ¿verdes? la ocasión lo merecía. Apretó los dientes. Tendría que haberse armado hasta los dientes y vestido un par de chalecos antibalas, como poco. Empapados en ajo y perejil.

—Te esperábamos hace rato, hembra.

¿Hembra? ¿En el siglo veintiuno?

Jodido chiste.

—Pues llevo tiesa como un palo en la entrada desde hace al menos diez minutos.

—La puerta estaba abierta, mujer. Hubiera bastado un ligero empujoncito de esa amplia cadera.

La virgen María.

Odiaba hacer el ridículo. Seguro que le habían grabado haciendo aspavientos, muecas, dando saltitos y jurando en desastroso hebreo. Por no hablar de su reciente amistad íntima con los matorrales.

Frunció el ceño.

¿Amplia cadera? ¿Qué insinuaba el idiota armado hasta los dientes?

—¡Es mi herencia materna!

El repentino parpadeo masculino evidenció cierto desconcierto. Pobre hombre. Lo había obnubilado con su verborrea. Al carajo. Por esta y única vez obviaría el insulto a su zona pélvica.

Torció el cuello hasta que su mirada chocó con la inquietante que se le enfrentaba con cierto descaro.

—¿Los habéis localizado?

—No.

—¿Planeáis algo?

—Sí.

—Me gustaría participar.

—Seguro.

Apretó los puños y contó hasta ocho antes de insistir. Ni por asomo llegaría al diez. Ese ser hosco no conseguiría desquiciarle los nervios. No a ella.

Llegó al seis.

—Voy a participar en la búsqueda.

—Nos retrasarías.

—¡Y un cuerno, memo!

El paso siguiente fue quedar colgando en el aire como si apenas pesara, con dos inmensas manos aferrando la pechera de su recién estrenada americana mientras sacudía espasmódicamente los pies. Sintió un aliento en el lateral del cuello y se preparó para ser asaltada, asesinada o vete tú a saber. Y lo peor era que ella sola había acudido derechita a la boca del lobo. Estaba abobada por la preocupación y peor aún, sería el hazmerreír de sus colegas.

¿Le estaba olisqueando el gigante?

—Hueles a melocotón, hembra. Odio…esa fruta.

Con suavidad sorprendente el energúmeno que la oteaba desde su impresionante altura la depositó en el suelo, sobre sus temblorosillos pies. Entonces se permitió respirar expandiendo ruidosamente su pecho.

—¿Te vas a desmayar, mujer?

—¡Yo no me desmayo! A veces, decido dormir involuntariamente, lo que es muy diferente a eso otro.

Una inesperada curva asomó a los generosos labios del hombre hasta que frunció el ceño como si se hubiera dado cuenta de un imperdonable desliz.

—Correrás peligro y eso desagradaría a tú amiga. Y si desagrada a esta, enfada a Ryan. La última vez que ocurrió, me quedé sin mis canales por satélite preferidos y eso no me gustó. Me perdí el final de "Amor Salvaje" —el corpachón pareció inclinarse como un torreón—. No me gustó…para nada.

Aspiró con fruición y decidió dejar pasar la chanza que tenía en la punta de la lengua. En otra ocasión.

El hombre, ¡veía telenovelas!

Céntrate, Fanny. No era el momento de despistarse.

No podía permitir que la dejaran de lado. No…podía. Lena era demasiado importante en su vida. Era su familia. Y de la familia se cuidaba. Se la protegía. Quizá el gigante que la observaba con esos ojos raros lo entendiera. De algún modo algo dentro, le susurraba que este lo comprendería.

—No puedo dejarle de lado. No…puedo. Es mi familia. Puede que sea terca, malhablada, hosca y todo lo demás pero es como mi hermana, ¿lo entiendes? Lena es mi hermana. La única que tengo y por eso, no puedo perderla. Y por eso, haré lo que sea necesario, incluso pasar por encima de quien se interponga en mi camino. Sin piedad.

Ni una palabra ni un gesto. Debía insistir.

—Sin dudarlo, quería decir. Y sin remordimiento alguno. Sin…

El hombre no dio muestras de reconocimiento o comprensión hasta que Fanny se dio cuenta de la dilatación de las pupilas que tornó negros, completamente negros los iris que hacía pocos segundos eran color verde pálido.

Algo muy dentro de ella, se aquietó.

—Acompáñame.

Le entendía.

Ese hombre al fin la entendía.

VII

Se dio cuenta de inmediato ya que no era la primera vez.

Estaba atado en cruz.

Las gruesas sogas se hundían en sus muñecas al soportar gran parte de su peso al apenas tocar suelo sus desnudos pies. Sintió el frío en el torso y abrió los ojos.

Una cueva.

Se encontraba en medio de una condenada cueva y tanto por las dimensiones como por los huecos que cubrían las amplias paredes de piedra o roca supo que estaban en algún punto de las catacumbas que recorrían el subsuelo de París. Era difícil de precisar pero era una caverna.

Una oscura y helada caverna en medio de ninguna parte, bajo tierra. Una opresión en medio del esternón pareció hundirle el estómago cuando percibió ese olor de inmediato.

Lena.

Entornó los ojos y agudizó el oído. Por el momento estaban solos pero eran vigilados. El parpadeo de numerosos puntos intermitentes de color rojo anunciaba la colocación de cámaras rodeándole. Grabándoles.

Malditos bastardos.

A unos cuatro metros de distancia Lena ocupaba una hermosa silla de madera tallada. Colocada frente al lugar que ocupaba él y de espaldas a la entrada. Seguía sin sentido por la forma desmadejada en que su cuerpo la llenaba y al igual que él, solo vestía camiseta y pantalón. Estaba firmemente atada de pies y manos y otra soga le rodeaba el pecho.

Por todos los dioses.

Pintaba fatal ya que la colocación de ambos, la falta de ropa, el aspecto del lugar hablaba a gritos de una maldita exhibición de circo. Intuía que las gradas formadas por los huecos en las paredes no tardarían de llenarse de enemigos para deleitarse con aquello que hubieran planeado para ellos. Para su compañera.

Tiró con fuerza de las cuerdas pero la tirantez impedía un mínimo de distensión y aunque lo lograra, los muy animales habían amarrado sus tobillos con cadenas. Aunque liberara su parte superior la inferior…

Vamos, Lena.

¡Despierta!

El casi imperceptible roce de ropas contra la piel le llegó desde su espalda. Tensó el cuerpo al completo y se alegró estar en medio, entre aquel que casi inmóvil se mantenía agazapado a su espalda y Lena. Giró levemente el rostro pero la oscuridad envolvía la zona que trataba de visualizar.

—Déjate ver, cobarde.

La respiración se le quedó atrapada en la garganta al rodearle la figura que desconocía cuánto tiempo había permanecido a la espera de que él recobrara el sentido.

La reina.

La madre de Lena.

El primer impacto fue tremendo.

Dios, se parecía tanto a ella. Esos ojos eran los mismos pero las miradas eran opuestas en todos los sentidos. La de la hija llena de humor, travesura, calidez…y amor. La de la madre, de odio. Puro odio. Quemaba al sentirla sobre su rostro.

—Te pareces a tu padre, guerrero.

Maldita sea.

—Ella no puede ayudarte ahora, hijo de mi enemigo. Por mucho que crea amarte.

El aliento se le congeló en el cuerpo y se alegró.

Se alegró de que Lena no presenciara lo que estaba ocurriendo.

—Despertará cuando yo lo desee, no antes.

Esos fríos ojos, muertos, se posaron brevemente en la dormida figura de Lena y Ryan sintió terror como pocas veces lo había sentido antes en su vida. No debía permitir que se acercara a ella. No debía…

Le costaba hasta pensar como si una droga estuviera circulando por su cuerpo. Como si la presencia de la reina debilitara sus defensas.

—Mi…hija no tardará en despertar.

¡No es tu hija!

No lo es, ya que no la amas.

Ella se movió de nuevo. Lentamente, con movimientos tan suaves que parecía levitar. No pudo evitar que le recordara a un ser etéreo. Desprendía puro poder.

No olía como ellos sino que el aroma que despedía era embriagador. Una parte incluso le recordaba a Lena. Y era una de las mujeres más hermosas que se habían cruzado en su camino.

Hermosa y letal.

Con extrema parsimonia la reina oscura se acercó a Lena congelándole a él la sangre en las venas. Ella tenía que saber lo que sentía al verle aproximarse a la desmayada forma de su compañera. El miedo a no poder defenderla, el terror a perderla ante sus propios ojos.

—Así es, vampiro. Lo que sientes ahora, yo lo sentí en un tiempo demasiado lejano como para recordar y donde estás tú, totalmente impotente, estuve yo… —Esos ojos color avellana parecieron convertirse en piedras en un segundo—…gracias a tu padre.

Ryan aspiró antes de hablar.

—¿Qué quieres?

—La quiero a ella.

No.

Todo menos eso.

La suave voz continuó, ajena al dolor que él sentía. Ajena a que le estaba pidiendo lo único que no podía dar.

—No tardará en despertar… —ella casi estaba a la altura de la silla— …y cuando lo haga dispondrás de unos minutos para hacerle ver que su lugar está junto a su madre. Donde es querida. Un lugar en el que no la cazarán, despreciarán ni humillarán por nacer de quien nació.

Ryan apretó los puños al ver cómo la fina y blanca mano se alzaba para acariciar el cabello de su compañera. El grito casi brotó de su garganta, amenazador.

¡No la toques!

No lo hagas.

El sonido de la voz femenina no paró.

—No tenéis escapatoria y lo sabes, ¿verdad, guerrero? La única cuestión que queda por decidir es si la amas lo suficiente como para salvarle la vida. Si estás dispuesto a romperle el corazón para salvarla de la muerte.

Tras una última caricia de esa mano sobre el rostro de Lena, la femenina figura se acercó hasta quedar a un metro de distancia.

—Tú vas a morir, guerrero. En este lugar quedarán las cenizas de tu cuerpo. La cuestión es si deseas que las de tu compañera acompañen en su viaje a las tuyas.

—No conoces a tu hija.

—Pero tú sí, guerrero y por eso estás aquí. De tu capacidad de convicción dependerá la vida de mi hija. Dispondrás de poco tiempo. Una vez agotado, no habrá salida para ninguno de los dos.

Se le retorcieron las entrañas.

—¿Qué quieres decir?

—La luz del día será tu muerte. Mi hija morirá a manos de su hermano Taran. Tú sufrirás un instante ante los horrorizados ojos de tu amante. Ella quedará destrozada viéndote morir para sufrir después una muerte agónica.

Un sueño. Tenía que ser una maldita pesadilla.

Ella estaba disfrutando al relatar lo que tenía planeado. Tensó los músculos de los brazos pero no sirvió de nada. Se inclinó levemente para escupir las palabras a ese bello rostro.

—No amas a tu hija.

Una inquietante mueca curvó los labios de la reina.

—No. Pero tú…sí. Y eso es tu perdición, guerrero. Al igual que la de mi hija.

El suave sonido de movimiento les llegó en ese momento.

Lena despertando.

—Tú decides, Puntal del Sur. Me agradará observar lo que ocurre.

—El tiempo comienza a contar desde este momento. Pasado este, mis súbditos comenzarán a llenar el lugar, expectantes, esperando el irrepetible espectáculo de presenciar la muerte de dos agentes de la Dandraara. En tus manos está que presencien únicamente la de uno.

Esa grave voz que amaba tanto lanzó un ronco ¿Ryan?, antes de espabilar al completo y su corazón pareció romperse en mil pedazos.   La presencia de la reina oscura había desaparecido llevándose consigo el ponzoñoso olor a pura maldad, dejándole roto por dentro.

Ella había acertado a la hora de elegir la forma de hacerles daño.

Lena no lo entendería. No entendería que para salvarle la vida, debía destrozarla.

Destrozarlos a ambos.

******

Capítulo 21

I

Debía parar el temblor de su cuerpo pero era tan difícil.

Sentía la piel cálida pero su interior estaba gélido e insensible. Escuchar el ronco susurro de Lena llamándole, ese sonido buscando una salida y saber que para ella esa maldita salida era él, le mataba por dentro con cada suplicante y temblorosa sílaba que manaba de esos labios. Rechazaba imaginar el dolor que tarde o temprano iba a surgir en la mujer que quería, al escuchar su frialdad al hablar y sin la cual él no podría seguir adelante con lo que tenía ideado.

No disponía de otra opción salvo hacer todo lo posible por salvarla, por recoger el pañuelo arrojado al suelo por una madre en la que Lena aún creía. Por una reina en la que su compañera todavía necesitaba creer y que añoraba. Si por ello la mujer que comenzaba a despertar mientras permanecía atada a la silla, volvía a rechazarlo y a odiarlo a muerte, que así fuera.

Podría vivir con ello.

Con su muerte, jamás lograría salir adelante.

Observó a Lena tirar con lentitud de sus brazos, como si no le respondieran en un primer momento y se preparó.

Se preparó para destrozar a su compañera tragándose toda debilidad, comiéndose las tripas hasta perder toda noción de sentimiento. El único amor que tuvo y tendría a lo largo de su jodida y solitaria vida y estaba a un paso de…perderlo.

Para siempre.

Le resultó imposible contestar a su pregunta susurrada, al ruego de saber si él estaba cerca. El lugar estaba falto de claridad y sabía de sobra que la visión de Lena no era comparable a la suya, que tenía que estar desorientada y asustada pero si daba pie a darle lo que pedía, no podría seguir adelante con su plan y esa sí que no era una opción en esos momentos.

Recorrió lentamente con su mirada la figura que, sentada a corta distancia, giraba lentamente la cabeza para captar cualquier sonido que proviniera del lugar que él ocupaba. Y sonrió porque…era ella.

Atada, amordazada, herida, aterida de frío pero su esencia ahí estaba. En el ceño y en los labios fruncidos. En el tenso cuello y en la enrojecida carne debido a la fricción de las sogas que la rodeaban. En el constante movimiento de sus piernas intentando aflojar las cuerdas, en la terquedad que se palpaba a su alrededor y en el inmenso carácter que se apreciaba en esos hermosos ojos.

La amó más que nunca porque en ese instante supo que ella no se daría por vencida y algo se le rompió de nuevo por dentro al intuir que solamente él podría vencer a esa luchadora indomable con unas pocas y dañinas palabras.

Respiró para no ahogarse con lo que tenía que hacer, sabiendo que ella estaría observando cada detalle, cada movimiento. Cerró los ojos para que no viera su debilidad pero una solitaria lágrima escapó, resbalando lentamente hasta mezclarse con ese sudor helado que cubría su cuerpo.

Soltó su aliento y le pareció que su corazón lo acompañaba, dejándolo vacío.

II

La cabeza la notaba a punto de estallar y las sienes acompañándole en un salvaje y rítmico baile. El dolor de cabeza era de caballo pero, claro, con dos gloriosas y forzadas dosis de droga circulando por su sistema no era como para sentirse en plenas facultades y sino que se lo dijeran a los agarrotados músculos de su cuerpo.

La boca aún la tenía algo adormilada y pastosa y la sensación que ello le causaba era que las palabras que trataba de pronunciar con claridad eran meros balbuceos. Ridículos balbuceos llamando ansiosa a su pareja.

En su tónica habitual.

Dios, qué enfado descomunal tenía encima.

Se habían pasado con las dosis y no la habían mandado al otro barrio de puro milagro ¡Ni que fuera un elefante al que hay que doblar la dosis por si las moscas!

Tensó y aflojó los músculos sintiendo la aspereza de las sogas rasparle y hundirse en su pecho y brazos.

Amarrada y atada como un asado bien jugoso preparado para la parrilla.

Abrió los ojos para tratar de captar algo a su alrededor pero era complicado. Su herencia paterna provocaba que en la oscuridad su visión se asemejara bastante a la de los humanos por lo que apenas captaba formas salvo lo que por un instante creyó escuchar respirar a poca distancia. El tintineo de unas cadenas no demasiado lejos.

Solo podía ser Ryan, pero nadie había contestado a su torpe pregunta. Su compañero no la hubiera dejado con la angustia de saber.

La ansiedad comenzó a invadirle el pecho como una pesada losa. Sabía que no le habrían soltado. Ryan era un prisionero demasiado valioso para ello pero quizá estuviera herido, malherido, agonizante, tirado por ahí, lejos del lugar donde debía estar. Con ella.

Sangrando…

Dios, Dios, Dios.

Le estaba dando un ataque de nervios y le comenzaba a costar respirar con normalidad. Su desbocada mente comenzaba a visualizar imágenes cada cual más aterradora y nadie contestaba en la fría oscuridad. Absolutamente nadie.

Si fuera Ryan ya le habría…

—Nunca debiste unirte al clan.

El alivio ¡Virgen Santa! El alivio que casi la hizo desmayarse de golpe tapó por unos instantes el desconcierto al escuchar las palabras pronunciadas con esa grave voz que amaba. Le daba igual.

—¡Serás idiota! Me diste un susto de muerte, Ryan. No lo vuelvas…

—Todo esto es por ti, Lena. Te buscan a ti.

¿Qué diablos? Ryan seguía drogado hasta las trancas aunque no parecía balbucear al hablar.

—Este es tu lugar. No el Clan del sur.

No. No entendía.

—Nunca perteneciste a los nuestros y siempre lo supiste. No encajas, Lena.

Las manos le comenzaron a sudar y la boca se le secó. De golpe. Su corazón latía desbocado.

—¿Ryan?

Una agria risa le llegó desde su derecha, a poca distancia. De la misma zona desde el que había oído ese sonido metálico. No era lógico.

—¿Te han dado algo? Porque, cielo, creo que deliras un algo y…

El gruñido rebotó en todas las paredes y huecos que los envolvían.

—¡No me llames eso!, porque no lo soy. Nunca lo fui ni lo seré. Me avergüenzas al decirlo en alto, mestiza.

La sangre pareció paralizarse en las venas, dejando de fluir. Ese tono de voz…

No podía ser. Tiró desesperada de las malditas cuerdas logrando aflojarse algo. No entendía nada y un nudo comenzó a formársele en el estómago. Ryan decía locuras con una frialdad que no parecía propia de él, que no podía ser con todo lo que habían compartido.

Desquiciada lanzó un juramento. Solo podía ser una cosa.

—Estás drogado.

Otra risotada llena de desprecio. Una punzada partió su pecho al escucharla. Con fuerza. De golpe y sin previo aviso.

—Ya no lo estoy pero debí estarlo al unirme a ti. Eso me rebaja ya que no eres… mi igual. Eres inferior aunque ya lo sabes, ¿verdad? Lo has sabido toda la vida. Cuando servías a mi casa y más tarde a tu familia materna. Ese es tu lugar y lo será toda tu inútil vida. No perteneces al clan. Lo ensucias. Lo desprestigias con tu presencia. Eres…escoria.

No.

Dolía escuchar.

Algo estaba obligando a Ryan a decir esas cosas porque no las podía sentir y nada ni nadie la convencerían de lo contrario. Por mucho que le doliera porque en el maldito fondo una pequeña parte de ella siempre creería no ser lo suficientemente buena por la sangre que recorría sus venas y que tantos despreciaban.

Dios.

Que no era lo suficientemente buena para nadie. Una creencia metida a base de golpes y torturas en su mente y alma que poco a poco había ido desapareciendo. Con calidez, cariño y compañerismo. Y…amor.

No permitiría que la hicieran dudar de nuevo aunque su corazón pareciera a punto de partirse en dos.

—Mientes —Comenzaba a odiar esa risa tan ajena a Ryan que hacía eco, casi riéndose de ella, de sus miedos— ¡Cállate!, cállate, Ryan. No importa lo que digas, ¿entiendes?, porque sí eres mi otra mitad y lo serás siempre. Y tú sí que lo sabes.

Por un instante un asfixiante silencio lo invadió todo y una breve esperanza aligeró el latir en su pecho.

—Follar no significa amar. No seas tonta, Lena. Nunca diría no a un culo como el tuyo, tan apretado. Tan…virginal ¿Acaso te creíste que puedo querer a alguien inferior a mí? ¿A alguien como tú? ¿A una despreciable mestiza?

Le daba igual la voz. El tono. No podía estar hablando en serio. No podía.

—Sí.

La dura voz no tardó en responder.

—Eres más imbécil de lo que creía, Lena. No vales el esfuerzo.

Dolió tanto.

Una parte oculta en su interior, una cría dolida, frágil, tímida y que creía que nada valía, surgió aterrada.

Necesitaba ver esos ojos claros y no podía.

—No hablas en serio, ¿verdad? No puedes hablar en serio, Ryan.

—¿Tú crees, hija de humano?

Sin poder contestar. Ni queriendo podría en ese instante obligar a su cuerpo a formar sonidos. Le dolía tanto el pecho.

Se forzó a sí misma a hacerlo ya que lo contrario era sencillamente impensable, al igual que asimilar lo que escuchaba. Porque era imposible de aceptar.

—¿Qué te han prometido, Ryan? Para hacer esto.

No se había dado cuenta antes pero la estancia que ocupaban se había ido iluminando gradualmente y ahora podía ver claramente la figura de su compañero a unos cinco metros de distancia. La disminución de oscuridad fue bienvenida para distraer su mente de la crueldad que emanaba de esa dura voz.

Estaban bajo tierra y eso era evidente por el olor, la humedad, la oscuridad ahora reducida con el encendido de numerosos focos y antorchas a su alrededor. Ocupaban una cueva en forma circular, enclavada en lo que se asemejaba a dura roca. El piso estaba rodeado de paredes lisas ideadas para evitar el escape de prisioneros y no se veían salidas salvo una recia puerta en uno de los lados. A partir de una altura de un primer piso las paredes estaba horadadas y decenas de balconadas unidas en su parte trasera por galerías, servían de ubicación para observar en primer plano el espectáculo que ellos en este momento y otros en el pasado, habían ofrecido a sus moradores.

Alzó la mirada a lo alto y le llamó la atención. El techo de la caverna no era natural sino que había sido forjado por manos de carne y hueso. Era de metal y una junta en su centro anunciaba que estaba formada por dos partes unidas en su mitad.

Una arena.

Como gladiadores en una sangrienta arena de circo.

Y con Ryan hablando cerca, con extrema brutalidad. Con tanta dureza, tan dañino que solo alguien desesperado recurriría a ello con una persona a quien se quiere.

Notaba la mirada de esos ojos transparentes en su cuerpo. Fijos. Tozudos.

—¿Oíste lo que dije, Lena?

Diablos. La estaba enfureciendo.

—Es difícil no hacerlo, contigo gritando a pleno pulmón.

—Bien. Algo que te funciona en orden.

—Dios, eres un memo, cielo —una extraña mueca cubrió los carnosos labios de Ryan. Una mueca que rebasó el puto vaso—. Y un…puto cobarde.

Los claros iris se entornaron y el poderoso cuerpo se puso rígido como una tensa cuerda a punto de romper.

—Dijo la mestiza que se escondía entre los débiles humanos. Dime algo, Lena. ¿A ellos también te vendiste por un poco de afecto?

No lo iba a lograr. Por sus ovarios que no le iba a hacer sentirse sucia.

—Vete a paseo, Ryan. No lo vas a lograr.

—¿El qué?

—Hacer que te odie. No podrás lograr que te abandone a tu suerte, porque eso es lo que quieres, ¿verdad? O lo logramos ambos o no. Es simple. Juntos o nada.

Esos labios se apretaron instintivamente.

Y lo supo.

El muy insensato se estaba sacrificando por ella y trataba de alejarle con sus sangrantes palabras. Intentaría causarle el mayor dolor posible para que la ira hiciera el trabajo pero el muy insensato no terminaba de entenderlo.

En el fondo era tan sencillo…

Se amaban y quienes lo hacen comparten penurias y desgracias al igual que felicidad y dicha. También la muerte. En su caso si uno moría, el otro iba detrás. Sin medias tintas y sin arrepentimientos. Lo complicado iba a ser que esa dura mollera se diera cuenta de una endemoniada vez. Más tarde ya hablarían de cómo nunca se debían utilizar los puntos flacos del otro para ahuyentarle y por Dios que la discusión iba a ser de las de recordar toda la vida.

—¿Qué te ha ofrecido ella?

Esa mirada se clavó en la suya para desviarse a continuación. Había acertado. En el mismo centro.

—Hablas estupideces.

—Mírame. Al rostro. Y júrame por tu condición de agente que ella nada te ha prometido.

Increíble.

Era duro el muy terco. Y lo amaba por ello.

El hermoso rostro se giró en su dirección y lo dijo. Con fría templanza, habló.

Sin titubear le repitió que lo que decía, lo sentía. Que estaba cansado de ella, de sus inseguridades, de sus debilidades. Que no la quería salvo para joderla, para lo único para lo que valía y para lo que había nacido. Para servirle. Que era una molestia en la contienda. Que era débil y un lastre y sus tratos con los humanos les ponían a todos en riesgo y con ello se convertía en el eslabón débil del grupo.

Que podía creer lo que le viniera en gana pero que ello no cambiaba la realidad y que la realidad era sencillamente esa.

Que ella nunca valdría más que para calentarle la cama.

La manera en que lo dijo… Casi le creyó. Casi la mató por dentro.

Sus entrañas se hicieron un nudo y deseó por un instante partir la cara al macho que sin una mirada atrás destrozaba todo aquello que habían compartido. Todas las caricias. Las dudas. El miedo y la…vergüenza.

Entonces se dio cuenta.

Brillaba en su cuello.

El medallón de los Borges. Hermoso pero extraño al vampiro que lo portaba porque no casaba con él, con sus ideales, con su carácter, con su humanidad y su piedad. La misma que faltaba en su aborrecido padre. El mismo medallón que guardaba creyendo que nadie lo sabía y que juró jamás ponérselo si no era para recordar de quién había nacido y poder obrar de manera opuesta a aquel a quien perteneció en su día.

Y lo entendió.

El padre jamás se hubiera sacrificado por nadie.

Su hijo era lo contrario. El polo opuesto. Sin un ápice de duda moriría por aquellos que amaba.

Fue a decírselo pero por el rabillo del ojo lo captó.

Movimiento.

Tan ligero que de no haber sido por el incremento de luz, jamás lo hubiera apreciado. Era una mujer salvo que quienes habitaran el lugar vistieran de largo, con vaporosas faldas de hermosos tonos claros. Algo se le comprimió por dentro. Algo que creyó perdido hacía demasiado tiempo, estando arrodillado de cría en el duro suelo mientras le presentaban a la hermosa hembra que todo el campamento anunciaba como la futura compañera del cabeza de los Borges.

Aguantó la respiración y se volvió hacia Ryan quien también se había dado cuenta de lo que pensaba. Sus abiertos ojos se lo decían sin necesidad de palabras.

Una sensación de paz, de intenso equilibrio la invadió. Y una minúscula parte de incertidumbre por todo lo que su compañero le había espetado con tanta dureza instantes atrás, desapareció de su interior, al recibir la mirada clara que había perdido parte de su aspereza.

—Hazlo por mí, Lena. Sal de aquí, sin mirar atrás.

No podía estar hablando en serio.

—Sabes que no puedo, mi amor. Sin ti no valdría la pena. Amar es eso, mi mitad. Entiendo lo que has hecho, aunque me enfurece a morir y ten por seguro que cuando salgamos de este sucio pozo, tenemos pendiente una larga conversación pero no me pidas que por salvar la vida, permita que te arrebaten la tuya. No pidas de mí, aquello que tú no harías nunca.

Dios, esa era la mirada de su compañero. No la de hace unos minutos, que la dejaba fuera, rechazándola. Esta, la reconocía.

—Tú lo hiciste, mujer. Al dejarme atrás en nuestra habitación.

—Y tú me seguiste al infierno, amor. Sin dudarlo. ¿Por qué habría de obrar yo diferente?

—Maldita sea, Lena. Podrías salvarte.

—Y ¿para qué, si no estás a mi lado? No vale la pena. No sin ti.

—Entonces moriremos.

—Puede. Pero lo haremos juntos.

III

Su primera impresión fue que los espías no eran como en las pelis, fríos, letales y extremadamente organizados sino tan desorganizados y ansiosos como el resto de la humanidad y ese tonto pensamiento le hizo tranquilizarse un punto mientras ascendía una de las escalinatas más alucinantes de su vida que por alguna extraña razón su mente parecía querer rememorar.

Y eran todos guapos, diantre.

Se acababan de cruzar con un tío alucinante. Con un rostro más que hermoso pero muy masculino y un largo cabello rojizo por el que habría dado unos cuantos dólares poder toquetear.

Sacudió la cabeza. Se le estaba yendo al garete de la preocupación.

Algo le había dicho el energúmeno que le había abierto la puerta y que acababa de recordar cómo se llamaba. MacAllan. Las tripas se le retorcieron un poquito.

¡Dios! No era el momento de que le entraran ganas de ir al baño.

Apretó los puños y se centró en otras cosas. El guapo se llamaba Jonas aunque ahora que lo pensaba, era demasiado guapo para ser espía. El abanico de posibilidades que se había abierto ante sus ojos era inmenso y su imaginación iba al galope. Puede que también existiera los agentes dobles, ¡y los triples!, y las hadas y duendes.

¡Y los pitufos!

Demasiada información de golpe.

Otro gigante les esperaba frente a una puerta cerrada. La misma puerta por la que había cruzado en otra ocasión. El despacho del jefazo. El hombretón que les esperaba con unos ojos turquesa repletos de ansiedad era el tal Carlson. Era inconfundible con su altura, su rubio cabello y rostro perfecto. Lena hablaba de él con mucho aprecio. Brutal en la pelea pero como un oso amoroso en la convivencia diaria.

Ese le gustaba.

Cruzar la puerta fue por segunda ocasión como entrar en un mundo tan ajeno al suyo que casi asustaba.

Por alguna extraña razón ver la imagen del jefazo de los espías y de agentes secretos vampiros con el chihuahua a sus pies bostezando, sosegó esa ansiedad que parecía estar carcomiéndola por dentro. Incluso, casi le hizo gracia lo estrambótico de la imagen. Quizá a otros les pusiera en guardia pero algo en esa calma presencia, la tranquilizaba por dentro.

—Tardaste demasiado, Marianno.

Pues empezaban mal.

Iba a contestar cuando MacAllan intervino, ¡sacándole la cara! y añadiendo que había sido un desliz suyo tener esperando a la hembra.

Increíble.

El mundo al revés. Quizá ese vampiro no fuera tan… ¿Le acababa de llamar hembra, de nuevo?

Pobre hombre. Se creía aún en plena edad media.

Le costaba apartar la mirada de ese regio perfil marcado por ese elaborado tatuaje hasta que el rostro se giró hacia ella preguntándole un ¿verdad, mujer?

A punto estuvo de seguir con la excusa pero no hubiera sido ella si hubiera permitido que otro tapara su torpeza.

—En realidad me quedé boba esperando agazapada entre los hierbajos a que me abrieran la puerta cuando ya lo estaba.

De reojillo apreció la suave e impactante sonrisa en la cara surcada por la tinta, tornándolo casi hermoso. Sus cambios de humor eran desquiciantes.

—Bueno, el caso es que ya estás en casa.

¿En casa?

Vale. Lo dejaría pasar.

El que estaba al mando habló con firmeza.

—No les hemos localizado aún pero nos acercamos. Hemos registrado las habitaciones de ambos y sabemos que Lena acudió sola a la cita propuesta por la Tarnaca.

¡Imposible! Era la primera vez que oía hablar de eso y Lena le hubiera dicho algo.

El hombre continuó.

—Debimos imaginarlo y también debimos suponer que era una trampa. El enemigo jamás ofrecería tregua salvo como cebo para conseguir lo que desean.

—A Lena.

Antes de hablar e incluso antes de entrar al complejo su mente ya se había hecho a la idea de que esos mafiosos querían a su mejor amiga.

El miedo a perderla o peor, a volver a casa y tener que anunciar a su familia que no la había traído de vuelta sana y salva era difícil de imaginar. Adoraban a Lena.

En esta ocasión fue el conocido como Jonas quién contestó.

—Debimos preverlo. Su ansia por acabar con ella y romper con la profecía.

Ahora sí que había perdido el hilo de la extraña conversación.

—¿Qué profecía?

Todos se volvieron hacia ella antes de que el del cabello ondulado contestara.

—Hace unos treinta años se localizaron unos antiguos pergaminos en los Urales. Los humanos los analizaron y conservaron creyéndolos de valor dado su antigüedad, difícil de fechar. Nunca llegaron a saber que para ellos carecían de valor pero para nuestra raza eran extremadamente deseados. Logramos rescatarlos colocando en su lugar unas réplicas exactas al disponer de material para falsificarlas.

—¿Y?

—Relatan la profecía de la oscuridad.

También había que arrancar con pinzas la información al del pelo.

—¿Y...?

—Llegada la hija perdida de los planos inferiores, socavará la oscuridad. Lejos de los suyos, una vez completa, romperá la unidad. Dos caminos opuestos chocarán hasta que se unan, debilitando al enemigo. Sellando el destino de la raza.

Con la boca abierta.

Así se había quedado porque no entendía ni papa. Y por las pétreas expresiones de los guerreros que le rodeaban no andaban mejor de entendederas.

—¿Eso es todo? ¿No llegasteis a descubrir lo que significaba?

Nadie contestó. Sintió la necesidad de explayarse, por si acaso.

—Yo, desde luego, no os lo voy a poder explicar. Como esperéis eso, estamos apañados.

—No, humana, no…

—¡Fanny, buen hombre!

El silencio fue denso tras el berrido descontrolado que acababa de lanzar al tal MacAllan. Es que odiaba que la llamaran así. Sonaba a blandurria y debilucha, cosa que ella no era ni en sueños.

—Yo no os llamo dientes y vosotros no me llamáis…humana.

Le pareció escuchar un gruñido perruno cerca de ella. Y parecía emanar del tatuado.

La clara y profunda voz del jefe, del llamado Robbins, no dudó.

—Me parece justo, Marianno. En diez minutos saldremos de caza en busca de los nuestros.

Bien. Al fin algo de movimiento.

—Tú te quedarás en la retaguardia.

¡Y un cuerno!

—De eso… nada.

—Peligras ahí fuera.

—Estoy acostumbrada y armada.

—No en nuestro mundo. En él estás bajo mi responsabilidad y se lo debemos a Lena.

—Y yo le debo aún más por lo que nadie me impedirá acudir en su ayuda. Es…mi familia.

Lentamente el capitán Robbins fue irguiéndose de la especie de enclenque silla que ocupaba tras esa monstruosa mesa, mostrando todo el aspecto de ir a estallar de la impaciencia.

Separó sus cortas piernas a la espera de su arisco contendiente. Incluso si fuera la reina de Inglaterra hablando, nadie le callaría. Era su derecho y si no lo entendían, había errado con ellos. Al diablo con todo.

—Vendrá conmigo, capitán.

La grave voz del guerrero ubicado a su lado le sorprendió.

Los dos pares de ojos, del capitán y de MacAllan se cruzaron hasta que la oscura cabeza del primero asintió. Tenían todo el aspecto de hablar con las miradas, como dos progenitores decidiendo el mejor castigo para su rebelde prole.

—No necesito una nana. Soy muy capaz de valerme por mí misma.

—No lo dudo, human…Fanny. Y por eso no me vendrá mal tu ayuda.

La sonrisilla de satisfacción…

—Para actuar de sabroso cebo.

…se le congeló en el rostro.

Ese lo hacía apropósito para descolocarle. Lo olía en el aire. Y en la sonrisilla satisfecha que exhibía el duro rostro.

Se mordió la lengua. Un poco. Lo suficiente para pararse a sí misma. Algo era algo o mejor dicho…menos era nada. Claro que cebo sonaba a peor que nada.

Muy bien. Se agarró el cinturón que se le estaba escurriendo y se lo afianzó en la cintura.

Se volvió hacia su nueva pareja de combate con una maquiavélica sonrisa en los labios, para decirle que actuar de cebo era su especialidad, con ese aspecto tan apetecible y redondo que tenía, sobre todo sus músculos vagos, cuando estalló el infierno.

La explosión resultó ensordecedora dándole tiempo a ver la puerta saltar de sus goznes golpeando de lleno al de los ojos turquesas, antes de que la humareda invadiera el cuarto al completo.

******

Capítulo 22

I

Como si carecieran de prisa y saborearan cada segundo.

Esa era le sensación que transmitían.

Notaba sobre su cuerpo decenas de pupilas, gozando. Olía su satisfacción, casi mareado por el olor que lentamente se iba concentrando en la cerrada cueva. Acre y penetrante. El murmullo de las conversaciones apagadas iba incrementándose, entremezclado con maliciosas risas, hasta acallarse repentinamente al invadirlo todo un completo silencio. No fue necesaria una orden, ni un mero sonido pidiéndolo. Sencillamente algo lo provocó.

De frente a Ryan, casi sintió en su propio cuerpo el incremento en la tensión que invadió a su compañero. La mirada masculina parecía perderse a su espalda. Alerta y dura.

El peligro se aproximaba por esa zona.

Meneó la cabeza hacia el lateral pero un femenino suspiro la detuvo. La piel se le erizó y la respiración se le entrecortó sin conseguir apartar la mirada de Ryan. Miedo. Lo que mostraban esos ojos era miedo. No por sí mismo, sino por ella.

—Te pareces demasiado a tu padre.

Por Dios…

Así, sin más, la tuvo ante ella. Y esos ojos… Era como contemplarse en un espejo. La forma, el color, las espesas pestañas bordeándolos pero el parecido no iba más allá. La imagen atesorada en su mente no le hacía justicia. La mujer que no apartaba la mirada de ella era regia y delicada al tiempo. Frágil y poderosa. Una contradicción en sí misma salvo los castaños ojos. Esos no engañaban y lo único que dejaban brotar al exterior era traición e ira.

El tiempo pareció congelarse.

Su madre.

Devoró con ansia su aspecto, su olor… Su cercanía. Tantos años esperando le dejó inmóvil, un segundo, antes de pronunciar las palabras que llevaban siglos atoradas en su garganta.

—Ellos me dijeron que estabas muerta, que…

—Y les creíste.

Por un segundo creyó escuchar dolor en las palabras.

—Te rendiste. Tan fácilmente.

¡No!

—¡No lo hizo!

El grito de Ryan se vio cortado de cuajo con un sencillo ademán de la estilizada mano de su madre, enmudeciéndole al surgir tras él, el mismo oscuro de espeso cabello negro que los había capturado y cubrirle la boca con la palma de la mano. Pese a los forcejeos de su macho, el oscuro no cedía. Le estaba haciendo daño. Le estaba…

Sintió unos suaves dedos bajo su barbilla, alzándosela.

—Mírame a mí, Maraer.

Maraer…

Hacía siglos que nadie la nombraba así. Su nombre de nacimiento. En la casa materna fue… escoria. Entre la raza se le conocía como la sucia Cannavara. Solo los humanos le nombraron devolviéndole algo de dignidad. Haciendo suyo el nombre dado.

Ella era Lena Bates. Maraer Cannavara murió para siempre con aquellos pocos que una vez amó.

—Ya no soy esa.

—Podrías volver a serlo.

El ronco gemido de Ryan atrajo de nuevo su atención pese a que quien le dio la vida, se había colocado en medio. Sonaba a…dolor. A impotencia.

—Déjale ir…

La hermosa cabeza femenina se ladeó, como si no terminara de comprender su petición.

Lo repitió.

—Haré cuanto me pidas, si lo dejas ir.

Escuchaba los forcejeos, los gritos ahogados por la mano y la rabia con que el llamado Taran trataba de hacer callar a Ryan.

—Demasiado tarde, hija mía. Su destino quedó marcado el día en que su padre me lo arrebató todo.

No. Ella no lo entendía.

—Él no es su padre. Nunca lo fue.

—Para mí lo es.

—Por favor. Por favor, escucha…

Sabía que estaba suplicando. Por primera vez en su vida estaba haciendo lo que se juró no volver a hacer tras salir de las tierras de los Borges, pero le importaba poco. Era Ryan. Dios, era Ryan y ella hablaba de…

Necesitaba hacerla entender.

—Él me salvó de morir. Me salvo de una vida sin amar, sin conocer que hay algo más importante que tu propia felicidad.

Por un segundo creyó estar llegando a una parte de la mujer que callaba, tras escucharle.

No fue así.

—¿Qué me darías por él?

No titubeó.

—Todo.

—¿Tu vida?

—Todo.

—¿Siente el hijo de Luca Borges lo mismo?

Dios santo.

—Sí.

—Entonces, Lena Bates, me darás aquello que más deseo.

Estaban perdidos. La forma en que ella había pronunciado su nombre y la risa masculina de Taran al escuchar la última frase había sellado su destino.

—Nada ni nadie, ni siquiera tú, puede impedir que el hijo de aquel que me lo arrebató todo, me regale mi mayor deseo. Su muerte —La cercanía del esbelto cuerpo aumentó hasta quedar estático a unos centímetros de distancia. En pie con la cabeza inclinada en su dirección—. No será lo mismo pero se asemeja lo suficiente como para satisfacer una parte de lo que llevo aguardando siglos. Y su sufrimiento se duplicará al saber que aquella que ama elegirá morir con él.

—¿Qué quieres decir?

Sintió una suave y enfermiza caricia sobre su nuca, al comenzar ella a dar lentas vueltas a su alrededor, envolviéndola con su olor. El silencio seguía inalterado pese a las decenas de oscuros que les rodeaban, no perdiendo detalle de lo que acontecía.

—Quedan dos horas para que amanezca, joven guerrera —el escalofrío que le recorrió el cuerpo aumentó al sentir presión de nuevo bajo su barbilla, la fría mano izando su cabeza y su mirada en dirección al techo—. Exactamente en dos horas y cinco minutos la bóveda que cubre la cueva se abrirá. Cinco minutos más tarde los rayos del sol caerán con fuerza sobre el lugar que ocupa tu compañero, calcinándole en medio de una horrible agonía —una macabra sonrisa cubrió los labios de la madre que pese a todo, le costaba tanto conciliar con quien había soñado tantas veces que la acogería entre sus brazos—. Una muerte justa, ¿no crees? En ese momento tendrás que decidir.

No entendía.

No podía asimilar que su amante moriría ante sus ojos. No podía…

—Tus sogas miden exactamente cinco metros, sangre de mi sangre.

Tanta furia.

Sintió tanta furia al escuchar eso que casi perdió la cabeza. Las sogas se tensaron con la fuerza imprimida para romperlas, con el ansia de matar y destrozar a la mujer que no creyó perdida hasta ese mismo momento. La mujer que iba a disfrutar con su horror. Las dos risas le llegaron al unísono. Enfermizas. De madre e hijo.

—Cinco minutos antes de que la cubierta se descubra, se aflojaran los amarres que impiden acercarte. Lo suficiente para poder tocar a tu compañero. Para colocarte a su lado cuando la luz del mediodía, la única que es mortal para nosotros, entre y os convierta en cenizas o para alejarte hasta donde no te toque. En ese mismo instante sabrás si lo amas tanto como aseguras, hija mía.

Se iba a ahogar en su propia bilis.

Nunca imaginó ser capaz de aborrecer, de odiar con semejante intensidad.

—Puta.

El golpe fue inmediato y brutal. Partiéndole el labio.

Taran.

Su hermano.

Este se inclinó hasta aferrarle el cabello y tirar de su cabeza hacia atrás.

—Agradece que te da esa posibilidad, hermana —escupía las palabras con desdén—. En mis manos hubieras deseado tener una muerte rápida.

—Suéltala, hijo de la gran puta.

No.

Ryan no aprendería en la vida.

Incapaz de moverse. Aterido. En desventaja y pese a todo, seguía provocándoles. Para que no se centraran en ella.

Taran se volvió en redondo y sonrió.

—Me parece que no, vampiro. Al fin y al cabo es también hija de mi madre y debemos conocernos antes de que sea tarde, ¿no?

A su alrededor los murmullos y conversaciones, la risa, estalló descontrolada. Se habían convertido en el mayor espectáculo del mundo.

Un firme agarre afianzó su mandíbula.

—Atesora lo que te queda de vida si optas por morir, hermana o abraza tu futuro con nosotros, si reniegas de ellos —El altivo rostro de Taran se acercó a ella, hasta poder apreciar cada mota de diferente color invadiendo sus iris—. Porque en lo que ha sido tu hogar estos últimos meses, nada quedará a estas horas por lo que luchar.

Eso sonaba a amenaza. Templó los nervios para poder seguir hablando. Si no lo hacía…

—¿De qué hablas?

— Quizá esto responda a tu pregunta. ¿Por qué sales a hurtadillas del complejo para encontrarte con esa humana cada fin de semana?

La trabajosa respiración se le paró, agolpada en el pecho.

No se lo podía creer. Por la falta de todo movimiento en Ryan, le ocurría lo mismo.

Solo otra persona aparte de Fanny y ahora de Ryan, conocía sus salidas a escondidas de la casa y fue debido a un simple descuido. Al hecho de no cerrar con seguro la puerta de su habitación y que uno de los humanos que servían a la raza entrara a ordenar su desastrosa habitación. El mismo que le atendía cuando ella se dejaba llevar, incapaz de levantar un solo dedo de puro agotamiento tras alguna incursión. Cuando estaba demasiado cansada para protestar y contestar que se valía por sí misma y no necesitaba ayuda de nadie. Para decir que la hija de un humano jamás se dejaría servir por otro humano. Y menos, uno que se había visto obligado a hacerlo durante la mitad de su vida.

Se lo repetía en su mente. Una y otra vez y no terminaba de cuajar.

El hijo de Harris, un traidor.

El mismo que creía comprender cuando en alguna ocasión, de las pocas que podía recordar, mencionó a su padre, llegando a decir que los humanos merecían de la raza vampira mucho más de lo que tenían por dar todo a cambio.

Debió sospechar algo. Debió… Debió darse cuenta de que algo no iba bien.

Sencillamente no era posible que tuvieran al enemigo en casa.

—Veo que lo comprendes. Los vampiros no terminan de aprender. La esclavitud no está de moda y las nuevas generaciones lo ven, como lo diría yo, con otros ojos.

—¿Qué habéis hecho?

—¿Nosotros? —la risa surgió abrupta, sobresaltándole— No fuimos nosotros, hija de mi madre sino vosotros, con vuestras costumbres, vuestros modos y vuestros desprecios. No los veíais deambular por vuestros hogares y ahí estaban, deseando que otros los apreciaran por lo que valían. Para vosotros no son nada. Para nosotros son una ayuda inestimable para acabar con el enemigo.

La grave voz de Ryan no se hizo esperar.

—¿Qué diablos habéis hecho?

Taran se alejó unos pasos de ella colocándose en medio del círculo central, cortando su línea de visión con Ryan. Alzó los brazos y el estruendo pareció destrozar sus tímpanos. Le jaleaban como si de un dios se tratara. Y él parecía rebozarse en poder, entre vítores, gritos y adoración desmesurada.

Aún con los brazos dirigidos hacia todos lo que les rodeaban, dirigió su mirada en su dirección y habló, solo para ella. Pese al inmenso ruido, entendió cada palabra con claridad.

—¿Rechazarías esto por un despreciable vampiro?

II

Dos muertos.

El cómputo le salía natural tras siglos de lucha.

Y el traidor en el interior. De otro modo habría resultado imposible sorprenderles.

La humana permanecía a su lado, tosiendo y sacudiendo ambas manos tratando de hacer hueco a su mirada entre el polvo que iba lentamente aposentándose en el piso, paredes y mobiliario. Estaba furioso. La había tenido que cubrir con su propio cuerpo porque sus reflejos eran… ¡inexistentes, diablos! Y él mismo se había cargado con ella. Debió cortarse la lengua antes de hablar de más. Ahora se sentía responsable.

El aire se le atoró de golpe ¿Acababa de preguntarle la humana si había acabado con algún atacante? ¡Si se le había atorado el arma en la puta funda!

Esa humana era un peligro en potencia. Y torpe a más no poder. Deslenguada y ¡descarada! No valía para la guerra.

Entre la polvareda que comenzaba a asentarse oteó su sonrosado rostro. Extendió la mano al verla tambalearle al tropezar con una silla.

¡Joder!

El capitán ya estaba dando abruptas pero definidas órdenes y todos los agentes se movían al unísono como una máquina perfectamente engrasada.

El ruido de metal chocando llegó a su oído con nitidez y eso indicaba que la lucha había comenzado. En el interior del despacho permanecían los agentes menos Jonas y parte de los soldados asignados al clan del Sur. Carlson tampoco estaba pero rara vez permanecía lejos del centro del jaleo por lo que no tardaría resurgir.

Aferró de la manga a la humana para seguir los dictados del capitán. Mantenerla a salvo y si por el camino eliminaba a unos cuantos enemigos, mayor diversión. Su única preocupación, la seguridad de su nueva carga, pero no la perdería de vista.

Todo valía.

Escuchó el susurro ronco de la policía al mismo tiempo en que partía la cara de unos de aquellos que intentaban impedirles que salieran de la habitación. El crujir de huesos acompañó al desplome del cuerpo al caer al suelo. Tras surgir entre el espeso polvo, Carlson sangraba de un corte en la ceja izquierda y los moratones por el tremendo golpe provocado de lleno por la puerta al explotar no tardarían en aparecer aunque tampoco permanecerían demasiado en su cuerpo. No con su veloz capacidad de curación.

Escuchó el áspero respirar de Fanny Marianno. La humana creía que los atacaban del exterior. Ilusa… Aún no se había dado cuenta.

Entre el fino polvo reconoció a uno de ellos. A uno de sus atacantes.

Uno de los sirvientes de la casa.

¡Qué demonios!

Acabó con otro sin un segundo pensamiento dejando en pie únicamente a tres, mientras mantenía un cerco de seguridad alrededor de la humana.. Mostraban empecinadas expresiones pero en sus miradas se intuía que sabían que no tardarían en caer. No eran oponentes para ellos.

Entonces, ¿por qué atacarles en su propio hogar?

Un ansia casi enfermiza parecía mantenerlos en el lugar.

Colocó a su espalda a la policía y la ordenó que lo siguiera. El bufido en forma de contestación quedó difuminado en el caos que los rodeaba. Al otro lado de la puerta que daba al pasillo cercano a lo alto de la escalinata se escuchaba lucha. Procedente tanto de la escalera como de otros puntos de la mansión. Alcanzó a escuchar un gruñido de un compañero, seguido de una advertencia ahogada de Carlson. Segundos después un grito ahogado.

Los tres traidores que quedaban en pie cayeron pero Jonas se reservó con el último para evitar que quedara inconsciente. Fuera se seguían escuchando gritos y golpes. Tremendos golpes contra la dura puerta de entrada al complejo.

La pelea se ubicaba en varios puntos. Entremezclados con los gritos le llegaron los susurros y exclamaciones de asombro de varios humanos de la casa y eso solo podía significar una cosa.

Que no todos se habían alzado en armas.

Por la puerta aparecieron las figuras de Carlson y refuerzos. Las órdenes del capitán comenzaron a llegar, a velocidad de vértigo.

—Mac, no pierdas de vista a la policía. Jonas, necesitamos saber qué diablos ocurre en el exterior y perímetro de la casa. Utiliza el sistema de vigilancia de Ryan. ¡Rápido! —de seguido se dirigió a Carlson— Necesito que, al mando de una partida de nuestros soldados, te encargues de conducir a los que han sobrevivido a lugar seguro. Sin perder más tiempo —este desvió un segundo la mirada hacia MacAllan quien asintió, de inmediato. El primero no tardó en devolver su completa atención al capitán, mostrando su cara una expresión de fiera determinación—. La posibilidad de un ataque en el centro del clan siempre existe. Saben cómo obrar, por lo que no os llevara más tiempo del necesario recorrer los túneles subterráneos y alcanzar la salida más alejada del complejo. Allí encontraréis vehículos que os conducirán a lugar seguro —Los espesos cristales del Robbins, nuevamente cubriéndole los ojos reflejaron las figuras de los guerreros que inamovibles esperaban sus órdenes—. Acompaña a los supervivientes y protegedlos, con vuestras vidas. Ellos han hecho lo mismo durante el ataque.

Tan pronto la figura de Carlson se perdió por el hueco de la puerta, el capitán Robbins se dirigió al resto de los agentes que permanecían a la espera.

—No es casualidad. Este ataque está calculado para algo y ese algo está relacionado con Ryan y Lena. Necesitamos saber por qué —los inquietantes ojos del capitán se dirigieron hacia MacAllan, completamente fríos—. Tráelo aquí.

El hijo del administrador del complejo que habitaba el clan.

Lo dejaron caer como un pesado fardo en unos de los sillones, formando los agentes un círculo a su alrededor, mientras parecía encogerse por momentos. Dolido y rabioso.

—¿Lo sabe tu padre?

La directa pregunta del capitán tocó un punto débil pero su prisionero no contestó hasta que el dorso de una fuerte mano le cruzó el rostro sin miramientos. Pareció como si saliera de un trance del que le costara escapar.

Robbins se acercó hasta rozar sus pies.

—¿Lo sabe?

—No.

El capitán se acuclilló al lado del joven humano que había crecido entre ellos. Cerca. Impidiendo que este apartara su mirada.

—No preguntaré más que una vez, chico. ¿Por qué?

III

Creía estar viviendo una antigua película de gánsteres, de esas en que clásicos coches de ensueño llegan en medio de chirríos de neumático para saltar de su interior medio clan armado con abultadas metralletas y eliminar a aquellos que habían osado humillarles. No supo por qué esas imágenes llenaron su mente mientras permanecía medio oculta tras la enorme espalda del agente MacAllan pero así pasaron, como una película a cámara lenta en blanco y negro. Difusas pero identificables.

La diferencia era que en esta ocasión era real. La apestosa realidad. Con un desgraciado y aterrado hombre o lo que fuera, acorralado contra una pared a la espera del golpe que sabía seguro que iba a llegar tarde o temprano. Al que sin duda conocían los agentes, por las preguntas que el capitán de los dientes le hacía. Por la manera en que se las hacía.

Como si se sintiera más que atacado…traicionado.

El muchacho farfullaba mientras respondía con rapidez que no, que no lo sabía. Que su padre, no lo sabía. Quizá fuera un amigo, un familiar o un conocido del capitán o de los guerreros. En esos momentos le importaba un bledo. Lo que necesitaban era información urgente y esta no llegaba con la suficiente rapidez. Notaba la impaciencia ascender por su cuerpo, rápido, al ver que el prisionero no contestaba como ella quería o deseaba. Se apartó un paso de la protección de esa inmensa espalda para acercarse, para… no sabía muy bien qué pero un brazo le impidió avanzar. Fue a pedir que lo apartara pero la verde mirada rebosaba seriedad y llana advertencia.

Entonces escuchó las palabras fluyendo, al fin. Lentamente. Del traidor.

Y hablaban de hartazgo. De libertad. De modernidad. Sencillamente era la confesión de un ser desesperado por huir de un mundo que odiaba. Y ellos, los oscuros, se lo habían ofrecido, en bandeja de plata.

Todos los ocupantes de la habitación se tensaron.

En el silencio que siguió a la última frase solo se escuchó un nuevo golpe de Carlson a uno de los atacantes que comenzaba a recobrar la consciencia. En la lejanía ya no se escuchaban los golpes en la puerta de entrada.

El joven que miraba con ojos asustados al capitán se rindió. En un segundo y en sus ojos se vio el miedo a la posibilidad de haber errado sin vuelta atrás.

—No parecía un oscuro. Era diferente.

La inmensa espalda ubicada frente a ella se enderezó como una barra de hierro.

Todos callaron.

—Sigue.

—Rara vez salimos de la mansión salvo para atender alguna encomienda de padre en el exterior. Hace unos tres meses… —Cerró los ojos y por un segundo Fanny temió que callara, dejándoles a medias por lo que aguantó la respiración todavía ubicada tras MacAllan— …necesitaba alejarme. No importaba que no fuera correcto o que pudiera ser castigado. Sencillamente si no me alejaba de esta prisión, moriría.

Maldito y pobre desgraciado. Tenerlo todo, salvo la libertad. Seguridad, a un padre a tu lado, compañeros y no valer lo suficiente para él. En ese mismo instante agradeció haber nacido en un mundo brutal pero libre.

Las frases fluían ahogadas, con esfuerzo.

—Se me acercó en una librería especializada en la periferia y me dijo que sabía quién era. Lo que era y que podía dejar de serlo. Fue escuchar esa oferta y respirar por primera vez en tantos años que mi ansia pudo con mis recelos.

Sin perder el hilo de la explicación sentía el incremento de la rigidez en el cuerpo del vampiro que se había agenciado como compañero de aventuras. Y por alguna extraña razón, sus instintos le entendían a la perfección.

La encorvada figura tardaba demasiado en dar explicaciones, agotando con ello un tiempo que podía ser precioso. Algo en la mirada del joven… Un resquicio oculto que trataba de ocultar en ella gritaba a voces que no lamentaba lo ocurrido, ni se arrepentía y que se sentía vencedor en una contienda cuyo premio solo él conocía.

—Trata de desviar nuestra atención, jefe. Nos hace perder tiempo.

¡Sí!

Ni que el guerrero tatuado le leyera la mente como combatientes en armas. Alguien con sesera en medio de un completo desastre. No pudo evitar compartir su opinión.

—Estoy de acuerdo.

Todos le miraron, curiosos como si una mosquilla revoloteando a su alrededor, se hubiera creído un halcón con derecho a piar. Todos menos MacAllan. Le importaba un cuerno. Lo que quería, no, lo que exigía en ese momento era información y dudaba que el capullo tirado en el suelo, haciendo la pamema, fuera a dar más de la necesaria según su opinión.

El cobarde no tardó en suplicar y gemir por el favor del capitán Robbins.

Dios, daba asco.

Lo siguiente fue abrir la boca de par en par al contemplar cómo el guerrero del tatuaje en el lateral del rostro se alejaba de ella para acercarse en dos zancadas al traidor. Con un fluido movimiento empuñó de la nada un puñal impresionante de filo curvo y algo serrado y con él, cercenó de un tajo la oreja derecha del traidor.

Jo…der.

Al carajo. Parpadeó dos veces porque apenas podía creérselo. Tan rápido que su cerebro apenas había podido asimilarlo.

En el mundo vampírico no jugaban a las mismas reglas que en el humano. Ni Convención de Ginebra, ni gaitas pardas. Al grano y en donde más dolía. Bueno, no dónde más dolía en el género masculino pero no quedaba lejos.

A punto estuvo de aplaudir con efusión al muy bestia, entre los sollozos del cobarde si no fuera porque el apéndice le dio de lleno, en pleno pecho, tras lanzarlo MacAllan a su espalda, desechándolo sin una segunda mirada. La arcada le impidió apreciar en toda su gloria la capacidad de convencimiento del agente pintarrajeado.

Un ligero escalofrío le recorrió la espalda.

Fue escuchar lo siguiente serán tus huevos y el cobarde comenzó a cacarear como una acoquinada gallina frente al gallo del corral. Y por los clavos de Cristo, que habían tenido razón al no confiar.

Hijo de la gran puta.

Su fin había sido emplear todo medio a su alcance para hacerles perder tiempo y que llegara el amanecer.

Dos tajos o tres más en lugares ciertamente sensibles, de poco sirvieron para obtener más datos, antes de que retornara Jonas y el canalla perdiera la consciencia.

Los azules ojos del vampiro apenas regalaron un segundo de atención al desmayado, ni a la oreja seccionada y caída en medio del despacho.

—Estamos rodeados por oscuros pero van cayendo. Han cortado las conexiones al exterior y estamos ciegos. Las líneas de tierra han desaparecido.

—¿Tenemos comunicación vía satélite?

—No lo sé, capitán. No tengo los conocimientos de Ryan. Por el momento, estamos aislados y amanecerá en hora y media.

Fanny centró su atención en Robbins.

Este no tardaría en decidir. A la legua se apreciaba que estaba acostumbrado a tomar decisiones y de alguna curiosa manera le recordó al jefe Menkell, retirado para desgracia del cuerpo de policía. Puede que no de sus superiores porque era una espina en el culo de muchos, pero sí de sus hombres. Era un hombre especial, como el que tenía frente a sí.

Jamás daría por perdido a un hombre. Jamás lo abandonaría.

—Quiero el sistema de trampas preparado en cinco minutos. Jonas, dentro. Carlson, te quiero fuera pero antes al sótano con esos traidores —lentamente se volvió al hijo del llamado Harris, que seguía lloriqueando sin fuste alguno, tras recobrar el conocimiento. Odiaba ese tipo de sollozo sin ganas—. Si no fueras hijo de quien eres, estarías muerto y sin más oportunidades para redimirte. Ahora, escucha con atención, porque tienes diez segundos para salvar la vida y enfrentarte a las reglas de tu familia por traición o morir como un puto gusano.

Los lloriqueos cesaron por arte de magia.

—¿Dónde los tienen?

La respuesta tardó en llegar cinco segundos. El tiempo suficiente para que MacAllan acercara el filo del arma a la entrepierna del muy cabrón.

¡Al fin los tenían!

El suspiro que lanzó se oyó a la legua.

******

Capítulo 23

I

—Ryan, háblame. No…me…hagas…esto.

Nada.

Su mirada no podía evitar alzarse a lo alto cada pocos minutos. Estaban condenados y su muerte iba a ser agónica.

La luz del sol de mediodía.

El peor castigo destinado a un vampiro.

El dolor era atroz. La muerte, lenta. Salvo los momentos en que el astro estaba en lo más alto, en que el tacto directo sobre la piel de un vampiro era mortal, los rayos únicamente debilitaban la fuerza de los nacidos bajo los auspicios de la raza. Bastaba un minuto durante la hora indicada bajo ese calor para convertirte en polvo.

Y su compañero le había exigido, si le amaba, que le permitiera enfrentarse a ello, ¡él solo!

Desde que le había contestado que se metiera su idea por donde no daba el sol, el muy idiota se había cerrado en banda y no soltaba prenda, aumentando su ansiedad por momentos. Les quedaba una escasa media hora de vida, si no aparecía la caballería y el muy memo, se negaba a hablarle. Le ignoraba como si no estuviera presente y como mucho dirigía su visión hacia el punto que ella ocupaba, sin centrarlo en su figura.

Tocaba emplear la artillería pesada y le importaba un carajo que estuvieran expuestos como monos de feria para diversión de los oscuros que les rodeaban.

—Estoy preparada para morir, Ryan. Lo estoy, desde cría. Lo que no estoy es lista para morir junto a ti, creyendo que me odias.

No podía creer lo testarudo que era. Continuaba sin abrir la boca.

—Ryan, por favor.

Al fin sintió esos ojos cristalinos sobre su rostro.

—No te odio.

—Entonces, háblame.

—Si lo hago, terminaremos discutiendo.

La rígida mandíbula lo atestiguaba.

—Prefiero eso al maldito silencio, Ryan. ¿No lo entiendes, verdad? No te dejaré morir solo. No puedo.

—Puedes. Por mí.

—¡No! ¡No puedo! Enloquecería al verte…—Dios, le costaba incluso seguir—…morir abrasado.

—¿Cómo crees que me siento yo al saber que te sacrificarás? Dime, ¿cómo crees que…?

Las palabras fluyeron solas, interrumpiéndole.

—Amado. Acompañado.

Los rasgados ojos se abrieron, enormes. Impactados.

—Haremos el camino al otro lado, juntos, Ryan. Sufriremos juntos la muerte porque no tenemos otra opción, mi mitad.

—La tenemos. La tienes.

Dios santo. Maldito terco empecinado.

—¡No la tengo!

A su espalda escuchaba las aborrecidas risas de disfrute. Los oscuros ya se habían dado cuenta de que eran amantes y los comentarios, las burdas frases, le estaba erizando la piel y enfadando tanto. Se burlaban de sus debilidades, de lo que sentía, sin darse cuenta los muy idiotas que era todo lo contrario.

Que lo que sentía le daba fuerzas.

Distanció su mente de lo que escuchaba y percibía a su alrededor.

—No…la…tengo, Ryan.

Los transparentes ojos brillaron.

—Durante siglos te busqué, Lena.

Eso no lo esperaba.

—En cuanto llegó a mis oídos que habías escapado de la casa Cannavara, te rastree. A veces apenas me costaba localizarte. Otras, era más complicado. Pero siempre lo hice. No hacerlo era impensable. ¿Recuerdas Hurlington, Montana?

No se lo podía creer.

—¿Fuiste tú?

Una mala época. Trabajaba de noche en una lavandería que regentaba un anciano que apostó por ella, sin preguntar nada a cambio. Un buen hombre. Se fio de ella, sin condición alguna de por medio. Tan solo mirándole a los ojos confió en su honradez.

Una noche llegaron a por el impuesto de salvamento. Así lo llamaban los muy capullos. Humanos, pero de los que creían que la vida, salvo la propia, carecía de valor. Peleó pero emplearon de amenaza al viejo y ahí se dieron cuenta de que la habían pillado.

El anciano era su punto débil.

Pasaron los días y los acosaban hasta que una noche, simplemente dejaron de molestar.

Desaparecieron, sin rastro. De la tienda, de su vida.

Del vecindario.

Ahora entendía la causa.

—Siempre te protegí aunque no lo supieras. De alguna forma tenía que asegurarme que estabas bien.

—Lo intuía.

—Y cuando conocí la orden de la Cleda de que ocuparas un lugar en nuestro clan...

—Yo me enfurecí.

La hermosa sonrisa que cubrió los labios de Ryan, la calentó por dentro.

—Lo sé. Así me lo hiciste saber en cuanto nos encontramos.

—No me acuerdo.

—Sí lo haces, mujer.

—Vale, lo hago pero creía que me habías traicionado. Creí que nunca fui suficiente para ti. Durante años me repitieron que no valía nada. Cuando te vi, esperaba ver desprecio en tu mirada y te aborrecí.

Ryan se humedeció los labios.

—Todo lo que hice no servirá de nada si mueres conmigo, Lena. De nada.

—No. Lo vale todo para mí. Todo.

Qué bonito. Los dos tortolitos confesándose su amor. ¿Lo saben los otros agentes?

¿Que os lo montáis juntos?

El coro de carcajadas y burlas no se hizo esperar, rodeándolos.

Taran era el único oscuro que descendía al suelo de la arena. Desde que ella los había dejado a solas, solo él se acercaba para insinuarles, con malicia, que cada vez les quedaba menos tiempo. Que debían arreglar sus diferencias porque después, sería imposible. Les tanteaba. Una y otra vez.

El polvo carece de boca, de labios para hablar. El viento lo esparce...

Sus palabras rebosaban maldad. Y en todas las ocasiones se acercaba a ella. Para retar a Ryan, sabiendo que nada podía hacer estando encadenado. Intuyendo que él odiaba que se le acercara.

A su espalda notó el calor que desprendía, diferenciándolo del resto de sus enemigos. Una mano se posó en su hombro desnudo y ahí permaneció, pese a que trató de sacudírsela de encima. Se sentía tan sucia con su contacto. La rabiosa mirada de Ryan no se apartaba de ellos.

—Me hubiera gustado que eligieras vivir, hermana —Su aliento le rozó la oreja—. Todavía estás a tiempo. Di la palabra y te librarás.

—No.

—¿Presenciaste alguna vez a un vampiro arder bajo los rayos del sol del mediodía?

No pensaba contestar a eso.

—El dolor es indescriptible. Se retuercen. Por mucho que quieran morir con algo de dignidad, la agonía se la arranca de cuajo —las últimas palabras se las susurró al oído—. No volveré a preguntar, querida hermana.

Si giró para que su cara quedara frente a la de ese enfermo.

—No te lo he pedido.

Una retorcida mueca deformó esa cara.

—Entonces, al fin gozaré de tu muerte.

—Púdrete.

—Te equivocas, hija de la reina oscura. Quien estará gritando de dolor en diez minutos serás tú pero antes… —se inclinó hasta acercar sus labios a su mejilla. Un beso. El muy hijo de puta le había dado un beso en la mejilla— …mi despedida.

No podía retirar el rostro al tenerlo Taran fijamente sujeto. Cerca escuchaba los gruñidos de Ryan, las amenazas para que la soltara, ajeno al contenido de su conversación.

No terminaba de comprenderlo.

—¿Por qué me odias tanto?

—Porque puedo.

—¿No será porque mami te quiere menos que a mí?

Por un segundo creyó haber errado profundamente al provocarle. Vio la muerte a un paso. Los ojos de Taran se entrecerraron. Si lograra que la soltase. Enfadarle lo suficiente para aflojar una de sus manos. Solo eso.

—Pobrecito, el hijo se siente despechado. Crece, imbécil. Esa hembra a nadie quiere. El poco amor que puede quedar tras dejarse llenar por la oscuridad hace tiempo que murió en su interior. No te querrá más por el hecho de que yo muera. O prefieres luchar por el poco cariño que pueda mostrar ¿Es eso? A mí me da igual pero quizá tu hombría lo necesite.

Por un segundo…

Dios, por un segundo creyó que Taran entraría al trapo pero los dedos de esa mano tan parecida a la suya se clavaron en su mandíbula.

—Espero que padezcas lo inimaginable, escoria. Hay tantas clases de tortura, para gozar.

Otro beso cayó en su otra mejilla entre los aullidos de sus enemigos para después apartarle el rostro bruscamente.

Lentamente Taran se incorporó y se alejó de ellos gritando a la jauría que los rodeaba que el momento se acercaba.

Dios.

Tragó saliva y fijó la mirada en Ryan.

Cinco minutos. Solo unos pocos minutos para despedirse del vampiro que era su mitad.

¡Necesitaba más!

Necesitaba toda una vida con él y no el poco tiempo que les quedaba.

—Ryan…

Una triste sonrisa invadió esos labios que adoraba y fue instintivo. Ella también sonrió.

Lo hizo porque hacer lo contrario, llorar, renegar, lamentarse no entraba en su vocabulario.

Nunca lo hizo.

Nunca lo haría.

Sintió las sogas aflojarse. No en los nudos que ataban sus muñecas o sus tobillos, sino en su extensión.

Su pecho se comprimió.

Había llegado el momento. Se fue a levantar pero algo se lo impidió. Su corazón echó a latir aterrado y miró al único lugar que era posible. A Ryan y en esos ojos grises y brillantes se reflejó su miedo. Puro y básico miedo a no poder tocarse por última vez.

Se estaba asfixiando entre las odiosas risas a su alrededor.

Las cuerdas estaban trabadas por una de las patas de la silla. Su respiración se aceleró y se levantó de golpe. Tenía que desenredarlo…Tenía que…

Escuchaba el sonido de la voz de Ryan, urgente pero no le entendía. Tenía que soltarse para llegar a él. Tenía que tocarle y decirle que le amaba. Tenía que acariciarle, una última vez. Decirle que lo hacía porque quería, que no debía sentirse culpable.

Amor, mírame.

Tiró de nuevo, con fuerza.

Lena, amor, mírame.

Hizo lo que le decía. Parecía tranquilo pero no era así. Oía los latidos de su corazón retumbando.

Dios, estaba tan desesperado como ella.

Entonces la soga cedió y nada más le importó.

Ni saber que iban a morir en unos minutos. Ni darse cuenta que sus enemigos se burlaban de ellos. Ni tener la certeza de que su madre le observaba y nada hacía para evitar una muerte atroz.

Se centró en él. En sus ojos…En esos hermosos ojos…

Las piernas le temblaban pero nada hubiera impedido que se acercara a él y así lo hizo. Le llegó su olor y esa cosa tan simple la tranquilizó y afianzó. Ryan no podría tocarle al estar atado en cruz pero ella lo haría por los dos. En unas pocas zancadas se colocó frente a él, sus pechos casi rozándose pero sin lograrlo. Las sogas no cedían más. Eran unos jodidos malnacidos…

El llanto se agolpó en su garganta. Sintió tanta rabia en ese instante que si hubiera estado libre…

Las cuerdas que amarraban sus pies eran algo más cortas impidiendo que sus cuerpos se tocaran. Solo sus manos podrían hacerlo.

—Hola, cielo.

Por Dios…Siempre le sorprendería su hombre. La miraba con serenidad. Ryan sonrió antes de hablar.

—Si hubiéramos vivido una vida normal, habríamos sido amigos. Nos hubiéramos conocido y amado. Tenido citas y convertido en amantes…

Lena tragó saliva porque esas palabras expresaban un deseo profundo en Ryan. Un deseo que ya jamás se cumpliría.

—En otra vida, Ryan. Por mucho que intenten separarnos, nos encontraremos una y otra vez. En esta vida o en otras. De una forma u otra.

Dios, amaba tanto esa sonrisa que la devolvió, sin pensarlo.

—¿Sonríes?

—Aja.

—Somos extraños, ¿verdad?

Un sonido gutural brotó del pecho masculino cuya calidez sentía a milímetros.

—Te buscaré en la otra vida, Lena. No lo dudes.

—No lo hago, Ryan. No lo hago…

Con extrema suavidad alzó ambas manos y con las yemas de la mano derecha acarició ese rostro, que se ladeó en dirección a la palma de su mano.

Sintió su calidez en la palma de la mano. Y su amor.

El momento se acercaba. Ya se escuchaba el rumor metálico del engranaje deslizándose.

Lentamente.

—Te quiero, Ryan y esto está bien, ¿me entiendes?

Esos labios se apretaron levemente.

—No. Necesito que lo entiendas, mi mitad, antes de…

Aferró con algo más de fuerza esa hermosa mandíbula.

—La virgen, Lena…Necesito tocarte.

Las cadenas y las sogas parecían a punto de estallar pero no lo hacían.

—No importa, Ryan. Yo lo hago. Por lo dos —con el pulgar acarició la comisura de sus labios—. No cambiaría esto por una vida sin ti. Nunca. Necesito que lo comprendas.

Sobre sus cabezas sonó un golpetazo metálico. La grave voz de Ryan surgió junto a su propia boca.

—Hubiera deseado…

Apretó sus labios contra los que hablaban y todo volvió a su lugar. Estaba en el hogar, con él. Compartiendo todo lo que no tendrían ocasión de decir con palabras pero no importaba. Con ese beso lo estaban haciendo.

Se sintió amada y protegida.

De alguna extraña manera se sintió envuelta en los brazos que no podían abrazarle mientras la luz comenzaba a iluminar un lado de la cueva para ir descendiendo con suavidad, buscando a sus víctimas, entre los gritos enfebrecidos de los oscuros que reían, aullaban y jaleaban.

El rostro de Ryan se apartó una brizna y lo dijo, por última vez.

Te amo, mi amor. Con toda mi alma.

Nos veremos pronto…

Se sintió en paz al sentir de nuevo esos cálidos labios sobre los suyos.

Con él.

Por primera vez en su desgraciada vida se sintió en paz consigo misma y con el mundo.

II

Les había costado un tiempo precioso acabar con las malditas hordas de oscuros que parecían emerger de todos los agujeros del suelo. Uno tras otro. Todos habían llegado a la misma conclusión. Intentaban retrasar su salida de la mansión y eso era un problema porque retardaría el rescate de sus compañeros.

Habían caído muchos enemigos pero aún quedaban algunos. En su gran mayoría eran oscuros de bajo rango. En algunos apenas se apreciaban pequeñas líneas de tatuajes surcar la piel. Él, como capitán al mando del Clan, se quedaría atrás protegiendo su hogar. La gran mayoría de los humanos que trabajaban para ellos no habían dudado en proteger a los habitantes del complejo. Los traidores estaban a buen recaudo en los calabozos pero esa noche algo se había roto. Una sensación ineludible.

Debían cambiar las cosas y la Cleda no tendría más opción que asumirlo. Detrás iría la Dandraara. Las costumbres debían variar con el paso del tiempo. Nunca estancarse.

Jonas y él se habían quedado en el complejo organizando la seguridad del perímetro y bloqueando toda posible llamada de aviso a las autoridades humanas. La ventaja era lo desolado de la ubicación de su hogar pero eso no significaba que carecieran de vecinos. Los civiles ya habrían llegado a zona segura y disponían del lugar exacto en el que retenían a Ryan y a Lena. La tecnología punta obraba maravillas. Con su edad de nada serviría a los agentes en el campo de batalla, salvo quizá para entorpecerlos, pero podía organizar el ataque y la defensa que habían montado.

Lo cierto era que no podía plantearse perder a los dos agentes. A ninguno de ellos porque si uno moría, el otro no tardaría en seguirle. Resultaba tan evidente que se querían que a veces las chanzas de los restantes compañeros eran risibles. Incluso la apuesta para ver quién daría el primer paso seguía incrementándose con cada vaivén de su relación.

Tozudos e insensatos.

Si supieran que llevaba un mes por lo menos organizando en secreto su ceremonia de unión con las gloriosas ideas de los chicos.

—Las comunicaciones están restauradas y del visionado de las cintas del perímetro se confirma que Lena salió en plena noche por su cuenta.

—Será…terca…esa mujer.

—Dejó un mensaje para Ryan pero es…personal —informó Jonas. No le chocaba la información. Para nada—. Los civiles han llegado a destino y varios soldados están de camino al punto de encuentro del que disponemos información. Ya les he mandado los planos de la zona. El lugar es accesible por dos puntos. Los chicos se unirán a ellos a una distancia de doscientos metros para después controlar el perímetro.

El capitán elevó las cejas, interrogantes, pidiendo con el gesto más datos.

—Munición. Con las prisas temí que los demás no hubieran cogido suficiente y di la orden a los soldados a mi cargo. Con una palabra tuya, capitán, tendremos a todo un ejército de nuestra gente apoyando la incursión.

Con lentitud Robbins recorrió el apuesto rostro de unos de los agentes más disciplinados del clan.

—Gracias.

—Velo por el bienestar de mis compañeros y porque a nuestros agentes no les pase nada. Solo por eso.

—Ya.

La sonrisa que compartieron fue la de dos camaradas que se entendían a la perfección.

III

Era un jodido bunker y faltaba un cuarto de hora para amanecer. Imaginaba que los vampiros que le acompañaban se habrían dado cuenta pero con la sangre revuelta con eso de entrar en combate y pegarse, igual se les había pasado por alto, un poquito. Nada que ella no pudiera recordarles a tiempo.

—¿Os hace daño el sol?

Por segunda ocasión esa noche todas las miradas se centraron en ella como si fuera tonta de remate. Comenzaba a molestarle tanta falta de confianza.

—Nos broncea, no te fastidia.

—No hace falta ser gruñón, agente MacAllan. Solo avisaba porque, ¡está a punto de amanecer! ¡Y no le puedo hacer de sombra a todo el mundo!— no se lo podía creer. El gigantón que estaba a su lado no estaba cuerdo. Se estaba…—¿¡De qué te ríes!?

—De ti.

—Me estás enfadando, ¿sabes?

—Lo noto. Lo nota todo el mundo, humana. Desprendes calor y casi tartamudeas.

Respira hondo, Fanny.

Que la paciencia recorra tus venas, movida por el aire que acabas de aspirar. Debió apuntarse a esa cosa del Pilates hace años. Centró una vez más su mirada en el idiota engreído que la miraba fijamente, con descaro. A la espera de su respuesta.

No puedes con un tipo que te saca veinte centímetros y es puro músculo. No pu…e…des atacarle.

Lo primero es lo primero.

—Somos incompatibles. Quiero otro compañero de refriega.

—No.

—¿Por qué?

—Porque no.

—Esa no es respuesta.

—Es la única que tendrás.

—¡¿Por qué?!

Era realmente dificultoso gritar en susurros.

—¿Siempre preguntas tanto?

—¡Soy curiosa!

—La curiosidad mató al gato. Es un buen refrán humano.

No se lo podía creer. Le daba lecciones. ¡Un vampiro!

—¿Acaso parezco un gato?

El brilló en esos ojos verdes casi la hizo explotar.

—¡No contestes! ¡Y no me parezco en nada al Lucifer rechoncho de Disney!

El brillo aumentó otro poco más.

Bufó con desdén. Ese engendro de hombre no le iba a agotar la paciencia. Ni en esta vida ni en la siguiente. Le dio la espalda, ignorándole y rebuscó en sus bolsillos en busca de su ganzúa.

Habían liquidado a cuatro centinelas bastante torpes, de esos que parecían sombras y olían a ácido. Sin un mínimo esfuerzo el bruto que no se separaba de ella les había cercenado el cuello con ese puñal que la tenía medio obsesionada. Poco después unos tipos inmensos habían aparecido con todo un arsenal para dirigirse a continuación a recorrer los alrededores por si aparecían más de los contrarios. Algo bueno en semejante desastre. Unos minutos más tarde llegó el otro hombre, el de babear completamente, seguido de un grupo portando armas de gran calibre.

Armas inmensas y pesadas.

El sueño húmedo de todo hombre con sangre en las venas. Y el terror de cualquier mujer sensata y con dos dedos de frente.

Se abstuvo de preguntar para evitar nuevas miradas de desconcierto por su sana y potente curiosidad.

No habían perdido demasiado tiempo en localizar la puerta de entrada, la cual para su extrañeza tenía un aspecto bastante endeble.

Dejó atrás a los dientes y se acuclilló para colocarse al nivel de la cerradura. Extendió el brazo para forzarla cuando el cuero le pasó rozando la mejilla. La puerta estalló en pedazos, liberando la entrada a lo que parecían ser unas escaleras estrechas que iban hacia abajo.

¡Así no se hacían las cosas!

¡Debían ser sutiles y no llamar la atención!

Se levantó furiosa y se volvió hacia el vampiro para gritarle a pleno pulmón y al infierno con que le oyeran pero el enorme dedito del dientes, orientado hacia un complejo cableado sujeto en la jamba de la puerta, le calló de golpe.

Detector de movimientos o de apertura de la puerta. Daba igual el modo en que esta se viniera abajo. Habría saltado en uno u otro caso.

Diablos. Debían darse prisa ya que acababan de alertar a los que ocupaban el interior del lugar.

Abrió el camino Carlson y parecía estar tranquilo tras comentar, en su dirección, que la fiera ya estaba inquieta sin necesidad de enfurruñarla más. La expresión de MacAllan se oscureció un poco nada más pero fue lo suficiente como para poner en alerta todos sus latentes e innatos sentidos de policía.

¿Qué fiera?

Suspiró suavemente. Ella no se llevaba bien con los animales. Nunca había tenido una mascota. Las mascotas tenían…dentadura.

Con cautela comenzaron a descender los escalones.

Respiró finalmente y apartó de su mente la oleada de imágenes de hombres lobo que la acababan de desbordar.

Iban en busca de su mejor amiga.

IV

No se lo podía creer.

Temblaba de la ira. Aplacada y tan rabiosa.

No se estaban abrasando con el tacto de los rayos de sol, ni sentían dolor pese a la claridad. Estaban tan tensos a la espera que creyó por un instante que se iba a romper por dentro y asfixiarse. Abrió los ojos tras esperar un segundo y otro a que el dolor comenzara…para nada.

En su mente resurgió la ronca voz de Taran.

Hay tantas clases de tortura…para gozar.

Apartó los labios de los de Ryan y simplemente se miraron. Seguían vivos.

—Ahora sabes lo que sentí, hijo de mi peor enemigo.

No se habían dado cuenta, concentrados el uno en el otro, pero ella estaba a tres pasos de distancia. Mirándoles despiadada. Sonriendo ante sus propios ojos y diciendo que el sol aún estaba por salir.

Todavía temblando la escucharon. Hablaba de forma monótona, sin rastro de vida.

—Tras quitarme a mi hija y al macho que quise, tu padre…—la reina pareció escupir la palabra en dirección a Ryan—… me desnudó y expuso ante las miradas de todos. El castigo por haberle rechazado, por haberle humillado ante su gente era morir con la llegada del día. El amor fue mi perdición. La diferencia fue que yo sí sentí los rayos del sol traspasar mi carne, mis huesos, quemar lentamente una capa de piel tras otra. La agonía y el dolor fueron atroces. ¿Sabes lo que se siente al gritar tanto que la garganta deja de emitir sonidos, al oler tu propia carne quemándose poco a poco mientras los gritos de placer de quienes debieron defenderte alaban a aquel que te provoca semejante sufrimiento?

Esa dura mirada no se separaba de la de Ryan. Ni un segundo.

—Una parte de ti muere en ese momento. La carne es fuerte. La mente, por el contrario, se resquebraja al darse cuenta de que no recibirá ayuda para salvar la vida. Eso es imposible de olvidar, guerrero.

—¿Cómo…?

—¿Salvé la vida?

Ryan asintió.

—El Primer Oscuro. Y por eso no habéis muerto hoy en esta cueva. Por el momento. Porque le debo algo que prometí entregar un día en compensación por mi vida, además de mi alma.

Su interior se tensó al tiempo que notaba todo el cuerpo de Ryan ponerse rígido.

—A mi hija.

—¡No!

El grito desgarrador de Ryan llenó todos los recovecos de la cueva, arrastrando la atención de todos sus moradores hacia ellos.

—¡Te mataré antes de que eso ocurra, me oyes! ¡Te mataré!

La esbelta figura dio un par de pasos en su dirección mientras ella sentía el cuerpo de Ryan temblar, mientras se retorcía y gritaba, casi pegado al suyo. La adrenalina estaba dejando paso al tormento. Al agotamiento que invadía sus cuerpos y a la sensación de que nada habían logrado salvo entretener un rato a los animales cuyos ojos parecían brillar en la oscuridad, tras retornar a su lugar inicial las cubiertas que se elevaban a varios metros sobre sus cabezas.

—¡No lo permitiré!

Los centelleantes ojos de Ryan no se apartaban de la reina. La voz se había tornado bronca del esfuerzo.

—No malgastes tus fuerzas, agente. Las necesitarás.

—No puedes entregarla.

—Ya no está en mis manos, vampiro. Hace mucho que dejó de estarlo.

Se sentía tan apartada de lo que ocurría entre Ryan y su madre que parecía no estar presente. Ryan no lo veía. Le cegaba la necesidad de creer que podrían salir intactos de allí pero no podría hacer que la reina de la oscuridad cambiara de parecer. Demasiado odio en su interior. Demasiado dolor.

A ella la llevarían ante el Primero para morir y Ryan quedaría atrás, volviéndose loco desconociendo lo que iba a ser de ella. La peor tortura que alguien que amaba podía sufrir.

—Ryan…

Su hombre seguía hablando a gran velocidad. Con ansiedad, casi atragantándose con las palabras. Obsesivamente, no desviaba su atención de la reina. Mezclaba el idioma antiguo entre frases llevado por la desesperación y parecía a punto de romperse en miles de pedazos. El colgante que pendía entre ambos parecía arder.

Debía parar.

—Ella no te escucha, Ryan. Mírame.

Ryan aspiró profundamente y volvió el rostro en su dirección. Sus ojos brillaban conteniendo las lágrimas. Su corazón se le subió a la garganta.

—No pasa nada, mi mitad.

—Joder…Lena.

No parecía la voz del macho que amaba.

—Prométeme que aguantarás hasta que lleguen, porque lo harán. Ellos vendrán. Yo estoy perdida pero tú puedes aguantar.

Esos rasgados ojos se agrandaron.

—No.

—Sí. No me hagas esto, Ryan.

Apretó sus labios contra los masculinos para acallar sus protestas. Hasta que tras separar sus bocas una tercera vez, ningún sonido salió de ellos. Solo rabiosa determinación de su mirada.

Sonrió.

Al fin el hombre que amaba le escuchaba.

Gracias, mi amor.

Te encontraré, Lena. Te encontraré…

Escuchó en su mente esa promesa, como si hubiera surgido de los apretados labios.

El fugaz movimiento de vaporosa tela desvió su atención.

—Yo me despido aquí… —los ojos de su madre se clavaron en los suyos y le pareció ver una brizna de arrepentimiento que desapareció de inmediato— …de aquella que nació de mí.

Con delicadeza se acercó otro poco más pese al hondo gruñido que brotaba del interior de Ryan y le recorrió con la vista, satisfecha.

—Eres un regalo digno para el Primer Oscuro.

Recibió una última mirada de los ojos que eran un frío espejo de los suyos antes de que la hermosa forma femenina les diera la espalda, alejándose pausadamente e indicara con un susurro a Taran que les dejaba en sus capaces manos. La sonrisa de satisfacción en la cara de este le puso el vello en punta.

—Llegó la hora de separar a los tortolitos. Pero antes…

Se encaminó hacia ellos y se colocó a la espalda de Ryan. Para su sorpresa, soltó el colgante que había pertenecido desde siempre a la casa Borges y lo retiró con agilidad de un suave movimiento mientras susurraba un jocoso el último detalle.

No hizo falta preguntar su intención.

Recordar la imagen regalada al capitán por la Directora fue más que suficiente.

Lena sintió el frío peso colgando alrededor de su cuello, sin fuerzas para sostener la mirada de su amante. El colgante que no reconoció en su momento como propio, se lo habían impuesto sin preguntar. Sin pedir su permiso.

Esas temidas imágenes…

Llevaba razón el capitán. En todo lo que vio y eso le aterraba profundamente. Enfrentar la muerte o pelear contra sus enemigos era una cosa. Encarar al Primer oscuro era otra muy diferente. Su mayor temor se podía convertir en certeza. Perder el alma y el corazón para convertirse en una cáscara vacía llena únicamente de maldad.

Como su madre.

Olvidar aquello que sentía.

Olvidar a Ryan.

La frialdad que notaba contra la piel le pareció un maldito presagio.

El brusco tirón la lanzó sin miramientos hacia atrás, perdiendo el contacto con la piel de Ryan. El calor pareció desaparecer en un segundo de su cuerpo y apenas dispuso de tiempo antes de que una áspera tela la cegara al ser colocada con brusquedad sobre sus ojos.

No importaba.

Aún podía hablar. La súplica brotó.

—Ryan, júramelo.

Nada.

—Por favor, necesito oírlo, mi mitad —seguía sin escuchar esa voz— Respóndeme.

Los sonidos a su alrededor perdieron la suavidad y la calma en un instante. Las cadenas parecían rebotar entre sí y el sonido de un cuerpo encolerizado enfrentado a otros provocó que perdiera los nervios e hiciera lo mismo. Puede que siguiera atada pero las sogas carecían de la tensión suficiente como para restringir sus movimientos. Dejó de pensar y reaccionó a lo que sentía y palpaba a su alrededor. Tampoco importaba que no viera. Con el oído era más que suficiente.

Sintió, más que notó, un cuerpo delgado aproximándose por su izquierda y no tardó en tenerlo cogido con las cuerdas por el cuello. Tiró y apretó con saña, hasta rompérselo y lo dejó caer a sus pies. Desechado. Los ruidos de pelea lo rodeaban todo.

Dios… Ahí estaba. La ronca voz de Ryan, suplicando por ella a una madre que la había despreciado, provocándole tal nudo en el cuello que la estrangulaba.

A su izquierda sintió que llegaba otro, con rapidez. Tenía que ser ágil. Tenía que ayudar a…

Una brutal patada que la dejó sin aliento le lanzó de espaldas al suelo dejándole atontada al no poder emplear las manos de parapeto, escuchando en la lejanía el grito desgarrador de su compañero, entre aquellos de sus enemigos.

No podían con él. No podían con su pareja.

El orgullo le recorrió las venas.

Puede que todavía tuvieran una oportunidad. No vio el inmenso puño dirigirse a su rostro. Tampoco escucho el atormentado alarido de Ryan

****

Capítulo 24

I

Estaba perdiendo la razón.

La misma imagen grabada en su retina desde hacía tres siglos y no podía... No conseguiría soportar mucho más. La furia era tal que su cuerpo se había descontrolado pero ellos no se le acercaban al fin. Tres habían terminado con el cuello quebrado al hacerlo, tras rozarle creyendo que amarrado carecía de riesgo y el resto se mantenía a distancia, con esos repugnantes rostros ansiosos y asustados a escasos metros.

Aprendían rápido.

Poco a poco el metal que rodeaba su muñeca iba aflojándose con la tensión que imprimía. Tan lentamente que el tiempo se convertía es su peor enemigo.

Ryan permanecía inmovilizado y cada vez le rodeaban más oscuros. No sabía por qué diablos su fuerza incrementaba por momentos. Solo que lo hacía. Como si pulsara al ritmo de su jodido corazón.

Odió no ser capaz para romper los amarres e ir tras Lena. Ayudarla. No podía permitir que las imágenes que relató Robbins se cumplieran. Ello supondría rendirse. Supondría aceptar la posibilidad de perder a su compañera y tan solo la mera noción de ello, le provocaba nauseas.

El golpe recibido por Lena le había dado de lleno. Tras caer de una patada recibida al suelo el puñetazo de Taran la había dejado inconsciente. Se dio cuenta por la manera en que la cabeza femenina rebotó contra el suelo.

La madre de Lena, colocada en una de las balconadas, ni siquiera había pestañeado.

Era puro hielo.

El oscuro se la había llevado a rastras y no había podido contestarle. No conseguía apartar de la mente la idea de que Lena se había ido sin saber, sin escuchar su respuesta. Pese a suplicarla.

Obsesivamente esa idea se repetía en su mente.

Uno de los oscuros se acercó lo suficiente para que le oliera pero no para tocarlo y acabar con su podrida vida.

—Podemos esperar, vampiro. Lo que sea necesario hasta que te canses de luchar... —una burda sonrisa cubrió su afilado rostro antes de volverse hacia su reina, que permanecía estática—

…y demos a nuestra reina aquello que merece, por entregar a su hija mestiza al Primero. Una gran recompensa, ¿no crees?

Malditos.

Le tanteaban y provocaban sabiendo que él carecía de tiempo si quería ir tras Lena. Lo había visto todo rojo al observar cómo se la llevaban arrastrando por el suelo como si nada valiera. Desmadejada. Esa imagen quedaría grabada en sus retinas.

Enfurecido tiró de nuevo de las cadenas. Sin resultado.

Retumbó, sin previo aviso. Con tanta fuerza que el polvo que cubría el suelo de la oscurecida cueva, botó para posarse de nuevo con calma sobre el piso.

El sonido había llegado del otro lado de la puerta por la que habían sacado a Lena hacía una eternidad o eso se lo había parecido a su ofuscada mente. Había perdido la noción del tiempo. Trató de calmarse pero no era posible. Había perdido completamente el control en el mismo momento en que se llevaron a su pareja y no conseguía calmarse. No conseguía respirar. No podía controlar su ira, ni el temblor de rabia que parecía recorrer todos sus músculos. Los postes alrededor de los que se enrollaban las cuerdas que amarraban sus tobillos, poco a poco se habían aflojado. Le importaba poco que sus piernas sangraran. No lo notaba.

Lo único que sentía era la necesidad imperiosa de salir en busca su mujer pero las sogas, cadenas y ellos se lo impedían, aunque no por demasiado tiempo.

No le retendrían mucho más.

Un sonido metálico anunció la debilidad del enganche metálico. Pegó una única sacudida y la cadena cayó al suelo.

Si el destino había acordado algo con la suerte le importaba poco pero en el mismo segundo en que se enredó el grueso metal alrededor del antebrazo para atacar a los enemigos que le rodeaban, el portón de acceso a la arena se abrió, con una lentitud exasperante. Como si quien la abriera actuara con una cautela que no necesitaba en ese momento. El ansia por gritar fue tal…

Carlson.

Esa figura era inconfundible.

Tras él, el rostro tatuado de Mac y más allá, la mejor amiga de su compañera. Y el único pensamiento que le sobrevino fue que habían llegado tarde. Ni que habían dado con ellos o que al fin podrían escapar de ese condenado agujero, sino que le daba igual.

Se habían llevado a Lena y él no lo había impedido.

Su mente no estaba con ellos.

La pelea se tornó de fiera en brutal y esta en sangrienta. Los agentes de la Dandraara no se contenían. Quizá les guiara la rabia por haberles arrebatado a dos de sus compañeros o sencillamente necesitaran destrozar a los huidizos y cobardes oscuros porque sus genes llevaban esa impronta. La ira parecía envolverles. Ni siquiera la humana mostraba tener límites. La puntería que demostraba era asombrosa y el tándem que marcaba con Mac era impactante, por decirlo suavemente. Parecían compenetrarse en una macabra danza, como él y su Lena. Se marcaban las distancias y avanzaban al unísono hasta que solo quedaron dos oscuros en pie, de entre la marabunta que había quedado atrás a la espera de poder gozar con el espectáculo de su tortura.

No sabía muy bien cómo Carlson había dado con la manera de acceder a las balconadas pero no pocos enemigos se habían lanzado a la arena tratando de escapar de su embestida. Para lograr nada, salvo caer en manos del resto de los agentes vampiros y de la muerte.

Todos…menos una.

La sensación de libertad al retirarle las cadenas y cuerdas fue física. El resto permanecía enterrado con saña donde nadie se diera cuenta de lo mucho que dolía sentirse desamparado.

—¿Y Lena?

La ruda pregunta provino de Mac, que mostraba un aspecto rabioso al lado de la policía. El cabello desordenado y la ropa cubierta de un fino polvo y restos de oscura sangre era un espejo del aspecto de Fanny Marianno. Seguramente, del de todos.

Le había preguntado pero hablar, decirlo en voz alta supondría hacerlo más real de lo que ya lo era.

—¿Ryan?

¿Por qué diablos preguntaba?

¡Acaso no lo veía con sus propios ojos!

Lo único que deseaba era que todos apartaran las miradas centradas en su persona y en la silla vacante ubicada frente a él. La jodida silla de madera donde…

—Se la llevaron.

La ausencia de ruido que siguió sirvió únicamente para forzar esa sensación de culpabilidad que sentía en la boca del estómago a niveles insostenibles.

—No ha sido culpa tuya.

—¡Tú no sabes nada, humana!

Perdió la capacidad para retenerse en un segundo y cargó hacia la amiga de Lena. Como una apisonadora. Letal. Hasta topar con Mac, que mostraba una extraña calma.

—Apártate, Mac.

Esos profundos ojos verdes se tornaron completamente negros.

—No.

—Quita de en medio.

La inmensa figura no se movió un ápice.

—Si la dañas, hieres a Lena, Ryan.

Una sola frase fue suficiente.

Hieres a Lena.

Se derrumbó como una torre de naipes cuya base es arrancada de golpe.

Completamente, ante sus compañeros y ante la humana y sencillamente, no le importó. Los ojos impresionados de estos le relataron su desconcierto ante la imagen de un agonizante guerrero al que le habían arrebatado todo. Se daba cuenta que tiritaba y que su cuerpo temblaba. El rostro lo sentía húmedo y no parecía poder asociarlo con algo que lo causara. Se sentía ajeno a su propia persona. Le costaba incluso percibir lo que le rodeaba ya que su mente solo formaba una imagen. El cuerpo de Lena siendo arrastrado por Taran. Alejándola de él.

Unas fuertes manos aferraron su cara y le sacudieron. Con inmensa fuerza.

—O vuelves con nosotros o...—una brusca aspiración junto a él lo devolvió a su pesadilla— Joder, Ryan. No nos hagas esto. Si no por ti, por ella.

Los ojos turquesa de Carlson que parecían taladrar los suyos se cerraron un segundo y esas manos le pegaron un segundo zarandeó hasta que le rechinaron los dientes. Lentamente el temblor se fue apagando al verse rodeado de su gente.

—¿Cuánto hace que se la llevaron?

—Le...pusieron el colgante.

La cara de preocupación de Carlson fue un poema.

—¿De qué demonios hablas?

Entonces se dio cuenta. Ellos no lo sabían. Desconocían las imágenes legadas por la Directora al Capitán.

La torpe explicación no se hizo esperar y las reacciones tampoco.

—¡Eso no significa nada!

La humana se resistía tanto como él a aceptarlo. Marianno iba a gritar de nuevo pero Mac le cortó al decirle que la Directora rara vez se equivocaba, antes de girarse hacia Ryan y preguntar con voz ronca.

—¿Presientes algo diferente, Ryan?

Casi rio porque no podría decirlo. Lo que presentía no eran imágenes ni era un momento ni un lugar, ni la manera de morir, sino el exacto instante en que la muerte te lleva con ella. Sientes la causa de tu muerte o la de otro, como si poblaras su interior y te dieras cuenta de que la vida se te va sin poder hacer nada. El presentimiento únicamente abarca sensaciones a su alrededor. La información en ocasiones es sesgada y limitada y siempre está borrosa por la pena y el dolor. Otras por la rabia y la tristeza. Las menos, por una extraña sensación de plenitud. En el caso de Lena la sensación de desconcierto se triplica. El dolor en su interior es tal que él trata de evitar incluso pensar en ello. Lo único que siente dentro con una claridad apabullante es que la muerte les sobreviene estando juntos.

Así se lo hace saber a los demás.

—Entonces no debes acompañarnos —barbotó Jonas, ubicado a unos metros, guardando la entrada.

Este había perdido la cabeza.

—Antes muerto.

—¡Maldita sea, escucha por una vez en tu vida! Si eliminamos de la ecuación una parte esencial, tu presencia, quizá podamos dar esquinazo a la muerte.

—No. No lo entendéis. El destino varía. La forma de morir de cada uno cambia con las decisiones que tomamos. A veces no es así pero otras lo es. No es la primera ocasión en que he presentido la muerte de uno de vosotros cambiar— respiró con fuerza—. Debéis entenderlo. No se escapa de la muerte ya que ella te encuentra, de una u otra forma, por lo que nadie me impedirá ir en busca de Lena. ¿Queda claro?

La expresión de Jonas fue suficiente para que el nudo en sus entrañas se aflojara algo.

—No sé hace cuánto que se la llevaron. Calculo que no más de un cuarto de hora. Poco después de amanecer.

—¿A dónde?

Le costaba decirlo.

—Ryan, por favor.

La petición susurrada del Carlson le llegó dentro. Estaba dolido y se dio cuenta en ese mismo instante. Él no era el único que sufría.

—Al primer Oscuro.

Con odio se volvió hacia la fría y temblorosa figura que custodiaba Jonas.

La única que Carlson había mantenido con vida.

La madre de Lena.

Apartó la mirada para no perder el último hilo de calma que a duras penas le sostenía, para separar la mirada de ese hermoso rostro sereno cuyos labios se curvaban en una mueca burlona, porque si no lo hacía Lena jamás volvería a ver a su madre. Él la mataría antes con sus propias manos.

Apenas podía mirarla.

Con un gesto apenas apreciable Jonas hizo ademán a Carlson que alejara de Ryan a la madre de Lena.

La única indicación de que este había apreciado la deferencia fue una suave inclinación de cabeza antes de que su voz resonara estrangulada, en medio de la caverna.

—Ella la entregó. A su propia hija.

El sepulcral silencio fue roto únicamente por Marianno.

—Por vuestras caras, veo que eso no es nada bueno, que es más bien nefasto, ¿verdad? – la humana desvió la extraviada mirada, posándola en cada uno de ellos pero no recibió respuesta a su callada pregunta— Por los clavos de Cristo, ¡queréis decirme qué demonios significa eso!

Una escueta frase de Mac resumió la situación.

—Que estamos…jodidos.

329

II

Tenían de vuelta a Ryan con ellos. Un Ryan que hacía tiempo no se mostraba. Un luchador carente de piedad, con una capacidad para matar inigualable y una mente prodigiosa dirigida a una sola cosa.

Recuperar a Lena.

La guerra había escalado hasta un punto álgido y toda la raza se encontraba al tanto. Se estaban adoptando medidas de protección de los menores de edad y las familias se estaban reubicando. Los soldados protegían a los civiles mientras ellos debían dar con Lena.

Y ella, la reina oscura, permanecía encadenada y guardada en la celda más segura del complejo, por orden directa suya, tras una tensa audiencia con la Cleda.

Robbins juró por lo bajo, rabioso, inquietando al perro que permanecía tendido a sus pies. Desde el ataque el muy alelado no se separaba de él una milésima de espacio como si no se diera cuenta de que no era un San Bernardo sino un raquítico chihuahua. Suavemente se inclinó y acarició el fino lomo de Cocodrilo. Insensato chucho.

Como capitán del clan del Sur debió obligar a Lena a tener más cuidado. Debió imaginar que el Primero la tendría en su punto de mira tras descubrir que era hija de su reina y que las escrituras la asociaban con la derrota de los enemigos.

—Deja de fustigarte mentalmente. Te escucho desde aquí.

La hermosa y algo cascada voz femenina de su esposa le llegó del otro lado de la estancia. Casi sonrió pese a seguir enfadado con ella. Todos los agentes le obedecían. Los soldados ni se planteaban rebatirle y la mujer que lo miraba con esos ojos que lo derretían por dentro le ignoraba al menos una vez al día. Eso cuando no hacía lo diametralmente opuesto a lo que ordenaba para su completa desesperación.

Como en esta ocasión en que había ordenado que los civiles se replegaran a zona segura bajo la protección de Jonas y su gente y su esposa le había contestado muy digna que a ella no le movía ni Dios de su lado.

Terca. Independiente. Contradictoria y valiente hasta desquiciarle los nervios.

Su vida entera.

Carraspeó antes de contestar.

—No lo hago, querida.

—Lo haces. Casi veo el humo salir de lo alto de esa cabeza aunque quizá sea porque sigues enfadado. Nunca se sabe.

—No estoy enfadado.

—Entonces, ¿por qué no me miras?

Lo siguiente ya salió en forma de gruñido.

—De acuerdo. Puede que siga algo enfadado. Pero ahora no es el momento de hablarlo.

El suave suspiro femenino brotó con claridad.

—Tienes razón. ¿Crees que…?

—No. Sigue viva. Por el bien de todos, por el de…Ryan, ha de seguir viva. Creo que lo habríamos notado si…

La madre que parió a esa muchacha.

Poco a poco esa mujer había ocupado una parte de sus corazones. Lentamente. Sin que se dieran cuenta con su risa, con su humor y su manera llana de ser. Con sus ocurrencias.

Si algo le ocurriera perderían a Ryan para siempre y Carlson… Carlson no volvería a ser el mismo. MacAllan quizá no lo expresara pero Lena se le había colado en esa piedra que tenía por corazón y Jonas sentiría de nuevo esa inmensa soledad rota, los últimos tiempos, por sus extravagantes conversaciones con ella.

Él…

Como capitán de clan del sur él perdería una guerrera pero también perdería casi una hija. Como humano emparejado con una vampira entendía demasiado bien las dificultades que planteaba una relación dispar en demasiados aspectos como para poder resumirlo pero Lena y Ryan disfrutaban de la ventaja del tiempo. Para que otros les abrieran el camino. Para que otros les facilitaran el beneplácito de la Cleda a lo que hace siglos estaba vedado y castigado con la muerte.

Sintió la caricia sobre su rostro.

—Lo sé mi amor. Se nos ha colado, sin darnos cuenta, dentro, ¿verdad?

Apoyó la mejilla contra esa cálida palma.

—Por eso no tenemos más opción que recuperarla.

Se levantó para colocarse frente a ella. Al diablo con su enfado. Su esposa parecía leerle como si ella ocupara su mente y su cuerpo. La envolvió entre sus brazos sintiéndola amoldarse perfectamente en ellos. Como si hubieran nacido para estar unidos. Quizá así fuera.

—No podemos perderla.

—Lo sé —miró directamente a los ojos a su esposa—. Tan solo espero que consiga dar con ella y la ayude. Que consiga el tiempo suficiente para que demos con ellos.

—¿Cómo lo explicarás a los agentes cuando se enteren?

—Eso será lo de menos. Si logra salvarla eso será lo que menos les importe.

Aspiró el olor de su cabello al mismo tiempo en que Cocodrilo alzaba el hocico en dirección a la puerta.

Alguien se acercaba.

III

Calculaba que llevaba consciente alrededor de veinte minutos con la cara como de papilla. Y dolía a rabiar.

Su situación era imposible que empeorara. Estaba en la misma exacta posición en la que se había imaginado y había soñado miles de veces en sus pesadillas.

Semi desnuda en una fría covacha cuyo suelo parecía estar cubierto por fino serrín. Pero tampoco podría precisarlo al disponer de la poca luz que se colaba por el quicio de la puerta de madera. Lo único que alcanzaba a ver, tras serle retirada la venda que le cubría los ojos, eran las reducidas dimensiones del lugar.

Un calabozo.

No quería pensar en Ryan, ni en la desesperada manera en que peleaba para liberarse, ni los gritos de rabia que…

Pero era eso o imaginar lo que estaba por llegar, pensar en el Primero y en que este último la aterraba. Le intimidaba enfrentarse a él, estar cerca de él. La posibilidad de que le tocara la enfermaba.

Su madre estaba perdida para ella. Y su hermano…

El muy hijo de mala madre había esperado a que despertara para informarle que disfrutara del poco tiempo que le quedaba antes de ser convertida. Que no tardarían en trasladarla y llevarle ante él. Que Ryan ya habría ofrecido el regalo de su muerte a la reina oscura.

El estómago lo tenía revuelto desde que escuchó esas palabras.

No estaba lista para rendirse. No lo hizo en la infancia, ni de joven, ni durante su estancia en la casa Cannavara. No pensaba hacerlo ahora. Ahora tenía un futuro con Ryan y nadie se lo arrebataría. Ni el enemigo, ni la primera oscuridad.

Nadie.

Apretó los puños para empezar de nuevo a recorrer el espacio que le permitían las cadenas atadas a la barra de hierro centrada en medio del minúsculo cubículo que ocupaba. Entonces le llegó el sonido. Apagado pero real. Muy real.

Paralizó todo paso al escuchar movimiento al otro lado de la puerta. Alguien se había quedado quieto, tratando de pasar desapercibido. Su corazón comenzó a retumbar tan fuerte que temió que lo escucharan de fuera. No podía ser…el Primero. Su mente le decía que la oscuridad se tenía que notar de otra manera, en los huesos, en forma de angustia y terror, por todo el cuerpo.

El tintineo de un manojo de llaves alcanzó su oído.

¿Qué estaba pasando?

Poco a poco la puerta se fue abriendo. Pensó en lanzarse de golpe y sorprender al recién llegado, fuera quien fuera pero el sentido común le retuvo. Las cadenas no tenían la suficiente extensión.

A contraluz la figura era alta y de complexión esbelta pero fuerte. La situación era extraña. Colocados el uno frente al otro, sin hablar.

—Apenas tenemos tiempo —La voz tenía un deje raro. Extranjero. Lo que resultaba evidente era que quien estaba frente a ella no era un oscuro ni un vampiro—. Volverán en cualquier momento.

El intruso dio dos pasos al frente mientras seleccionaba de entre el grupo de llaves, una alargada con aspecto antiguo.

—¿Quién eres?

Sus movimientos se detuvieron para retomarlos en un segundo. Un ajado pantalón y una sencilla camiseta oscura le golpearon en medio del pecho.

—Eso no importa. Póntelos —Por un segundo pareció titubear—. Nada más salir de esta celda sigue el corredor hasta llegar a las escaleras del fondo. Súbelas y llegarás a una bifurcación. Coge el camino de la izquierda. Gira a la derecha al llegar al final y darás con una puerta cerrada con un código numérico. El número de apertura es 4—4—3—6—7—5. Memorízalo. Si te equivocas al introducirlo saltarán las alarmas y nos habrás condenado a ambos. A mí, a una agónica muerte. Tú, te convertirás en su sombra.

Sin necesidad de explicaciones supo instintivamente a quién se refería.

—¿Por qué me ayudas?

—Porque se lo debo.

Hablaba sin sentido.

—¿A quién?

—A Robbins.

Ahora carecía, si cabía, de más sentido aún.

El hombre era humano y el capitán no era partidario que la raza tuviera contacto alguno con humanos. Primaba su protección y le extrañaba que ese hombre conociera al capitán. El castigo si se infringían las reglas, era severo.

—Lo que dices no tiene…

El fuerte tirón de las cadenas al ser liberadas le permitió sujetarle del brazo. Necesitaba respuestas. Entre bruscas aspiraciones el humano habló.

—Puedes…elegir, vampira. Tratar de escapar, ahora que puedes o quedarte conmigo para saber.

—No lo entiendes. No puedo salir, tras el amanecer nos debilitamos. No llegaría lejos.

—Nadie dice que vayas a hacerlo. Sigue el camino indicado y te dirigirá a las cloacas de la ciudad. Estas recorren los bajos de la ciudad y sus alrededores. Determinadas paredes marcan la ubicación en relación con la superficie. Tardarás un tiempo pero encontrarás el camino.

Soltó bruscamente el tenso cuerpo humano para lanzarse hacia la salida. Había decidido.

—¡Espera!

Se volvió un segundo al escuchar el grito masculino y le sorprendió contemplar la calma del humano. No era normal. En una de sus manos sujetaba un curvo puñal que le ofrecía con la empuñadura dirigida a ella y su mirada reflejaba…satisfacción. Como si hubiera cumplido algo que llevaba esperando tiempo.

—Dile a Robbins que estamos en paz. Que se cuide de su gente ya que tiene traidores entre ellos y que no se cierre al mundo que le rodea porque sus enemigos no lo hacen. O juega con las mismas cartas o los vampiros estaréis acabados antes de que termine el siglo —por un momento pareció dudar a la hora de seguir hablando, pero lo hizo, con rapidez, casi atropellando las palabras— Los oscuros se han aliado con los humanos. Negocian con ellos pese a considerarlos inmundos. Se valen de ellos. No los protegen como hacéis vosotros y por eso os llevan ventaja. Pero sobre todo dile lo siguiente: Los oscuros no solo se relacionan con humanos. También lo hacen con los que se criaron entre los clanes, dándoles una ventaja de la que carecían antes —el humano hizo un gesto de cansancio— Por eso tú estás aquí, guerrera. Por eso te capturaron.

La sangre pareció helarse en sus venas.

—Mientes.

—No importa lo que creas, guerrera. Simplemente transmítelo a tu capitán. Ahora debes irte.

Fue a hacerlo pero algo le detuvo.

—¿Y tú?

—Ya he hecho lo que vine a hacer. Nadie podrá salvarme una segunda vez.

La virgen. Eso sonaba a kamikaze en estado puro.

—Ven conmigo.

Por la expresión de su cara, su oferta sorprendió inmensamente al humano.

—Te retrasaré.

—Me has salvado.

—En pago de una deuda. No es personal, guerrera.

—Lo es para mí, ahora, humano. No lo diré de nuevo y no tenemos tiempo para malgastar. Tú mismo lo has dicho. Si quieres vivir, sígueme.

No esperó a que asintiera.

Sencillamente echó a correr siguiendo las instrucciones aunque una pequeña parte de su mente no podía evitar estar atenta a su espalda. A escuchar un sonido que indicara que el hombre que trataba de ayudarla, le seguía, que le había hecho caso, que quería salvar la vida pese al sonido de derrota en su voz.

Y lo hicieron, tras unos segundos. Sus tímpanos captaron el sonido de zancadas a la carrera siguiéndole los pasos. No se volvió porque no era necesario.

Le había tomado la palabra.

******

Capítulo 25

I

Tenían a Ryan deambulando furioso por el complejo, en compañía de Carlson, MacAllan y Fanny Marianno a la espera de que Jonas, la población vampira y los soldados llegaran con noticias frescas. Si no las recibían pronto no habría vampiro vivo o muerto, humano o espíritu santo capaz de parar al agente.

Jonas había acudido a verificar que los núcleos de vampiros asentados en la ciudad estaban a salvo para trasladarse después al centro de control y santuario de Ryan. No tardaría en retornar pero mientras tanto Carlson le transmitía por el teléfono interno de la mansión lo que estaba ocurriendo en los aposentos de Ryan. Este ya había destrozado parte del mobiliario de la cocina y el colchón de la cama de Lena. En esos momentos lo tenían encerrado en el baño amenazando con meterle bajo el chorro helado de la ducha para intentar calmarle con el único resultado de que el agua caía al plato, sin tocar un mínimo de trozo de carne, antes de colarse por el sumidero. Todos habían terminado calados porque Ryan se negaba a cooperar y no daba muestras de querer permanecer en el condenado baño diciendo no sé qué de que ahí comenzó todo con ella.

Terco, críptico y el ser más complicado con el que había tenido que bregar durante su mandato como capitán del clan, dejando aparte a MacAllan. Gracias al cielo que tenía a su mujer para sosegarle y no le diera un apoplejía cada quince días.

Hacía una hora escasa uno de los soldados había llegado para informarle que se estaban acercando a aquello que buscaban desesperados. Que no tardarían en tener el lugar exacto donde habían llevado a Lena pero los minutos parecían alargarse de manera exasperante en el tiempo.

Por un segundo pensó en acudir a la Directora y pedirle ayuda.

Un maldito segundo en que…

Su cuerpo le pedía agotar todas las posibilidades y si para ello la Cleda le pedía un sacrificio, que así fuera. Ryan y Lena bien valían la pena.

Si en cinco minutos nada nuevo tenía, optaría por esa salida. Su esposa, Maura, le había mirado con rostro serio al pedirle su opinión. Era una cuestión demasiado importante como para ocultarlo a la vampira que amaba por encima de todo. Su pecho dolió al recordar la sonrisa que había curvado esos preciosos labios.

Estoy contigo para lo que sea, esposo. Ya lo sabes.

Estaba seguro de ello.

El teléfono retumbo sobresaltando a Cocodrilo al mismo tiempo en que la puerta se abría sin miramientos dando paso a Jonas. La sonrisa en su boca anunciaba buenas noticias y le faltó poco para que gritara por todo lo alto, alejando a la mala suerte cuanto más remota mejor.

Al fin avanzaban.

Con el auricular pegado al oído escuchaba los gruñidos de Carlson y podía paladear su angustia mientras de fondo parecía apreciarse el ruido de una tensa pelea. Más que una pelea un intenso forcejeo, si no se equivocaba, entre Ryan y el resto para impedir que este saliera de la habitación. Por lo visto el baño ya había pasado a la historia. Con una buena dosis de alivio dio a Carlson la orden de que permitieran a Ryan salir del complejo y que todos se dirigieran a la sala de armamento. Tan pronto el agente repitió sus órdenes el ruido paró a través del teléfono. Tras colgarlo se dirigió hacia Jonas.

—Más vale que tengas algo o no podremos ralentizar más a Ryan.

La claridad en los ojos color azul hizo brotar una brizna de esperanza en su interior.

—Hace exactamente una hora un furgón en el que introdujeron un bulto envuelto e inerme, partió del lugar donde les retuvieron.

—¿Y?

—Las imágenes por satélite que tiene Ryan hackeadas han captado su ubicación.

—¿Cómo?

—Ni lo sé ni me importa, capitán. Lo único que sé es que los tenemos localizados.

—¿Dónde?

— En la ciudad. Bajo uno de los panteones del Cementerio Pere Lachaise

Jodidos oscuros.

—Tienen la entrada a una de sus guaridas en uno de los malditos lugares más visitados por los turistas en la ciudad, capitán y han aprovechado que el jodido cementerio es uno de los espacios verdes más extensos de París. Hemos captado con infrarrojos un amplio complejo en el subsuelo. Y antes de que me preguntes cómo, con los chismes de Ryan. El único problema es…

—Que hasta que caiga el sol, no podemos salir de nuestras ubicaciones y para entonces quizá…

—No lo digas, jefe.

338

La enronquecida voz de Ryan les llegó desde la puerta. Clara y dura.

A su lado estaban los demás, con las ropas revueltas, mojadas y alguna que otra rojez en el rostro. Rastros de la pelea. La única que parecía medianamente compuesta aunque sin habla, era Fanny Marianno. Pálida y encogida mostraba las señales de alguien que comienza a ver los contras de una situación que desearía poder volver a su favor.

Esas miradas…

La mirada de esos ojos pálidos era impactante. Furiosa y rota. La misma que él mostraría de ser Maura quien estuviera en manos del enemigo.

Había llegado el momento de sincerarse.

—No está todo perdido.

Todos le miraron como si hubiera perdido la razón mientras ellos miraban a otro lado distraídos.

—En las filas de los oscuros tengo a un hombre infiltrado —Las bocas abiertas denotaron el asombro colectivo pero ahora eso era lo de menos—. Poco después de morir…

Una oscura voz cortó su explicación.

—¿Hombre, has dicho?

Diablos.

Para variar Mac tenía que centrarse en el maldito punto sangrante de la explicación. Por el momento decidió ignorarlo.

—Como decía, poco después de asumir la jefatura del clan del Sur y al descubrir el asentamiento de un núcleo enemigo en la zona este de la ciudad, acostumbraba a patrullar los barrios circundantes y vigilar que nada ocurriera —carraspeó incómodo antes de proseguir—. Una noche cerrada escuche unos gritos ahogados en la calle contigua y presencié un ataque a una mujer y su hijo. Eran humanos pero quien los atacaba, ya no lo era. El atacante era un oscuro y por las escasas marcas en el rostro, era joven. No creo que comprendiera bien sus impulsos o las reglas que debía cumplir. Para cuando les alcancé les había rebanado el cuello el muy hijo de puta. Lo disfrutó. No tardé en acabar con el cabrón pero…el padre llegó en ese maldito momento. El hombre se había rezagado para asegurar el coche —recordar lo que ocurrió después dolía tanto como relatarlo—. Su mujer murió entre sus brazos sin poder hacer nada, con el pequeño cuerpo del hijo a un metro de distancia, parcialmente cubierto por el de su madre. Ella había tratado de impedirlo pero no sirvió de nada —cerró un segundo los ojos porque no había conseguido olvidar todavía la vacía mirada de Dean al posarla sobre los cuerpos sin vida de su mujer e hijo. Eran demasiado jóvenes. Jóvenes e inocentes.

—La madre de…

El ahogado sonido surgió de Jonas.

—Sí. Te hice llamar para que le confundieras los recuerdos, tras sepultar los cuerpos de su familia. No tardaste en llegar y creíste que era un humano más que había presenciado lo que no debía. No parecía reaccionar a lo ocurrido.

—¿Qué ocurrió?

—La noche siguiente el humano estaba en el mismo exacto lugar en el que su mujer y su hijo habían muerto. Sentado contra la sucia pared en la que había abrazado a su esposa mientras ella agonizaba.

Todos se estremecieron. Los agentes emparejados porque imaginar semejante dolor era sencillamente imposible y los demás se lamentaron por el dolor causado por un malnacido que mató por el mero hecho de poder hacerlo.

—Es un hombre honorable. En cuanto me vio, me reconoció y el mundo se le derrumbó al recordar. Nunca podré explicar por qué rompí todas las malditas reglas impuestas por el clan pero…lo hice. Ese hombre no merecía olvidar a su familia aunque ello lo destrozara. De inmediato se dio cuenta que algo extraño pasaba conmigo. Los días pasaron y nos veíamos en el mismo lugar. Siempre a la misma hora. Comenzamos a hablar hasta que un día me preguntó qué había matado a su familia —respiró antes de seguir—. Las palabras surgieron con tanta facilidad… Estaba relatando a un humano los secretos de nuestro mundo, los secretos de nuestra guerra y por alguna extraña razón, confié en él —casi sonrió a continuación al recordar—. Quizá me recordó a mí mismo. Es valiente e insensato y cabezón como él solo puede serlo.

—Le aprecias.

Las palabras llenas de fascinación surgieron de MacAllan.

La contestación emanó alta y clara y sin una pizca de duda.

—Es un buen amigo. Quizá el hijo que nunca tuve.

Los sabrosos juramentos se sucedieron cada cual más subido de tono, salvo Marianno que nada decía. Claro que la sonrisa complaciente que mostraba picaba más que cualquier exabrupto.

Perceptiva mujer.

Optó por terminar con la explicación.

—Llevo un mes sin noticias de Dean y me preocupa aunque era lo esperado. No sé cómo pero se metió en una organización criminal, escalando puestos lentamente y esperó a que ocurriera. Con paciencia. Y así fue. Se le acercaron un par de oscuros y le ofrecieron negociar en el tráfico de drogas. De humanos. Prostitución. Habían picado el cebo. La finalidad esencial era recabar datos de esos cabrones para vengarse. Él facilitaría la información para después obtener la esperada venganza con nuestra ayuda en forma de ataque pero todo se fue al garete cuando trataron de secuestrar a Lena. Tras ese intento recibí un par de notas más. En una de ellas decía que se estaba acercando y que tocaba esperar un poco más, tan solo un poco. La siguiente era más preocupante. Según él, algo gordo se estaba gestando y no era el mejor momento de salir. Ese fue nuestro último contacto.

—¿Crees que sabía lo que planeaban con Lena?

—Puede. Si es así, tenemos algo a nuestro favor, Ryan —miró directamente esos transparentes iris—. Un aliado en el interior.

II

El humano no podía seguirle el ritmo por lo que desaceleró. No se quejaba ni hablaba. Era duro y se orientaba de manera innata en la penumbra de los túneles. A duras penas habían esquivado a una patrulla de oscuros quienes parecían campar a sus anchas en las apestosas cloacas. Así se movían por la ciudad sin ser localizados o detenidos.

Aguantaron unos minutos en el lugar hasta que los chapoteos de las pisadas de sus enemigos desaparecieron en el negro fondo del pasaje.

El cuerpo le hormigueaba con las ganas de volver a casa y saber.

Dios…saber de Ryan. Que estaba a salvo, que no lo había perdido. Si hubiera sabido el lugar donde les habían retenido hubiera vuelto al mismo sin pensárselo dos veces. En busca de su compañero.

Por el momento lo único que habían hecho era deambular por los extensos túneles, tratando de acercarse lo máximo a su zona al tiempo que rezaban porque las horas pasaran con rapidez a la espera de la llegada de la noche y con ella la libertad para salir al aire libre sin dificultades y sin desventaja.

Miró al humano que jadeaba ligeramente con el esfuerzo y fue a preguntarle su nombre pero un ruido impidió que lo hiciera.

Otra patrulla.

Se habían dado cuenta de la fuga y dada su imposibilidad para evitar los túneles tarde o temprano los iban a encontrar.

—Vete —susurró Lena.

Los asustadizos ojos del hombre se abrieron con desconcierto.

—Te cogerán.

—No se lo pondré fácil. Está a punto de anochecer por lo que los esquivaré hasta conseguir salir a la superficie.

Los sonidos se escuchaban cada vez más cerca.

—Están cerca.

Por un segundo el silencio les rodeó.

—Dean. Me llamo Dean.

Casi lanzó una histérica risa. Parecía una presentación en forma en medio de una situación irreal.

—No mires atrás y ve a por mis compañeros. Yo aguantaré todo lo que pueda.

Ya estaban en el corredor contiguo y habrían captado sus voces. Aferró el puñal con fuerza para enfrentarse a ellos y regalar al humano un tiempo precioso.

—Diles lo que ha ocurrido, dónde me han retenido y...—casi se comía las palabras al hablar—...dales las gracias de mi parte, por acogerme. A todos —apretó los labios —. A Ryan...dile que le esperaré —tragó saliva mientras el ruido de sus enemigos parecía provenir de unos metros más allá—. Él lo entenderá. Ahora vete y...gracias. Por todo.

Un gesto de asentimiento fue la única respuesta y en unos segundos la figura perfilada ligeramente por la poca luz que los rodeaba giró la esquina del fondo del corredor dejándole sola para luchar por su vida, por el tiempo necesario para que su gente llegara y por salvaguardar aquello que atesoraba por encima de todo.

A una distancia de diez metros se posicionaron en línea, provocando con sus movimientos pequeñas ondas en el agua que cubría sus pies, anticipando el ataque que no tardaría en llegar.

Unos pocos minutos pero estaba cansada. Ese era el tiempo que calculaba para que la noche cayera sobre la ciudad y las restricciones sobre su libertad desaparecieran de un plumazo.

El grito avisó de la brutal arremetida.

Cinco enemigos y dos de ellos vestían como los que trataron de secuestrarla. Oscuros. Un fugaz aviso retumbó en su cerebro al recordar la manera en que les habían capturado pero dos segundos después ya no dispuso de tiempo para pensar.

Salpicó con enfangada agua el rostro del que había cargado primero y le descolocó. La cuchillada fue certeza. En el corazón y no supo si lo que recorría el mango del cuchillo y su puño era la negra sangre o el líquido que ahí abajo parecía cubrirlo todo.

El cuerpo cayó de rodillas para que otro lo siguiera de inmediato. Este era más cauto y rápido. Sabía pelear y al igual que él estaba preparado. Sintió el picotazo ácido del metal rasgando la piel pero no era eso lo que le preocupaba, sino los dos oscuros que todavía no habían intervenido en la pelea, al haberse quedado en la periferia.

A la espera.

Jamás había huido de una batalla pero esta vez valía la pena replegarse para ganar tiempo. Las fuerzas comenzaban a mermar tras tumbar al segundo que había cargado contra ella y quedar frente al tercero que tendía a atacar por la izquierda dejando su derecha desprotegida. Fue un único segundo lo que necesito para decidirse.

Matar o distraer.

Carecía de opción si quería resistir.

Pilló a su enemigo por sorpresa haciéndole una de esas llaves de Ryan y volviéndole de frente hacia sus compañeros, que permanecían impasibles, disfrutando del espectáculo. Subestimándola como le había ocurrido media vida. En esta ocasión el regusto causado por ello fue…dulce.

El empellón del cuerpo que empleaba de escudo y que lanzó contra uno de los dos inmóviles oscuros, al tiempo que lanzaba el puñal hacía el otro, le daba la necesaria ventaja de recular hacia los túneles para localizar una salida al exterior, pero a su vez, le deja indefensa para defenderse al perder la única arma de la que disponía.

Estaba hecho.

El sonido ahogado de sorpresa en uno y de dolor en el otro al alcanzarle el puñal el lugar que debió ocupar su negro corazón, le sonó como el estallido del arma para dar inicio una carrera de alta velocidad. Le importaba poco estar medio desnuda o helada hasta los huesos. La adrenalina pareció insuflar calor a su cuerpo y se sintió correr por encima del agua casi sin rozarla.

Las desperdigadas y pocas placas en las paredes de las galerías brillaban con suaves reflejos. Corrió desesperada al escucharles detrás, pisándole los talones hasta que lo vio. El parque Montsouris, en la zona Sur de la ciudad. El lugar de descanso preferido por los estudiantes durante el día por su cercanía con la ciudad universitaria pero una mala zona, una vez entrada la noche, en la que los delincuentes de poca monta ocasionalmente trapicheaban con droga, y la gente trataba de evitar una vez oscurecido.

Las plantas de los pies notaban la aspereza de las barras de hierro que hacían las veces de escalones a la superficie y rezó porque hubiera anochecido y su piel en lugar de recibir la agonía de los rayos del sol, recibieran la caricia de los de la luna. Escuchaba el sonido de los gritos amenazantes a su espalda y quizá si tenía suerte pasaran de largo. Apoyó las palmas de ambas manos contra la fría superficie de la tapa de alcantarilla que daba al exterior y cerró los ojos antes de empujar.

Contuvo la respiración…y empujó.

Suavidad. Frescor. Familiaridad.

Oscuridad. Por un segundo todos los músculos del cuerpo se le aflojaron y se sintió a un paso de desmayarse. Asomó la cabeza y descubrió que estaba en un claro cubierto de tupida hierba y estaba jarreando. Sin tregua.

Odiaba la lluvia.

Emergió todo su cuerpo y desplazó de nuevo la tapa a su lugar tratando de evitar el más mínimo ruido. Se irguió y echó a correr por el prado pero un suave movimiento a su izquierda centró su atención.

Quedó quieta.

Se apartó el agua de la cara de un manotazo para descubrir que lo que se le aproximaba por un lado eran varios adversarios. Se giró con rapidez e incluso sopesó la posibilidad de volver a las cloacas.

Paró, una vez más, su avance de golpe.

Tres oscuros armados hasta los dientes le flanqueaban por su derecha. Dos por su frente y no necesitó más para intuir que a su espalda se aproximaban como mínimo otro par.

Estaba rodeada.

Sentía las gotas de lluvia golpear sus hombros desnudos, su rostro, el frío adueñándose de ella. La sensación de la mojada hierba bajo sus pies, la húmeda tierra y el hecho de darse cuenta que solo tenía que ganar la tranquilizó para su inmensa sorpresa. Luchar equivalía a poder salir con vida. Rendirse no era una opción para ella aunque pudiera esquivar la muerte. Su honor no lo permitía.

Separó las piernas para cargar ya que un agente en activo…no…se…rendía.

Un agente moría luchando.

Tensó los pies para obtener impulso y cargar sopesando sus movimientos, como hacía Ryan. Dios, no pienses en él, no pienses en lo que…

Entonces lo escuchó.

En su mente lo asoció al lloro de una criatura angustiada. Provenía de algún lugar a su espalda y cerró los ojos porque supo lo que era incluso antes de mirar.

Dean.

Habían capturado a Dean deshaciendo la poca ventaja de la que creía disponer. Una pequeña parte de su ser se hundió con esa pequeña brizna de ilusión.

A cámara lenta se volvió hacia el gorgojeante sonido y lo que vio le heló la sangre. El humano mostraba una herida en la frente que sangraba profusamente y apenas se le permitía respirar al rodearle el cuello un fuerte brazo que apretaba, disfrutando con el dolor que sabía que causaba.

—Suéltale.

La figura que sujetaba al humano lanzó una cruel risotada.

—No estás en disposición de exigir nada, hermana —el antebrazo apretó otro poco más limitando el flujo de aire a los pulmones del humano—. Causas más problemas de lo que creía pero ya es suficiente.

Taran.

La lluvia había arreciado y apenas se podía ver a un palmo de distancia. Ella y quienes le rodeaban, ansiosos, estaban hundidos hasta los huesos y la sangre parecía diluirse con el agua que resbalaba por sus cuerpos, casi como si borrara las heridas de las que manaba. La zona estaba asegurada por los oscuros y nadie pasaría el cerco. A unos metros de distancia un mirador parecía aguardar a que algo ocurriera en pleno silencio salvo el de la lluvia al golpear el firme sobre el que se asentaba. Ofrecía algo de techo para cobijarse.

Con ojos extraviados observó cómo Taran arrastraba al lugar a Dean y ambos quedaban bajo su cubierta. El lugar le ofrecía ventaja.

Sintió un brusco empujón que la lanzó trastabillando hacia adelante, justo frente al lugar que ocupaba Taran, quien mantenía la firme sujeción sobre Dean.

—Dime algo, Maraer ¿Te importa este humano?

Maldito.

—No le conozco.

El brazo presionó.

—Entonces no importa que muera.

Observó con el corazón latiendo a mil como su hermano extraía un estilete del interior de su ropa y colocaba el filo contra la carne del cuello del hombre que había arriesgado todo por ayudarle.

—¡Espera! Espera… ¿Qué quieres?

—Vaya, vaya, así que el destino de este despojo sí te importa.

El cuchillo permaneció en el lugar pero ya no rozaba la carne.

La odiada voz de su hermano retumbó con claridad pese al fuerte ruido que causaba la lluvia.

—Quiero que te arrodilles…ante mí, hija de la oscuridad.

Hijo de la gran puta.

Un pequeño corte causó un gemido dolorido en Dean. Y supo en ese mismo instante que haría lo que fuera por salvar vida de ese hombre. Humillarse, ofrecerse en su lugar, hablar, suplicar arrodillada e incluso deshonrarse.

Percibió la dureza del suelo contra sus rodillas. El roto pantalón que apenas le cubría empapándose lentamente mientras suaves temblores cubrían su cuerpo. Notaba en su persona la mirada aturdida de Dean pero le daba igual.

Ya le daba todo igual.

Estaba tan cansada.

Taran soltó al humano lanzándolo hacia otro de los oscuros que se había ubicado a su espalda, a modo de protección, quien lo golpeó en el estómago. Fue a ayudar al humano porque su instinto se lo pedía pero una mano le aferró del cabello y tiró de ella hacia atrás forzando su posición de rodillas hasta casi quebrarla y caer al suelo. No lo permitió. Se mantuvo en el sitio a base de puro orgullo.

Frente a ella se elevó una figura oscura que conocía demasiado bien. Dos oscuros cubrían sus flancos, próximos a ella y no dejaba de llover. Era tonto pero su mente no parecía poder extraerse de la idea de que la lluvia era un mal augurio. Con lentitud observó una mano de largos dedos, pálida, acercarse a su rostro. Sintió la yema de un dedo perfilar su mejilla y después el apretón en el cuello.

El apuesto rostro de su hermano apareció ante sus ojos y su aliento le rozó. Esos ojos calcados a los suyos se clavaron en ella. Desafiantes.

—Llegó la hora, hermana. De tu sacrificio.

Dios santo. No podía ser. Después de todo lo que había luchado, no podía terminar así.

La siguiente frase de Taran le puso la carne de gallina.

—El padre nos espera.

III

Le importaba poco que el capitán Robbins hubiera roto las reglas. Si disponían de ventaja gracias a ello le estaría eternamente agradecido.

No habían podido acercarse demasiado al lugar donde habían localizado el centro neurálgico de las actividades de la Tarnaca en la ciudad porque desconocían hasta dónde alcanzaba la zona de control de los oscuros. Si daban la alerta se arriesgaban a perder a Lena y seguramente al humano del que había hablado el capitán.

Y eso era…impensable.

En esta ocasión Robbins les acompañaba. Estaba tenso y él sabía la razón. Temía entorpecerles pero no se daba cuenta de la gracia con la que se movía. Era un luchador nato, e instintivamente sabía cómo moverse y aprovechar los espacios. Cómo luchar.

La despedida con su mujer había sido…impactante. Esa era una vampira de valía. Le había lanzado, sin dudar, que lo esperaría más tarde como todo guerrero honorable se merecía y que más le valía llegar entero al hogar. Por un segundo temió que Maura les anunciara que les acompañaba y por los gemidos protestones del chucho, estaba convencido de que no habría habido alma viviente capaz de dejarlo atrás sin al menos uno de sus dueños.

Los muchachos tampoco se habían quedado en la retaguardia.

Todos se dirigían en busca de uno de los suyos. Él a recuperar a su compañera y nadie, absolutamente nadie, ni siquiera la Primera Oscuridad, le impediría lograrlo. Solo la muerte.

—Cada cinco minutos pasa una patrulla por delante del panteón y eso solo puede significar una cosa.

Que la entrada al complejo enemigo era esa.

Gozaban de una ventaja. El mal tiempo que se cernía sobre sus cabezas.

Estaba lloviendo con fuerza y los humanos estarían bien resguardados en sus hogares. Ajenos a que no demasiado lejos una guerra entre dos razas se desarrollaba en todo su apogeo. Puntualmente alguno había pasado cerca del lugar que ocupaban pero entre el fuerte ruido de las lluvia, de los truenos y que seguramente estaría centrado en sus propios pensamientos, no había sido más que una leve anécdota en una noche en la que se jugaban demasiado como para fallar.

No resistiría mucho más sin moverse del sitio.

Dos minutos y descontando.

Diez segundos más tarde se desplazaron con rapidez hasta alcanzar la entrada al panteón, dejando en la retaguardia al capitán. Este no había dado otra opción al decidir quién se encargaría del exterior y de que el acceso quedara cubierto una vez abierto.

Tampoco es que dispusieran de tiempo como para discutirlo a fondo.

La construcción que ocultaba la entrada al cuartel general de los oscuros no tenía nada especial que llamara la atención. De líneas clásicas y reducido en tamaño, evocaba a la famosa construcción romana, armónica en formas y tan contradictoria con lo que ocultaba en su interior que incrementó la ira que invadía a Ryan. Engañando y ocultando a primera vista la ponzoña que guardaba en el interior. Igual a la manera de proceder de sus moradores.

La puerta apenas les supuso más que una pequeña molestia. Cruzaron las miradas y se encaminaron a lo desconocido. Cada vez más cerca de Lena y por alguna razón imposible de razonar, sino de percibir, supo que el Primero no estaba lejos.

—Está…

La respuesta a la pregunta que todos tenían en mente y que solo Carlson había comenzado a vocalizar, no tardó en emerger.

—Sí.

—¿Y qué demonios hacemos si…?

—No lo sé.

—¿Y si…?

—¡No…lo….sé, Carlson! Solo sé que no me quitarán a Lena.

Loss ojos del hermano rubio casi sonrieron en medio de la desazón.

—Nuestra chica es un hueso duro de roer incluso para el Primero, hermano.

Ryan aspiró con ansia. La Virgen le oyera porque si no era el caso, él moriría esa noche tratando de proteger a su mujer y aún no estaba preparado para eso. No lo estaba. Ni para morir ni para perder lo que el destino le había arrojado a los brazos, sin creerse merecedor de ello.

Un par de linternas aparecieron en las manos para iluminar el camino y evitar que Marianno tropezara en la oscuridad. Su palidez no parecía poder evitarse ni la fatigosa respiración. Diablos, a la humana le iba a dar un ataque de esos de terror y no estaba por la labor de cargarla como un saco. Como se les desmayara a ver qué demonios hacían.

—No me voy a desmayar.

Ni que le leyera la mente.

La ex compañera de Lena bufó ostentosamente pese a la preocupación que se leía en su mirar.

—Tengo que tumbar a tantos repelentes como aquí… —Fanny hizo un curioso y casi cariñoso gesto en dirección a Mac—… el protestón.

—Tú sueña lo que quieras, human…—un suave carraspeo de MacAllan ocultó el resto del epíteto—… Marianno.

—Soñar es gratis y además, no me llevas tanta ventaja.

—Quince a uno.

—De eso nada. Siete a nueve.

—¿Ahora deliras, policía? Rematar, no cuenta.

—Para mí sí.

—Para mí no.

—Pero yo tengo más sentido común, por lo que llevo razón. Pienso y sopeso. Tú te lanzas sin control. Necesitas meditar, vampiro. Si quieres, estoy dispuesta a darte clases de autocontrol.

—¿Tú? ¿A mí?

—Claro. Soy conocida por mi capacidad para convencer.

—En tus sueños.

—¡En mi mundo!

—Estás gritando.

—¡No es cierto! Mi voz rebota en las paredes.

—Por supuesto, Marianno. Con semejante…

La suave e irreal discusión que mantenían los dos según descendían unas angostas escaleras de forjado metal en cierto modo suavizaban el alocado latir en su pecho. El frío cada vez más intenso apenas lo percibía pero un inquietante murmullo parecía incrementarse con cada metro que descendían, casi como si por el subsuelo circularan desconocidas corrientes subterráneas.

Las paredes acababan de pasar de pulidas a escarpadas y la humedad se filtraba por las grietas que cada tantos metros las cruzaban. Unos pasos más adelante el estrecho camino giraba a la izquierda y el suave reflejo de luz irradiaba desde su fondo. No se habían cruzado aún con ningún…

A unos centímetros de su cabeza se clavó una daga.

Juró en alto mientras todos asumían sus posiciones para luchar en grupo. Por el rabillo del ojo se dio cuenta que MacAllan se ubicaba protegiendo parcialmente a Fanny con su cuerpo. Ambos grupos se enzarzaron en pocos segundos. Los oscuros les duplicaban en número pero no eran oponentes para ellos por lo que pronto dejaron atrás sus cuerpos sin vida. La voz de Carlson rompió el silencio que los cubría.

—¿Lo notáis?

Todos lo hacían. La opresión en el estómago, la ira cada vez más exacerbada que los invadía. Esa maldita oscuridad que lentamente parecían carcomer su capacidad para pensar, para sentir empatía y compasión solo podía significar una cosa.

Se acercaban a la Primera Oscuridad.

Y no era eso lo que le angustiaba sino que por muy cerca que se encontrara de ellos, intuía que lo estaba aún más de Lena.

Lanzó una silenciosa plegaria a los dioses humanos y vampiros y eso, simplemente eso evidenció su completa desesperación mientras avanzaban en silencio hacia aquello que nunca habían enfrentado con anterioridad.

Pura maldad.

******

Capítulo 26

I

La imaginación era un poderoso instrumento y la suya siempre había obrado a las mil maravillas.

Solo que en el caso presente hubiera deseado carecer de ella.

Las palabras del capitán Robbins se repetían insistentemente en su memoria y el labrado colgante lo sentía pesado, en su cuello. Premonitorio. No había perdido el sentido pese a los golpes recibidos pero casi lo hubiera deseado en cuanto descubrió el lugar al que la llevaron. Una jodida y reducida covacha con paredes de madera y una minúscula bombilla colgando de forma inestable del techo. En otra negra caverna bajo tierra. Había perdido la cuenta de las vueltas, giros y pasillos recorridos hasta que le habían lanzado al interior del chamizo cuyas reducidas dimensiones parecían estar ahogándole por momentos.

Harta de lograr escapar y que le capturaran de nuevo.

Ahí se encontraría con la Oscuridad porque la Directora no engañaba. La Cleda nunca mentía.

No faltaba aire pese al reducido espacio por lo que el otro lado de la puerta bien podía dar al exterior aunque tan solo pensarlo sonara incongruente.

Le pareció escuchar un velado susurro de algo deslizándose al otro lado de la cerrada puerta y el frío. Ese frío que lo helaba todo. Y murmullos. Excitados murmullos hasta que se hizo el silencio.

La baja temperatura se incrementó hasta el punto que la respiración se convertía en vaho al salir de su cuerpo.

Se acercaba.

Ahora sí.

Sus huesos se lo decían y su mente trataba de prevenirle como si fuera incapaz de inventar algo para escapar y no enfrentarse a lo que se le venía encima. Sintió en la mano el frío del colgante. Era de los Borges y el hecho de aferrarlo con fuerza debiera haberle provocado repulsión pero saber que antes había colgado del pecho de Ryan, le arraigaba a la realidad y evitaba que perdiera completamente los nervios.

Su tacto…

El ambiente se tornaba poco a poco en glacial y una oleada de sentimientos parecía llenar poco a poco su mente, como si trataran de absorber sus sensaciones, sus miedos y sus pocas esperanzas. La oscuridad, la rabia, el odio y el desprecio se aproximaban. Bajo la ranura de la puerta desapareció toda forma de luz y un macabro sonido comenzó a llenar el vacío de sonido.

Un gutural canto que hubiera deseado no oír jamás.

Había llegado.

Le temblaban las manos y sentía insensible el cuerpo.

Contuvo la respiración con el leve movimiento de la puerta al abrirse hacia el interior.

Era…pura oscuridad. Puro miedo. Puro odio.

Desprendía todo aquello contra lo que había luchado toda su vida y que parecía no desaparecer, sino adueñarse de más y más gente, pese a su lucha y la de aquellos como ella.

La imagen…

Iba a vomitar.

Tragó saliva y se obligó a mantener la mirada en la forma negra que se acercaba lentamente. La piel se le erizó, la boca se le secó y apretó con fuerza todos los músculos del cuerpo tratando de repeler una impactante fuerza que parecía tirar de ella. La figura se movía sinuosamente y en determinados momentos un rostro cadavérico parecía asomarse como si quisiera mostrarse al exterior.

Lo escuchó, en su mente.

Y sintió puro veneno recorrer sus venas.

II

Había perdido la cuenta de los oscuros que habían destrozado y a pesar de ello su instinto le avisaba que con cada confrontación perdía tiempo. Tiempo necesario para encontrar a Lena.

Escuchaba las voces casi desesperadas a su espalda pero no podía perder más tiempo o llegaría tarde por segunda vez y no podía. Sencillamente moriría si no llegaba a tiempo…de lo que fuera aquello a lo que se enfrentaba.

Su nombre sonó de nuevo formando eco pero con cada paso que daba ganaba un minuto de vida.

El túnel que recorría a la carrera daba a un espacio vacío al final y no estaba guardado por el enemigo. La ropa no le resguardaba de la helada temperatura ni de la humedad, formando sobre sus ropas una fina capa húmeda y resbalosa. Escuchaba los pasos tras él e intuía el enfado de sus compañeros pero arriesgaba demasiado siendo prudente.

A gran velocidad alcanzó el espacio abierto y poco le faltó para caer.

Un camino sin salida.

¡Maldición!

La zona era un puto laberinto.

Ansioso recorrió con la vista el espacio que se abría ante sus ojos. Otra gruta, algo más reducida en altura que aquella en la que les habían retenido pero de aspecto parecido. En la pared ubicada frente a él y al mismo nivel otro hueco en forma de entrada o salida. Quizá en otro tiempo pendiendo sobre el abismo existiera un puente ahora desaparecido. Resultaba imposible descender si no era descolgándose. La distancia al suelo era demasiada como para pensar en dejarse caer.

Debía encontrar otro camino hasta alcanzar el piso de la oscura gruta por lo que recorrió con la vista los laterales, techo y la parte inferior de su lado.

Su corazón se le encogió en el pecho y creyó que se le paralizaba. La ahogada exclamación de MacAllan tras alcanzarle y colocarse a su lado, impidiendo al tiempo el avance de Marianno con un brazo, provocó que aspirara para serenarse. Debía…serenarse o no llegaría a tiempo.

Desde la altura en la que se encontraba su visión le ofrecía aquello que más temía. La imagen de lo que sus pesadillas le había regalado incontables veces.

Un número considerable de oponentes rodeaban una sombra ondulante. Sin moverse. Estáticos. Casi hipnotizados, centraban su completa atención en lo que ocurría ante sus ojos, ajenos a que en las alturas otro grupo de atormentados ojos presenciaban lo mismo.

El Primero no se asemejaba a nada que hubiera imaginado. El hedor y el tormento que emanaba, llenaban los sentidos. Asfixiaba. El terror que causaba incluso en la distancia…

Y se acercaba lentamente a la menuda construcción de madera ubicada contra la polvorienta pared de la gruta.

A Lena.

Metros.

Por los sagrados dioses.

Unos pocos metros eran lo que le distanciaban de la mujer que amaba y de su muerte.

Se volvió sin pensarlo. Tres pasos, para coger carrerilla y lanzarse al vacío. A la muerte o a su destino. Lo único que sabía es que su compañera no moriría sola, ante esa oscuridad que le helaba las venas.

Dos pasos, tres y dejó de pensar.

Hasta que un inmenso cuerpo le aplastó contra la pared.

¡No!

Casi se ahogó de la rabia. Su mente estaba allí abajo y unos brazos inamovibles se resistían a soltarle. Los gritos sonaban en su oído pero no podía escuchar ni comprender.

Lena estaba allí abajo.

¡Acaso no lo entendían!

Otros brazos se unieron a los anteriores y lo sintió… Tanto dolor.

Dios.

Si no lo soltaban, perdería la cordura.

No podría controlarse. Mataría a sus hermanos. Intentó decirles, explicarles que debían apartarse. Que no podría controlarse. Que no deseaba dañarles. Que antes se cortaría el cuello que causarles dolor pero…era ella. Era…su Lena.

Su corazón y su condenada vida. Y no le estaban dejando ir con ella.

Del fondo de la caverna comenzó a emerger un maldito cántico. Unas pocas voces a las que se iban uniendo más y más, incrementando el sonido. Por favor… Debía alcanzarles, debía acercarse.

No le importaba morir pero debía ver a su mujer antes, para decirle que le entendía y le comprendía, porque él sentía lo mismo. Desde hacía demasiado tiempo como para recordar, pero tan profundamente como el mismo día en que su mente identificó a la muchacha en la que se refugiaba y que buscaba ansioso en su hogar, como su otra alma.

La necesidad de explicar, de decir… le iba a destrozar. El desesperado susurró de Carlson, se filtró en esa atroz angustia que le rodeaba, al ser incapaz de observar lo que ocurría allí abajo.

—Por favor, Ryan, hermano. Si lo haces moriréis los dos y nosotros, te seguiremos. Lo haremos sin dudar y no lograremos nada. Moriremos y él obtendrá lo que desea. A Lena…y a ti.

Perdían tiempo.

Empujó con el cuerpo tratando de detener de cualquier forma lo que se avecinaba.

El gruñido de Carlson lo sintió en su propio cuerpo.

—¡Escúchame!

El miedo fue lo que consiguió filtrarse en su corazón. El que se desprendía de la ronca voz de su compañero.

Tensó los músculos.

—Va a por ella, Carl y no estoy haciendo nada, ¿entiendes? ¡Nada!

La brusca aspiración del rubio agente resonó en el túnel.

—Dios, Ryan. Jonas estará en un segundo de vuelta con sogas. Unos de los oscuros las llevaba al cinto —un fuerte apretón lo mantuvo contra la pared—. Unos segundos, amigo. Por favor, solo te pido eso.

El rostro se le desviaba hacia el hueco de la pared desde el que entraban esos odiados cantos, que le estaban desquiciando. Volvió la cara dejándola a centímetros de la de Carlson.

—No sobreviviré si…

—No permitiré que lleguemos a eso, amigo. Por ti, por Lena y por todos aquellos que os quieren

Sintió unos cálidos dedos rodear sus mejillas, alejándolo del dolor, del miedo y del terror. De lo que estaría ocurriendo allí abajo.

Ya está aquí.

Jamás una voz suave y ronca le pareció tan hermosa como la de Fanny Marianno.

El rostro sonrojado y ensangrentado de Jonas denotaba la tensión y el esfuerzo realizado. Cargaba varias sogas enrolladas. El aspecto que mostraban era delgado y desgastado e incluso deshilachado en determinadas zonas pero incluso un fino hilo le hubiera parecido un logro en esos momentos. Aferró la que le lanzó su compañero y se la afianzó alrededor del antebrazo.

No necesitó explicar sus intenciones al sentir el tenso tirón al otro extremo. Alzó un segundo la mirada y observó el par de oscuros iris más empecinados y tercos del universo. Los de una humana que al igual que él, daría la vida por la mujer que les esperaba allí abajo, rodeada de enemigos. Tras ella no tardó en colocarse MacAllan como si de su guardián se tratara. Letal y tan oscuro como aquellos contra los que luchaban.

Al unísono afianzaron las plantas de los pies en el terreno y separaron las piernas para contrarrestar su peso, tras aferrar con las manos el otro extremo de la soga. A su lado Carlson procedía de la misma manera que él mientras Jonas se ubicaba junto a MacAllan, sin dudar ni un segundo, sujetando con firmeza la segunda cuerda, por la que descendería Carlson..

El borde del hueco pronto desapareció de la vista y con rapidez comenzó a descolgarse sobre las cabezas de largos cabellos negros. A su izquierda su mejor amigo se deslizaba en completo silencio. Ninguno de los oscuros parecían poder distraerse de lo que ocurría ante ellos.

Tarde o temprano se darían cuenta y por ello debían proceder con rapidez. Un gutural murmullo de satisfacción que surgió en conjunto de las gargantas de sus enemigos le retorció las putas entrañas. La necesidad de proteger casi le nubló la vista de la pared contra la que rebotaba descendiendo con agilidad. Quizá fuera un sueño pero le pareció escuchar la voz de Lena. Alta. Ronca y…desgarrada.

La perdía…

Dios, la perdía ante sus propios ojos y oídos.

A punto estuvo de soltar la soga y dejarse caer en medio del círculo formado por sus enemigos pero un empujón de Carlson le hizo recobrar el nervio.

De un suave salto cayeron cada uno en un lado opuesto al semicírculo que formaban los oscuros. Los filos de sus cuchillos pronto dejaron de brillar para tornarse oscuros con la espesa sangre de sus rivales pero la sorpresa no duró demasiado. Sobre sus cabezas le pareció ver la ágil forma de MacAllan descendiendo por el mismo camino tomado por ellos.

El jodido grito de sorpresa de uno de los cabrones llamó la atención de los más cercanos a ellos.

En ese mismo instante perdió el raciocinio y con él la capacidad para controlarse.

El rugido a su izquierda avisó de la fiereza de MacAllan y los gritos balbuceantes a su alrededor, de la masacre que formaba a su paso. Agradecía tanto tenerlo a su lado. Ahora ya no le importaba. Solo prestaba atención al frente. A la imagen aún oculta por lo oscuros que impedían su paso. Oculta por el mismo oscuro oponente que se había anunciado como hermano de su mujer.

Taran.

Los oscuros que les rodeaban recularon un paso hacia atrás, dejando espacio a su enemigo. Eran luchadores avezados. Lo atestiguaban los tatuajes marcados en sus rostros. Parecidos pero al tiempo diferentes a los que cruzaban la sien y mejilla de MacAllan.

—Te esperaba, vampiro —por un breve instante la suave y negra melena se onduló al girarse hacia un lado, en dirección a su espalda, hacia lo que fuera que estaba ocurriendo en el interior de la covacha—. No lo lograrás, por mucho que pelees, guerrero. Ella ya es del Padre o lo será en breves segundos, mientras peleamos.

No.

La sádica risa que acompañó el final de la frase provocó lo esperado.

El filo de su daga se iluminó al arquearse con sus movimientos alcanzando a los oscuros más cercanos, destrozándolos y esparciendo sus restos a su alrededor pero únicamente una fina capa de oscuridad pareció cubrir la piel del muy hijo de puta. Nada parecía afectarle.

—¿Acaso creíste que sería tan fácil, vampiro?

Se lanzó sabiendo lo que se jugaba.

Todo.

No iba a llegar a tiempo si no obtenía algún tipo de ventaja. Retrocedían y avanzaban en una danza macabra y lenta. Los golpes no alcanzaban al contrario al ser contrarrestados con sinuosos y ágiles movimientos. Era bueno, muy bueno peleando y el tiempo parecía diluirse ante sus ojos.

Demasiado lento.

Los cuchillos cortaba el aire, sin alcanzar la carne salvo de forma superficial. La urgencia le estaba carcomiendo por dentro mientras Taran se mantenía fuera de su alcance. Los fluidos movimientos se estaban llenando de apremio. Debía terminar con él.

Un espeluznante grito que emanó de la caseta le distrajo.

Lena. El grito era…

El golpe lo recibió en el cuello y en otra pelea lo hubiera dejado tocado pero no en ese momento. Hoy se jugaba demasiado y eso justamente fue lo que le dio lo que buscaba desesperadamente. Taran creyó que el golpe lo ablandaría momentáneamente y bajó la guardia. Los segundos suficientes para pillarle desprevenido abalanzándose sobre el espacio que el oscuro había dejado desprotegido a un ataque que creyó imposible que llegara tan veloz.

El frágil cuello.

El punto débil si lo alcanzaba directamente aquello que actuaba como veneno para un oscuro. La sangre de un vampiro puro. La misma que empapaba la hoja de sus dagas.

La punta de la plateada y fina hoja sobresalió por el lado contrario a aquel por el que había entrado. La herida era profunda y mortal, incluso para ese oscuro. Por un segundo, el dolor y la incomprensión en esos iris tan parecidos a los de Lena, le oprimieron el pecho. Con rapidez se nublaron, apagándose y fue casi como presenciar la vida desaparecer de los ojos de su compañera.

No era así.

La luz desapareciendo de esos iris significaba todo lo contrario y lo recibió como lo que era. Un regalo de los jodidos dioses.

Entre el choque de armas, los roncos alaridos, los lamentos ahogados por el dolor y la desesperación que se respiraba en el lugar, lo oyó.

El bronco grito de Fanny diciéndole que fuera a por ella, que fuera a por Lena, que ellos se encargarían de rematar al oscuro.

Que lo dejara para ellos.

Bendita y cabezona humana.

No perdió tiempo.

Dos enemigos dieron con sus huesos en el frío suelo. Los sentimientos no existían, solo la necesidad de recuperar lo que le habían arrebatado. La puerta semi abierta a la choza era un pozo negro del que no manaba sonido alguno. Solo abominación en estado puro.

Supo instintivamente que si la cruzaba estaría acabado pero con una tranquilidad inesperada comprendió que no hacerlo, no era una opción. Cogió velocidad y se lanzó.

Sin dudar.

III

La inmensa figura de MacAllan le impedía apreciar lo que ocurría con claridad pero lo sintió, pese a ser humana.

La alteración en las corrientes del aire, en el ambiente que les rodeaba. Incluso en la calidez del aire que aspiraban. La ausencia de la fuerza que emanaba del vampiro que Lena amaba, al desaparecer en esa oscuridad aterradora.

Solo un hombre que amaba con locura lo arriesgaba todo.

—Él la ama, mujer.

Las palabras de MacAllan le dejaron sin palabras mientras el resto de los vampiros quedaban a las puertas de esa maldita oscuridad, al borde de un cerco que les impedía unirse a Lena y a Ryan.

Un pequeño paso del vampiro que tenía a su derecha le acercó a esas tinieblas. No le ocurría como al resto y eso… la aterro. La cercanía a esa ponzoña no le dañaba como al resto.

Su corazón golpeó desbocado en su pecho y extendió el brazo, casi con desesperación aferrando con fuerza la ropa que cubría el costado de MacAllan. Se escuchó a si misma gritar. Esa negrura le tragaría como a Lena y ella no estaba preparada para perder a más…

A más amigos.

Notó sobre su rostro la mirada de asombro del vampiro que tanto le enfurecía y tanto le intrigaba.

No.

Repitió esa palabra sin dudar, para añadir más, a continuación. Más tarde daría explicaciones, si encontrara la lógica y la razón en los sentimientos que le habían invadido.

Si entras, voy detrás, vampiro.

IV

Al cruzarla lo primero que le vino a su ofuscada y perdida mente fue que no la sentía.

Por favor… No sentía la esencia de Lena cerca.

Lo único que envolvía su cuerpo era negrura y vacío, hasta que los distinguió. No podía explicarlo pero se habían desplazado a otro lugar. Su cuerpo lo sentía en la presión que cubría cada milímetro de su piel y su alma. Al mismo lugar en el que moraba el Primero de existir tal sitio.

La imagen que le mostraron sus ojos era...

Era imposible e irreal.

En medio de un círculo algo más definido que el resto de oscuridad que los rodeaba el cuerpo semi desnudo de su compañera parecía flotar en el espacio, casi como si levitara si no fuera porque ráfagas de ennegrecido polvo la cubrían, moviéndose fluctuantes sobre su cuerpo, sujetándolo en un enfermizo movimiento. Recorriéndola.

Alcanzaba a ver la parte derecha de su cuerpo y su rostro.

Estaba tan pálida.

Junto a Lena, inmenso y corrompido, el Primero sujetaba el hermoso rostro femenino con lo que se asemejaban a unas manos, carentes de piel o de carne. Una sobre cada mejilla. Presionando. Leves temblores recorrían el cuerpo de la mujer que amaba mientras la Primera Oscuridad introducía lentamente en su boca tinieblas, envenenándole.

El primero era alto. Más que él y rozaba lo cadavérico. Las cuencas de sus ojos se hundían en un rostro de piel oscura y a diferencia de aquellos que lo veneraban, carecía de cabello. Las venas surcaban el cráneo y el olor que desprendía le recordó a cuerpos en descomposición. Miles de cuerpos, pudriéndose.

La túnica de tela que vestía y que se ondulaba al paso de esas corrientes de polvo negro le recordó a la de los monjes de la edad oscura. Áspera y resistente.

Escuchó el grito.

Desgarrador. Y se dio cuenta que había surgido de su cerrada garganta. No veía con nitidez pero le dio igual. Simplemente debía llegar a ella y algo se lo impedía. Los sonidos retumbaban a su alrededor mientras recorría el espacio que pese a su avance parecía alargarse como en una macabra burla.

Virgen Santa.

El Primero la estaba matando y por mucho que tratara de llegar a ellos la oscuridad se lo impedía. Ni siquiera sus habilidades, esa maldita fuerza que necesitaba más que nunca a su lado, le acompañaban. Lena temblaba con el contacto.

Estaba sufriendo…

Respiraba con dificultad y él no podía apartar la mirada. No podía, hasta que una fuerza pareció romper el amarre que le impedía aproximarse. Lentamente avanzó sobre sus rígidas piernas mientras el Primero se iba separando de Lena. Pausadamente, como si lo que acababa de hacer lo hubiera gozado tanto que le daba lástima romper el contacto.

Lo invadió tanta ira y odio que deseó tenerlo a su alcance para rodear su cuello y exprimirle la vida. Un angustioso gemido femenino alcanzó sus oídos.

Quiso gritar con toda su alma que dejara de tocarla. Que no era suya para rozar, para… torturar. Que la dejara ir.

La repulsiva forma se giró hacia él y por primera vez sintió lo que era mirar al mal a la cara. Sin adulterar. Directamente. Y esa ponzoña había tocado a su compañera. Sentía tanto y con tanta intensidad que daba pavor. Nunca conseguiría salir de allí vivo pero tampoco le impedirían acercarse a ella.

Corrió cuanto pudo al ver el cuerpo de Lena caer al suelo tras perder el anclaje que la había mantenido en pie.

En su mente retumbó un rumor bañado en posesividad y disfrute, buscando dañar. El sonido se alejaba de todo aquello que el oído podía captar pero sonó tan claro como una frase pronunciada sin vacilar .Y el Primero lo repetía una vez tras otra.

Y otra, con fuerza.

Es mía.

Dejó de prestar atención y se cerró a ese maldito sonido que lo invadía todo. A la niebla negra que permanecía a la espera, arrinconándole.

Lo sabía.

Dios, sabía que debía acercar sus dedos a su rostro para comprobar si seguía viva pero no podía hacerlo. Le aterraba posar las yemas en la piel y descubrirla helada. Se daba cuenta de que estaba inmóvil, quieto, arrodillado con su cuerpo rozando el de Lena y aun así, se sentía incapaz de tocarla con la mirada obsesivamente clavada en su pecho.

Respira, mi amor…

Respira.

La mano le temblaba descontrolada y el corazón le iba a estallar. Deseaba sacudirla para que reaccionara y rieran porque todo había sido un mal sueño. Una pesadilla de la que uno despertaría al otro para tocarse y descubrirse poco a poco como hacen los amantes. Necesitaba eso. Y necesitaba que Lena lo supiera.

Ver de nuevo esos ojos, de cálido color avellana. Generosos.

Retándole, riendo, acariciándole con la mirada.

Necesitaba a su mujer.

No escuchaba el suave fluir del aire entrar en ese pecho para salir de seguido. El lento subir y bajar de la respiración. Estaba tan pálida que la garganta se le contrajo. Tan blanca.

En el fondo de su mente seguía escuchando el odiado eco.

Mía…

No supo cómo pero se encontró sentado en la oscuridad, rodeando el frío cuerpo de la mujer que amaba entre sus brazos, incapaz de soltarla. Hacerlo suponía reconocer lo que no podía admitir.

Estaba tan fría que su cuerpo reaccionó con brutalidad tratando de devolver la vida o el alma que la oscuridad se había llevado. Desprendiendo calor. Pero lo único que hacía era acariciar la helada mejilla, el espeso cabello. Los blancos labios que se habían convertido en su mundo, tornándose rígidos.

Tan fríos.

Escuchó su propio sollozo al darse cuenta de que no lograba nada, salvar alejar unos metros la oscuridad que les rodeaba con el calor que su propio cuerpo emitía.

Rompió su promesa de encontrarla. Ella ya no estaba para…

Ya no estaba.

Habló bajito. Solo para él.

Al oído, acariciando ese rostro con todo la suavidad que pudo reunir.

—Vine, mi amor, como te prometí —sentía el frío invadir poco a poco el cuerpo que aferraba desesperado. La abrazó fuerte, intentando calentar, intentando sentir un movimiento, por pequeño que fuera para poder él respirar. Suavemente posó sus labios sobre la relajada sien. Dios, parecía dormida—. No permitiré que te lleve con él, cielo. Ahora descansa. Yo no tardaré en seguirte —un suave beso en la comisura del labio—. Solo un poco más.

Por su mente pasó fugaz la imagen de los agentes que habrían presenciado su entrada en la oscuridad y un pequeña parte de su corazón se dolió por ellos. Por Carlson; por Mac; por todos, aunque lo entenderían. Todos ellos lo harían.

En su corazón, muy dentro sabía que le perdonarían su elección. Porque sencillamente desde el momento que le permitieron saltar a esa negrura debieron intuir que solo tenía dos opciones, no más.

Volver con Lena o no hacerlo.

Una extraña paz entre tanto odio, rencor y malicia le invadió.

Con extrema suavidad tendió el cuerpo de su amante en el negro suelo. Acarició con las yemas de sus dedos el contorno de la cara, sus labios y sonrió. Estaban juntos de nuevo.

Solo quedaba encontrarse aunque para ello tuviera que enfrentarse a aquello que se lo había arrebatado.

El calor de su cuerpo se acentuaba lenta y progresivamente como si entreviera la lucha que se avecinaba. Se irguió sin temor. Casi deseoso de que todo acabara pronto para sentir a su mujer otra vez.

Centró la mirada en el Primero.

La suavidad en las ondulaciones que hasta el momento lo habían definido, había cesado. Bruscamente. Como si la oscuridad no comprendiera su ausencia de terror. Una extraña vibración comenzaba a circular por los difuminados bordes. Pese a ello la negrura avanzó en su dirección e instintivamente se colocó frente al tendido cuerpo de Lena.

Protegiéndolo.

Otra casi imperceptible vacilación recorrió el borroso contorno de la primera oscuridad.

Resonó en su mente. Un sonido casi metálico.

Te ofreces a mí, vampiro.

No contestó pese al impulso a escupir las palabras. En ocasiones rendirse no equivalía a cobardía sino que era pura necesidad. Pero el Primero jamás entendería lo que significaba amar tanto que vivir sin aquella que quieres no es una opción, por lo que no iba a desperdiciar una sílaba ni un pensamiento en explicarse.

Si rendirse suponía ver otra vez a su hembra, sentirla de nuevo, que así fuera.

Se irguió ante su enemigo.

—Hazlo.

La negra forma se ladeó creando un aire de desconcierto a su alrededor.

Por un segundo creyó que indagaría más pero la negrura avanzó colmando sus pulmones de aire viciado e intenso dolor. Un extraño dolor, bienvenido en cierta forma, al reconocerlo como el que había sentido Lena hacía pocos segundos.

Así se sentía la muerte.

V

—¡No debisteis permitírselo!

Los tímpanos les iban a estallar en cualquier momento y el constante movimiento de la policía ubicada junto a MacAllan le indicaba que se le estaba colmando la paciencia con los gruñidos que lanzaba cada pocos segundos el capitán Robbins.

Todos se habían deslomado, lastimados y heridos, intentando hallar la manera de acceder al lugar en el que se había adentrado Ryan, pero no había forma humana o vampira de romper la barrera negra que cerraba el acceso a la jodida caseta.

MacAllan era el que más se había aproximado sin sentir ese intenso dolor que se incrementaba con cada paso dado, hasta que unas extrañas palabras manaron de su boca.

Me ha vedado la entrada.

Ni siquiera él había logrado quebrarla.

La situación se había vuelto insostenible al tener que impedir por la fuerza que Marianno se lanzara de cabeza sin un segundo pensamiento por su propia seguridad, tras lanzar un al cuerno con todo como había visto hacer a Ryan. No dudaba que la humana tenía un duro cráneo pero no tanto como ella parecía creer. Sorprendente humana que encajaba como una pieza más en el heterogéneo grupo que formaban y parecía carecer del más básico instinto de conservación. MacAllan le había salvado el pellejo en cuatro ocasiones en las últimas veinte horas y la muy testaruda, ¡lo negaba con insistencia!

La paciencia tampoco era su fuerte.

Y el hondo bufido de la humana destinado al capitán fue testigo de ello.

—¿Tienes algo que decir, Marianno?

—Pues mira, ahora que lo mencionas, sí —los redondos y enrojecidos mofletes se inflaron ligeramente antes de proseguir— ¿Qué hubieras hecho tú?

El pasmo cubrió el rostro de Robbins. No esperaba una pregunta tan directa y poco cautelosa.

Otro bufido emanó de la policía.

—Lo imaginaba.

Provocadora nata.

Se la estaba jugando con el capitán y a pesar de ello, no se acobardaba. Un león en la piel de un blandengue cordero. Era un condenado puzle.

La tozuda mirada femenina los recorrió a todos para después descansar sobre los cuerpos destrozados de los enemigos.

—¿Acaso no lo entendéis? Yo lo hago. Ryan no tenía otra salida que entrar ahí a por Lena. El que ama lo entiende —sus oscuros ojos se clavaron en el capitán—. Incluso tú hubieras hecho lo mismo, arriesgando lo que fuera por ella.

La brusca aspiración de este fue acompañada del relajo repentino de sus tensos hombros. La humana no pareció prestar atención a las señales y continuó parloteando sin control alguno.

—Lo hecho no tiene vuelta atrás, ni podemos entrar a…eso, lo que sea que es y gritar ha servido de nada salvo para desgañitarnos vivos, pero podemos tratar de remediarlo.

—¿Cómo?

—¡Y yo qué coño sé!, pero al menos dejaremos de parecer pasmarotes mirando al negro infinito ondulante que ¡se ha tragado a Ryan y tiene atrapada a mi mejor amiga!

Robbins se irguió en toda la extensión de su altura y apretó los labios.

No necesitó hablar para que los agentes se dieran cuenta de lo que planeaba. Todos callaron al seguir con la mirada la forma tenaz en que se dio la vuelta para enfilar hacia la única salida de la gruta tras ordenar a Carlson, a Jonas y a una veintena de soldados que les esperaran vigilando la entrada al jodido infierno. El resto a la entrada del complejo oscuro.

Todos, menos la humana.

—¿A dónde diantre vamos ahora?

—Te hago caso.

La boca toda abierta de Marianno casi babeó.

—Ah, ¿sí?

—Sí.

—Vale.

—Sin que sirva de precedente.

—Por supuesto, jefe del clan.

El capitán siguió su camino tras lanzar un exasperado suspiro y Fanny echó a trotar tras él mientras pedía explicaciones porque si no su cerebro iba a estallar de la extrema y estresante ansiedad. La contestación de Robbins parecida a un no caerá esa breva casi hizo sonreír a Mac, si no fuera por la situación imposible en la que se encontraban.

La voz del jefe le llegó a MacAllan, con nitidez.

Hemos de visitar a alguien.

Enfiló en dirección a las dos figuras completamente dispares que mantenían una suave, incomprensible y amigable discusión.

No se preguntó por la razón por la que decidió seguirles pero hacer lo contrario era inviable. Al fin y al cabo el capitán le había encomendado la protección de la insensata humana y se lo debía a Ryan.

En absoluto tenía que ver con que se estuviera ablandando con la rechoncha figura que parecía estar agotando las ambiguas respuestas del capitán junto con su limitado aguante. O en que hacía siglos que no había disfrutado tanto de la compañía, salidas sorpresivas y peleas verbales con otro ser.

En absoluto.

Eran polos opuestos.

VI

—Me pides lo imposible, capitán.

La suave y calma voz le impactó. Le costaba comprender la frialdad que desprendía la directora al exponer la dantesca situación en la que se encontraban, a pesar de las muchas ocasiones en que se había visto obligado a tratar con ella, como capitán del clan del sur. La vampira que tenía en sus manos el control y destino de los cuatro clanes del viejo continente y a parte de la Cleda, el tribunal conformado por cinco miembros. Los cabezas de cada continente y de los clanes creados en estos para la protección tanto de los vampiros como de la guarda de la tregua que pendía en ocasiones de un precario equilibrio entre vampiros y humanos en su lucha contra los oscuros.

Hablaban de dos de sus agentes, los cuales se amaban. De sus supuestos soldados, a los que debiera proteger y amparar.

Hablaban no solo de Ryan y Lena, sino del resto. Del vacío que sentirían tras perderlos. Sentir de nuevo lo que se sufre con la muerte de un compañero.

No.

No si podía evitarlo.

Y ella los había desechado con un sencillo gesto como si para ella no valieran... nada. Como si fueran meros soldados caídos en la guerra.

Marcado por la impresión de no reconocer una de las vampiras más ancianas que les regía, tan hermosa por fuera y tan carente de sentimientos en el interior, habló por primera vez sin contener lo que pensaba. Arriesgándolo...todo.

Por él, por su mujer, por los agentes que amaba más que si fueran sus hijos por nacimiento y por todos aquellos que protegía.

Se cuadró y con suavidad, comenzó.

—Alguien dijo en una ocasión que un líder ama, que un líder protege y tenía razón —la dureza había inundado esos insondables ojos, pero ya era tarde para detenerse—. Debiera velar por quienes lo dan todo por él. Ahora, mátame si crees que he roto aquello que prometí honrar pero no por ello dejaré de creer que si apartas la mirada de quienes esperan más de ti, no mereces ser amada —respiró profundo—. Si has de castigarme, hazlo pero no hasta que termine de decir aquello que creo que debes escuchar. Ahí fuera, acompañando a Mac hay... una humana.

Las corrientes de aire doblaron su fuerza en el interior del salón. El frío se acrecentó repentinamente, causando dolor en las superficies expuestas de piel.

—¡Cómo osas traer a este lugar...!

—Porque esa humana que pareces despreciar, mi señora, está dispuesta a dar lo que la raza jamás se plantearía en caso contrario. La vida por uno de los nuestros. Eso, mi señora, es lo que les hace únicos y mejores que nosotros. La razón por la que sobreviven pese a su debilidad, por la que se ayudan, se sacrifican y no se arrepienten de hacerlo. Porque aman sin reglas, solo por lo que les dicta el corazón.

—Eso…

—Eso debiéramos aprender de ellos. Esa humana ama a la agente Bates y sabe que puede perder la vida por acompañarnos, el riesgo que corría al presentarse ante ti pero no ha dudado. Ni un instante. Para ella, el sacrificio vale la pena.

Su corazón aceleró los latidos al observar el leve girar del rostro de la Directora en dirección a la salida. Fue a hablar de nuevo pero no pudo. La impactante figura femenina se deslizó lentamente hasta la arcada que daba al exterior al jardín donde gustaba de disfrutar de la paz que invadía el lugar.

Una paz algo alterada en ese momento.

Cerró los ojos aterrado.

Dios mío.

La Directora iba a hacer desaparecer a Fanny Marianno, con un chasquido de su mano en cualquier momento. Les rodeaban la guardia de la Cleda y no dudarían en cumplir de inmediato sus órdenes. Sin piedad y carentes de esa pasión que desbordaba a la pequeña figura que se paseaba por el jardín vigilada de cerca por MacAllan.

La humana se había colocado junto al frondoso roble que centraba la atención de los cuidados jardines. Con el rostro dirigido hacia lo alto trataba de silbar torpemente, hasta que uno de los gorriones que habitaban las pesadas ramas alzó el vuelo y se posó en una de las más cercanas a la cabeza de Marianno.

Otro entrecortado silbido y…

Fue a hablar para que Mac se diera cuenta, para que la humana advirtiera que eran observados, para avisarle, para…lo que fuera porque no merecía morir. Ese enorme corazón no merecía ser apagado pero, para su inmensa sorpresa, la Directora alzó una de sus manos para acallarle. El corazón en su pecho pareció expandirse y ocupar todo su cuerpo.

Si mataba a la humana, se rebelaría y al diablo con todo. Y Mac lo secundaría. Algo en la forma en que su negra mirada recorría la descuidada y libre manera en que se movía sin cortapisa alguna Marianno…

MacAllan tenía la capacidad de llevar la muerte consigo. Era…único. Quizá el único que podría acabar con un vampiro antiguo y todos aquellos que lo protegían. Por algo que creyera que merecía la pena. Quizá algo que ya había encontrado aunque no se hubiera dado cuenta todavía.

Lentamente con los ojos incapaces de comprender lo que ocurría, Robbins observó uno de esos preciosos pájaros posarse sobre el tupido cabello de la humana causando en esta una de las carcajadas más hermosas que había escuchado en toda su vida. Entremezclada con el trino del animal.

Dios.

El sonido era…hermoso.

Sencillamente hermoso y cautivador como si la bella alma de la humana se hubiera concentrado en el sonido emanando de esa garganta.

Otro diminuto pajarillo se ubicó en el relajado hombro humano.

La figura que permanecía impasible a su lado se estremeció y volvió hacia él.

—Habla por esta vez, capitán del clan del Sur. Pero no creas que tu conducta quedará impune.

—No lo hago, mi señora. Pero… —su mirada se desvió un segundo hacia la robusta y sonriente figura rodeada de pájaros revoloteando y a la relajada sonrisa en los labios de Mac, que no se separaba de ella—…valió la pena.

—Deseo conocer a esa humana.

Por el silencio que les rodeaba supo instintivamente que Marianno les acababa de ver. Se volvió en su dirección y casi rio. Parecía un pez agónico fuera del agua. Con la boca abierta de par en par al igual que esos oscuros y exorbitados ojos, fijos con tenacidad en la esbelta figura que acababa de ocultarse a su mirada.

Hizo un rápido gesto hacia Mac quien se vio en la necesidad de arrastrar a la alelada figura hacia el interior del edificio, donde la Directora les esperaba sentada tranquilamente en su sillón predilecto.

A Marianno parecían pesarle los pies por la forma en que los remolcaba hasta que quedaron los tres quietos y plantados incómodos ante la Directora, con Fanny ubicada en medio.

—Diablos, no te pareces en nada a una vampira viej… ¡No vieja! No quería decir eso, sino mayor. Eso mismo. De cierta edad aunque sin arrugas ¡Que no las tiene Usted, señora! Es…aún más hermosa y digna de lo que pensaba, vaya.

El gemido le salió incontrolable al escuchar la torpe frase barbotada sin control por la policía y en todas sus audiencias con la Directora jamás le había visto ruborizarse antes o abrir esos indefinibles ojos hasta llenar su serena faz.

Para su alivio una diminuta sonrisa cubrió el hermoso rostro femenino

—Ahora entiendo por qué aprecias a la agente Bates, humana. Sois afines en ciertas cosas.

-La quiero, señora.

-¿Cómo?

-La quiero. Más que apreciarla, la quiero –un carraspeo acompañó el siguiente balbuceo- A Lena. Puntualizaba un poco. Sin más que añadir, vaya..

—También carecéis de control al hablar en mi presencia.

—Ah…

Los alucinados ojos de la humana se posaron en él como pidiendo ayuda desesperada mientras murmuraba, como si creyera que la Directora no le iba a escuchar, un ¿Y eso es…malo?

Esta contestó por él.

— Es inusual, Fanny Marianno.

—Ah…

Mac gruño bajito y se inclinó hacia la pequeña figura cuyos pies no paraban quietos.

—¡Quieres dejar de responder Ah…, por los dioses! Y, ¡estate quietecita!

—Vaaale, mal genio.

Le iba a dar un síncope si la humana seguía en su vida. Gimió.

Ryan y Lena. Y Marianno de refuerzo. Sin olvidar a MacAllan, quien parecía haber cogido cierta querencia hacia Fanny, para desgracia y desespero de esta.

Estaba apañado.

Apenas se lo pudo creer cuando Marianno se adelantó un paso y comenzó a hablar sin tapujos. De la impresión causada ni él ni MacAllan pudieron impedirlo.

—¿Puedo hablar? Bueno, da igual. Me han hablado un poquito de usted, señora o directora o madr… Bueno no, eso no le pega. Y sé que si pudiera elegir habría optado por no conocerme, aunque soy buena gente —una ligera tos la interrumpió—. El caso es que la cosa esa negra quiere quitarnos a Lena y a su otro agente, señora y no…lo…permitiré. No puedo, ¿sabe?

La voz de la Directora sonó clara. Directa. Curiosa…

—¿Por qué?

La cara de Fanny reflejó la extrañeza que la pregunta le causaba, como si explicarlo resultara superfluo porque estaba a la vista de todo el mundo.

—Porque no podemos vivir sin ellos, señora. Porque los…amamos.

Ocurrió en cuanto la última palabra se asentó en el silencio. Calor. El mismo calor que había observado emanar de Ryan miles de veces, comenzó a surgir de la figura que lentamente se deslizó hasta quedar en pie, hasta acercarse a la humana.

—Eres merecedora de estar donde estás, humana. Nuestro mundo agradece tu obrar.

La descolocada mirada de Marianno se clavó en MacAllan al percibir que la Directora nada más iba a decirle.

¿Eso es todo?, vocalizó en su dirección.

Dios, eso era mucho más de lo que esperaban antes de entrar en los dominios de la Cleda con la humana y MacAllan. A sus oídos llegó la voz de la Directora mientras se alejaba de ellos.

—¿Dónde la tenéis, capitán?

Instintivamente supo a quién se refería.

—La capturamos donde quedó atrás para ver morir a Ryan…—una brusca fluctuación de energía rodeó el cuerpo de la Directora—…y donde el Primero…

Los templados ojos de la Directora perforaron los suyos, pidiendo concreción.

—La reina oscura está prisionera y custodiada en la mansión del clan.

—Arriesgo el futuro de la raza por dos agentes, capitán.

No podía echarse atrás. No esta vez. Por sus agentes.

—También lo arriesgas todo, en caso contrario, mi señora.

Sentir la directa mirada de la Directora era casi angustioso pero nada impediría que supiera que si se quedaba a un lado, si nada hacía, perdería aquello que parecía atesorar.

La adoración de la raza.

La fidelidad de uno de sus capitanes.

Una suave inclinación de cabeza fue la única contestación a todo un mundo de información encerrado en una corta frase.

Al fin respiró.

Y poco le faltó para besar en la coronilla a la humana que se había hecho, sin saberlo, con el favor de la Directora.

Y con el de sus pajarillos.

******

Capítulo 27

I

El dolor era…implacable.

Cada célula de su cuerpo luchaba contra lo que poco a poco iba llenando sus entrañas. Lo sentía a su alrededor, hurgando en su mente, apoderándose de su cuerpo pero al mismo tiempo empezó a sentirlo.

A ella.

En medio del puro sufrimiento una pequeña parte de él descansó hasta percibir la rabia.

Algo no iba bien.

No conseguía acercarse en medio de la oscuridad a Lena. Un espeso muro lo mantenía alejado del lugar que buscaba desesperado. Desorientado. Así se notaba y furioso. Lo único que sentía con certeza era que no estaban muertos. Aún.

Sus cuerdas vocales no funcionaban pero sí sus músculos aunque los percibía pesados y lentos.

Qué has hecho…

Entre el doloroso zumbido de gemidos entremezclados con ira, miedo y punzante dolor que lo rodeaba, escuchó la acongojada frase en esa voz que reconocería entre miles. La suya.

Lo que le rodeaba eran almas separadas de sus cuerpos, deslizándose perdidas por esa espeluznante nebulosa. No sabía dónde estaba pero le daba igual. Nada le importaba, salvo…ella.

Necesitaba encontrar el camino al lugar del que había llegado esa voz.

Vuelve, Ryan.

Vuelve…con ellos.

¡No!

No gritó pero a su alrededor la oscuridad pareció diluirse para concentrarse de nuevo pasados unos segundos.

No sin ti, Lena. No pararé… hasta encontrarte.

Su mente escuchó la congoja y la desazón de su mujer, la sintió en su cuerpo y en el alma que la oscuridad no parecía poder robarle y se dio cuenta que la había causado él. Al seguirle. Al romper con todo para ir en su busca.

Pero no tenía otra salida…No la tenía.

Vivir sin ella, no era vida.

Sintió la desesperación invadirle a notar que ella se daba por perdida.

No te alejes de mí, mujer, por favor.

¿Qué he de hacer?

Los tormentosos gemidos a su alrededor parecieron disminuir como si divisaran una salida de esa tortura si él lograba encontrar a aquella que buscaba y arrancarla de su encierro.

Dejarme atrás.

Nunca.

El sonido se percibía más cercano. De alguna manera se estaba aproximando a ella. Lento pero seguro, arañando algo de esperanza donde nunca creyó encontrarla.

Me pides lo imposible, mujer.

Se estaba debilitando. Con cada segundo la sentía más y más débil, repitiéndole Lena desesperada que ese no era su lugar, que debía volver con lo demás, que el Primero no tendría piedad, que no pasaba nada.

Que…ya no dolía.

La angustia al escuchar en su interior sus palabras fue tal que la respiración se le trabó en el pecho. Sintió romperse por dentro al escuchar ese dolor y esa pena en la suave voz resquebrajada. Por lo perdido, por lo renunciado… Su compañera sufría lo indecible pero le decía que no era así para evitarle a él el dolor de intuirlo.

Entonces ocurrió. Sin advertencia que lo preparara para ello. Dejó de sentirle en el mismo exacto momento en que sufrió la potente sacudida de vuelta. Quiso gritar desesperado que le dejaran allí, con ella, que no se lo llevaran, que aún no había conseguido alcanzarla.

Que…la estaba perdiendo.

Que no lo arrancaran de allí, sin ella. Que estaba perdiendo a esa parte de él, la única por la que valía la pena vivir.

Que sin ella estaba perdido.

La negrura se alejó y con ella…su Lena.

Y su roto corazón.

II

La Señora Directora esa era irreal. Definitivamente indescriptible. Eso y más, mucho más. Ya jamás lograría asociar a una Directora con la Q, de 007. Ni por asomo.

Era hermosa, bella y vaporosa y…letal, la muy....

¡Leñe!

¿Leería la mente?

Como así fuera estaba muerta y enterrada, tras un buen castigo del que seguramente fuera medio merecedora. Una parte de su mente alucinaba, la otra se centraba en la mejor manera de recuperar a su mejor amiga y la última trataba de verbalizar todas las sensaciones y situaciones que había vivido para poder transmitírselas a su familia con pelos y señales, sin que les diera un telele de campeonato.

Del lugar ese, entre las calmantes nubes, verdes prados y hermosas construcciones, al que le habían llevado juraría que levitando, habían retornado de vuelta a la apestosa gruta dónde los oscuros esos mantenían atrapada a Lena. El camino de vuelta había sido rápido. Demasiado, pero con los ojos vendados y el único asidero que había apretado desesperada, la enorme mano de MacAllan, prefería dejar de elucubrar. Casi se había mareado. La oscuridad había desaparecido de un plumazo con la presencia de la Directora o reina o jefa... Bueno, como demonios la llamaran.

Para ella sería la Virgen María en persona, si conseguía arrancar a su chica de esa malsana oscuridad que a todos los mantenía a raya salvo al agente de los ojos aterradores que sin una sola vacilación se había lanzado tras Lena.

Por los clavos de Cristo.

Eso era amor en estado puro y sino que bajara Dios a verlo…Bueno, bien pensado, mejor no, que tal y como iba la cosa, vete tú saber quién se les aparecía si se le llamaba.

Respiró profundamente.

La situación era surrealista en extremo.

¿No estaría chalándose?

Se arrimó al cuerpo que tenía más cercano y le pellizcó para asegurarse que no existía únicamente en su poderosa imaginación.

Vaaale.

El gruñido, el subsiguiente bufido y las palabras que le siguieron le hicieron entrar en razón.

No estaba chalada, ni había imaginado nada y al vampiro que la miraba completamente ofendido no le hacía gracia que le pellizcaran el trasero. No te fastidia, ni que fuera una de las siete maravillas del mundo.

Demasiado…duro. Y redondo. Y lleno.

Diantre. Estaba farfullando mentalmente y era por los nervios y la tensión. Dios, y no tenía bolsitas cerca. Miró de cerca a MacAllan que se frotaba la nalga izquierda con fuerza mientras le lanzaba centelleantes miradas asesinas. No, si al final tendría que disculparse por palpar un pelín.

Si le daba un ataque de ansiedad, siempre podría usar ¿la camisa del guerrero? La suya era un regalo de su hermano, del día de su cumpleaños y le encantaba. Era chillona y efervescente, como toda ella.

Uy, no podía parar de farfullar entre dientes. Casi cloqueó de risa como cada vez que mentaba la palabra prohibida pero la risilla se le atragantó de golpe al observar la escena a la que todos ellos se enfrentaban.

La Directora menuda estaba haciendo algo en la entrada a la caseta que mantenía encerrados a Lena y Ryan en su interior. El capitán de los vampiros hablaba con ella y parecía angustiado. No, más que eso, parecía asustado mientras la hermosa hembra que trataba de desligarse de las manos que la mantenían cautiva, a su lado, se retorcía desesperada.

A esa, la reconocía.

La madre de Lena.

El aliento al verla se le congeló en el cuerpo. Era tan parecida a su mejor amiga que parecía un sueño. Cuando se lo dijo su recientemente designado compañero de armas, lo vio tan claro.

Tenían los mismos ojos, las mismas facciones y…había traicionado a su hija entregándola a la muerte. Nunca comprendería del todo a esa extraña raza a la que, salvo unos pocos, parecía importarle más el poder y las costumbres que lo que de verdad valía la pena.

La familia. El cariño. El amor.

Nunca era tarde para aprender y gracias a los cielos, así se lo habían demostrado los guerreros que a su alrededor no apartaban la vista del asombroso poder que emanaba de la Directora. Junto con otros dos ancianos vampiros que desprendían tanto poder como ella, iban royendo lentamente, cada vez con mayor velocidad, el muro de oscura contención que les separaba del pozo que se intuía al otro lado.

Al fin.

El grito que surgió de su garganta fue incontenible. La sensación que le recorrió fue la de una tela rasgándose por la mitad y abriendo las puertas al dolor y a la tortura. La negrura se volvió palpable y del interior comenzaron a salir…

Era difícil de explicar. Parecían formas oscuras, lloriqueantes, que gemían afligidas, como si les hubieran robado una parte de su ser. Ascendían por la caverna, veloces, como si de quedarse atrás fueran a retornar de nuevo a esa oscuridad de la que habían escapado. Gemían, asemejándose sus lamentos a sollozos.

Por Dios.

Era…espeluznante.

Sintió que la apretaban contra la pared de la cueva, alejándola de lo que surgía de ese lugar. Frente a sus ojos la enorme espalda de MacAllan cerrando su visión a lo que ocurría. Se escurrió hacia su derecha pero el tope de un musculoso brazo le impidió avance. El intento hacia el otro lado obtuvo el mismo inútil resultado. Sopesó seriamente morderle la espalda porque necesitaba ver lo que estaba ocurriendo.

Lo necesitaba.

Un nuevo y malicioso pellizco en el glúteo masculino logró lo que buscaba. Cierta libertad para actuar. La mirada negra que prometía represalias le daba igual, por el momento.

A ella no le ataba nadie.

Trató de acercarse a lo que ocurría al otro extremo de la cueva pero por algún extraño motivo no parecían poder moverse, como si el tiempo y el lugar se hubieran congelado, impidiéndoles intervenir. Se les permitía observar pero no participar en la silenciosa guerra de voluntades que a punto estaba de estallar entre la Primera Oscuridad y las tres figuras de los ancianos vampiros que destilaban inmenso poder.

Ella no solía rezar a su virgen ya que era su hermano el que creía en esas cosas pero esta vez, no dudó.

Esta vez se encontró a si misma rezando por todos ellos. Por las almas de los que estaban presentes, observando anhelantes lo que ocurría sin poder hacer nada; por las que habían huido de su encarcelamiento al romperse el velo que los mantenía presos y por los que esperaban allí dentro; por lo que necesitaban recuperar para sentirse de nuevo completos.

Sintió la mirada del gigante que no se apartaba de su lado y esa mirada en cierto modo la reconfortó.

Temía tanto como ella.

Temía perder a aquellos a quienes quería.

La Directora y los otros dos miembros de la Cleda, acompañados por el capitán Robbins y la hermosa y renegada vampira que en algún momento de su vida debió amar a Lena como madre, desaparecieron en esa maldita oscuridad, sin que ellos pudieran hacer nada. Absolutamente nada.

Salvo esperar.

III

Se sentía tirada en todas las direcciones pero la enorme sombra a su lado seguía absorbiendo sus pensamientos, sus vivencias, su…alma. Las ganas de llorar seguían ahí.

Ryan.

Había escuchado la voz de Ryan, tan cerca que la impresión casi la enloqueció. La necesidad de alejarle mientras el Primero terminaba con ella fue tan fuerte que sintió el gozo de la negra oscuridad embeber su miedo, con ansia.

Ya apenas…dolía.

Cuanto mayor era el vacío en su pecho, menor era el dolor. Las palabras lanzadas a Ryan, dolieron de otra forma.

¿Qué…?

Dejó de sentir el fiero tirón para sentirse caer. Lo único que parecía reconocer era que ya no le estaba matando lentamente y suspiró suavemente, para no llamar la atención de la maldad que se había centrado en ella.

No conseguía ver a su alrededor pero escuchaba o sentía una lucha encarnizada, sin cuartel. De densas voluntades. Trató de incorporarse tras abrir los ojos. Se notaba tan fatigada que casi no sintió sobre su piel las manos que agarraban su rostro.

Casi había olvidado la sensación.

La de reconocer y sentir al hombre que amas a tu lado.

Apretó los ojos con fuerza porque la maldita ilusión era demasiado cruel. El Primero le estaba obligando a revivir aquello que más dolía dejar atrás para gozar de ese inmenso dolor.

Entonces lo sintió.

Sus labios…sobre los suyos.

Cálidos y temblorosos.

Las manos masculinas sujetaban su rostro con fuerza, temerosos de dejarlo ir. Los besos eran suaves, dulces. Labio contra labio como si Ryan quisiera asegurarse de que no era un sueño. Igual que ella, temía creerlo. Porque creer, suponía la posibilidad de perderlo de nuevo y eso acabaría con ella.

Completamente.

Una tercera vez podría con su mente.

Trató de separar el rostro para asegurarse pero esas manos y esos labios no le dejaron. Desprendían calor y ella había sentido tanto frío. Un sollozo brotó de su garganta hasta ir a parar a esos labios que se negaban a separarse de los suyos. Sus propias manos abandonaron el helado suelo y se acercaron a ese rostro. Lo delinearon y lo reconocieron en la maldita penumbra. Sentía otra presencia cerca y olía al capitán Robbins. También a miedo y a incertidumbre.

—¿Ryan?

Los labios se apretaron de nuevo contra los suyos para separarse poco después.

—Aquí estoy, cielo.

Dios, el Primero lo mataría. La oscuridad carecía de piedad.

—Te dije que me dejaras.

—Y yo te dije que no podía, mi amor.

Le costaba hablar. Mucho. Sentía drenada toda su energía.

—Eres…terco.

—Nunca lo dudes, querida.

—¿Cómo lo has…?

—La Cleda, Lena.

Imposible.

—No me preguntes más pero ellos vinieron a por nosotros— la bronca voz hablaba de emoción y esperanza. En una salida que nunca llegó a esperar.

Al menos uno de los dos había recuperado algo que creyó perdido.

—Vamos, te ayudaré a levantarte.

Lo intentó pero estaba tan agotada que las fuerzas le fallaban. No conseguía tenerse en pie y su pecho, sus pulmones ardían.

—¿Qué te hizo, cielo?

Ojalá lo supiera.

Ojalá supiera lo que el Primero le había introducido en el cuerpo y en su mente y todo aquello que le había robado para reclamarlo de vuelta.

La urgencia en el sonido de la voz del capitán le incrementó el pulso. Les urgía a moverse.

—Qué… están…haciendo.

Las miradas de ambos se tornaron incrédulas. La luz y la oscuridad chocaban y retrocedían como si ambas fuerzas estuvieran conversando, permitiendo a sus ojos apreciar lo que ocurría a su alrededor. No era un enfrentamiento brutal, sino que parecía una tensa negociación. Las formas de esas dos fuerzas contrarias aparecían indefinidas salvo durante breves instantes en que una figura se perfilaba para desaparecer poco después.

En ese mismo momento la vio y el poco aire que conseguía introducir en sus pulmones pareció detenerse de golpe. Justo en el preciso instante que sintió la calmante presencia del capitán a su lado, ayudando a Ryan a incorporarla.

Al borde del precipicio que bordeaba al Primero y a la Directora, distanciándolos del resto, se mantenía inmóvil la reina oscura. Expectante como si intuyera que su destino y el de ellos estaba siendo decidido en ese mismo instante. No necesitó preguntar ya que la respuesta surgió espontánea de boca de Robbins.

—La capturamos al encontrar a Ryan. Ella se quedó atrás cuando te llevaron, Lena, para presenciar la muerte de Ryan —su expresión se tensó con las siguientes palabras que pronunció mientras con la mirada seguía las extrañas ondulaciones que emanaban de la inmensa forma que se mecía y parecía tener vida propia—. Esa hembra ya no es tu madre, Lena.

Una fuerte mano aferró la suya y apretó, firme.

Lo sabía pero costaba aceptar que jamás llegaría a mantener esa conversación que se había repetido en sueños durante toda su vida con su madre o que su olor no la envolvería una última vez, al abrazarla con ansia.

Costaba renunciar a ello.

Una sensación irrepetible la invadió y elevó la mirada hasta alcanzar la solitaria figura femenina que parecía imposibilitada para acercarse.

Instintivamente dio un paso en su dirección pero las piernas se le aflojaron. No cayó al enlazar el brazo de Ryan su cintura.

—Tú decides, Lena, pero no permitiré que te dañe de nuevo. Antes de llegar a eso…

La dureza en esa voz no dejaba lugar a equivoco alguno.

Ryan le seguiría si necesitaba hablar con ella por última vez pero la mataría, sin compasión, si hacía un movimiento en falso.

Tensó el cuerpo y exhaló despacio.

La posibilidad desapareció al volverse su madre, dándoles esa rígida espalda en un último y despreciativo gesto de rechazo que dolió tanto como cuando se la llevaron lejos de ella, siendo niña. Puede que más.

Una cálida palma le cubrió la tensa nuca.

—Ella ya no es tu familia, cielo.

Lo sabía. Su mente lo reconocía pero a su corazón le costaba tanto romper el sueño de encontrar a su madre, viva y esperándole.

La mano masculina se deslizó por su cuello hasta cubrir su mejilla y acariciar su labio inferior.

Volvió el rostro y sus ojos chocaron con los claros.

Estaba en casa.

No podía pedir más.

Totalmente rígidos observaron lo que ocurría no lejos, sabiendo que en esa lucha de voluntades se lo estaban jugando absolutamente todo.

IV

La onda expansiva les lanzó por los aires y sin saber muy bien cómo, ella aterrizo sobre el estómago de MacAllan. Algo más blandito que el suelo, aunque por poco.

Un agudo dolor provocó que se rozara la ceja con los dedos retirándolos cubiertos de sangre.

—¡Maldita sea!

El juramento masculino fue seguido de un rápido movimiento que la colocó en pie de un tirón y la alejó unos metros del perímetro de la mellada caseta.

La barrera oscura titilaba. Cada vez más apresurada como si un torrente incontenible se dirigiera a ella y…

Dos sombras traspasaron su umbral. Los vampiros ancianos, pálidos y sudorosos. No tardaron en alejarse rodeados de numerosos vampiros. Cuatro sombras la cruzaron, unos segundos más tarde.

Tres por su propio pie. La última, menuda y desvaída, era cargada y protegida como si de un tesoro se tratara y así era.

Apenas recordaba a la impresionante vampira que se había adentrado en busca de su gente a un lugar del que se arriesgaba a no salir. No volvería a rezongar en su fuero interno de la Directora. Esa señora valía la pena.

Jamás.

Con un suspiro que llevaba demasiado tiempo aguantando atorado en su cuerpo, clavó los ojos en la forma de Lena. Semi desnuda pero viva y rodeada por los brazos del gigante de los extraños ojos grises.

Ya podía dejar de rezar. Por el momento, al menos.

Ella les había devuelto a los suyos.

A Lena.

Y a su compañero.

Con una sonrisa de oreja a oreja no tardó en lanzarse como un vagón de tren hacia ellos. Necesitaba tocarlos para asegurarse de que eran ellos. Simplemente para comprobar que no eran un fragmento de su asustado corazón.

Que estaban sanos y salvos.

Y quizá de paso consiguiera acallar los chirriantes jipíos que emitía de la emoción, entre desquiciados sollozos de alivio.

V

La reina de los oscuros canjeada por ella y por Ryan.

Todavía le resultaba difícil de asumir.

Un maldito intercambio de prisioneros y la guerra continuaba como si nada hubiera ocurrido. Quizá, la única salida viable para ambas partes ya que se trataba de elegir esa vía o la destrucción del mundo que conocían como propio.

Solo que todos sabían que no era tan simple.

Durante su estancia en la oscuridad algo había ocurrido y ninguno alcanzaba a comprenderlo del todo.

Nunca había presenciado ni imaginado ver uno de los miembros de la Cleda agotado. Pálida y empequeñecida en brazos del capitán Robbins tras una titánica lucha de voluntades con el Primero, la Directora parecía drenada. La impresión que la inundó fue la de un hijo que ve a una madre sacrificarse y exactamente eso fue lo que debió sentir Ryan, aunque no lo dijera. Ella sabía que su compañero temía esa conversación pendiente con la Directora pero todo llegaría. El pasado no desaparecía. Permanecía latente y con él la ira de saber que en su momento la Cleda nada hizo para detener a los Borges, a una familia que deshonró todo aquello por lo que los clanes luchaban. Que nada hizo al saber que Lucas Borges servía a la Oscuridad, porque había nacido de ella.

Saber con seguridad algo que se intuía era lo que temía su compañero. Sospechar que su padre pudo nacer del Primero o dejarse seducir por él, dolía.

Todo llegaba y al final todo transcurría en la vida. Unas veces raudo, casi sin dar tiempo a captarlo. Otras, lentamente. En ocasiones temer la llegada de algo lo acelera para después, cuando pasa de largo casi sin tocarlo, te lamentas de haberlo dejado deslizarse sin aferrarte a ello con más fuerza para saborearlo.

No permitiría que eso ocurriera con su compañero aunque ella misma tuviera que llevarlo a rastras antes la Directora que finalmente se había comportado como la líder que era, aunque ella temiera las consecuencias tanto como cualquiera de los agentes que protegían su inestable mundo.

Se acurrucó y frotó el rostro contra las frescas sábanas que cubrían su lecho.

Un par de médicos les habían examinado a todos pero nada había adelantado salvo unos extraños murmullos apreciativos en unos casos, preocupantes en otros. Los habían tenido que sacar con rapidez del complejo antes de que Ryan se les abalanzara pidiendo explicaciones de inmediato, bajo riesgo de una inminente muerte.

Lanzó una suave risa. Fanny parecía una momia con tanto vendaje cubriendo demasiados rasguños.

Un breve fogonazo de imágenes invadió su mente. Salir del lugar en el que el Primero moraba tras dejar atrás a su madre, junto a la oscuridad más negra, había dolido, en parte. Pese a todo lo sufrido. Pese a dar por perdido aquello que buscaba con desesperación.

Era curioso pero su mente apenas recordaba la vuelta al complejo.

El abrazo de oso de su ex compañera, al cruzar la puerta de entrada, le había devuelto a la tierra como pocas cosas hubieran sido capaces de lograrlo. El meneo posterior, otro nuevo abrazo apretujado de Fanny y el leñazo en medio del pecho al tiempo que la amenazaba con matarla ella misma si le daba de nuevo otro susto semejante, la hizo recuperar gran parte del equilibrio que creía haber perdido. No pudo evitar sonreir al rememorar.

Fanny hablaba y amenazaba entre arcadas que parecía incapaz de controlar.

Eso jamás lo olvidaría, al igual que los cálidos abrazos de sus compañeros. Incluso MacAllan le había rozado suavemente la mejilla con sus labios tras susurrar un Es bueno tenerte de vuelta, Lena.

La expresión del inquietante agente a la palmada de Fanny en su espalda dándole su beneplácito y a la sorna al lanzar esta a los cuatro vientos que con tanto esfuerzo sentimentaloide, se le iba a partir una puntiaguda muela del esfuerzo, aligeró todavía más el denso ambiente.

Pero la actitud de la Cleda no era lo único que daba a entender que algo había cambiado en su estático mundo.

Ver al capitán Robbins envolver entre sus brazos al retornar a la mansión al alto y delgado humano que le había ayudado a escapar   y escuchar la retahíla de gruñidos y advertencias semejantes a las que ella había recibido de Fanny, había sido un completo descubrimiento. El mero hecho de comprender que el humano que le había salvado la vida regalándole el tiempo suficiente para sobrevivir era amigo del capitán Robbins pese a no mantener relación alguna con la raza vampírica, les dejó con las lenguas colgando fuera de sus bocas a Ryan y a ella.

Se alegraba tanto de que Dean hubiera salido con vida. Tenía una deuda pendiente con él. De por vida.

Presenciar la estrambótica interacción entre Fanny y MacAllan era todo un poema y un completo…gusto. Le encantaba la manera en que su vieja amiga ponía de los nervios al guerrero y este contraatacaba de inmediato. Parecían un halcón y una cacatúa unidos por las plumas.

Estirándose perezosamente en el colchón sobre su cama, en su segura habitación y rodeada de los suyos, dirigió la vista hacia su izquierda, desde donde se filtraba un poco de luz por debajo de la puerta. La incertidumbre de no saber qué le había hecho la oscuridad tenía desquiciado a Ryan. Completamente, hasta el punto que se había encerrado en el baño y no parecía tener prisa por salir. Desconocían lo que la Tarnaca había planeado para ella pero en su guerra abierta, al menos, esa batalla estaba ganada. O empatada. Tarde o temprano lo descubrirían.

Dios.

Estaba completamente exhausta y los párpados se le estaban cerrando. Le pesaban.

Como Ryan no saliera pronto se la iba a encontrar roncando a pierna suelta y tendrían que dejar para después hablar, mirarse, asegurarse de que estaban vivos y…amarse.

Deslizó el antebrazo por debajo de la blanda almohada e hizo un leve gesto de dolor. El moratón derivado del puñetazo de Taran seguía reluciendo en su mejilla y el cuerpo no lo tenía para demasiados trotes.

Por la noche, tras descansar durante las horas diurnas, sería otra cuestión aunque no se curara tan rápido como los vampiros de pura sangre.

Cerraría los ojos un rato, no más.

Hasta que Ryan se le uniera.

Un…corto segundo.

VI

Temía parpadear y que la imagen desapareciera de sus retinas.

En medio de la penumbra observó el contorno del cuerpo femenino bajo las oscuras sábanas. La respiración se le entrecortó con el tumulto de sentimientos que le desbordaron.

Estaba tan atrapado que asustaba a veces, sobre todo por la certeza de saber que sin la mujer que roncaba suavemente, agotada a unos pasos, no deseaba vivir.

Tragó saliva.

Suaves pasos le acercaron a la cama hasta quedar en pie, silencioso, empapándose en lo que tenía ante sus ojos, con saber que ambos estaban a salvo y rodeados de familia.

Al menos de parte de ella.

No deseaba pensar en lo ocurrido. No esa noche.

Un suave ruido seguido del movimiento de un cuerpo al girarse y el brillo de unos ojos abiertos, le aceleró los latidos del corazón.

Una irreverente risilla lo devolvió a la realidad.

—Creí que pasarías la noche atrincherado en el baño.

Cómo una voz grave y profunda podía relajarle y excitarle tanto al mismo tiempo era un completo misterio, que había optado por dejar de intentar desentrañar. Uno de los enigmas de la vida.

—Si te quedas a mi lado, Ryan Robb, prometo no morder, demasiado.

La madre de…

El runruneo adormilado de esa voz fue derecho a su miembro. Despertándolo de golpe.

Con suavidad agarró uno de los extremos de la sábana para alzarla y deslizarse junto a Lena.

—Hazte a un lado, cielo.

Quedó tendido de costado, sin llegar a tocar el cálido cuerpo tumbado a su vera. Y le costaba un triunfo no aplastar ese cuerpo, esos labios. Enterrarse en ese cuerpo para recordar y grabar su tacto.

Casi pudo sentir la seriedad inundando esa mirada femenina por lo que decidió adelantarse a lo que venía.

—Puedes preguntarme de nuevo, amor y la respuesta será la misma que antes.

Rápido apoyó la yema del pulgar sobre esos labios que se abrieron para rebatir.

—Donde tú vayas, iré yo. Fue así desde el principio, Lena y… —sonrió levemente— …a nuestra avanzada edad no creo que vayamos a cambiar y menos alguien tan tozudo como tú.

—Yo no soy…

—Lo eres.

—De eso nada. Soy insistente, lo cual es una gran cualidad.

—Si tú lo dices, mujer.

La cabeza de Lena se echó ligeramente hacia atrás sobre la almohada, tratando de captar sus rasgos en la oscuridad y esperando su pregunta.

—¿Qué?

—¿No me lo discutes?

El asombro en la voz femenina casi le hizo soltar la carcajada.

—No.

Casi podía escuchar los engranajes de esa mente intentando descubrir lo que tramaba. Dios, le volvía loco su compañera.

—Prefiero amarte.

Una oleada de calidez le golpeó el frente del cuerpo. Hubiera pagado una fortuna porque la luz estuviera encendida, para apreciar en toda su gloria la imagen de Lena.

—¿Te pusiste toda roja, mujer?

La farfullada negativa la acalló inclinándose hacia adelante para apretar con sus labios los semi abiertos de Lena. No hizo más que eso, pero fue más que suficiente.

—Ardes.

No pudo continuar porque ella le besó con ansia, devorando su boca, acariciando todos los recovecos para parar y lamer los labios. Mordisquearlos. Bajito repetía entre besos palabras susurradas llenas de ternura.

Creí que no te tocaría de nuevo. Que no te besaría...

Que no te amaría...

Le entendía tan bien. Ese miedo que era difícil de apartar. Quizá con el paso del tiempo o de siglos viviendo juntos, luchando y riendo, lo lograran. Compartiéndolo todo.

Quizá entonces su corazón se sintiera lo suficientemente seguro.

Rodeó con sus palmas el hermoso rostro de su compañera y pasó con delicadeza la yema del pulgar sobre el golpe que todavía marcaba la carne, a pocos centímetros de ese ojo avellana. Nunca debió pasar.

—No fue culpa tuya ¿Dejarás algún día de culparte, Ryan?

Puede que algún día.

Aspiró con ansia.

Le embriaga su sabor y su olor. La mezcla de aromas que desprendían estando juntos. Su mano parecía no poder dejar de acariciar y la suave piel femenina se erizaba a su paso

Por su mente se apareció raudo el texto de la profecía y pensó que encajaba con ellos. Con su historia. Pero pronto dejó de cavilar para sentir, al notar el suave recorrido de besos bajando por su cuello hasta parar en la clavícula. Su corazón comenzó a martillear al sentir su miembro tenso contra el muslo cubierto por el pantalón del pijama de ella.

Unos sencillos besos e iba a explotar.

Como un jovenzuelo.

¡Dios!

Sería bruja... Le acababa de morder para lamerle después con esa caliente lengua que le nublaba la razón.

Su corazón retumbaba.

La yema de un dedo se deslizó por su pecho y rodeó el pezón, sin tocarlo, para ascender de nuevo. Provocando que su torso se inclinara levemente para no perder el contacto.

Necesitaba…más.

Empujó a Lena sobre su espalda. Le tocaba a él besar y morder y juguetear. Los gemidos que salían de esa garganta parecía fuel para su libido. Nunca podría adivinar qué le daba ella que el mero tacto era fuego, los ruidos que emitía eran pura incitación.

Se hizo un hueco entre esos muslos con una rodilla pero quería más. La sensación al tocarse era desquiciante.

Él desnudo. Ella aún cubierta.

Se quemaban.

Despacio.

Empujó las caderas contra la suave pelvis, girándolas en círculo. Oprimiéndole hasta que un ronco grito topó con sus labios.

Escuchaba los roncos y atorados gemidos de Lena contra su piel, cuando su lengua le daba un respiro. Un pequeño…respiro. Marcando en su boca el mismo movimiento que en su entrepierna.

El ritmo incrementaba perdiendo en algunos momentos la cadencia por la sencilla desesperación de sentirla, de sentirle pegada a él. Enterró una de las manos en el castaño cabello y le volvió la cabeza para amoldarla a él, mientras la otra descendía sin parar, arañando la carne que recorría. El costado femenino, la cadera. Apartando la tela que hacía de barrera.

Estaba tan caliente que su mujer pegó un salto y apretó los muslos contra sus caderas al sentir su mano acariciarla. Era suya y tenían tiempo. Todo el del mundo pero nada parecía poder romper esa codicia. Su mente lo sabía pero su mano parecía no poder disminuir el ritmo casi brutal con que le acariciaba. La suave piel, la fricción.

Una mano se colocó sobre la suya para detener las caricias y por un instante se sintió incapaz de parar y apretó, causando un bronco jadeo en Lena. Un sonido que le erizó la piel.

Separó la parte superior de su cuerpo para mirarle a los ojos.

—Despacio…

Casi se atragantó con el brillo de esos ojos. Dios, le pedía algo que en ese momento le iba a costar un triunfo dar. La necesidad de poseer, de marcar estaba tan arraigada en él que hubo de cerrar los puños y clavarse las uñas en las palmas de las manos para retener el ansia.

—Necesito…

No movió un músculo porque si lo hacía estaba perdido.

—Quiero saborearte, Ryan. Quiero amarte lentamente y que hagas lo mismo… Quiero…

Aplastó su cadera contra el hueco entre sus muslos y dejó caer el peso de su cuerpo contra los llenos pechos, apoyando su frente en la suya. Exhaló para tranquilizarse y pegó sus labios a los de su mujer.

Tenía…razón.

Estaba perdiendo el control. El aliento de Lena rozó sus labios humedecidos por la desesperación.

—Más tarde, lo que quieras, amor. Sin topes ni límites pero ahora… Ahora…

No le dejó terminar.

El beso que regaló a su compañera fue el segundo dado con amor en su vida. Con amor desinteresado, sin guardarse nada dentro y se dio cuenta de que ella también lo necesitaba como el aire para respirar. No sabía bien si eran sus sensibles labios los que palpitaban desquiciados o era su pecho. Notó la presión del talón de su compañera sobre la parte trasera de su muslo. Si no rozaba su piel desnuda contra la de ella en ese mismo instante se iría todo al diablo.

Deslizó sendas manos bajo la cinturilla del pijama y lo deslizó hacia abajo, hasta quedar trabado contra sus rodillas enlazadas.

Chocaron sus bocas y se irguió, completamente desnudo y erecto. Sintió la nublada mirada del Lena sobre su desnudez y la reacción de su cuerpo, la leve flexión de sus muslos, tensándose con antelación a esa invasión. Llegaría el momento en que ella le hiciera el amor a él pero ese día y ahora, los dos sabían que él necesitaba estar dentro de su cuerpo, sentirlo a su alrededor contrayéndose en oleadas de placer.

Lo necesitaba con tanta desesperación que trago con dificultad.

Estaba hermosa tendida con las piernas a ambos lados de sus caderas, de espaldas sobre la cama y el erotismo que desprendía al estar medio vestida, con el pantalón cubriéndole parcialmente era impactante.

Sin más espera, tiró de la tela para desecharla a un lado de la cama y posó ambas manos en sus piernas. Ella estaba nerviosa al evidenciarlo un minúsculo amago de encogerlas pero no le dejó. Sencillamente deslizó sus manos por ellas, ascendiendo lentamente hasta llegar a las rodillas. Una mano sobre cada una. Otro poco más por esos largos y compactos muslos hasta la ingle. Tan…caliente. La respiración de Lena se estaba descontrolando. Casi tanto como la suya.

Introdujo ambas manos en la cara interna de los muslos y los separó para él, abriendo una cuña. La leve resistencia de Lena había desaparecido mientras no apartaba la abrasadora mirada.

Esa mirada que le derretía era hermosa.

Con las yemas de los dedos la acarició, provocando que se tensara levemente. Otro poco más.

Recordar la sensación de traspasar la entrada a ese cálido cuerpo le hizo apretar la carne.

—¿Ryan?

Diablos. Le había hecho daño.

—Lo siento…

—Como no hagas algo…ya, lo haré yo, amor.

Aguantó la respiración. En otro momento le hubiera tomado la palabra. Las posibilidades eran un sueño.

No necesitó más.

Pegó su cuerpo al femenino aferrando sus muslos, abriéndoselos y colocándolos sobre los suyos. Elevando sus caderas hasta alinear los cuerpos de ambos. No tardaría en estallar. Pequeñas gotas de semen cubrían la inmensa cabeza de su miembro sirviendo de lubricante y por todos los diablos…que lo iban a necesitar.

Presionó otro poco más con el peso de su cuerpo al acercarse a su mujer y susurrarle al oído Relájate, cielo.

El cuerpo de Lena parecía resistirse a él y una suave queja sonaba en el fondo de esa garganta. Debía distraerla. Estaba tan tensa. Arremetió contra su boca y comenzó a devorarla hasta que en lugar del casi imperceptible lamento, lo que se escuchaba era un sonido que lo trastornaba. Puro placer.

Era puro placer…escucharle.

Presionó de nuevo hasta introducirse en esa calidez. Iba a morir si no se movía pero el suave quejido femenino se lo impidió dándole tiempo para acomodarlo. Debía dejar que se relajara por mucho que le desquiciara. Los agarrotados dedos sobre sus hombros se relajaron lentamente hasta que se sintió entrar otro poco con el suave movimiento que Lena comenzaba a imprimir a sus caderas.

No aguantaba más. Era tan sencillo como eso, por lo que empujó abriéndose camino. El gemido de los dos sonó al unísono. La sensación fue…enloquecedora. Envuelto en ese calor, apretado.

Donde debía estar.

Las puntas de los dedos de su mujer se le clavaron en la espalda al retirarse y adentrar de nuevo. Sin llegar al fondo pero no podría retenerse en el siguiente embiste. Ni queriendo podría resistir esa necesidad.

Y así fue…

El jadeo de Lena lo escuchó en la lejanía. Ya era imposible parar. Sencillamente imposible. Los ruidos que hacía ella…

No iba a resistir mucho más.

El maldito paraíso.

El ritmo era cada vez más duro, casi salvaje pero la necesidad de amarse lo superaba. Sudaban ambos y no sabía si era el sudor, el calor, la excitación que los envolvía pero era único. Sus caderas chocaban y los embistes arrancaban roncos gritos de Lena. Tan adentro que casi temía dañarle.

Locura. Lo que sentían era una jodida locura.

La tensión en sus ingles era inmensa y con cada contracción de los músculos internos de Lena veía las estrellas. La cadencia era casi imposible de mantener y los muelles de la cama parecían gritar torturados.

Su hembra le mordió el labio y sin saber muy bien cómo se encontraron erguidos sobre el colchón, con ella cabalgándolo, con sus manos sobre sus caderas marcándole el ritmo. El ángulo había variado con la postura, llegando aún más adentro. Abrió los ojos y en ese momento perdió del todo el control. Al presenciar la expresión del Lena a unos centímetros de distancia.

Amor.

Se amaban.

Y lo tenía frente así. La pura muestra de ese amor.

Estalló en el interior de su mujer en cálidas oleadas y esta le siguió de inmediato, oprimiéndole.

Único. Como aquello que compartían.

Como su casi imposible historia de amor.

*****

EPÍLOGO

Los dioses.

Había llegado el ansiado momento y aunque se había propuesto no ponerse nervioso, la calma se había resquebrajado por completo al observar a su mujer acercarse a él.

Estaba como un flan.

Tenía ante sí a la compañera que llevaba buscando toda una vida y que casi había perdido. Recuperándose todavía de la cercanía a la maldita muerte no había podido separarse de ella, tras pasar las pocas horas de descanso que habían disfrutado. Y de ellas unas cuantas las habían dedicado a amarse lentamente y…no tanto.

Su mujer era apasionada y posesiva.

Recorrer el camino de vuelta desde su cuarto tras recoger algo de ropa, hasta la cama de su compañera había sido agotador pero tratar de dormir sin ella a su lado era sencillamente inútil. Acurrucarse en el lecho contra el cálido cuerpo y escuchar sus palabras anunciando que Carlson había ganado la apuesta le hizo sonreír de nuevo.

El resto de los agentes eran unos metetes y cotillas sin remedio, además de unos cabronazos cuando algo se les metía en la cabeza, aunque ya les pillaría por banda.

Lena no le quiso decir en qué consistía la apuesta ni el premio existente de por medio pero imaginaba lo que podía ser.

Cuánto tardarían en instalarse juntos sin que constara una orden de la Cleda de por medio.

Casi gruñó.

El premio…prefería no indagar. Sus cotas de resistencia desde que Lena se le había colado en su vida y su corazón estaban de capa caída. El penoso aguante quedaba olvidado en el pasado.

Tres minutos era lo que había resistido en rendirse a todo lo que ella quisiera. Bueno, tres minutos y catorce segundos. No sabía si alguna vez una pequeña porción de ese miedo que había sentido llegaría a desaparecer con el paso del tiempo. Ese terror a perderla de nuevo.

Curvó los labios al recordar las desinfladas protestas de Lena cuando esa misma mañana quiso acompañarla al baño por si desaparecía por algún resquicio no controlado de la pequeña habitación. La mirada femenina tras darle con la puerta en las narices había sido rotunda. Y amorosa.

Una mezcla explosiva. Tanto como lo era su mujer.

La sesión amorosa diez minutos después en la ducha bien había valido la pena la furiosa mirada de advertencia.

Demonios. Adoraba esa ducha.

Con pasos seguros se colocó frente a la agente de la Dandraara a la que iba a jurar su lealtad, su vida, su futuro y su amor.

Lucía hermosa, con un vestido largo de corte sencillo color marfil, con la melena suelta mostrando esos bucles que a veces le llevaban por la calle de la amargura al mostrarse tan rebeldes como ella y un ligero tocado de flores silvestres que desprendían un sutil aroma a naturaleza.

Tras él se encontraban el resto de los compañeros. Frente a ellos y ubicada detrás de Lena estaba la Directora. Relajada, pese a no haber recuperado completamente las fuerzas y en silencio tras dar inicio a la ceremonia de unión. A dos pasos de MacAllan, se encontraba algo tambaleante, sobre unos tacones de aguja de impresión, Marianno y por primera vez desde que la conocía, parecía hasta…casi femenina. Si no fuera por el rímel corrido y el moño postizo medio deshecho habría acaparado unas cuantas miradas masculinas. Desde luego, tenía las curvas necesarias para ello.

Sintió la mirada de la Directora sobre él. Todavía le costaba observarla de frente. Lo estaba intentando. Olvidar lo malo para aceptar la posibilidad de que La Cleda quisiera cambiar. Alzó un segundo los ojos y los dirigió sobre el hombro desnudo de Lena para cruzar su mirada con la de la anciana vampira. Sus ojos no miraban como una distante líder, sino…con orgullo.

Su pecho se constriñó y dirigió de nuevo la mirada hacia Lena. Un guiño de su mujer le devolvió el regalo de la sonrisa que cubría sus labios, tras sentir el calor de los sentimientos de los presentes.

A veces le daba miedo la capacidad que tenían de hablar o entenderse sin necesidad de palabras.

Había llegado el momento.

Recorrió con la mirada ese rostro ovalado. Para grabarlo a fuego en su mente. Esos ojos únicos y Dios, esa sonrisa repleta de todo lo que siempre buscó. Y se acercó otro paso hasta quedar a centímetros de distancia, sintiendo su calor. Rozándose.

A su espalda percibía la tremenda e inquieta presencia de los agentes. Al completo.

Inclinó la cabeza y la alzó. Su mirada se coló en la de su compañera.

—Te ofrezco mi alma y mi cuerpo, mi honor y protección. Ante los agentes del clan del sur, del viejo continente y ante la regente en representación de la Cleda, acepta mi juramento eterno, Lena Bates, digna hija de la raza, respetada entre los humanos y temida entre los enemigos. Acepta mi eterno compromiso, mi amor, mi compañía, mi sangre y mi vida.

Por primera vez en su vida no dudó. No temió que le rechazaran.

Supo que ella le amaba, que quien escuchaba el juramento le quería tanto como él.

La ceremonia no permitía que se tocaran pero, al infierno.

Los ojos de su compañera se agrandaron en su familiar rostro y la risa irreverente de Carlson, de fondo, acompañada de gritos y moqueos abundantes, unida a la exclamación desesperada del capitán Robbins por romper el formalismo de una unión que se consideraba sagrada, le provocó una inmensa sonrisa. El chillido desgañitándose de Esos son mis chicos de Fanny Marianno, le invadieron de puro regocijo. El mujer, ¡¿acaso no tienes vergüenza alguna?! de MacAllan, lanzado de seguido, le encantó.

El futuro iba a estar lleno de lucha pero también de diversión y humor. Esos dos iban a ser una fuente inagotable de apuestas, escenas irreales y encontronazos. Y quizá, de algo más.

Saboreando ese momento único en su vida se giró hacia la mujer que le había robado el corazón siendo críos. Que le había robado el alma, de adultos. Delante de los agentes e invitados y de la Directora se besaron. Con dulzura desconocida entre guerreros. Apasionados, generando un silencio asombrado y cálido a su alrededor. Protector.

El susurro pronunciando un Siempre de labios de Lena, solo necesitó escucharlo él, apagado y firme contra sus labios.

Nadie más.

Era más que suficiente.

Para siempre.

FIN

www.ingramcontent.com/pod-product-compliance
Lightning Source LLC
Chambersburg PA
CBHW070836260626
47170CB00007B/2393